BASTEI
LÜBBE
TASCHENBUCH

Weitere Titel des Autors:

Steels Ehre
Steels Duell

Titel in der Regel auch als E-Book erhältlich

Über den Autor:

Iain Gale hatte immer eine Leidenschaft für Militärgeschichte. Er ist Herausgeber von *Scotland in Trust*, der Zeitschrift des National Trust for Scotland, und schreibt als Kunstkritiker für *Scotland on Sunday*. Er wohnt mit seiner Frau und ihren gemeinsamen Kindern außerhalb von Edinburgh.

Iain Gale

STEELS ENTSCHEIDUNG

Historischer Roman

Aus dem Englischen von
Dr. Holger Hanowell

BASTEI
LÜBBE
TASCHENBUCH

BASTEI LÜBBE TASCHENBUCH
Band 16 840

1. Auflage: August 2013

Dieser Titel ist auch als E-Book erschienen.

MIX
Papier aus verantwortungsvollen Quellen
FSC® C014496
FSC
www.fsc.org

Vollständige Taschenbuchausgabe

Deutsche Erstausgabe

Titel der englischen Originalausgabe: »Brothers in Arms«
Originally published in the English language by
HarperCollins Publishers Ltd. under the title Brothers in Arms

Textredaktion: Wolfgang Neuhaus, Oberhausen
Titelillustration: Jacket design © Keevil Design/Jacket design layout
© HarperCollinsPublishers Ltd 2009
Umschlaggestaltung: Gisela Kullowatz
Satz: Urban SatzKonzept, Düsseldorf
Gesetzt aus der Garamond
Druck und Verarbeitung: GGP Media GmbH, Pößneck
Printed in Germany
ISBN 978-3-404-16840-8

Dem Andenken von Sarah Gale,
1965–2008

Prolog

Hoch oben auf einer Anhöhe mit Blick auf das kleine flämische Dorf Eename, etwa fünfzehn Meilen vor der französischen Grenze, richtete sich ein hochgewachsener Reiter in den Steigbügeln seines Pferdes auf und beugte sich leicht nach vorn über den Hals des Tieres. Der scharlachrote Mantel kennzeichnete ihn unverwechselbar als Mitglied des englischen Offizierstabes. Der Mann holte sein Fernrohr hervor, blickte in nordwestlicher Richtung über die grünende Landschaft und hoffte inständig auf ein Wunder. Zu gern hätte er gewusst, wie das Schicksal es mit ihm meinte.

Hätten die anderen Reiter, die den Offizier bis zu dem Aussichtspunkt auf dem Hügel begleitet hatten, genauer hingesehen, wäre ihnen vermutlich das kleine Lächeln nicht entgangen, das sich um die Mundwinkel des Offiziers andeutete. Denn bereits daran hätten sie ablesen können, dass der kleine Trupp sein Ziel gefunden hatte.

William Graf von Cadogan, seines Zeichens Stabschef und Generalquartiermeister in der Armee Seiner Hoheit, des Herzogs von Marlborough, saß nun schon seit ein Uhr in der Früh im Sattel und führte sechzehn Bataillone Infanterie und acht Schwadronen Kavallerie an. Überraschend schnell hatten sie die dreizehn Meilen von der Stadt Lessines nördlich von Ath bis zu diesem Hügel zurückgelegt – drei Meilen in der Stunde. Unterhalb des Hügels, ein Stück weit linker Hand, lag die Stadt Oudenaarde und erwachte zu dieser frühen Stunde aus ihrem Schlummer. Cadogan konnte den hohen Kirchturm, das verspielte barocke Hôtel de Ville und die breit angelegte, sternförmige Festung erkennen und fragte sich in diesem Augenblick, ob er und seine Vorhut tatsächlich gefunden hatten, wonach sie gesucht hatten.

Trotz des matten Lichts des Morgens und der sich auflösenden Nebelschleier konnte der Graf durch sein Teleskop auf der gegenüberliegenden Anhöhe einwandfrei die blassgrauen Uniformröcke und schwarzen, mit gelber Litze versehenen Dreispitze der Soldaten erkennen, die den alltäglichen Aufgaben einer Armee im Feldlager nachkamen. Französische Infanterie. Vermutlich die Vorhut einer großen Streitmacht, die sich seit Kurzem auf die Belagerung alliierter Truppen in Oudenaarde vorbereitet hatte. Gewiss, Marlboroughs herannahende Armee hatte die Pläne der Franzosen vereitelt. Seither hatten König Ludwigs Soldaten eine neue Stellung bezogen, in der sie nicht ohne Weiteres umzingelt werden konnten, wie es im Verlauf von Belagerungen nicht selten der Fall ist.

Dem gegenwärtigen Verhalten des Gegners entnahm Cadogan jedoch mit wachsender Zufriedenheit, dass die Franzosen offenbar nicht ahnten, wie nah Marlboroughs Männer an diesem klaren Sommermorgen wirklich herangekommen waren. Und genau das hatten Cadogan und sein Oberbefehlshaber sich erhofft.

Oudenaarde lag an der Schelde und war von beiden Seiten von weit ausuferndem Marschland umgeben. Daher bildete ein Pontonzug mit geschickten Pionieren und Ingenieuren den wichtigsten Teil von Cadogans bescheidener Vorhut: Über behelfsmäßige Brücken sollte die große Armee mit ihren siebzigtausend Mann sowie den Pferden und Geschützen das zunächst abschreckende natürliche Marschland überwinden. Aber Cadogan richtete seine Aufmerksamkeit im Augenblick nicht auf Oudenaarde, sondern auf das breite Tal mit seinen Weideflächen und Feldern jenseits der Schelde. Durch diesen Talkessel, der von drei niedrigen Hügeln eingefasst war, schlängelten sich drei Wasserarme.

Seit Beginn des diesjährigen Feldzuges hatten Marlboroughs Truppen keinen so schönen Morgen erlebt wie diesen. Die Felder Flanderns badeten im Sonnenschein. Es war, wie Cadogan schätzte, inzwischen kurz nach acht Uhr am 11. Juli des Jahres 1708. Und der Graf war fest entschlossen, dafür zu sorgen, dass dieses Datum in die Geschichte eingehen würde. Ja, dieser Tag sollte in den kommenden Jahrhunderten in englischen Klassenzimmern Erwähnung finden: als ruhmreicher britischer Sieg.

Cadogan hatte seine Befehle. Er sollte den Gegner von der Straße von Lessines fernhalten und dann für einen Übergang über die Schelde sorgen. Die fünf Pontonbrücken mussten unmittelbar neben Oudenaarde angelegt werden und einen Brückenkopf bilden, den Cadogans Männer so lange zu halten hatten, bis der Entsatz von Marlborough kam – wann auch immer die Verstärkung eintraf.

Der Graf wandte sich an einen seiner Berater. »Cassels, reitet zurück zu Colonel Harker und richtet ihm aus, er möge seinen Pionieren befehlen, so rasch wie möglich den Weg hinunter zum Fluss zu nehmen. Dort unten müssen die Brücken angelegt werden.« Er deutete in Richtung Oudenaarde. »Beeilung, Mann! Wir haben keine Zeit zu verlieren.«

Während der junge Offizier davonsprengte, spähte Cadogan erneut durch sein Fernrohr hinüber zu den Hügeln auf der anderen Seite des Tals und fragte sich, ob ihn nicht womöglich in diesem Moment ein feindlicher Offizier beobachtete und die Absichten der Engländer erahnte. Er wusste, dass auch die Franzosen Streit suchten. Cadogan war zudem bewusst, dass Marlborough in diesem Krieg keinen Sieg so dringend benötigte wie jetzt.

Das zurückliegende Jahr hatte einen schrecklichen Verlauf genommen. Die meiste Zeit über hatte die große Armee mit Belagerungen zugebracht. Die Niederländer hatten darauf bestanden und behauptet, es wäre die einzige Möglichkeit, der Lage Herr zu werden. Marlborough, das wusste Cadogan, war machtlos ohne die Unterstützung der Niederländer. Natürlich hatte der Herzog sich in den zurückliegenden Monaten nicht dem Müßiggang hingegeben. Tat er das je? Er hatte einen Plan ausgearbeitet, um Prinz Eugens Truppen in Südfrankreich landen zu lassen, genauer gesagt bei Toulon. Ein kühnes Vorhaben, fürwahr. Zu kühn – der Plan hatte sich nicht verwirklichen lassen.

Doch zur Abwechslung waren es einmal nicht die Niederländer gewesen, die den Plan vereitelt hatten. Der habsburgische Kaiser persönlich hatte sich gegen das Vorhaben verwahrt. Es hieß, der Kaiser wünsche Friedensverhandlungen mit den Franzosen. Verhandlungen mit dem Sonnenkönig? Sowohl Cadogan als auch Marlborough waren verblüfft gewesen. Zugegeben, dieser Krieg hatte sich inzwischen bis ins sechste Jahr gezogen. Europa lag brach, der Kontinent drohte in Blut unterzugehen. Keiner der englischen Generäle war bereit, dieses Gemetzel fortzuführen. Aber selbst den Männern, die über keine großen militärischen Kenntnisse verfügten, war bewusst, dass die Franzosen erst mit einem Sieg in die Knie gezwungen werden mussten, ehe sie die Bedingungen eines Waffenstillstandes akzeptieren würden.

Dann, im Juli, hatte das Unheil seinen Lauf genommen, als die Armee von General Henri de Massue, des Grafen von Galway, bei Almansa in Spanien aufgerieben worden war. Seither war die Iberische Halbinsel so gut wie verloren. Ein Umstand, der nach Marlboroughs Triumphen in den Spanischen Niederlanden kaum für möglich gehalten worden war. Eine Armee unter britischer Führung war in die Flucht geschlagen worden: Die Hälfte der Soldaten tot oder in Gefangenschaft. Schlussendlich, es war kaum eine Woche her, da hatten die Franzosen die strategisch wichtigen Städte Gent und Brügge erobert. Genauer gesagt: Der Verrat der flämischen Bevölkerung hatte zum Verlust dieser Städte geführt.

Wenn es noch eines Beweises bedurft hätte, dass etwas an den Gerüchten war, hier zeigte es sich: Die Flamen wurden der Alliierten und des großen englischen Generals allmählich überdrüssig und waren sogar bereit, sich wieder freiwillig der französischen Herrschaft zu beugen. Die Folge dieses Treuebruchs war, dass sowohl die Nachrichtenwege als auch die Nachschubwege der alliierten Armee von England aus in Gefahr waren.

Cadogan löste sich von diesen düsteren Gedanken und wandte sich an einen beleibten Colonel mit freundlichem, gerötetem Gesicht. »Sagt mir, Colonel Hawkins. Wie denkt Ihr über unsere missliche Lage?«

»Mylord, unsere Chancen stehen gut, die Franzosen hier festzunageln. Und sollte es uns gelingen, sie in ein Gefecht zu verwickeln, so habe ich keine Zweifel, dass wir auch dieser Aufgabe gewachsen sein werden.«

Der Graf nickte. »Colonel, Ihr missversteht. Ich würde gerne wissen, wie Ihr über den Feldzug als Ganzes denkt. Ihr wisst ja, dass die Franzosen unter Führung von Vendôme sich jenseits des Kanals von Brügge zurückgezogen haben. Obwohl wir sie taktisch im Griff haben, zumindest einen Teil ihrer Truppen, die wir hier sehen, stehen sie strategisch betrachtet in unserem Rücken. Euch ist zudem bewusst, dass unsere Späher aus sicherer Quelle erfahren haben, dass eine Armee unter Marschall Berwick auf dem Weg ist, um sich den Soldaten Vendômes anzuschließen.«

»Wenn das der Fall ist, Mylord, dann müssen wir mit aller gebotenen Schnelligkeit dafür sorgen, Vendôme im Gefecht zu stellen. Denn es besteht wenig Hoffnung, dass wir gegen beide Armeen erfolgreich sind.«

»Ganz recht. So beabsichtigt es auch Marlborough, und genau deshalb sind wir ja hier, wie Ihr sehr wohl erkennt. Unsere Aufgabe wird darin bestehen, die Aufmerksamkeit dieser Truppen dort drüben auf uns zu lenken, bis Marlborough zu uns aufschließt und die Schlacht eröffnet.«

»Und genau das werden wir tun, Sir. Der Plan wurde sorgsam ausgearbeitet. Die Schelde hier überqueren zu wollen, genau bei Oudenaarde, ist ein Vorhaben, das nur der Herzog in Angriff nehmen kann. Das hat die Größe von Blenheim und Ramillies. Zweifelt Ihr an seinem Plan, Mylord?«

Cadogan hatte die Stirn kraus gezogen. »Würde ich je das Genie dieses Mannes infrage stellen? Nein, Colonel Hawkins … James. Mir ist ebenso bewusst wie Euch, dass der Herzog ein ganz bestimmtes Ziel verfolgt, indem er uns hier Stellung beziehen lässt. Denn wir stehen nicht nur zwischen zwei feindlichen Armeen, sondern zwischen Vendôme und Frankreich. Dennoch, ich mache mir Sorgen. Denkt an Gent, James. Wie leicht hat die Stadt sich Frankreich ergeben. Was, glaubt Ihr, würde geschehen, wenn andere Städte in ebendieser Weise von uns abfielen? Was ist, wenn unsere Armee orientierungslos in einem fremden Land herumirrt, ohne ausreichende Vorräte an Proviant und Munition?«

Hawkins schwieg, ahnte er doch, wie aussichtslos eine solche Situation sein würde. Erneut spähte Cadogan hinüber zu den kleinen, blassgrauen Gestalten auf der anderen Seite des Tals und wusste, dass der Zeitpunkt gekommen war, ein Risiko einzugehen. Ein Risiko, von dem das Schicksal der gesamten alliierten Armee abhing. Niemand kannte exakt die Truppenstärke der Franzosen in diesem Gebiet, aber Cadogan wurde das Gefühl nicht los – fast zwanzig Jahre Feldzüge hatten seinen Instinkt geschärft –, dass jenseits der Hügel die Schlagkraft Frankreichs wartete. Es konnte kaum anders sein, überlegte er. Wo sonst sollte sich Vendôme aufhalten?

Dann schob er die Zweifel beiseite, wandte sich an den jungen Offizier zu seiner Linken und sprach mit ernster, ruhiger Stimme und dem unüberhörbaren Tonfall eines Iren.

»Cornet Rodgers, Ihr reitet zurück zu unserem Oberbefehlshaber.«

Der Offizier nickte und wartete auf die weiteren Befehle.

Cadogan dachte einen Moment mit ernster Miene nach, führte abermals das kleine Teleskop an sein Auge, ließ es dann rasch sinken und sprach erneut zu dem jungen Mann. »Richtet Marlborough aus, dass wir auf den Gegner gestoßen sind. Dass ich Marschall Vendôme gefunden habe … seine ganze Armee, wenn mich nicht alles täuscht. Und bittet Seine Hoheit in aller Höflichkeit…«, er legte sich die Worte sorgsam zurecht, »… sich unverzüglich auf den Weg zu machen. Oh, und sofern Ihr Euch eine Schelte ersparen wollt, so rate ich Euch, in Gegenwart des Herzogs leise und behutsam aufzutreten. Seine Hoheit sind in letzter Zeit etwas unpässlich.«

Während der junge Offizier sich ein wenig verunsichert auf den Weg machte, wandte Cadogan sich einmal mehr an Hawkins. »Sagt mir, James, habe ich richtig gehandelt? Denkt auch Ihr, dass Vendôme dort drüben lagert? Oder gehören die Männer auf den Hügeln lediglich zu einer Abteilung? Ist es die Nachhut, oder sind es vielleicht Späher? Könnte ich mich geirrt haben?«

Hawkins suchte den Blick des Grafen und lächelte. »Mylord, wir können nicht wissen, ob Ihr richtig oder falsch entschieden habt, solange die Franzosen sich uns nicht in ihrer vollen Stärke zeigen. Aber meiner Ansicht nach habt Ihr recht. Viel wichtiger ist indes, dass Ihr richtig gehandelt habt. Ihr braucht Euch daher weder um Eure Ehre noch um Euren Ruf Gedanken zu machen.«

Cadogans Antwort war zunächst ein Kopfschütteln, ehe er sagte: »Ich mache mir keine Gedanken um meine Wenigkeit, James, sondern um die Armee und um Marlborough. Er leidet seit einigen Tagen an Fieber. Aber was auch immer ihn gesundheitlich plagt, im Grunde weiß ich, was ihm wirklich Sorgen bereitet. Er braucht eine Schlacht, James, einen weiteren Sieg.

Wenn dies dort drüben also nicht die französische Armee ist, dann werden wir im Gegenzug …«

Die Ankunft eines atemlosen Cornet der Dragoner unterbrach den Grafen in seinen Ausführungen.

Cadogan bedeutete dem jungen Mann, sich ein wenig zu beruhigen, und ließ ihm einen Moment Zeit, wieder zu Atem zu kommen. »Mylord«, sagte der Offizier, »wir haben beobachtet, wie eine Abteilung Berittener den Weg hinunter ins Tal nimmt. Sie scheinen auf der Suche nach Proviant zu sein und führen eine Menge Fuhrwerke mit, flankiert von einer Eskorte Dragonern zu Fuß. Mein General lässt fragen, ob wir den Gegner angreifen sollen.«

Cadogan setzte ein Lächeln auf. Er brauchte nicht lange zu überlegen. »Das ist der Train, Hawkins. Die Fourage-Einheiten von Vendômes Armee. Er ist dort. Wir haben ihn aufgespürt.«

Zum Cornet gewandt, sagte er: »Sagt Eurem General, dass er die Abteilung angreifen muss. Sagt ihm, er soll sie aufreiben, so gut es geht. Er soll sehen, ob es möglich ist, eine Standarte zu erobern und Offiziere gefangen zu nehmen. Aber gebt acht, dass auch einigen Soldaten die Flucht gelingt, damit sie ihren Herren von unserer Anwesenheit hier berichten können … von ihrer eigenen Schande einmal abgesehen.«

Das war das Wunder, auf das er gehofft hatte! Eine Möglichkeit, die schlachthungrigen Franzosen wachzurütteln und ihnen vor Augen zu führen, dass die Alliierten hier vor Oudenaarde waren. Jetzt würde Cadogan den Gegner herausfordern, ehe Vendôme Zeit hatte, sich auf die zweite Armee von Berwick zu verlassen. Der Herzog von Berwick käme zu spät.

Das erkannte auch Hawkins. Er lächelte. »Wir haben sie, Sir. Ihr hattet recht, und wenn ich die Franzosen richtig einschätze, so werden sie nicht in der Lage sein, sich zu helfen. Sie werden auf Vergeltung sinnen. Ich möchte behaupten, dass Marschall Vendôme noch beim Frühstück sitzt. Und wenn er geruht, sich vom Tisch zu erheben, wird er feststellen, dass die Hälfte seiner Armee ins Feld gezogen ist, begierig, die Ehre Frankreichs wiederherzustellen. Gott sei es gedankt.«

»Ja, in der Tat, James, danken wir Gott. Aber auch Ihr solltet beten. Bedenkt, dass wir im Augenblick nur zehntausend Mann zur Verfügung haben und uns einer Übermacht erwehren müssen. Marlborough ist noch gut zwanzig Meilen hinter uns.«

»Oh, das werden wir schon schaffen, Sir.«

»Daran habe ich keine Zweifel, James. Unsere Truppen sind die besten der Welt. Es ist nicht so sehr das ungleiche Kräfteverhältnis, das ich fürchte. Auch die Bodenverhältnisse werden uns nützlich sein. In dieser Schlacht wird es vor allem auf die genaue Zeitabstimmung ankommen. Daher müssen wir zuallererst die Pontonbrücken in Stellung bringen.«

Er drehte sich im Sattel um und ließ den Blick weit über die Marschkolonne schweifen. »Wo, zum Teufel, ist Harker?« Mit erhobener Stimme wandte er sich an eine Gruppe Stabsoffiziere. »Meine Herren, ich brauche Colonel Harker und seine verdammten Pontons.«

Kaum waren die Worte des Grafen verklungen, als auch schon das erste von insgesamt vierzig Ochsenfuhrwerken zu sehen war, voll beladen mit den speziellen Pontonbooten aus dünn gefalztem Kupferblech und den hölzernen Elementen, die auf die Boote genagelt wurden. An der Spitze des Trosses ritt Colonel Harker. Nun trieb er sein Pferd in Cadogans Richtung. Der Colonel, rotgesichtig und außer Atem, grüßte vorschriftsmäßig, während Cadogan förmlich mit dem Kopf nickte.

Jetzt nimmt es also seinen Lauf, dachte Cadogan. In einer Stunde wären die Pontonboote einsatzbereit. Danach würden die Franzosen alles daransetzen, die kleine Streitmacht des Grafen zu bekämpfen. Und dann bliebe Cadogans Männern nichts anderes übrig, als die Stellung zu halten, zu kämpfen … und zu warten.

1.

Schwaden des vertrauten, beißenden Pulverdampfs, überlagert vom Stakkato der Musketensalven, trieben vom Fluss zu ihnen herüber. Captain Jack Steel stand auf einer der mit Holz ausgelegten Pontonbrücken, die noch vor Mittag über die Schelde verlegt worden waren, und ließ sich einen Moment von dem Kampfgeschehen ablenken, das sich vor seinen Augen abspielte, da er jemanden lachen hörte.

Als er nach links schaute, in Richtung Wasser, sah er, wie drei seiner Männer in den Fluss pinkelten; offensichtlich wetteiferten die Kameraden, wer am weitesten käme, und urinierten in hohem Bogen ins Wasser. Steel lauschte dem Lachen und den Prahlereien und beschloss, den Jungs ihren unschuldigen Spaß zu gönnen. Wer vermochte schon zu sagen, ob dieser Tag nicht vielleicht der letzte für die drei sein würde – oder gar Steels letzter Tag?

Der Rest von Steels Grenadierkompanie, insgesamt einundfünfzig Mann, stand wenige Schritte hinter ihm oder hatte es sich irgendwo auf dem Boden bequem gemacht, wie man es ihnen erlaubt hatte. Die Männer unterhielten sich, aber in diesen Gesprächen ging es nicht um die Schlacht, die weiter unten im Tal tobte, auch nicht um den Krieg als solchen, sondern um ganz andere Dinge: Um Frauen und Beute und Ruhm und um die unterschiedlichen Vorzüge des englischen Porter und des schottischen Ale. Doch nach und nach ebbten die Gespräche ab, da immer mehr Männer in Schweigen verfielen.

Was nach Steels Dafürhalten kaum verwunderlich war. Denn inzwischen harrten die Grenadiere seit fast zwei Stunden hier am Ufer aus, und je näher der Tod kam, desto untrüglicher wurden die Anzeichen von Ungeduld und Beklommenheit unter den Männern. Auf dem langen Marsch von Gefecht zu Gefecht hatten sie sechzig Meilen in nur fünfzig Stunden zurückgelegt, bisweilen querfeldein. Und inzwischen verfolgten diejenigen, die sich nicht hingesetzt hatten, ein blutiges Gemetzel auf der anderen Seite der Schelde. Manch einer, der in den Sog des Kampflärms geraten war, beobachtete das Treiben mit einer Mischung aus Widerwillen und Faszination.

Es gab nichts Schlimmeres für einen Soldaten, ging es Steel durch den Kopf, abgesehen vom Tod selbst oder von Verstümmelungen. Nein, nichts war schlimmer als dieses Warten. Denn immer dann hatte die Angst Zeit, sich wie ein böser Geist in den Männern zu regen und sich in die Magengegend zu fressen. Jeden plagte die Gewissheit, dass bald alle in diesen Strudel aus heißem Blei, kaltem Stahl und zerfetzten Leibern hineingezogen werden würden, der dort in dem kleinen Talkessel wütete. Steel ahnte, dass der Einsatzbefehl nicht mehr lange auf sich warten ließe, und dann sollte es möglichst schnell losgehen.

Steel wandte sich an die Männer, die hinter ihm warteten, und sah in einer Entfernung von wenigen Schritten den jungen, rotwangigen Fähnrich der Kompanie, Tom Williams. Inzwischen war er zwanzig Jahre alt und wirkte nicht mehr wie der linkische Junge, der er einst gewesen war, als er sich vor nunmehr vier Jahren in das Bataillon eingekauft hatte – Sir James Farquharsons Regiment of Foot. Williams war unmittelbar vor dem großen Sieg von Blenheim zu Steels Kompanie gestoßen, vor Marlboroughs erstem bedeutenden Triumph, zu dem das Regiment in bedeutendem Maße beigetragen hatte. Insbesondere Steels Grenadieren hatte die Schlacht am Schellenberg Ruhm eingebracht. Seither hatte Steel sich im Verlauf des Feldzuges dem jungen Burschen in fast väterlicher Fürsorge verpflichtet gefühlt. Wann immer nötig, erteilte er Williams Ratschläge oder tadelte ihn in angemessener Weise.

»Tom, ich denke, wir sollten die Männer erneut antreten lassen. Es dürfte nicht mehr lange dauern, so wie die Dinge liegen. Also appellieren wir am besten an ihren Mut, wie? Ihr könnt noch einmal die Waffen der Jungs inspizieren. Ich will, dass jede Muskete überprüft und nochmals überprüft wird. Und sorgt dafür, dass die Bajonette gut eingefettet sind. Oh, und bevor Ihr Eurer Pflicht nachkommt, zerrt Ihr diese drei Narren dort drüben vom Ufer zurück. Sie könnten sich bei ihrem Wettstreit als willkommenes Ziel für die Franzosen erweisen, und wir wollen doch nicht grundlos feindliches Feuer auf uns lenken.«

Der Fähnrich lachte. Er liebte Steels trockenen Humor und war insgeheim ein klein wenig neidisch auf seinen Captain, da dieser so gut mit den Männern klarkam. Williams eiferte Steel in allen Belangen nach; er hätte wahrlich kein besseres Vorbild haben können. Für ihn war Steel der geborene Anführer: In ihm vereinigten sich die Eigenschaften eines Gentleman mit einem aufrichtigen Mitgefühl gegenüber den Soldaten. Gleichzeitig gelang es Steel immer wieder, Distanz zu wahren; er besaß das Gespür dafür, den Männern im rechten Moment zu zeigen, wer der Offizier war und wer der einfache Soldat. Kurzum, für Männer wie Tom Williams verkörperte Jack Steel all das, was einen tapferen Soldaten ausmachte: In der Schlacht behielt Steel kühlen Kopf, war rücksichtslos und unnachgiebig im Kampf Mann gegen Mann und handelte stets intuitiv und pragmatisch. Ganz zu schweigen davon, dass der Captain der Grenadiere obendrein noch beneidenswert gut aussah und mit seinen sechs Fuß die meisten gewöhnlichen Soldaten überragte. Alles in allem reichten diese Charakteristika aus, um einen Mann wie Steel zum Helden der jungen, aufstrebenden Offiziere zu machen.

In der Tat hoffte Williams, dass er eines Tages genauso beliebt bei den Männern sein würde wie Steel, wenn auch er in den

Rang eines Captains erhoben würde oder – eines fernen Tages – seine eigene Kompanie befehligte.

Falls er so lange am Leben blieb.

Doch der junge Fähnrich wusste, dass er nicht so denken durfte. Hatten ihm das die Sergeants in seinem ersten Gefecht nicht geraten? Auch Steel übrigens, mehr als einmal. Dennoch vermochte Williams nicht, jene düsteren Ahnungen aus seinen Gedanken zu verbannen. Wusste er doch, genau wie Steel, dass es kein willkommeneres Ziel für den Gegner gab als einen Offizier. Und wie Steel, war auch Williams hochgewachsen. Die meisten Soldaten waren deutlich kleiner, nicht aber die Kameraden in den Reihen der Grenadiere.

Die Kompanie der Riesen, wie es oft hieß, rekrutierte sich aus handverlesenen Soldaten aus den Regimentern; nicht nur der Statur wegen, sondern auch wegen ihres Geschicks im Umgang mit der Waffe. Grenadiere bildeten die Sturmtruppen der Armee und waren stets die Ersten im Gefecht und meistens auch die Letzten, die aus dem Kampf zurückkehrten.

Williams wandte sich an den dienstältesten Sergeant der Kompanie, an einen ausnehmend großen und breitschultrigen Burschen aus Nordengland, dessen Grinsen ansteckend war: Jacob Slaughters verwittertes Gesicht zeugte von zahllosen Gefechten und harten Kämpfen. »Sergeant Slaughter, die Männer dort drüben... treibt ihnen diese Kinderspiele aus, wenn ich bitten darf.«

Williams versuchte stets, Steel nachzuahmen, so auch im Tonfall des Befehls. Doch die kühlen, lakonischen Bemerkungen, die er an seinem Captain bewunderte, wollten dem jungen Mann noch nicht so leicht über die Lippen kommen. Der Sergeant lächelte bei dem Versuch des Fähnrichs, den richtigen Tonfall zu treffen. Er wusste, dass Williams recht daran tat, sich einen Offizier wie Jack Steel zum Vorbild zu nehmen. Daher brüllte Slaughter nun einen Befehl in Richtung der Narren unten am Flussufer.

Die drei Männer verstummten schlagartig und knöpften rasch ihre Breeches zu. Als sie sich wieder der Kompanie zuwandten, mussten sie erst die rutschige Uferböschung überwinden, ehe sie die grinsenden Kameraden erreichten. Auf dem kurzen Weg mussten sie wohl oder übel auch an ihrem Captain vorbei, und Steel sorgte dafür, dass die drei seinen Blick spürten, in dem sich Missbilligung, aber auch Erheiterung zeigte.

Während die drei Scherzbolde mit all den anderen antraten, rief Slaughter bereits weitere Befehle, die daraufhin von anderen Sergeants und Corporals der Kompanie weitergegeben wurden. Unmissverständlich, aber nicht zu hart, setzte Slaughter den hölzernen Schaft seiner Halbpike – des Spontons – ein, damit die Männer sich ordentlich in Reih und Glied formierten. So waren die Männer nach kurzer Zeit bereit für den lang ersehnten Marsch in den Angriff.

Steel wusste indes, dass sämtliche Musketen sauber und auf ihre Tauglichkeit geprüft waren. Die Männer hatten sich bei jedem Halt um ihre Waffen zu kümmern, so auch nach dem letzten Halt vor fast zwei Stunden. Er wusste auch, dass die messerscharfen Dillenbajonette, die die älteren Spundbajonette ersetzt hatten, ausreichend eingefettet waren, damit die Soldaten sie bei Bedarf leicht aus den Scheiden ziehen konnten. Die neuartigen Modelle wurden nicht mehr in den Lauf der Muskete geschoben, sondern auf den Lauf geschraubt, sodass der Soldat immer noch feuern konnte, ehe er dem Gegner auf dem Schlachtfeld die lange Klinge zwischen die Rippen trieb. Bei all diesen Routinemaßnahmen war Steel jedoch eins klar: Im Augenblick war es geboten, die Männer von dem Blutbad abzulenken, das sich ihren Blicken jenseits der Schelde bot.

Steel spähte erneut hinüber in die Rauchschwaden der Schlacht. Abermals hörte er das Krachen der Musketensalven, gefolgt von Schmerzensschreien aus dem Pulvernebel, die der Wind bis zu den Grenadieren trug. Steel sah seine Befürchtungen bestätigt, als er merkte, dass einer der jungen Rekruten in der ansonsten aus Veteranen bestehenden Kompanie sich vor Aufregung erbrach und die weißen Kniestrümpfe und Gamaschen seines Vordermannes besudelte. Wie nicht anders zu erwarten, wirbelte der Betroffene auf dem Absatz herum, beschimpfte den jungen Burschen auf das Übelste und war im Begriff, zum Faustschlag auszuholen.

Derweil ermahnte Sergeant Slaughter beide Soldaten mit scharfen Worten, trat dann aber unter Flüchen zu dem verschreckten und zerknirschten Burschen, um ihm ein wenig Mut zuzusprechen. Hastig wischte der Junge sich die Reste des Erbrochenen von der scharlachroten Uniformjacke. Steel schaute wieder zu den gegnerischen Linien hinüber. Er würde fast alles dafür geben, wenn er seine Männer jetzt in den Zustand der gespannten Kampfbereitschaft versetzen könnte. Andererseits wollte er, dass die Jungs sich entspannten und kühlen Kopf bewahrten. Vor einem Gefecht war es immer schwer, die richtige Balance zu halten. Aber war ihm das nicht unzählige Male gelungen? Kannte er die meisten dieser Soldaten nicht seit Jahren? Vielleicht sogar besser als die eigene Familie.

Er wandte sich an Williams. »Ein Lied wäre jetzt angebracht, Tom. Stimmen wir ein Lied an. Wer hat die beste Stimme der Kompanie? Was meint Ihr? Taylor? Dan Cussiter?«

»Das dürfte Corporal Taylor sein, Sir.«

»Dann also Matt Taylor.«

Steel blickte die Reihen entlang und entdeckte den Corporal.

»Taylor! Kommt her, Matt. Gebt uns eine Melodie vor. Singt über den Lärm der Musketen. Und sorgt dafür, dass es gut klingt. ›The Rochester Recruit‹ oder etwas in der Art.«

Corporal Matthew Taylor, ein schlaksiger, ehemaliger Buchhalter aus Hounsditch, war seit nunmehr sechs Jahren der unersetzliche und gebildete Apotheker und Heilkundige der Kompanie, da er über ein breites Kräuterwissen verfügte. Er räusperte sich und begann, in kräftigem Tenor zu singen.

»Oh, ein tapfrer Füsilier
marschierte einst durch Rochester,
Auf seinem Weg in die Niederlande.
Und er sang auf seinem Marsch
Durch die vollen Straßen von Rochester,
›Wer wird noch Soldat für Marlborough und mich?‹«

Wie aus einem Mund fiel der Rest der Kompanie ein und sang den Refrain:

»Wer wird noch Soldat, wer wird noch Soldat,
Wer wird noch Soldat für Marlborough und mich?«

Mit Zufriedenheit sah Steel, wie schnell das gemeinsame Lied die verschreckten Männer auch diesmal wieder in seinen Bann schlug. Beherztes Singen war das Mittel der Wahl, wenn man noch ein bisschen Zeit vor dem eigentlichen Kampfgeschehen totzuschlagen hatte. Die Männer sollten an ihren geliebten »Corporal John« denken – an John Churchill, der nach dem Sieg von Blenheim zum Herzog von Marlborough erhoben worden war. Ja, sollten die Jungs sich ruhig noch einmal die Siege in Erinnerung rufen, die sie unter Marlboroughs Führung errungen hatten: Blenheim, Ramillies und all die anderen. Und dieser Tag würde sie wieder zu einem Sieg führen.

»Tom. Wie heißt das Dorf da drüben?«, fragte Steel.

»Eename, Sir.«

Nein, dachte Steel, das eignete sich nicht. Dem Namen haftete nichts Martialisches an. Dann doch besser die größere Siedlung weiter links. Oudenaarde. Das würde sich in den Geschichtsbüchern besser machen, auch in den Flugschriften in den Kaffeehäusern in London. Ja, Blenheim, Ramillies und Oudenaarde. Nicht zu vergessen Ostende, die Schlachtlinien von Brabant ...

Trotz des lauten Gesangs und des Kampflärms aus dem Talkessel vernahm Steel ein Niesen hinter sich. Er brauchte sich nicht umzudrehen, wusste er doch, wer dort geniest hatte: Henry Hansam, nach Steel der ranghöchste Offizier in den Reihen der Grenadiere, hatte sein eigenes Mittel, um sich auf die Schrecken der Schlacht einzustimmen. So genoss er auch jetzt wieder eine Prise Schnupftabak; insbesondere vor dem Gefecht stieg Hansams Tagesdosis auf das Zehnfache. Während die Männer in anderen Kompanien unter lauten Rufen und Trommelwirbeln vorrückten, mischte sich in Steels Einheit seit Jahren das explosionsartige Niesen von Hansam.

Steel wandte sich seinem Freund zu. Als der Lieutenant Steels Blick spürte, rief er über den volltönenden Gesang der Kameraden hinweg: »Auch eine Prise, Jack? Habe gerade eine frische Lieferung aus England erhalten, über Ostende. Feinste spanische Ware. Wie ich aus sicherer Quelle erfuhr, stammt dieser Tabak noch aus der Ladung, die Admiral Hobson einst 1702 vor Vigo erbeutete. Hervorragende Qualität, sage ich. Du bist sicher, dass du nicht auch mal ...?«

»Nein, danke dir, Henry. Magst du mich auch noch so sehr drängen und die Herkunft deines Tabaks betonen, du müsstest doch längst wissen, dass der Tag gelaufen wäre, wenn ich anfangen würde, mir dieses Zeug in die Nase zu schieben. Mein Laster ist das Trinken. Und vielleicht gelegentlich eine Partie Piquet oder Whist.«

»Oh, richtig, und du hast ja inzwischen auch nur noch Augen für eine Dame, Jack. Die liebliche Mrs. Steel hat deine ganze Aufmerksamkeit. Vergessen sind all die Tage, als du noch ...«

Steel musste lachen und unterbrach seinen Freund. »Ganz recht, Henry. Ich treibe mich nicht mehr herum. Ein einfaches Leben, das ist, wonach ich mich sehne. Ruhm, Beförderung, Reichtümer. Die Liebe einer guten Frau und eine Kompanie mit Männern wie diesen, auf die ich stolz sein kann. Mehr verlange ich gar nicht.«

Auch Hansam lachte jetzt. »Nun, wie es dir gefällt. Aber du weißt nicht, was du dir entgehen lässt. Ein seltenes Kraut, sag ich dir. Sehr süß. Duftet nach Lavendel. Beruhigt die Nerven.«

»Süß, Henry? Das Zeug ist so übel riechend wie die Abwasserrinne in Holborn. Und bei den Mengen, die du dir in die Nase stopfst, wundert es mich, dass du überhaupt noch Nerven übrig hast, die du beruhigen kannst.«

Hansam lächelte und verzog dann das Gesicht, als sich ein weiteres Niesen ankündigte, noch heftiger als das vorige. Steel amüsierte sich und war froh, als er sah, dass Slaughter und die Männer sogar beim Singen grinsten, da sie Bruchstücke der Unterhaltung der beiden Offiziere mitbekommen hatten. Es beruhigte die Soldaten jedes Mal, wenn sie merkten, dass ihre Vorgesetzten im Angesicht des Feindes gelassen plauderten oder scherzten.

Während eines Kampfes einen kühlen Kopf zu bewahren – insbesondere so unmittelbar vor dem Angriff –, war eine der Grundvoraussetzungen für die Offizierslaufbahn. Ein Offizier, das wussten die Männer, war für diese Rolle wie geschaffen. Offiziere waren Gentlemen und brachten Eigenschaften mit, die für die Führung der Männer entscheidend waren. Dazu zählte auch ein natürliches, angeborenes Selbstvertrauen. Ein Offizier, ein *echter* Offizier, war unangreifbar und nahezu unverwüstlich.

Und obwohl Steel nicht aus reichem Elternhaus stammte, sondern der Sohn eines leidlich begüterten Landadligen aus den schottischen Lowlands war, gehörte er in den Augen der Soldaten zu den geborenen Offizieren. Steel hatte für den Eintritt in die Armee ein Offizierspatent erworben, aber nicht aus eigenen Mitteln, sondern mithilfe seiner früheren Geliebten, einer Hofdame aus St. James's, der Gemahlin eines älteren Adligen. Von Beginn an hatte Steel sich in der Armee aufgrund seiner Kaltblütigkeit und Gelassenheit einen Namen gemacht. Doch hinter dieser Fassade lauerte die Angst, die jeden unerfahrenen Rekruten erfasste und ihm das Blut in den Adern gefrieren ließ. Denn wer verspürte keine Angst in Augenblicken wie diesen?

Steels Blick fiel auf die eigene Kompanie und die anderen Soldaten des Regiments dahinter. Viele der Grenadiere kannte er persönlich, sah ihre vertrauten, unrasierten Gesichter unter den hohen Grenadiersmützen, dem Symbol ihres Elitestatus: blaue und rote Stickarbeit, verziert mit Goldfäden und weißer Spitze. Diese Zipfelmützen, die sich von der kegelartigen Form her von den Hüten der übrigen Soldaten unterschieden, erleichterten den Männern das Werfen der Sprenggranaten, von denen sich die Bezeichnung Grenadier ableitete.

Obwohl diese unberechenbaren Bomben immer seltener in der offenen Feldschlacht verwendet wurden, trugen die Grenadiere sie immer noch bei sich. Jeder Mann war mit drei dieser kleinen schwarzen Metallkugeln ausgerüstet, die in einer schwarzen Ledertasche am Gürtel aufbewahrt wurden. Die Bezeichnung Granate leitete sich von dem spanischen Wort »granata« her, Granatapfel. Zündete man die Zündschnur dieser Bomben und schleuderte sie dann wie einen Cricketball in Richtung der feindlichen Linien, konnte man in Grabenstellungen immer noch für ein heilloses Durcheinander sorgen oder bei dicht gedrängt stehenden Truppeneinheiten verheerendes Unheil anrichten.

In der eigenen Kompanie kannte Steel die Eigenschaften jedes Kameraden, angefangen bei Mackay, dem stämmigen Farmerssohn, oder dem hageren Straßenflegel Taylor, bis hin zu Dan Cussiter oder Thorogood, der mit seinen überlangen Armen geradezu prädestiniert war für den Granatenwurf. Die meisten dieser Jungs hatte Steel ins Herz geschlossen. Mit vielen hatte er unzählige Male Seite an Seite gekämpft und war fest entschlossen, dafür zu sorgen, dass die Männer auch aus diesem Gefecht an Leib und Seele möglichst unbeschadet hervorgingen, ihren Anteil an der Beute erhielten und Ruhm erlangten. Nicht mehr und nicht weniger erhoffte Steel sich auch für sich selbst.

Hinter den Grenadieren, hoch über dem Bataillon, wehten die seidenen Rechtecke der Regimentsfahnen. Eine davon war nach all den Schlachten zerschlissen und sah aus wie ein zerfledderter Lumpen. Es war die Fahne des Colonels: rot und golden über dem Emblem ihres Kommandanten Sir James Farquharson. Die anderen Fahnen, die erst kürzlich angefertigt worden waren, zeigten die Symbole des Vereinigten Königreichs von England, Schottland und Irland. In der Mitte prangte eine Krone.

Auch dem letzten Zweifler führte die neue Fahne die neue Ordnung vor Augen: Farquharson hatte einst ein Regiment mit schottischen Infanteristen ausgehoben, die bei Blenheim und Ramillies unter dem blau-weißen Andreaskreuz ihrer Heimat gekämpft hatten, aber seit dem letzten Jahr gehörten all diese Männer zur britischen Infanterie. Zu den britischen Grenadieren. Sie waren stolz, fortan nicht nur der Königin, sondern auch der vereinigten Nation dienen zu dürfen. Steel beobachtete, wie sich das Sonnenlicht in den wehenden Fahnen fing.

Hinter den Fahnen, in dem Marschlandgürtel und auf den Anhöhen vor dem Dorf Eename, konnte man die Masse der Kolonnen sehen, die sich wie farbige Bänder durch die Landschaft schlängelten – eine Streitmacht aus vielerlei Nationen. Diese Truppen warteten hinter Farquharsons Regiment auf den Befehl, nach und nach die schmalen Holzbrücken zu überqueren, die auf den Blechbooten angebracht waren.

Inmitten der anderen Regimenter, das wusste Steel, wartete

eine der besten Infanteriekompanien der Welt: Lord Herberts Foot, direkt daneben die Männer von Gibson, Farrington, Meredith und Holland. Dahinter schlossen sich die Einheiten von Princess Anne, Granville, Clifton und Douglas an, dazu andere Regimenter, die bis vor Kurzem noch ausschließlich zur schottischen Armee gehört hatten: die Royals, die North British Fusiliers und die Earl of Angus's Foot. All diese Namen würden gewiss für immer in die Annalen der britischen Armee eingehen.

Rechts von den britischen Brigaden standen die Alliierten: die Preußen und Hessen in ihren auffallenden blauen Uniformen, die Hannoveraner und Schweizer Verbände in Rot und die Dänen in ihren charakteristischen grauen Uniformen. Die Soldaten dieser Regimenter sangen und fluchten in mehr als einem Dutzend verschiedener Sprachen, und doch waren alle auf Befehl ihres großen Feldherrn bis nach Oudenaarde gekommen. Hier, auf flandrischem Boden, zeigte sich die Vielfalt der europäischen Völker: Engländer, Iren, Schotten und Waliser, blasse Skandinavier, Männer aus den italienischen Staaten und deutschen Landen und im Exil lebende Hugenotten.

Doch seit einiger Zeit waren zu viele dieser Männer schweigsam. Sie sahen zu, wie ihre Kameraden, die früher am Morgen eingetroffen waren, drunten im Tal auf den Feind stießen, Salven abfeuerten, dem Kugelhagel trotzten, stürmten, kämpften und starben. Die unfreiwilligen Zuschauer indes waren machtlos. Denn sie hatten den Befehl, zu warten; daher gab es keine Alternative, als das Geschehen mit wachen Augen zu verfolgen.

Steel hingegen erschrak ein wenig, als er sich bewusst machte, dass seine eigenen Männer alles andere als still waren und Taylor sein Lied immer noch nicht beendet hatte. Oder hatte der Corporal erneut die eingängige Melodie angestimmt? War es ihm, Steel, entgangen, weil er sich den eigenen Tagträumen hingegeben hatte? Steel lauschte auf den Gesang, auf die nicht enden wollenden Verse:

»Es erhalten den Sold im Pulver und Gerassel der Kugeln,
die Soldaten wie Marlborough und ich.«

Nach Steels Dafürhalten spiegelte das Lied sein eigenes Leben wider – ein Leben, das in Pulver und Blei bezahlt wurde. Seit seinem siebzehnten Lebensjahr war das Steels Sold gewesen. Im Range eines Lieutenants hatte er sich diesem Krieg angeschlossen, hatte sich auf eigenen Wunsch und zum Verdruss seiner Offizierskameraden zu den Grenadieren versetzen lassen.

Den Rang eines Captains jedoch hatte er sich nicht erkauft, wie es meistens in der Armee gehandhabt wurde, sondern sich verdient – aufgrund seiner Tapferkeit in der Schlacht, seines mutigen Einsatzes und nicht zuletzt aufgrund seiner kürzlich entdeckten Fähigkeit eines »Spähers«. Denn Steel gehörte zu dem neuen Typus von Offizieren, die seit einiger Zeit den Dienst antraten und unter anderem Spezialeinsätze übernahmen. Vor der Schlacht von Blenheim – diesen Sommer vor genau vier Jahren – hatte Steel eigenhändig eine Verschwörung gegen Marlborough vereitelt. Gewisse Kreise innerhalb der Armee und der politischen Vertreter in London hatten versucht, den Herzog als jakobitischen Verräter zu brandmarken, um ihn dadurch nachhaltig zu diskreditieren und seines Kommandos zu entheben. Keine zwei Jahre war es her, da hatte Steel eine Schlüsselrolle in der heimlichen Eroberung von Ostende gespielt. Seither war die Stadt an der Kanalküste der Nabel der britischen Armee, sobald es um Nachrichtenwege nach England und die Beschaffung von Vorräten für die Soldaten auf dem Kontinent ging.

Steel betrachtete die Schleifen aus silberner Spitze an seinem roten Uniformrock, die er sich erst kürzlich, nach anfänglichem

Widerwillen, hatte annähen lassen. Einst hatte er sich geschworen, alles zu tun, diese offensichtlichen Rangabzeichen zu meiden. Es ging ihm dabei nicht nur um das Argument, dass er mit den Abzeichen ein besseres Ziel für die gegnerischen Scharfschützen abgab. Er hielt sich vielmehr für besser als die herausgeputzten Hanswurste, zu denen viele Offiziere im Verlauf ihrer Karriere wurden. Steel hingegen war ein Kämpfer. Was sollte ein Mann wie er mit Verzierungen? Andererseits, was sollte ein Offizier tun, wenn einem die Königin höchstpersönlich die Beförderung überreichte?

Dennoch, hartnäckig verschloss er sich den anderen Utensilien eines höheren Offiziers. Nie würde er diese lästigen Perücken aufsetzen, die viele Offiziere zur Schau trugen. Steel zog es vor, das eigene Haar hinten am Kopf zusammenzubinden, wie es bei den Dragonern Sitte war. Sein Vorbild in dieser Hinsicht war ein Offizier gewesen, den Steel gekannt hatte, als er noch den niedrigeren Rängen angehörte: Francis Hawley war Captain der First Foot Guards gewesen und ein paar Jahre älter als Steel. Als Steel sich den Zugang zum Regiment erkauft hatte, war Hawley der Befehlshaber der neu eingerichteten Grenadierkompanie gewesen.

Obwohl Hawley sich kurz darauf den Berkeley Dragoons angeschlossen hatte, waren die beiden Männer sich freundschaftlich verbunden geblieben. Im Jahre 1692, bei Steenkerke, als Steel bei einer der schlimmsten Niederlagen der englischen und schottischen Armeen seine Feuertaufe in der Schlacht erhielt, hatte er ungläubig mit ansehen müssen, wie Hawley auf dem blutigen Strand geradewegs in den Tod gelaufen war. Steel hatte Hawley nie ganz vergessen, und je länger er in der Armee diente, desto bewusster ahmte er seinen Freund und Mentor von einst nach. Wie Hawley, trug auch Steel keine Gamaschen, sondern bevorzugte die bequemeren und robusten halbhohen Stiefel.

Viel wichtiger war es für ihn indes, bei der Wahl der Waffen den eigenen Vorlieben treu zu bleiben. Ungewöhnlich für einen Offizier, trug Steel abgesehen vom Degen ein Gewehr über der Schulter, eine kurzläufige Muskete, die einst als Jagdflinte gedient hatte. Auch der Degen entsprach eigentlich nicht den Dienstvorschriften: Es handelte sich um eine schwere Waffe mit rasiermesserscharfer Klinge, die besser zu einem Kavalleristen gepasst hätte. Doch da Steel hochgewachsen war, konnte er die Klinge ähnlich wie ein Reiter schwungvoll zum Einsatz bringen.

Genau genommen war der Degen ein Breitschwert, ein einhändiges Claymore aus den schottischen Highlands mit einem Korb am Heft und gerader Klinge, gefertigt in Italien. Diese Waffe hatte immer schon an der Wand seines Elternhauses in den Lowlands gehangen und unterstrich, mehr als alles andere, Steels Herkunft. Der Degen hatte ihn bislang nie enttäuscht und auf den Schlachtfeldern Europas eine blutige Spur hinterlassen. Allein das Gewicht der Waffe reichte aus, um einem Gegner den Schädel zu spalten, doch in Steels Hand lag sie leicht wie eine Feder, und die Feinde, die mit dieser Klinge Bekanntschaft gemacht hatten, lebten selten lange genug, um von dem Zweikampf berichten zu können.

Ein Geräusch wie in der Ferne rollender Donner kündigte das Eingreifen der Artillerie an. Steel drehte den Kopf in die Richtung, hatte das Aufblitzen der Kanonenrohre aber bereits verpasst und vermochte bei den Sichtverhältnissen nicht genau zu sagen, wo die Geschütze standen. Noch waren keine Geschosse über die Köpfe der Kompanie hinweggeflogen. Inzwischen kam es ihm beinahe so vor, als verfolgten er und seine Kameraden das Spektakel in der Ferne mit dem Gleichmut eines Theaterpublikums. Aber Steel wusste um den Ernst der Lage. Vor seinem geistigen Auge sah er die Geschützmannschaften auf dem gegenüberliegenden Hügel, die mit aufgekrempelten Ärmeln neben den heißen Kanonen schwitzten, hastig die Rohre säuberten, die Kartuschen und Geschossladungen festrammten und gleichzeitig die überhitzten Geschützläufe kühlten. Steel hatte selbst aus der Nähe erlebt, wie die Kanonen unter den Warnrufen der Geschützführer auf ihren Holzlafetten zurückschnellten, und stellte sich nun vor, wie die Kugeln die Läufe verließen und in hohem Bogen über das Schlachtfeld flogen, um ihre unglückseligen Ziele zu finden.

Der Geschützdonner erzeugte so etwas wie den Generalbass in der Symphonie der Schlacht. Für Steel bildete das tiefe Grollen der Artillerie, das sich unter das Krachen der Musketen mischte, eine vertraute Geräuschkulisse – vielleicht so vertraut wie die Choräle Londons für das Ohr seiner opernhungrigen Frau. Sein Gehör war geschärft für die Tonfolgen der Melodie, die sich aus dem Geschützdonner ergab. Hier auf dem Schlachtfeld gab es kein Theater. Diese Männer dort drüben waren keine Schauspieler. Dennoch fragte Steel sich, wann der Vorhang sich zum nächsten Akt heben würde, quasi als Stichwort für seine Kompanie.

Eine solche Schlacht hatte er, wenn er recht überlegte, noch nicht gesehen. Seit nunmehr fast fünfzehn Jahren hatte Steel hautnah verfolgen können, wie die Schlachten eröffnet wurden und sich auf unterschiedliche Weise entwickelten: Nicht nur hier in Flandern, auch in der Tiefebene Dänemarks bis hinunter zu den heißen, sonnengebleichten Felsen der Iberischen Halbinsel. Erst die Salven zur Eröffnung. Dann das Vorrücken und die Befehle, die von einer Linie zur nächsten hallten, bis sich blutige Schneisen in die sauber geordneten Reihen fraßen und schließlich alles in wildem Getümmel endete, ehe eine Partei in die Flucht geschlagen wurde.

Hier jedoch bot sich ihm etwas Neues. Diese Schlacht verlief nicht nach der üblichen Dramaturgie, sondern blieb weitestgehend Stückwerk. Die Alliierten waren nach und nach eingetroffen und hatten dementsprechend versetzt in das Geschehen eingegriffen. Die Vorhut hatte sich beim Halten der Stellung am Fluss selbst übertroffen, und als Steel mit seinen Leuten vor zwei Stunden eingetroffen war, hatte das Gefecht bereits vier Stunden angedauert. Doch selbst zu diesem Zeitpunkt waren die Fronten noch nicht voll aufeinandergeprallt. Steel musste eher an zwei Hunde denken, die sich in einer Gasse abwartend umkreisten, um ihr Revier wetteiferten und zögerlich zuschnappten … sich aufeinander zubewegten, um im nächsten Augenblick wieder zurückzuweichen. Aber Steel wusste, dass es nicht Marlboroughs Absicht war, dem Gegner dieses Feld ohne einen ernsthaften Blutzoll zu überlassen.

Cadogans Pioniere hatten den Bau der Pontonbrücken vorangetrieben, sodass die Soldaten – Reiter wie Fußtruppen – über den breiten Fluss bis kurz vor die feindlichen Stellungen gelangen konnten. Steel hegte große Bewunderung für den irischen General. Cadogan hätte Marlboroughs ranghöchster Kommandeur mit einer prestigeträchtigen Position innerhalb des Generalstabs sein können, aber sobald sich eine Schlacht abzeichnete, fand man den Grafen oft in den vordersten Reihen, als Antreiber und Vorbild für die Männer. Und seine Soldaten wussten diesen Einsatz zu schätzen.

Steel konnte inzwischen Cadogans scharlachrot hervorstechende Bataillone sehen, britische und Hannoveraner Infanterie, die sich um das Dorf Eyne scharten – achthundert Yards weiter vorne rechts. Genau dieser Ort würde das Ziel von Steels Einheit werden. Aufgabe seiner Brigade wäre es dann, die sichtlich angeschlagenen Verbände Cadogans zu unterstützen und somit die gesamte alliierte Formation zu verstärken. Steel blickte nach rechts und sah, dass noch mehr alliierte Truppen über die Straße von Lessines heranrückten und Marlboroughs Wunsch entsprechend ihr Improvisationstalent unter Beweis stellen konnten. In Augenblicken wie diesen zeigte sich das wahre Genie des »Corporal John«, der die Soldaten durch sechs Jahre Krieg geführt hatte. Zunächst bis nach Bayern zum großartigen Sieg bei Blenheim und dann zurück nach Flandern.

Erneut drangen Bruchstücke von Taylors Lied an Steels Ohren, und wieder war viel Wahres in den Strophen.

»Trotz Hunger und Gefahr wird es mein Schicksal sein,
neue Arbeit zu suchen für Marlborough und mich.
Wer wird Soldat, wer wird Soldat …«

Inzwischen hatten die anderen Kompanien des Bataillons das Lied aufgegriffen, bis der Funke übergesprungen war zu den übrigen britischen Regimentern der Brigade, die hinter den Grenadieren Aufstellung bezogen hatten und bei der Brücke warteten.

So zog sich der Nachmittag hin. Abwechselnd hatten Furcht und Enttäuschung Steel und seine Männer und alle anderen befallen. Nach wie vor starben die Soldaten dort unten im Tal, einzeln oder in kleinen Gruppen von vier, sechs oder gar zehn Mann, wie das Schicksal die Kugeln zu lenken geruhte. Steel verfolgte das Getümmel in dem Dorf, sah die kämpfenden Männer auf den Feldern, in den Obstgärten und auf der weiten Ebene. Wiederholt hatte er die Passivität seiner Kommandeure verflucht.

Steel wischte sich den Schweiß von der Stirn, denn die Sonne brannte vom Himmel. Und immer noch warteten sie auf den Befehl zum Angriff.

Wieder rief Steel zu Hansam hinüber, wie des Öfteren im Verlauf des Tages. »Wie spät ist es bei dir, Henry?«

Der Lieutenant holte seine wertvolle goldene Sprungdeckeluhr hervor, die er bei Blenheim einem toten Franzosen abgenommen hatte. »Gleich halb fünf.«

Steel nickte zum Dank, verscheuchte eine Fliege, die ihm um den Kopf schwirrte, und fuhr mit einem Finger an seinem schweißnassen Kragen entlang. Auch in diesem Feldzug spürte er, dass sich wieder einmal Läuse in seinem Hemd festgesetzt hatten. Eine elende Qual für jeden Soldaten. Steel hatte sich der Plagegeister in England entledigt und hatte auch in Brüssel nicht klagen können, aber seitdem die Truppen wieder marschierten, waren die kleinen Biester wieder da – und Steel wurde das Gefühl nicht los, dass die Blutsauger nach ihrer Abwesenheit erst richtig lästig geworden waren.

Was hätte er nicht alles für ein sauberes Hemd gegeben, geschweige denn für ein anständiges Bad, dazu einen Krug Ale und ungestörten Schlaf! Vor allem Schlaf. Mit einer Hand rieb er sich über das stoppelige Kinn. Eine Rasur wäre auch nicht zu verachten, nicht zu vergessen die Aussicht, wieder mit seiner Frau das Bett zu teilen.

Mit Verzögerung fiel ihm auf, wie sehr er inzwischen schwitzte. Der Tag neigte sich fast dem Ende zu, und der Kampflärm aus dem Tal schien die Hitze noch zu verstärken. Wie lange würden sie noch hier ausharren müssen? Taylor und die Kameraden hatten längst ihre letzte Strophe gesungen, und Stille senkte sich auf die Reihen; die alten Ängste schlichen sich wieder in die Köpfe und Herzen der Männer.

Steel straffte die Schultern und sprach so laut, dass die Männer ihn hören konnten: »Das habt Ihr sehr gut gemacht mit dem Singen, Corporal Taylor. Würde es Euch etwas ausmachen, wenn wir in Kürze noch einmal auf Euer Talent zurückgreifen würden?«

Der Corporal grinste. »Zu Diensten, Captain Steel, wie immer, Sir. Hebt die Lebensgeister, so ein Lied. Das sage ich immer, Sir.« Wie ein Nachgedanke fügte er leiser hinzu: »Kann dieses Warten nicht mehr ertragen, Sir.«

Slaughter strafte ihn mit einem düsteren Blick. Aber Steel

gehörte nicht zu den Offizieren, die sich bei kleinen Unverschämtheiten ereiferten, insbesondere in Augenblicken wie diesen. Zumal Taylor zu den verlässlichsten Veteranen gehörte. Daher nickte er bloß. »Ich auch nicht, Taylor. Und mit dem Singen habt Ihr ganz recht. Wir werden noch von Euch hören, wie es so schön heißt. Aber ich möchte behaupten, dass wir bald loslegen werden. Nur keine Sorge.«

Der Mann unmittelbar neben Taylor in der vordersten Reihe der Kompanie, ein für gewöhnlich mürrischer Schotte aus den Lowlands namens John Mackay, meldete sich zu Wort: »Und wir schicken sie zur Hölle, nicht wahr, Sir? Wie wir's bei Ramillies gemacht haben, oder, Jungs?«

»Als du noch an der Brust deiner Mutter hingst«, murmelte Slaughter.

Ein kurzes, vielstimmiges Hurra kam aus den Reihen. Doch es zeugte mehr von Langeweile und Furcht der Männer als von Selbstvertrauen.

Wie bei Ramillies, dachte Steel. Ja, vielleicht würde es so enden wie bei Ramillies. Oder wie bei Blenheim. Doch Marlboroughs Triumphe schienen eine halbe Ewigkeit her zu sein. Während Steel an der Brücke wartete, hatte er das Gefühl, die Ereignisse der letzten Jahre seien in fernen Landen geschehen.

Steel hatte seine jetzige Frau Henrietta zwar schon vor der Belagerung von Ostende gekannt, aber er hätte es nie für möglich gehalten, dass sie seine Geliebte und Ehefrau würde. Sie entsprach nicht seinem Stand, hieß sie doch mit vollem Titel »Lady Henrietta Vaughan«. Unter diesem Namen würde sie wohl immer bekannt sein. Er selbst konnte sich kaum an die Vorstellung gewöhnen, dass er mit einer echten Lady vermählt war. Würde er sich überhaupt je daran gewöhnen? Seit knapp einem Jahr war sie seine Frau und lebte inzwischen in Brüssel. Ursprünglich hatte Steel nicht gewollt, dass sie zusammen mit ihm England verließ, aber sie hatte sich durchgesetzt. Sie betonte, andere Frauen würden es auch so machen, warum sollte sie also nicht ihrem geliebten Captain folgen?

Captain Steel. An diesen Rang konnte er sich ohne Weiteres gewöhnen. Für seinen Einsatz bei der Eroberung Ostendes hatte man ihn bei Hofe in den Rang eines Captains erhoben; das Patent hatte ihm niemand Geringeres als die Königin persönlich ausgehändigt. Denn bis dahin hatte Steel lediglich den Titularrang eines Captains geführt. In den Straßen Londons war er während einer Parade als Held des Feldzugs gefeiert worden. Balladensänger von Covent Garden bis Holborn hatten ihn mit Lob überhäuft, Veteranen hatten sich seine Heldentaten in den Kaffeehäusern wie White's oder Old Man's erzählt, ebenso in dem noch unter König William errichteten neuen Militärhospital in Chelsea.

Steel hatte sich damals gefragt, was wohl sein älterer Bruder gesagt hätte, hätte er ihn in all dem Pomp gesehen. Charles hatte ihn oft »Jack den Taugenichts« genannt; mehr als einmal hatte er ihn anderen Leuten mit den Worten vorgestellt: »Das ist Jack, mein glückloser Bruder, der es wohl zu nichts bringen wird.«

Steel ahnte, dass er in Charles' Augen immer der kleine Angestellte in der Anwaltskanzlei bleiben würde, der im Beruf versagt hatte, oder der mittellose Soldat, der sich sein Offizierspatent von seiner Geliebten bezahlen ließ. Was würde Charles nun sagen, wenn er Captain Steel sähe, den Helden von Ostende?

Einen Moment lang musste er auch an seinen zwei Jahre jüngeren Bruder Alexander denken, einen bekennenden Jakobiten, der mit seinen politischen Vorstellungen die Familie gespalten hatte – oder das, was von der Familie noch übrig geblieben war. Alexander war einst von zu Hause aufgebrochen, um sich dem im Exil lebenden König James in Paris anzuschließen. Seit fünf Jahren hatte Steel nun schon nichts mehr von Alexander gehört. Was mochte aus ihm geworden sein?

Tatsächlich hatte er sich des Öfteren ausgemalt, irgendwo auf den Schlachtfeldern des Kontinents auf Alexander zu stoßen, ahnte er doch, dass sein Bruder die Uniform der »Wild Geese« tragen würde, jener irischen Regimenter in französischem Sold, die für eine besiegte Dynastie und ein besiegtes Land so tapfer kämpften. Vielleicht war Alexander längst verwundet oder gar verstümmelt.

Immer wieder befiel Steel ein Gefühl tiefer Melancholie und innerer Leere, sobald er sich bewusst machte, dass er seine Kindheit, seine Jugend und seine Wurzeln in Schottland endgültig hinter sich gelassen hatte, als er auf Drängen seiner Geliebten im Range eines Lieutenants in die Guards eingetreten war. Inzwischen wusste er, dass seine wahre Familie aus jenen Männern bestand, die hinter ihm auf diesem Feld standen – all die Jungs und die hübsche, eigenwillige junge Frau, die in dem kleinen, sündhaft teuren Apartment in Brüssel auf ihn wartete.

Rang und Erfolg waren für Steel zwar wichtig für die Karriere, aber immer wieder führte er sich vor Augen, dass der wahre Gewinn der blutigen Tage in Ostende Henrietta gewesen war. Steel hatte sie aus den Händen eines französischen Freibeuters befreit – eines skrupellosen Piraten, um es auf den Punkt zu bringen –, der in Diensten des Sonnenkönigs stand. Jener René Duguay-Trouin hatte sowohl Henrietta als auch Steel selbst in einer Folterkammer unterhalb einer Schänke gefangen gehalten. Den eigenen Tod vor Augen, hatten sie mit ansehen müssen, wie ein Freund aus Ostende eines grässlichen Todes starb.

Letzten Endes hatte Steel Henrietta aus jenem Ort des Schreckens befreien können, und dafür schenkte sie ihm ihre Liebe. Das stand außer Zweifel. Und inzwischen, als die Jahre verstrichen, machte er es sich zur Aufgabe, seine Frau davon zu überzeugen, dass es noch mehr Gründe für ihre Liebe gab – Tugenden, die sie noch nicht an ihrem Mann kennengelernt hatte.

Sich allein im Leben durchschlagen zu müssen, für das eigene Überleben zu kämpfen und das Dasein eines Soldaten zu fristen, war eine Sache. Aber es war etwas anderes, wenn man in die Schlacht zog und wusste, dass es dort jenseits des Trosses jemanden gab, der auf einen wartete. Steel war glücklich und stolz, dass Henrietta ihm nach Flandern gefolgt war, obwohl es ihn in Wirklichkeit nicht wunderte, wenn er bedachte, wie beharrlich und resolut sie sein konnte.

Marlboroughs Armee folgte stets ein großer Tross mit sogenannten Schlachtenbummlern, die es bei jeder Armee gab – Frauen, Kinder, Ehefrauen oder Geliebte. Doch die wenigsten davon waren Gemahlinnen der Offiziere. Das war etwas, das er an Henrietta bewunderte: Ihr unabhängiger Geist, der eng mit ihrer unwiderstehlichen Anziehungskraft verwoben war. Er hoffte, dass er bei der Frau eines Offiziers der Grenadiere die richtige Wahl getroffen hatte. Es war nicht zu übersehen, dass seine Männer ihr zugetan waren. Sie betrachteten Henrietta als Teil der großen Regimentsfamilie. Zudem wusste jeder, was sie durchgemacht hatte, und dafür zollten sie ihr Respekt. Außerdem war sie Captain Steels Frau.

Ein Captain mochte er zwar sein – und er erhielt einen nicht zu verachtenden Jahressold von 170 Pfund –, aber Steel war nach wie vor hungrig auf Beförderung. Denn so lieblich Henrietta auch war, ihre Ansprüche hatten bereits erhebliche Auswirkungen auf sein Leben. Steel war bislang kaum bewusst gewesen, was für Kosten eine Offiziersfrau verursachte. Gewiss, sie hatte eine kleine Mitgift in die Ehe eingebracht, aber diese Summe spiegelte nicht ihren Status als älteste Tochter des Herzogs von Rumney wider. Deshalb fragte Steel sich immer wieder, ob ihr Vater, da er Steels bescheidene Verhältnisse und die unsicheren Zukunftsaussichten kannte, nicht absichtlich eine größere Summe zurückgehalten hatte … für den Fall, dass etwas Unvorhergesehenes geschah.

Zudem waren weitere Summen vonnöten gewesen, da Henrietta darauf bestanden hatte, eine Zofe aus England kommen zu lassen. Sie hatte sich auch nicht mit einer einfachen Unterkunft in Brüssel zufriedengeben wollen, sondern gleich eine Suite für sich beansprucht. Als Junggeselle hatte Steel sich noch mit einem Bett in den oberen Räumen einer Taverne begnügt, doch seit der Heirat bestand Henrietta auf einem gewissen Standard und legte obendrein Wert auf die Möglichkeit, Gäste empfangen und unterhalten zu können: In Brüssel bestand das Apartment demzufolge aus zwei Schlafgemächern, einem Salon, einem Arbeitszimmer und einem Speisezimmer. Abgesehen von der Zofe gönnte Henrietta sich für die Küche einen eigenen Koch, ganz zu schweigen von ihren anderen Ansprüchen. Steel hätte es nie für möglich gehalten, dass Frauen so viel ... Kram anhäuften.

Ja, sein Leben hatte sich von Grund auf verändert, und sosehr er seine Henrietta auch verehrte, allmählich empfand er die Zweisamkeit als Bürde. Inzwischen konnte er nachvollziehen, was Slaughter gemeint hatte, als er sagte, das Soldatentum und der Ehestand ergäben keine glücklichen Bettgenossen.

Dennoch, sobald Steel mit Henrietta das Ehebett teilte und ihren kleinen, weichen Leib neben sich spürte, waren all diese Gedanken verpufft. Schnell verlor er sich dann in Sinnesfreuden, die er sich nie erträumt hätte. Fast hatte er befürchtet, in den Monaten fernab vom Kriegsgeschehen verweichlicht zu sein, da er den Luxus eines Federbetts in den Armen seiner Frau genoss. Doch während der zurückliegenden Wochen hatte er erfahren, dass das Regiment nur wenige Gefechte erlebt hatte. Daher hatte er keine Gelegenheit verpasst, weiteren Ruhm zu erlangen.

Das schrille Kreischen einer Kanonenkugel, die über die Köpfe der Soldaten hinwegschwirrte, riss Steel unsanft in die

Wirklichkeit zurück. Doch selbst während er beinahe unbeteiligt das Kampfgeschehen verfolgte, war er in Gedanken noch immer mit dem Problem befasst, dass er vor Jahresende Mittel und Wege finden musste, seine finanzielle Situation zu verbessern. Eine Beförderung zum Major würde ihm da zupasskommen und ihm einhundert Pfund mehr pro Jahr einbringen. Wahrscheinlich würde er seine geliebten Grenadiere dennoch nicht verlassen. Es sei denn, der gegenwärtige Regimentsadjutant käme im Verlauf des Feldzuges zu Schaden.

Steel hatte Charles Frampton zwar nie gemocht, aber der Major war ein zu guter Soldat, als dass man auf ihn verzichten könnte. In den Wochen nach Ramillies war Frampton an der Verbreitung verleumderischer Pamphlete gegen Marlborough beteiligt gewesen, was diesen Mann in Steels Augen noch verhasster gemacht hatte. Inzwischen sprach niemand mehr davon; die Angelegenheit war vergessen. Framptons Komplize, der eigentliche Drahtzieher der Intrige, war bestraft worden, und Frampton war mit einer strengen Verwarnung davongekommen. Zusätzlich hatte man ihn aufgefordert, mehrere hundert Guineen in die Regimentskasse zu zahlen.

Es entsprach nicht Steels Art, einem anderen Offizier ein Missgeschick auf dem Schlachtfeld zu wünschen. Andererseits war es, nüchtern betrachtet, natürlich der einfachste Weg, wenn man in die Fußstapfen eines gefallenen Kameraden trat … eine nicht unwillkommene Aussicht für einen Mann in Steels Situation, von Schulden geplagt und ohne ausreichende Mittel. Aber vielleicht würden sie in dieser Schlacht Beute machen. Marlborough hatte unter Androhung der Todesstrafe verboten, während des Feldzuges zu plündern, aber es bestand womöglich Aussicht auf legitime Beute, wenn sie an diesem Tag den Sieg davontrugen und bis nach Frankreich vordrangen.

Wenn sie den Sieg davontrugen. Steel lächelte. Er hatte sich an das Siegen gewöhnt. Aber wie sollten sie siegen, wenn sie nicht kämpfen konnten oder durften?

Er wandte sich Hansam zu. »Ich weiß nicht, wer uns so lange warten lässt, aber wer immer es sein mag, verflucht soll er sein. Ausnahmsweise auch Marlborough für seine verdammte Zurückhaltung. Wir müssen bald los, Henry! Schau dir nur die Männer an!«

Versuchsweise setzte er einen Fuß auf die Pontonbrücke. Er hörte, wie das Holz knarrte und sah, wie die Seile sich spannten, die am Ufer befestigt waren.

»Sieht gut aus, Jack. Die hält.«

»Sollte sie auch. Bald wird eine ganze Brigade den Fluss überqueren.« Hoffentlich bald, fügte er im Stillen hinzu. Dann deutete er auf das andere Ufer. »Siehst du das, Henry? Da drüben auf dem Feld?«

»Ja, unsere Männer sind den Franzosen zahlenmäßig unterlegen. Deshalb sind wir wohl hier.«

»Und doch müssen wir warten. Ganz schön gerissen von Marlborough, was? Er will die Franzosen so schnell wie möglich aus ihren Stellungen locken, will sie auslaugen. Marschall Vendôme zeigt er nur einen Teil seiner Armee, als Lockmittel. Er will die Franzosen dazu bringen, vorzurücken und Cadogan zu schlagen, ehe wir mit aller Macht eingreifen.«

»Ein kühner Plan, Jack. Aber was ist, wenn die Franzosen die Oberhand behalten? Was, wenn sie nun allzu rasch ihr Ziel erreichen?«

»Dann, mein Freund, sind wir umsonst bis hierher marschiert. Dann müssten wir zurückweichen bis zu den Anhöhen Richtung Lessines, schneller als wir gekommen sind. Aber stell dir vor, der Plan geht auf, Henry. Wenn es den Männern um Cadogan gelingt, ein bisschen länger durchzuhalten und weitere Truppen des Gegners aus den Stellungen zu locken, wird der Moment kommen, wenn Marlborough mit der Schlagkraft der Hauptarmee vorrückt. Und dann zwingt er der Schlacht *seine* Bedingungen auf. Du siehst, Henry, der genaue zeitliche Ablauf ist alles. Aber das macht es nicht einfacher für uns oder den Rest der Brigade. Wir können hier nur abwarten und zusehen.«

Jemand hüstelte respektvoll in Steels Nähe. »Bitte um Verzeihung, Sir, aber wann rücken wir vor? Ich kann mich nicht erinnern, die Männer schon einmal so mürrisch und gereizt gesehen zu haben. Sie sind wie Terrier vor dem Kaninchenbau und wissen im Augenblick nichts mit sich anzufangen.«

Seitdem Steel vor fast sieben Jahren in das Regiment gewechselt hatte, war Sergeant Slaughter nun schon an seiner Seite. Die beiden Männer verband eine Freundschaft, die wohl nur in gemeinsam durchlebten Schlachten entstehen kann und über das gewöhnliche Verhältnis zwischen Offizier und Sergeant hinausgeht. Tatsächlich ließen einige der anderen Offiziere der Brigade durchblicken, dass sie einen freundschaftlichen Umgangston bei Vorgesetzten und Untergebenen verachteten und für nicht angemessen hielten. Für Steel jedoch war dies die Art und Weise, einen Krieg zu führen. Nach seinem Dafürhalten sollte in einer Kompanie oder einem Regiment ein einvernehmlicher Ton herrschen. Natürlich waren Aspekte wie Hierarchie und Befehlsketten unerlässlich für die Aufrechterhaltung der Disziplin. Aber das stille Einvernehmen, das zwischen ihm und einem Mann wie Slaughter herrschte – das gegenseitige Vertrauen – war etwas Seltenes: Ein unsichtbares Band der Brüderlichkeit, das niemand nachvollziehen konnte, der es nicht erlebt hatte.

Unterdessen hatten die Geschützmannschaften auf den Hängen der gegenüberliegenden Hügelkette die Flugbahnen der Geschosse verändert, sodass die Kugeln allmählich Steels Brigade gefährlich wurden. Ein verirrtes Geschoss schlug am Flussufer ein und blieb im Matsch stecken.

Steel wandte sich an Slaughter. »Die schießen sich auf uns ein. Die nächste Salve wird treffen. Henry, es wird Zeit, dass wir Aufstellung beziehen.«

Kaum hatte er den Satz zu Ende geführt, als die drei Männer Rauchwolken der feindlichen Geschütze sahen, unmittelbar gefolgt von den unverwechselbaren schwarzen Punkten, die sich als schnell heransausende Kanonenkugeln entpuppten. Vier der Geschosse drifteten von Steel aus gesehen nach links und wühlten sich in die Reihen des anderen Bataillons, doch die übrigen vier flogen genau in Richtung von Steels Kompanie. Es gab keine Möglichkeit, den Geschossen auszuweichen. Man konnte nur stehen bleiben und beten, dass das Glück es gut mit einem meinte.

Steel schaute wie gebannt zum Himmel hinauf und verfolgte die Flugbahnen der Eisenkugeln, die inzwischen deutlicher zu erkennen waren und die Distanz mit unvorstellbarer Geschwindigkeit überwanden: Die Luft schien zu brennen, als die Kugeln den Zenit überschritten hatten und sich zur Erde neigten. Steel atmete erleichtert aus, als er sah, dass die schwarzen Geschosse über die Köpfe seiner Kameraden hinwegflogen. Einige Reihen dahinter jedoch verrieten Schreie, dass andere Soldaten des Regiments nicht so viel Glück gehabt hatten.

Wieder sprach Steel seinen Sergeant an. »Bei Gott, ich wünschte, wir könnten fort von hier, Jacob. Ich glaube, die Jungs halten es nicht mehr aus. Bald fehlt ihnen der Mut, den sie brauchen werden.«

»Aye, Sir, oder die Köpfe.«

Eine weitere Salve kam der Kompanie gefährlich nah, aber die Kugeln trieben weiter nach rechts ab und rissen dem Pferd eines Offiziers aus Merediths Kompanie den Kopf ab. Der Offizier hatte den Unterschenkel verloren und lag halb unter dem toten Tier. Steel nickte in Slaughters Richtung und bekam mit, wie einer der Corporals einem der Rekruten auf die Schulter klopfte und den jungen Burschen zurück in die Reihe drückte. »Die Jungs scheinen weiche Knie zu haben, Jacob. Werden sie es durchstehen?«

»Die schaffen das schon, Sir. Aber ich bin Eurer Meinung, Sir. Wir müssen bald los.«

Der Wind trug Fanfarenklänge von Signalhörnern zu Steels Männern herüber. Als Steel nach links schaute, sah er, dass der aufgewirbelte Staub das Vorrücken der Kavallerie jenseits des Flusses anzeigte.

»Das ist Kavallerie, Sir«, meinte Slaughter und spähte mit zusammengekniffenen Augen über die Schelde. »Und zwar jede Menge. Die wollen doch wohl nicht uns angreifen? Haben es bestimmt auf die armen Teufel am Dorfrand abgesehen.«

Steel versuchte, die Reiter in der Staubwolke an ihren Uniformen zu identifizieren. Noch war ihm nicht klar, aus welcher Richtung sie kamen. Schließlich sagte er: »Nein, Jacob, das sind unsere. Hannoveraner. Und sie haben es nicht auf unsere Leute abgesehen. Sie halten auf die Franzosen zu, Gott sei Dank. Jetzt bekommen wir was zu sehen, möchte ich wetten.«

2.

An einem klappbaren Holztisch vor einer kleinen Schänke am Rande des Dorfes Gavre – an der Straße nach Huysse – saß Louis Joseph de Bourbon, Duc de Vendôme und Marschall Frankreichs, und nagte den Rest Fleisch von einem Hühnchenschenkel. Die Knochen warf er seinen Hunden vor. Von seinen beiden Pointern würde er sich nie trennen, waren sie doch im Verlauf dieses Feldzuges und des letzten Jahres seine treuesten Begleiter gewesen. Inzwischen betrachtete Vendôme die Tiere als Talismane.

Hinter dem Marschall wurden die Offiziere des französischen Generalstabs allmählich rastlos. Doch Vendôme ignorierte die Herren. Er schwieg und würdigte seine Berater keines Blickes, obwohl dem Stab Charles de Bourbon angehörte, Duc de Berry, der fettleibige Enkel des Sonnenkönigs, sowie James Francis Edward Stuart, der Anspruch auf den britischen Thron erhob. Vendôme machte sich bewusst, dass sein eigener Stammbaum nicht weniger erhaben war, immerhin war er der Enkel von Heinrich IV. von Frankreich und von Rechts wegen ein königlicher Prinz.

Was, so überlegte er, hatte er diesen Herren überhaupt zu sagen? Keiner von ihnen hatte die Einladung angenommen, gemeinsam mit ihm zu speisen. Der Marschall verzweifelte an seinen Generälen und Beratern genauso wie an seiner Armee. Zugegeben, die Einheiten seiner Streitmacht – immerhin 85 000 Mann, aufgeteilt in 90 Bataillone Infanterie und 170 Schwadronen Kavallerie – waren größtenteils zufriedenstellend. Kopfzerbrechen machten ihm die Fremden, die sich der französischen

Armee angeschlossen hatten, insbesondere die Schweizer, Spanier, Wallonen und die Söldner aus den unterschiedlichsten deutschen Landen.

Zumindest der Herzog von Burgund, der Enkel Ludwigs, war nicht unter ihnen. Vendôme vermutete, dass der Prinz, der angeblich die Kunst der Kriegsführung erlernen sollte, in Wirklichkeit den Auftrag erhalten hatte, ihn zu beschatten. Seit Italien hatte er den Sonnenkönig nicht mehr zu Gesicht bekommen; Ludwig, so hatte es den Anschein, suchte eher den Rat des Kurfürsten Max Emanuel und hielt sich nicht mehr an den erfahrensten und loyalsten seiner Generäle.

Vendôme spie ein Stück Fett aus. Nun, dachte er bei sich, der König würde schon bald feststellen, wie ausgezeichnet er, Vendôme, sich auf die Kunst der Kriegsführung verstand. Und dann würde Ludwig ihm Gehör schenken.

Irgendwo draußen in der Nähe des Feindes lenkte Vendômes Cousin, Prinz Eugen von Savoyen, seine Truppen mit seinem Oberbefehlshaber Marlborough und versuchte, der Schlacht seinen Stempel aufzudrücken. Aber der Marschall war nicht übermäßig besorgt. War es ihm vor drei Jahren bei Cassano in Italien nicht gelungen, Eugen zu besiegen? Wenn nur dieser Esel, der Herzog von Burgund, jetzt nicht bei der Armee wäre! Und dazu noch im Range eines Marschalls. Zum ersten Mal spürte Vendôme die kleinsten Anzeichen einer drohenden Niederlage, doch er ließ diese Gedanken nicht an sich herankommen. Mit seinen vierundfünfzig Jahren und seiner Erfahrung von vier Jahrzehnten bei der Armee wusste Vendôme, dass es als Befehlshaber im Wesentlichen auf die Geistesverfassung ankam.

Er schaute auf seine Hunde, die weiter um Bissen bettelten. Das Glück würde ihnen hold sein, fürwahr, sein Kommando war nicht in Gefahr. Er musste sich auf das Schicksal verlassen und auf seine Erfahrung.

Als er Hufschlag vernahm, schaute er auf und sah einen Reiter, der auf die Schänke zuhielt. Ein Berater des Generalstabes, wie die Uniform vermuten ließ. Der Mann schwang sich aus dem Sattel und schaute sich um, vermutlich nach dem Befehlshaber.

»Wo ist Marschall Vendôme?«, hörte der Marschall ihn fragen.

Einer der Berater führte den jungen Mann zu Vendômes Tisch.

»Monseigneur, ich überbringe Euch eine dringende Bitte von General Biron. Er wird angegriffen, Monseigneur.«

Vendôme starrte den jungen Mann an und griff nach der Meldung. Rasch wischte er sich die fettigen Finger an den Schößen seines grauen Mantels ab, öffnete das Schreiben und überflog die Zeilen. »Alliierte Einheiten ...«, murmelte er halblaut vor sich hin, »... Engländer, Preußen. Starke Truppenverbände.« Er hielt inne. »Wie stark, Mann? Sind sie in der Überzahl? Wie kann das sein?«

Der junge Bote stammelte: »Nun, Hoheit ... der Feind, Hoheit. Die Rotröcke sind da ... Infanterie und Reiterverbände. Wir werden zurückgedrängt. Sie haben die Schelde bei Oudenaarde überquert.«

Vendôme knüllte die Nachricht zusammen und stieß durch zusammengebissene Zähne hervor: »Oudenaarde. Ich hätte die Stadt in zwei Tagen eingenommen und das alles verhindern können.« Er suchte den Blick des jungen Boten und zog die Stirn kraus. »Biron bittet mich um Verstärkung, nicht wahr? Nun, Ihr könnt dem General ausrichten, dass die alliierte Armee nicht in unserer Nähe ist. Es müsste mit dem Teufel zugehen, wenn sie sich seinen Stellungen genähert haben sollten. Ein solcher Gewaltmarsch ist undenkbar.«

Der Bote war unschlüssig, fürchtete er doch um einen herben Dämpfer in seiner militärischen Karriere, wenn er jetzt widersprach. Doch letzten Endes glaubte er, dieses Opfer bringen zu können, wenn es ihm dadurch gelänge, Tausenden von Franzosen das Leben zu retten. Daher schüttelte er den Kopf und zeigte sich beharrlich: »Ich bitte Euch, Hoheit. Schaut noch einmal in Richtung Süden. Ich schwöre Euch, die alliierte Armee ist dort, zumindest ein beträchtlicher Teil. Eine ganze Vorhut Rotröcke, Sire. Infanterie und Kavallerie, dazu Artillerie. Sie drängen uns fort von Oudenaarde. Ein Regiment der Schweizer Infanterie haben sie schon in die Flucht geschlagen. Und gewiss richten sie in diesem Augenblick noch mehr Unheil an.«

Vendôme verfluchte den jungen Burschen im Stillen, aber in seinen sechsunddreißig Jahren als Soldat – davon zwanzig Jahre als General – hatte er gelernt, wann es klug war, Ratschläge anzunehmen. Gemächlich stellte er den Weinkelch ab, nahm einen weiteren Hühnchenschenkel vom Teller, erhob sich und ging über die Straße. Sein Ziel waren nicht die anderen Offiziere, die sich ein wenig abseits unterhielten, sondern die Kuppe der Anhöhe.

Dort angekommen, ließ er den Blick über den Horizont schweifen und blieb wie angewurzelt stehen. Fast hätte er sich an dem Bissen Fleisch verschluckt. Weit unten im Tal der Schelde hatte sich eine riesige Staubwolke erhoben; sie wirkte aus der Ferne wie ein Wirbelwind. Vendôme hätte Zuversicht verspüren können, aber er war kein Narr. Er konnte das Herannahen einer Armee von gewöhnlichen Staubaufwirbelungen unterscheiden, und er verstand es wie kein Zweiter, die Zeichen des Krieges zu deuten.

Fluchend machte er auf dem Absatz kehrt und begab sich auf kürzestem Weg zurück zu dem Boten.

»Habt Dank. Bedaure, wenn ich an Euren Worten gezweifelt habe, Lieutenant. Ja, ich sehe, was Ihr meint. Überbringt General Biron eine Nachricht. Sagt ihm, er braucht sich keine Sorgen zu machen. Er möge die Streitmacht voraus mit aller gebotenen

Eile angreifen. Ich selbst werde die Kavallerie als Entsatz auf unseren linken Flügel dirigieren. Wartet einen Augenblick.« Er blickte hinüber zu der Gruppe Offiziere. »Puységur.«

Vendômes Stabschef trat vor.

»Puységur, begleitet diesen jungen Offizier. Ihr werdet unverzüglich zu General Biron reiten. Richtet ihm aus, er möge für den Augenblick dort warten, wo er jetzt ist. Wir verfügen hier noch über zu wenig Kavallerie für eine sofortige Verstärkung. Er muss auf die Reiter warten, ehe er sich weiter vorwagt. Und sagt ihm vor allem, er soll ruhig zulassen, dass der große General Marlbrook mit so vielen Kräften herüberkommt, wie er mag.«

Sowohl der Stabschef als auch der Lieutenant wirkten verblüfft.

Doch Vendôme fuhr bereits fort. »Kein Grund zur Beunruhigung, meine Herren. Das alles ist Teil meines Plans, um den Feind in eine Falle zu locken. Und nun macht Euch auf den Weg.«

Er wandte sich an seinen Privatsekretär. »Du Capistron, lasst dem Herzog von Burgund eine Nachricht zukommen. Er soll die Infanterie des gesamten linken Flügels unmittelbar hinter meinen Vorstoß mit der Kavallerie bringen.«

Der Marschall trat wieder an den Klapptisch und nahm noch einen Schluck von dem Wein, den er hatte stehen lassen. Dann bückte er sich, streichelte einen der Pointer und beglückwünschte sich selbst zu diesem raschen Entschluss. Denn Marlborough hatte einen Fehler gemacht, endlich einmal. Sollte es Vendôme jetzt gelingen, ungehindert vorzurücken, würde er einen Großteil der Alliierten auf der falschen Seite der Schelde in die Enge treiben. Marlborough würde von einer Übermacht festgenagelt werden und als natürliches Hindernis den Fluss im Rücken haben. So würde es Vendôme zumindest gelingen, die feindlichen Verbände über die Pontonbrücken oder gar ins Wasser zu treiben. Dafür brauchten seine Generäle nur gemeinsam an einem Strang zu ziehen. War das zu viel verlangt? Von dem Herzog von Burgund, diesem elenden Narren?

Eine schwarze Schmeißfliege hatte sich auf ein Stück des Brotes auf dem Teller niedergelassen. Vendôme griff nach einer großen Kelle aus Zinn und erschlug das Insekt damit. Ja, die Vorhut der Alliierten würde er genauso erledigen wie diese lästige Fliege. Und dann, ehe Marlbrook in der Lage wäre, seine Linien zu verstärken, wäre Vendôme Herr über den Fluss und die Brückenköpfe dort. Der große britische General würde zurückgetrieben, worauf ein dankbarer König Ludwig seinen stets treuen Marschall belohnen würde. Vergeben wären alle Zwistigkeiten.

Vendôme wandte sich der kleinen Gruppe Offiziere zu. »Kommt, meine Herren. Chevalier, wenn Ihr erlaubt. D'Evreux. Ihr alle, ich bitte Euch. Dies ist nicht der Zeitpunkt für ein Mahl oder Plaudereien. Die Mahlzeit ist beendet. Kommt. Wir haben noch viel zu tun und müssen eine Schlacht gewinnen.«

* * *

Auf einem Schlachtfeld gibt es keinen atemberaubenderen Anblick als eine vorrückende Brigade Kavallerie in Höchstform, dachte Steel. Er war dankbar für diese Art der Ablenkung. Da die französischen Geschützmannschaften sich auf ihre Ziele eingeschossen hatten, mussten Steels Männer weitaus mehr einstecken als in den Stunden des Wartens zuvor. Viel zu lange harrten sie nun schon auf diesem Hügel aus, zur Untätigkeit verdammt, und mussten mit dem quälenden Druck zurechtkommen. Jetzt indes, als die Kanonenkugeln zu einer tatsächlichen, greifbaren Bedrohung wurden, bot sich den Männern die Möglichkeit, sich von dem Geschehen ablenken zu lassen.

Steel, Slaughter, Hansam und Williams und all die anderen,

die in der Lage waren, sich einen geeigneten Aussichtspunkt zu suchen, beobachteten, wie sich vom linken Flügel der Alliierten Reihe um Reihe elegant trabender Kavalleriepferde löste und über die Ebene preschte. Die Reiter begannen zunächst in langsamem Trott, ehe sie vor den Augen der Feinde in einen Kanter und schließlich in Galopp verfielen. Der Boden vibrierte, während die Kavallerie sich unaufhaltsam der rechten Flanke der Franzosen näherte.

Steel spähte hinüber zum Ziel der Reiter und entdeckte eine beachtliche Schar französischer Kavalleristen, die sich jenseits der Straße nach Gent aufhielten. Dragoner in ihren schmucken, blau-roten Uniformröcken saßen ruhig auf den Rücken ihrer Pferde und ahnten offenbar noch gar nicht, dass die feindlichen Einheiten immer schneller in Richtung Straße donnerten. Steel konnte nur vermuten, dass diese Nachlässigkeit dem Umstand geschuldet war, dass die Dragoner in dem Glauben waren, der Boden zu ihrer Rechten sei unüberwindbar. Dabei mussten die Franzosen doch bemerkt haben, dass die Hannoveraner sich für die Attacke versammelt hatten. Steel malte sich aus, wie die Anführer der Schwadronen hoch und stolz zu Ross saßen, auf den edelsten Tieren, die in Frankreich für Geld zu haben waren. Noch lachten sie womöglich und plauderten unbeschwert, obwohl ihnen die Bewegung auf der Flanke nicht entgangen sein konnte.

Steel beobachtete die Franzosen weiter. Denn auch er hatte sich vor Stunden einen Überblick über die Beschaffenheit des Geländes verschafft und war der Meinung gewesen, dass das Marschland ringsum größtenteils unpassierbar war.

Steel sprach Williams und Hansam an, die neben ihm standen. »Nun, meine Herren, was haltet Ihr davon? Haben unsere Generäle allmählich den Verstand verloren? Erst halten sie uns hier einen geschlagenen Tag lang fest, und jetzt schicken sie, wie es scheint, die besten Einheiten unserer Kavallerie in die Sümpfe.«

Williams, der Steels Kommentar anscheinend überhört hatte, blickte wie gebannt hinüber zur heranstürmenden Kavallerie und sagte im Tonfall aufrichtiger Bewunderung: »Das ist brillant. Unglaublich!«

Steel sah den Fähnrich fragend an. »Tom? Ist er ansteckend, dieser Wahnsinn? Bleibt mir bloß vom Hals. Was redet Ihr da? Ihr seht doch so gut wie ich, dass der Boden sich nicht für Kavallerie eignet. Das ist Marschland, um Gottes willen. Selbst unsere Fußtruppen müssten sich quälen, wenn sie durch diesen Matsch getrieben würden. Das ist Irrsinn.«

Williams antwortete in einem Tonfall, der dem niedrigeren Rang angemessen war; dennoch wohnte seinen Worten Überzeugung inne. »Nein, Sir, das ist kein Irrsinn. Seht Ihr, diese Marsch ist nicht das, was sie zu sein vorgibt. Ich habe es mir heute früh von Harrington erklären lassen, Sir. Ich weiß nicht, ob Ihr ihn kennt. Er ist Cornet bei Hays Dragonern, gehört zum Stab dort. Ein netter Kerl ...«

»Nun erzählt schon«, drängte Steel.

»Tut mir leid, Sir. Tatsache ist: Der Boden ist fest. So fest wie der Untergrund, auf dem wir gerade stehen.« Er stampfte mit dem Fuß auf. »Sieht nur so aus wie Sumpfgelände, Sir, wegen der Wasserschicht, die hier und da an der Oberfläche zu erkennen ist. Wie Öl, das auf dem Badewasser schwimmt, wenn Ihr versteht, was ich meine.«

Steel starrte den jungen Fähnrich ungläubig an, denn er konnte sich nicht vorstellen, wann Williams zuletzt in duftenden Ölen gebadet haben wollte.

»Harrington meint, die Ingenieure hätten ihm erzählt, der Boden könne einen Zug Artillerie tragen. Das ist doch brillant, Sir. Denn die Franzosen ahnen nicht, wie es wirklich um sie steht. Sie werden in Stücke gehauen.«

Steel beobachtete wieder die Franzosen. Er sah, dass einige Kavallerieoffiziere inzwischen in Richtung der heranstürmenden Hannoveraner zeigten. Sie lachten noch immer. Offenbar hatten sie nur Hohn und Spott übrig für die Entscheidung des gegnerischen Kommandeurs, die Reiter in sumpfiges Gelände zu treiben.

»Großer Gott, Ihr habt recht«, sagte Steel. »Sieh dir das an, Henry. Sie ahnen nicht, was ihnen blüht. Haben keinen Schimmer. Sie werden sich nicht mehr rechtzeitig formieren können. Siehst du das? Das ist wirklich brillant. Gut erkannt, Tom.«

Die Pferde der Hannoveraner überwanden das Terrain inzwischen immer schneller; das Gewicht von Ross und Reiter ließ es meist nicht zu, die volle Geschwindigkeit bei der Attacke zu erreichen. Doch Steel ahnte, dass die Hannoveraner schnell genug waren, um mit voller Wucht in die französischen Linien zu preschen. Die Franzosen hingegen hatten sich immer noch nicht gerührt, obwohl sie sahen, dass der Gegner offenbar doch imstande war, das Marschland zu überqueren.

Augenblicke später jedoch fiel Steel auf, dass einige der französischen Offiziere ihre Pferde wendeten und sich den Schwadronen und anderen Truppenteilen anschlossen. Den Franzosen würde jeden Moment vor Augen geführt werden, wie entscheidend wichtig in einer Schlacht die gute Arbeit der Aufklärer war. Diese Lektion würde viele Kavalleristen das Leben kosten.

Jetzt konnte man auch die Hannoveraner erkennen; es handelte sich um General Jørgen Rantzaus Brigade von Dragonern, die unter Cadogans Kommando standen. Eine Schar weiß uniformierter Söldner aus deutschen Landen in englischen Diensten, die weder den Franzosen noch deren Schweizer Alliierten zugetan waren. Insgesamt stürmten dort acht Schwadronen der Hannoveraner heran, ungefähr 1200 Mann auf einheitlich braunen Pferden.

Steel nahm das Aufblitzen von Metall im Sonnenlicht wahr und sah die langen Kavalleriesäbel, die die Reiter sich auf die rechte Schulter gelegt hatten. Diese Waffen lagen gut in der Hand und würden wie Hammerschläge auf alles niedersausen, was sich ihnen in den Weg stellte: Fleisch, Knochen, Sehnen.

Ein eigenartiger Schauer der Faszination befiel Steel, als er sah, wie die Pferde der deutschen Söldner sich immer weiter den Franzosen näherten, die es auch jetzt nicht für nötig befanden, sich zu formieren. Viel zu spät erkannten sie, in welcher Gefahr sie schwebten. Steel sah, wie die Gegner in letzter Sekunde hastig versuchten, Bewegung in die noch starren Reihen zu bringen. Offiziere schrien nutzlose Befehle, nach rechts zu schwenken und dem herannahenden Feind entgegenzutreten. Säbel wurden gezogen. Aber da war es für die Franzosen bereits zu spät. Der Ansturm der weiß uniformierten Hannoveraner auf ihren großen Pferden leitete den letzten Akt des Schreckens ein.

Aus dem Tal drangen plötzlich Geräusche herüber, die in den Ohren der jungen Rekruten seltsamerweise an das Knacken eines prasselnden Feuers erinnerten. Steel wusste sofort, dass es sich um Musketenschüsse handelte. Ein Bataillon Infanterie, das sich rechts von den galoppierenden Hannoveranern formiert hatte, eröffnete das Feuer. Flammenzungen stieben aus den Läufen, Pulverdampf hüllte die Schützen ein. Die Salve hob einige Hannoveraner aus den Sätteln, andere sackten getroffen auf den Pferden zusammen und versuchten, sich festzuhalten. Doch die Salve bewirkte weitaus weniger als bei gewöhnlichen Infanteriegefechten, da die Dragoner in schnellem Tempo durchs Tal preschten. Die Hannoveraner scherten sich in ihrem Galopp ohnehin nicht um die Infanteristen, denn ihre Wut war inzwischen so groß, dass sie die Musketenkugeln lediglich als Stiche lästiger Moskitos empfanden.

Steel beobachtete, wie die Franzosen auf der Straße angesichts der unabwendbaren Attacke in Panik gerieten. Genau dafür, dachte er, waren diese Reiter ausgebildet. Auf diesen

Moment warteten alle Kavalleristen, doch kaum einer wagte zu hoffen, die Schwachstelle des Gegners rücksichtslos ausnutzen zu können. Ein solcher Vorstoß war erschreckend simpel und eignete sich für die Lehrbücher der Strategie, aber wenn eine solche Attacke sich doch einmal aufgrund von Nachlässigkeit des Feindes in die Tat umsetzen ließ, besaß die Darbietung eine grausame Anmut.

Im nächsten Moment brachen Rantzaus Männer in die französischen Linien und fuhren wie eine Sense durch reifes Korn. Erbarmungslos sausten die großen Klingen auf Schädel und Schultern nieder oder spießten die fast wehrlosen Franzosen auf, während die Pferde der Angreifer mit den Hufen ausschlugen und mit flirrenden Nüstern um sich bissen; selbst die reiterlosen Pferde der gefallenen Dragoner jagten mit voller Wucht in die französischen Reihen, die in Chaos und blutigem Gemetzel untergingen.

Steel hörte den Jubel seiner Männer. Die meisten von ihnen hatten mitverfolgen können, wie der Feind niedergemacht wurde. Im Krieg war kein Platz für Gnade. Kein Mitleid. Es gab lediglich Sieger und Besiegte – und die Toten, die Sterbenden und diejenigen, denen es gelang, einen weiteren Tag am Leben zu bleiben.

Die französische Kavallerie war verloren. Zwanzig ihrer Schwadronen wurden hinweggefegt, nur weil ein Mann nicht hatte zugeben wollen, sich womöglich geirrt zu haben.

Steel sah, wie sich die blau und rot uniformierten Reihen in dem Durcheinander aus Schreien und Pferdewiehern auflösten, während die Hannoveraner wie ein großer weißer Keil in die Menge rammten – wie ein heißes Messer in Butter. Immer noch schnellten die Klingen in die Höhe, sausten nieder und hinterließen eine Schneise aus blutigem Fleisch und Knochensplittern. Unter den Hufen der französischen Kavallerie, die Augenblicke zuvor noch so stolz und erhaben gewirkt hatte, bildeten sich nun

Lachen aus rotem Matsch. Rantzaus Männer brauchten nicht lange, um durch die Reste der sich auflösenden Kavallerie hindurch zu preschen. Schon bald waren sie vollständig durchgebrochen und hielten Ausschau nach frischer Beute. Und zu Steels stillem Entsetzen machten die Hannoveraner nicht Halt.

Gewiss, es waren Dragoner. Und sie taten das, was Dragoner nun mal am besten konnten: Sie spürten ihre Gegner auf, wenn diese besonders wehrlos waren, und hackten sie in Stücke, bis das Blut in Strömen floss. Steel kannte Jørgen Rantzau als tapferen und erfahrenen Soldaten. Mochte eine Kavallerieeinheit noch so gut geführt sein – wie wollte man solche Männer noch aufhalten, wenn sie Blut geleckt hatten? Weder Befehle noch Fanfarenstöße konnten ihnen dann noch Einhalt gebieten.

Doch der Gegenzug ließ nicht lange auf sich warten. Mit angehaltenem Atem verfolgte Steel, wie das Unvermeidliche geschah: Rantzaus blutdürstende Sieger wurden in diesem Augenblick von frischer französischer Kavallerie attackiert. Noch versuchten die Hannoveraner, ihre Schwadronen neu auszurichten, da bohrte sich der Feind bereits in ihre Flanke. Steel blieb nichts anderes übrig, als dem Untergang der eben noch siegreichen Kavallerie tatenlos zuzusehen.

Ein Hüsteln riss ihn aus seiner Starre. »So was ist eine echte Schande, Sir, wenn Ihr erlaubt. Aber das ist eben die Kavallerie. Sie wissen nicht, wann man aufhören muss. Seht Ihr? Aber was für eine Darbietung, Sir, nicht wahr? Die Burschen aus den deutschen Landen haben die Franzmänner tüchtig verprügelt. Habe alles von da hinten beobachtet. Verdammt großartig.«

»Ja, verdammt großartig, Jacob, da gebe ich Euch recht. Und es stimmt, was Ihr über die Kavallerie sagt. Sie wissen oft nicht, wann es genug ist. Das war bei uns nicht viel anders, wisst Ihr noch? Hays Dragoner am Schellenberg? Sie ritten den Hügel hinunter geradewegs in Richtung Dorf. Die Donau färbte sich rot vom Blut der Feinde.« Er lächelte. »Aber ausgerechnet Ihr mahnt zur Zurückhaltung, Sergeant. Wir waren seinerzeit auch nicht viel besser. Nach Ramillies hatte es den Anschein, dass die ganze verdammte Kompanie die Franzosen bis nach Paris treiben würde.«

Slaughter grinste. »Nun, Sir, manchmal kann man die Jungs nicht mehr aufhalten. Und wir *hätten* die Franzmänner bis nach Paris getrieben, wenn uns der Herzog nicht aufgehalten hätte. Aber heute werden wir's vielleicht nachholen. Wir treiben sie bis nach Paris, wenn es sein muss, und weiter den elenden Fluss hinunter bis nach Versailles. Da würden wir Ludwig eine Abreibung verpassen.«

Slaughter lag gar nicht so falsch, wie Steel sich bewusst machte. Denn bis zur französischen Grenze waren es nicht mehr als fünfzehn Meilen. Sollten sie wirklich an diesem Tag siegen, bestand immerhin die Möglichkeit, dass Steel seine Männer in einem Triumphmarsch durch Paris führen könnte – sofern das Schicksal es gut mit ihnen meinte. Im Verlauf der letzten Jahre waren die Kriegsgötter tatsächlich weitgehend auf der Seite der Alliierten gewesen. Was für ein Triumph das wäre!

Steel stimmte in das Lachen des Sergeants mit ein. »Hoffen wir es, Jacob. Uns bleibt nicht viel anderes übrig.«

Wieder blickte er hinüber auf die andere Seite des Flusses. Zu seinem Erstaunen begannen die Franzosen, gestärkt von ihrem Erfolg gegen die zurückgeschlagenen Hannoveraner, eine Gegenoffensive entlang der Straße nach Gent, in Richtung Oudenaarde. Wie es aussah, war es doch noch vielen Hannoveranern gelungen, sich rechtzeitig an der linken Flanke der Alliierten in Sicherheit zu bringen.

Kopfschüttelnd sagte er: »Was haben die vor, zum Teufel? Sehen die denn nicht, dass wir hier stehen?«

Gemeinsam verfolgten sie, wie vier große Säulen blassgrau uniformierter Infanterie den Bachlauf bei Diepenbeek überwanden und ohne Gegenwehr das Dorf gleichen Namens einnahmen, das auf Cadogans linker Seite lag. Inzwischen konnte Steel die Franzosen deutlicher erkennen. Er sah ihre Offiziere und Sergeanten mit ihren Spontons und Hellebarden und die weißen und silbernen Spitzen an den schwarzen Dreispitz-Hüten. Die Franzosen kamen heran und wurden allmählich in Cadogans Kessel gezogen. Steel und Slaughter erkannten sofort, dass die Zeit für die Grenadiere gekommen war.

»Lasst die Männer antreten, Sergeant. Ich schätze, dass wir jeden Moment vorrücken werden.«

Hansams Taschenuhr zufolge war es mittlerweile vier Uhr. Und Steel hatte richtig gelegen: Seine Kompanie brauchte nicht länger zu warten. Kaum hatten Slaughter und die anderen Sergeants die Soldaten in Reih und Glied gebracht, als sich auch schon ein Reiter vom Befehlsstand löste und entlang der Anhöhen auf die hoch aufragende Gestalt von Colonel Farquharson zuhielt. Da ihm die schiere Masse der Soldaten jedoch den Weg versperrte, zügelte der Reiter sein Pferd und verschaffte sich über die Köpfe der Männer hinweg Gehör. Der Wind trug die Worte bis zu Steel.

»Sir, Mylord Argyle entbietet Euch seine Grüße und bittet Euch, unverzüglich die Vorhut über die Brücken zu führen.«

Der betagte Colonel schien ein wenig verdutzt zu sein ob dieses unfeinen Verhaltens auf einem Schlachtfeld. Dennoch nickte er dem jungen Mann zu, zog dann mit einer eleganten Bewegung seinen schmalen Degen aus der Scheide und hielt ihn hoch, sodass sich das Sonnenlicht auf der Klinge fing und weithin sichtbar war. Halb drehte er sich im Sattel und rief mit lauter Stimme und unverkennbarem, gepflegtem Akzent der Highlands: »Ihr habt Glück, Männer. Wir haben den Befehl, vorzurücken.«

Geduldig wartete er den aufbrandenden Jubel ab, den er erwartet hatte.

»Jetzt habt ihr die Gelegenheit, euren Mut unter Beweis zu

stellen, Jungs. Tut eure Pflicht und macht eurer Königin, eurem Land und vor allem eurem Regiment alle Ehre. Heute kämpfen wir für Schottland und das Vereinigte Königreich, Jungs. Für Königin Anne und das Regiment. Für mein Regiment. Für mich. Folgt mir jetzt in den Ruhm, Jungs, und ich lohne es euch in Bier und goldenen Guineen. Offiziere, Aufstellung beziehen. Trommlerburschen, greift zu den Stöcken. Major Frampton, bringt die Fahne in die vorderen Reihen.«

Der Adjutant Charles Frampton stand in den Steigbügeln seines Pferdes und schwenkte seinen Hut dreimal über dem Kopf. »Drei Hurras für den Colonel und das Regiment. Hip, hip, hurra! Hip, hip, hurra ...!«

Die Jubelrufe der Männer hallten weithin über das Feld und vermischten sich mit denen der Kameraden aus anderen Regimentern der Vorhut. In diesem Moment verspürten alle Soldaten den Anstieg des Adrenalinspiegels.

Steel wandte sich den Grenadieren zu und rief mit erhobener Stimme: »Bleibt bei mir, Jungs! Achtet auf eure Sergeants. Behaltet die Offiziere im Blick. Aber vor allem: Achtet auf meine Befehle! Wir sind die Ersten, die reingehen, und die Letzten, die rausgehen, wie immer, Jungs. Bleibt bei mir. Sergeants, haltet die Reihen dicht, bis wir nah genug heran sind. Stehen bleiben auf sechzig Schritt und feuern. Und wenn ihr das für mich tut, Jungs, und wenn ihr im feindlichen Feuer ausharrt, dann vergesst, was der Colonel euch anzubieten hat. Ich gebe jedem von euch, der mich in die französischen Linien bringt, einen Krug Rum.«

Wieder brandete Jubel in der Kompanie auf, ehe Slaughter und die anderen Sergeants und Corporals die Reihen neu ausrichteten. Mit den Spontons und Halbpiken brachten sie die Männer in Angriffsformation, eine Marschsäule mit je drei Mann nebeneinander. Nur so konnten sie die Brücke überqueren. Für die Infanterie eine höchst anfällige Formation. Steel ließ seinen Blick über die fünfzehn Reihen schweifen und machte sich zu Recht Sorgen, wenn er an die Wirkung des feindlichen Feuers dachte. Sollte eine einzige Kanonenkugel präzise in der vorrückenden Säule einschlagen, würde sie sich gnadenlos durch die Reihen der Männer fressen. Nicht auszudenken, wenn zu diesem frühen Zeitpunkt viele seiner Kameraden verstümmelt zurückblieben!

Die Trommlerburschen spielten auf zum Angriffsmarsch; der vertraute Rhythmus der »British Grenadiers« setzte ein.

Mit gesenkter Stimme sprach Steel zu seinem Fähnrich: »Alles in Ordnung, Tom? Seid Ihr bereit?«

»Alles bestens, Sir. Bin bereit wie eh und je.«

»Dann knöpfen wir sie uns vor.«

Mit Argyle an der Spitze, setzte sich die Brigade Rotröcke in Bewegung. Steel betrat die Holzbrücke mit festem Schritt und marschierte so sicher, wie es die knarrende, leicht schwankende Pontonbrücke zuließ. Mit Blicken nach rechts und links vergewisserte er sich, dass die Offiziere auf den anderen vier Brücken ihre Männer ebenfalls anführten. Grenadiere an der Spitze, dahinter die Colonels zu Pferd, dann das Bataillon als Ganzes.

Ein atemberaubender Anblick, der Steel jedes Mal aufs Neue mit Stolz erfüllte: Eine ganze Brigade britischer Infanterie marschierte in die Schlacht. Glücklicherweise war seine größte Angst unbegründet, und während sie den Fluss überquerten, wurden sie von keinen französischen Geschützen erfasst. Offenbar hatten die Geschützmannschaften drüben Bedenken, die eigenen Leute zu treffen, und feuerten daher nicht.

Sowie die Rotröcke die Brücke hinter sich gelassen hatten, erklommen sie eine leichte Anhöhe. Das Bataillon drängte nach. Steel vernahm die Stimme des Adjutanten, der das Kommando über das Regiment übernahm. »Bataillon in Linienformation. Rechts schwenk marsch.«

Zeitgleich rief Steel seiner Kompanie zu: »Formieren. Rechts um. Zweiter Zug auf der Stelle marschieren. Links formieren.«

Steel sah, wie Hansam sich mit seiner halben Kompanie von Steels Männern löste und den Platz an der linken Flanke des vorrückenden Regiments einnahm. Nur so war sichergestellt, dass beide Flanken von den Elitekämpfern gedeckt waren.

Williams, Slaughter und die anderen Sergeants achteten auf die Formation, als Steels Grenadiere nach rechts schwenkten, gefolgt von den anderen acht Kompanien des Regiments. Binnen Sekunden marschierten die Männer in östlicher Richtung weiter. Steel führte sie an. Sechzig Schritte. Einhundert. Das musste reichen.

»Links schwenk!«

Wieder änderten die Grenadiere die Laufrichtung, schwenkten einstudiert nach links und sahen sich wie durch ein Wunder der Choreographie den vordersten Linien der Franzosen gegenüber. Weiter links hatten die übrigen acht Kompanien des Regiments das gleiche Manöver absolviert und bezogen in regelmäßigen Abständen Aufstellung.

Steel versuchte, sich einen Moment lang zu entspannen. Die erste Aufgabe war geschafft. Slaughter schritt an der Linienformation entlang und brachte mit der Halbpike Ordnung in die Reihen. Steel sah, dass Colonel Farquharson nach vorn ritt, in Begleitung von Major Frampton und den Trommlerburschen des Bataillons. Die Jungen in ihrer Livree aus goldenen und blauen Farben waren aschfahl vor Angst. Abermals hob der Colonel die Hand und wies mit lang ausgestrecktem Arm auf den Feind. Dann, langsam und gedehnt, gab er seinem Regiment den Befehl zum Angriff.

»Vorrücken!«

Steel riss seinen breiten Degen hoch in die Luft und schwenkte ihn dreimal über seinem Haupt. Vielleicht eine etwas theatralische Geste – beeinflusst von französischer Galanterie –, aber er hatte sich längst daran gewöhnt, und die Männer schienen stets darauf zu warten. Es feuerte sie geradezu an.

Laut wiederholte er den Befehl zum Vorrücken. Er ließ sich Zeit mit der ersten Silbe und zeigte dann mit Betonung auf den letzten Silben mit der Waffe auf die feindlichen Linien. Erst dann legte er sich die Degenklinge flach über die Schulter. Während die Trommeln den beharrlichen Rhythmus des Grenadiers-Marsches vorgaben, marschierte die gesamte Angriffslinie, nahezu 5000 Mann, die Anhöhe am Fluss hinauf. Schon bald rückten sie parallel zu einer Straße vor, die von Südwest nach Nordost über das Schlachtfeld verlief und zu beiden Seiten von hohen Pappeln gesäumt war.

Steel schätzte, dass sie inzwischen die Hälfte der Strecke zu den französischen Linien zurückgelegt hatten. Doch während er im Geiste überschlug, wie lange sie bei gleichbleibendem Tempo brauchen würden, bis sie auf den Feind stießen, eröffneten die Geschütze auf dem Hügel weiter vorn das Feuer.

»Ruhig bleiben!«, rief er über den Donner hinweg. Kaum waren ihm die Worte über die Lippen gekommen, als auch schon die erste Kanonenkugel in ihre Linie rauschte und eine Schneise des Todes in die Reihen der Grenadiere riss.

»Nur ruhig, Jungs. Folgt mir.«

Steel fragte sich, wie viele Batterien die Franzosen auf die Anhöhe geschafft haben mochten. Und verfluchte sich, die Geschütze nicht vorher gezählt zu haben, als er noch die Gelegenheit dazu hatte. Hinter ihm rückten die Soldaten gleichmäßig vor und trotzten dem Hagel aus Geschossen, der nun über ihren Köpfen niederging. Worte der Aufmunterung, Kameradschaft und vor allem die Piken der Sergeants hatten ihren Zweck erfüllt.

Wieder fünfzig Schritte geschafft. Noch einhundert Schritte, und sie könnten den Besatz an den Uniformen der feindlichen Infanterie erkennen, falls die Rauchschwaden es zuließen. Der

Geruch von verbranntem Pulver stieg ihm in die Nase, und Steel fragte sich im Stillen, ob er Hansams Angebot mit dem Schnupftabak nicht vielleicht doch hätte annehmen sollen. Nun, das würde er sich für die nächste Schlacht aufheben, denn jetzt konnte es nicht mehr lange dauern. Jeden Augenblick würden seine Leute den stechenden Schmerz der Musketenkugeln zu spüren bekommen, sobald die Franzosen ihre Salven abfeuerten.

Ein Blick nach rechts verriet Steel, dass die Gegner sich parallel zu den Überresten von Cadogans ursprünglicher Streitmacht aufbauten.

Plötzlich sprengten linker Hand drei Reiter heran. Steel kannte einen der Männer: den Herzog von Argyle. Von hinten gab Frampton einen Befehl, worauf sich der Rhythmus der Trommeln veränderte. »Rechts schwenk.«

Wie aus einem Guss änderte die Linie Rotröcke die Richtung, ehe die Soldaten, angeführt von dem schottischen General, weiterhin die Anhöhe nahmen, ohne sich von den Geschützen einschüchtern zu lassen.

Wieder ein neuer Irrsinn, schoss es Steel durch den Kopf. Wenn jetzt eine Kanonenkugel traf, würde sie die Männer erfassen und wie Kegel hinwegfegen. Wie nicht anders zu erwarten, schlugen die ersten Kugeln ein. Als Steel hinter sich einen Schrei vernahm, drehte er sich um und sah, wie ein Grenadier zu Boden ging. Die Kugel hatte ihm den Kopf abgerissen. Blut quoll aus dem Rumpf, und die Gamaschen des Burschen waren noch gelb vom Erbrochenen. Einer der jungen Rekruten, dachte Steel. Armer Kerl.

Doch im selben Moment machte er sich wie jeder andere Soldat unter feindlichem Beschuss bewusst, dass es auch ihn hätte treffen können. Mit einem stummen Gebet dankte er der Vorsehung, dass sie ihn verschont hatte – wieder einmal.

Als er nach links schaute, bemerkte er, dass die feindliche

Infanterie dort in die Flanke der Alliierten eingebrochen war. Einige Bataillone der Preußen und Hannoveraner in Blau und Rot hatten es nach den Briten über die Pontonbrücken geschafft und mühten sich die Anhöhe hinauf, ehe sie in Bedrängnis gerieten. Die Rotröcke indes passierten inzwischen geschlossen den Weiler Schaerken, in dem sich kein Einwohner mehr aufhielt, wie es aussah. Noch war die Siedlung nicht allzu schwer beschädigt worden, doch ein Haus hatte Feuer gefangen. Zum Glück nicht die Schänke, dachte Steel.

Er deutete in Richtung des Tavernenschildes und rief mit lauter Stimme: »Na bitte, Jungs. Hab ich euch nicht gesagt, dass ich einen ausgebe, wenn wir dieses Feld nehmen? Da steht das verdammte Wirtshaus. Folgt mir zu den Franzosen. Sobald wir gesiegt haben, wird sich der Herzog bestimmt nicht lumpen lassen. Er wird euch alles bezahlen, was da auf der Speisekarte steht.«

Die Antwort waren Jubelrufe, doch sie kamen nur von den Veteranen. Die jungen Burschen rückten zwar weiter vor, sagten aber kein Wort.

Wieder krachte eine Kanonenkugel in die Reihen der Grenadiere und hinterließ ein Gemenge aus Toten und stöhnenden Verletzten. Doch irgendwo aus dem Durcheinander erklang eine Singstimme. Schütze Coles tat, was er immer tat, wenn sie unter feindlichem Beschuss standen: Er versuchte, die Kugeln mit einem inbrünstigen Gebet abzuwehren. So stimmte er auch diesmal ein geistliches Lied an, das nicht nur in Steels Ohren anders klang als die üblichen, eingängigen Melodien der Armee:

»Lobe den Herrn, meine Seele,
und was in mir ist,
seinen heiligen Namen.
Lobe den Herrn, meine Seele,
und vergiss nicht, was er dir Gutes getan.

Der dir alle deine Sünden vergibt
und heilet alle deine Gebrechen.
Der dein Leben vom Verderben erlöst,
dich krönt mit Gnade und Barmherzigkeit …«

Der Soldat war gewillt, weiterzusingen, aber während die Grenadiere über die Toten und Verwundeten stiegen und sich bemühten, nicht auf die sich am Boden windenden Kameraden zu treten, vernahm Steel eine andere Stimme, die den Singsang überlagerte.

Es war Slaughter, der sich grollend einmischte: »Coles, ich geb dir gleich deine verdammte Barmherzigkeit. Hier gibt es keine Barmherzigkeit, Mann! Auch keine Freundlichkeit. Und jetzt hör auf mit diesem Lärm!«

»Aber Sergeant, das ist der einhundertdritte Psalm. Es sind die Worte des Herrn.«

»Es ist mir egal, welcher Psalm es ist, verdammt noch mal. Von mir aus hätte deine heilige verdammte Mutter das ganze verfluchte Buch schreiben können! Lass die Klagegesänge sein, oder du bist bis zum Ende des Monats unter meiner Fuchtel. Falls du diese Schlacht überlebst, wohlgemerkt, was ich bezweifle, denn du bist dem Allmächtigen ja schon so nah! Er freut sich bestimmt schon, dich zu sehen, Coles, weil du immer so viel mit ihm sprichst. Aber ich hab noch keine Verabredung mit ihm, halt also deine verfluchte Klappe, sonst kriegst du's mit mir zu tun. Das Letzte, was ich hier auf dem Schlachtfeld brauchen kann, ist ein verdammter Bibelforscher. Das macht die Jungs nur unruhig.«

Der gottesfürchtige Coles gab noch nicht klein bei. »Aber den Jungs scheint's zu gefallen, Sergeant.«

»Coles, warum willst du's nicht begreifen? Bist du beschränkt und obendrein noch taub? Mir ist's egal, was den Jungs gefällt und was nicht. *Mir* gefällt's nicht, verstanden? Und jetzt Klappe halten!«

»Jawohl, Sergeant.«

Trotz der Salven, die von der Anhöhe voraus herüberflogen, hatte Slaughters Wutausbruch die lähmende Todesstimmung aufgebrochen, die über der vorrückenden Kompanie gehangen hatte. Einige der Männer hatten sogar ein Grinsen aufgesetzt.

Da hörte Steel wieder eine andere Stimme; diesmal war es einer der Rekruten: »Verdammt, Sergeant. Ich meine, seht doch, Sir!«

Steel schaute nach vorn und spähte in die abziehenden Rauchschwaden. Fast wäre er bei dem Anblick, der sich ihm bot, stehen geblieben. Allein seine eiserne Disziplin trieb ihn weiter an. Denn unmittelbar voraus, keine achtzig Yards mehr entfernt, hatte sich eine schier endlose Linie aus grau uniformierten Infanteristen aufgebaut. Und während Steel den Anblick verarbeitete, legten die Franzosen an, sodass die Grenadiere in die Gewehrläufe starrten.

Über die Schulter rief Steel: »Ruhig Blut, Jungs. Weiter vorrücken. Dann ...«

Die letzten Silben seiner Worte gingen in dem Krachen unter, als an die vierhundert Musketen ihre Kugeln abfeuerten, die sich mit einem Gewicht von einer dreiviertel Unze in das rot uniformierte Regiment von James Farquharson bohrten. Rasch schaute Steel nach links, wo der Colonel bei den Fahnen geritten war, flankiert von den Trommlerburschen. Doch der Colonel war auf wundersame Weise unverletzt geblieben. Einer der Trommler hingegen lag tot am Boden, und Steel sah, wie eine der Fahnen nach unten sank. Es hatte einen der Fähnriche erwischt, doch schon wurde die Fahne mit der Messingspitze wieder aufgegriffen. Auch in den eigenen Reihen registrierte Steel mehrere Lücken. Aber jetzt war nicht der Moment, über Verluste nachzudenken.

»Aufschließen! Weiter vorrücken! Schließt die Reihen! Mir nach, Männer!«

Der Befehl wurde von den Sergeants und Corporals weitergegeben.

Über die Missklänge aus Trommelwirbeln, Schmerzensschreien und Musketensalven legte sich ein weiterer Befehl: »Halt!«

Major Frampton hatte das gesamte Bataillon auf eine Entfernung von sechzig Schritten zum Feind zum Stehen gebracht – die exakte Distanz der Lehrbücher für eine Salve. Steel bemerkte, dass von dem höchsten Hügel, der Boser Couter genannt wurde, ein kleiner Bach hinunter in die Ebene plätscherte und zwischen Freund und Feind verlief. Ihm war auch nicht entgangen, dass die Franzosen nachluden. Steel bellte einen Befehl und trat dann rasch zwischen die Reihen.

Zu Slaughter gewandt, sprach er: »Wir werden sie hier unter Beschuss nehmen, Jacob. Zug um Zug. Wir werden doch wohl eine bessere Darbietung abliefern als diese erbärmliche Salve eben, wie? Und bei Gott, wir werden es denen zeigen!«

Steels Grenadiere durften während eines Feuergefechts auf ausdrücklichen Befehl der Brigade die Salven selbst bestimmen, um dadurch die Feuerkraft des Bataillons zu erhöhen.

»Wir feuern Zug um Zug, Sir?«

»So ist es, Sergeant. Drei Salven von allen sechs Zügen. Die Franzosen können dieser Feuerkraft nur dadurch begegnen, indem sie sich uns mit den Bajonetten nähern. Aber um ehrlich zu sein, Sergeant, ich glaube nicht, dass sie dazu heute den Mumm haben. Was werden sie also tun? Stehen bleiben und auf uns feuern? Sie schaffen höchstens drei Schuss pro Minute, aber ich denke, sie kriegen gerade mal zwei hin. Und dann knöpfen wir sie uns vor.«

Slaughter nickte, wusste er doch um die Wahrheit in Steels Worten. Farquharsons Regiment, wie auch die anderen Regimenter der britischen Armee, bestand aus neun Kompanien mit jeweils fünfzig Mann, und jede dieser Kompanien gliederte sich in zwei Züge, die Grenadiere inbegriffen. In einem Feuergefecht wie diesem bekamen die kleinen Einheiten die Nummern »eins« und »zwei« zugewiesen. Innerhalb der beiden Züge pro Kompanie gab es weitere kleinere, mit Nummern versehene Unterabteilungen, sodass ohne Unterlass gefeuert werden konnte. Und genau dieses Dauerfeuer hatten die Franzosen fürchten gelernt. Mithilfe dieses Systems war es Farquharsons Männern und den anderen Infanterieeinheiten möglich, sechs kleinere Salven pro Minute abzufeuern. Steel fragte sich, welche Truppen auf der Welt einen Beschuss alle zehn Sekunden aushielten?

Lautstark gab er die Befehle. »Auf halbe Distanz vorrücken. Bereit machen.«

Entlang der Linie spannten die Männer die Hähne der Musketen. Die Soldaten in der vordersten Reihe gingen jeweils auf das rechte Knie und hatten die Kolben auf den Boden gestellt; die Daumen am Hahn, die Zeigefinger am Abzug. Die Männer in der zweiten und dritten Reihe positionierten sich ebenfalls.

»Sergeant, alle in Reih und Glied halten. Die Musketenläufe nach unten. Ihr kennt ja den Drill. Die jungen Burschen denken sonst, dass wir auf Rebhühner schießen.« Er wandte sich den Reihen zu. »Anlegen!«

Entlang der Kompanie und weiter entlang der langen Linie des Regiments legten die Soldaten in allen drei Reihen an: Tower-Armoury-Waffen, die besten Musketen, die man bekommen konnte. Vierundsechzig Zoll lang, mit Messing beschlagen und mit Kaliber.76 versehen.

Mit einem Lächeln auf den Lippen schritt Slaughter die Linie der Grenadiere ab und brachte die Gewehrläufe mithilfe seiner Pike auf eine Höhe, bis die Musketen grob auf Bauchhöhe des Feindes zielten. Auf Kopfhöhe verfehlten erfahrungsgemäß zu viele Kugeln ihr Ziel. Aber ein Schuss, der in den Oberkörper drang und ein lebenswichtiges Organ traf, setzte einen Gegner für den Rest des Kampfes außer Gefecht – selbst wenn der Treffer nicht tödlich war.

Steel spürte, dass jemand hinter ihm stand. Als er sich umdrehte, gewahrte er den widerwärtigen Adjutanten des Regiments, Major Frampton, der vom Rücken des Pferdes auf Steel herabsah. Langsam ritt der Major an den Reihen vorbei und nickte Steel wie beiläufig zu: »Steel, wünsche einen guten Tag. Eure Männer scheinen Biss zu haben. Haltet sie vorne. Es sind Grenadiere, das wisst Ihr ja.«

Das Kompliment war geheuchelt, das sah Steel an dem säuerlichen Lächeln des Majors, der weitergeritten war und in diesem Augenblick die andere Flanke erreichte. Steel fragte sich, wie lange Frampton überleben mochte. Unpopuläre berittene Offiziere – und es gab kaum unbeliebtere Männer als Frampton – eigneten sich als hervorragendes Ziel, wenn man einen ausgezeichneten Schützen im Bataillon hatte. Doch Steel wischte das Gedankenspiel beiseite und widmete sich wieder den dringlicheren Aufgaben.

Framptons Stimme legte sich über den Lärmpegel des Bataillons: »Erste Salve ... Gebt acht ... Feuer!«

Doch inzwischen hatten die Franzosen nachgeladen, und als die britische Linie das Feuer eröffnete, kam die prompte Antwort aus den Reihen des Gegners. Steel hatte das Gefühl, die Luft sei erfüllt von einem wahren Hagel aus Musketenkugeln. Er sah, wie die Männer entlang der von Rot dominierten Linie fielen. Aber nachdem die Pulverschwaden sich aufgelöst hatten, gewahrte er, dass auch die Franzosen Verluste zu beklagen hatten. Die Trommlerburschen des Regiments erzeugten kurze Wirbel, die den Soldaten anzeigten, sich für die nächste Salve bereitzuhalten.

Erneut war Framptons Stimme zu vernehmen: »Zweite Salve ... Feuer!« Der zweite Zug feuerte in die Reihen der grau uniformierten Linien und schickte weitere Franzosen zu Boden. Da die Gegner zu langsam waren und noch nicht nachgeladen hatten, konnten sie das Feuer nicht erwidern.

Wieder schwollen die Trommelwirbel an. Und abermals dröhnte der Befehl über die Köpfe der Soldaten hinweg: »Dritte Salve!« Diesmal waren die Grenadiere gefragt. Steels Kameraden spannten die Hähne.

»Feuer!« Dem ohrenbetäubenden Lärm der Musketen folgten wabernde weiße Pulverwolken. Steel ahnte, dass die Franzosen inzwischen arg unter dem Beschuss litten. Und das alles war innerhalb von dreißig Sekunden über den Gegner hereingebrochen. Theoretisch sollten 2000 Mann in der Lage sein, in einer einzigen Minute bis zu 10000 Kugeln abzufeuern. Während Steel den Blick die Linien der Brigade entlangschweifen ließ, fragte er sich, ob die Theoretiker an diesem Tag recht behalten würden.

»Grenadiere!«, rief er. »Nachladen! Bereithalten!«

Inzwischen hatte die erste Abteilung längst nachgeladen und gab die nächste Salve ab. Und so ging es weiter. Ein Außenstehender hätte keine einzelne Salve herausgehört, nur ein unablässiges Feuern, das entlang der Reihen der Alliierten wogte. Den Franzosen gelang es zwar, das Feuer erneut zu eröffnen, aber der Hagel aus den britischen Reihen kam unerbittlich, unablässig und tödlich.

Den Peloton-Beschuss hielten die Briten geschlagene fünf Minuten aufrecht. Dreißig Salven waren abgefeuert worden, bis die Läufe der Musketen zu heiß wurden und die Männer sich die Finger am Metall verbrannten. Der Qualm raubte den Soldaten derweil fast den Atem; niemand vermochte im Augenblick zu sagen, wie es um den Feind stand. Das konnte nur ein Berittener feststellen.

Steel vernahm wieder Framptons Stimme. »Feuer einstellen!«

Das Manöver, das der Major nun im Sinn hatte, war innerhalb des Regiments abgesprochen worden und schloss jede verfügbare Brigade mit ein. »Zug für Zug vorrücken!«

»Vorrücken!«, ertönte Framptons Stimme wieder.

Rasch setzten sich die Grenadiere in Bewegung und gaben acht auf das Schritttempo. Denn sobald die Kompanie nach zwanzig Schritten stehen blieb, sollte die letzte Reihe der Grenadiere auf gleicher Höhe mit dem Rest der Linienformation sein.

Steel gab die Befehle für seine halbe Kompanie: »Halt! Bereit machen. Anlegen! Feuer!«

Die Musketen krachten. Steel wusste, dass in jedem Zug entlang der Linie dieselben einstudierten Handgriffe abliefen.

»Vorrücken!«

Der Zug unmittelbar linker Hand wiederholte die Aktion der Grenadiere und feuerte eine Salve ab. Inzwischen verkürzten sie die Distanz zu den Franzosen, und Steel konnte die blanke Angst in den Mienen der Gegner sehen: Manch ein Franzose hatte noch nie die furchtbare Feuerkraft der Briten erlebt, die an diesem Tag über sie hereinbrach.

Der Gegner bekam kaum noch eine verlässliche Salve zustande. Zwar pfiffen noch Kugeln durch die Luft, aber sie wurden nicht mehr präzise genug abgefeuert und schlugen in den Boden ein, als eine ganze Anzahl Franzosen kehrtmachten und flohen.

Steel, aufgepeitscht von der Anspannung, wandte sich an seine Leute. »Jetzt, Jungs. Auf sie!«

Den italienischen Degen über dem Kopf schwingend, stürmte er geradewegs in die französische Linie, stieß die Muskete und das Bajonett eines erschrockenen Infanteristen beiseite und warf sich mit seinem ganzen Gewicht gegen den Mann. Aus den Augenwinkeln sah er, wie die gesamte Linie der Franzosen bebte, als bis zu 3000 Briten in die Reihen des Gegners stürmten.

Der Infanterist taumelte bei dem Aufprall zurück, und Steel fackelte nicht lange: Sein großer Degen sauste auf das Schädeldach des Franzosen. Doch da drängte Steel schon weiter vor, stieg über den blutüberströmten Toten und warf sich gegen die zweite Reihe. Der nächste Gegner jedoch stellte sich dem Gefecht Mann gegen Mann gar nicht erst, sondern floh Hals über Kopf. Linker und rechter Hand von Steel setzten die Briten ihre Bajonette ein. Einer der Franzosen warf noch seine Muskete fort, aber da war es bereits zu spät. Er starb, die Bitte um Schonung noch auf den Lippen.

Bei einem solchen Vorstoß gab es keine Möglichkeit, Gefangene zu machen. »Keine Gnade« war in diesem Moment die einzige Regel des Krieges, zumal die Männer über Stunden dem Kanonenbeschuss ausgesetzt gewesen waren und Musketensalven aus kurzer Distanz überstanden hatten: Nun waren sie losgelassen und gewährten niemandem Gnade. Als Verteidiger konnte man entweder kämpfen oder die Flucht ergreifen. Und die meisten Franzosen taten Letzteres.

»Halt! Stellung halten!«

Steel wusste, dass der Sieg von kurzer Dauer sein würde, auch wenn der Feind sich zurückzuziehen schien. Denn zu Beginn des Gefechts hatte er die zweite und dritte Linie der Franzosen auf dem ansteigenden Gelände erspäht und wusste, dass der Feind zum Gegenangriff übergehen würde, sobald die Nachricht durchsickerte, dass die Frontlinie kollabiert war.

Er wandte sich an Slaughter. »Sergeant, wir sollten uns auf einen Gegenangriff einstellen. Die werden nicht lange damit warten.«

Slaughter nickte nur und schritt zur Kompanie. »Kommt, Jungs. Der Tag ist noch nicht vorüber. Bereiten wir ihnen einen heißen Empfang, wenn sie zurückkommen.«

»Meint Ihr, die kommen zurück, Sergeant?« Die Frage kam von Norris, einem jungen Rekruten. Ein Baum von einem Kerl aus Bow, der sich gute Chancen in einem fremdartig klingenden schottischen Regiment ausgerechnet hatte. Doch so groß und kräftig Norris auch sein mochte, sehr viel hatte er nicht im Kopf.

»Nein, Norris. Die kommen nicht zurück. Aber die großen Brüder, verstehst du? Und die werden dann richtig böse sein. Doppelt so scharf auf dein Blut, Junge, und dreimal so erbarmungslos. Also solltest du dafür sorgen, dass deine Muskete schön geölt ist und die Bajonettklinge sauber.«

Der Rekrut starrte seinen Sergeant entsetzt an. »Ja, Sergeant.«

Ein zweiter Mann meldete sich zu Wort, einer der wenigen echten Schotten im Regiment. »Wie habt Ihr die Franzosen überhaupt sehen können, Sergeant? Ihr wart doch gar nicht in ihrer Nähe. So wie wir.«

»Das zweite Gesicht, Mr. Macrone. Das zweite Gesicht. So was hat man im Blut, oder? Und das solltest du dir merken. Wenn du wieder mal mit einer verbotenen Beute liebäugelst.«

Sie gingen an den Toten und Verwundeten vorbei und nahmen alles an sich, was sie an Ausrüstung und Munition verwerten konnten. Noch unbenutzte französische Kugeln und Kartuschen wanderten in die Munitionstaschen. Die französischen Kugeln waren etwas leichter und kleiner, daher passten sie nicht exakt in die britischen Gewehrläufe und flogen aufgrund des Abstandes zwischen Lauf und Kugel nicht präzise genug, aber im Verlauf eines langen Feuergefechts konnten die erbeuteten Kugeln des Gegners entscheidend sein, wenn man in einem verzweifelten Moment keine eigene Munition mehr hatte.

Erst jetzt war Zeit, über Gefangene nachzudenken, doch man musste vorsichtig sein: Es war klüger, den am Boden liegenden Gegnern das Bajonett in die Rippen zu drücken, um sicherzugehen und keine bösen Überraschungen zu erleben. Steels Blick schweifte zurück. Unten, am Fuß der Anhöhe, wimmelte es auf den Pontonbrücken nur so von grau uniformierter Infanterie: Niederländer, die sich dem linken Flügel der Alliierten anschlossen.

Die Brigade stand nun beiderseits eines Wasserlaufs, der bergab in die Schelde floss, und mehrere Männer bückten sich, um zu trinken. Slaughter sah es und rief: »Würde ich nicht machen, Cussiter. Man weiß nie, was im Wasser war.«

Taylor bekräftigte den Ratschlag des Sergeants. »Aye, Dan. Da werden die Franzmänner reingepisst haben. Oder sie haben noch Schlimmeres ins Wasser gekippt.«

Cussiter spie aus und fluchte. Die anderen, die eben noch in Richtung Wasser gestrebt waren, überlegten es sich noch einmal anders.

Steel musste lachen. »Ja, diese Arbeit macht durstig, was, Männer? Aber vergesst nicht, was ich euch versprochen habe. Ale so viel ihr wollt, wenn ihr die Anhöhe nehmt, und ich begleiche die Zeche. Haltet mir die Franzosen nur vom Dorf fern und jagt sie zurück nach Paris. Oder gleich geradewegs zur Hölle.«

3.

Steel sah nach rechts, überblickte einen Teil des breiten Schlachtfelds und erkannte, nicht ohne Verdruss, dass sowohl die Grenadiere als auch ein beträchtlicher Teil der Bataillonskompanien aus Farquharsons Regiment im Vergleich zum Rest der alliierten Linie auf der Flanke zu weit vorgerückt waren. Jene Flanke bildeten hauptsächlich hessische und Hannoveraner Infanteristen, die teilweise von den Franzosen zurückgedrängt worden waren. Binnen kurzer Zeit, so überlegte Steel, könnte der Feind erneut vorrücken. Er sah, wie die grau uniformierten Franzosen weiter rechts und mittig durch das Dorf strömten. Wie es schien, waren sie in der Lage, die Linie der Alliierten bis in die Schelde zurückzudrängen, wenn sie ungehindert vorwärtsdrängten.

Auch Hansam wurde auf das Problem aufmerksam. »Wie es aussieht, sind wir ein wenig zu weit vorgestoßen, Jack.«

»Stimmt, Henry. Und jetzt frage ich mich, wie der Herzog damit umgehen wird. Wir haben Marschland und den Fluss im Rücken. Wir können uns nicht einfach so zurückziehen. Die linke Flanke sieht stark genug aus, aber sieh dir das da mal an.«

Er deutete weiter nach rechts auf das ansteigende Gelände, wo ein großer Trupp Kavallerie in scharlachroten und goldenen Farben unaufhaltsam hinter der Infanterie vorrückte. In diesem Moment ließ eine aufkeimende Unruhe von weiter hinten die beiden Männer herumfahren. Sie hörten Schreie und das charakteristische Geräusch von zersplitterndem Holz. Steel glaubte zuerst, den Franzosen sei es gelungen, die Pontonbrücken mit Artilleriefeuer zu zerstören, doch dann erkannte er, dass zwei der Brücken unter dem schieren Gewicht der Soldaten auseinandergebrochen waren. Gemeinsam mit Hansam verfolgte er das Durcheinander am Fluss und sah, wie Hunderte niederländische Infanteristen in voller Montur in die Schelde stürzten. Die Männer verloren ihre Waffen und Teile der Ausrüstung und hatten alle Mühe, sich über Wasser zu halten. Einige hatten weniger Glück und überlebten das Desaster nicht.

Steel wurde nachdenklich. »Jetzt wird Marlborough etwas unternehmen müssen, Henry. Seine Pläne dürften ins Stocken geraten. Wir müssen den Gegner von hier aus in Schach halten. Schätze, dass der Herzog die rechte Flanke der Franzosen den Niederländern überlassen wollte. Aber das kann er jetzt wahrscheinlich vergessen. Die Franzosen brauchen Zeit. Wenn sie diese Zeit gut nutzen, überrennen die unsere rechte Flanke, und nicht wir die ihre. Siehst du das, Henry?«

Der Lieutenant nickte. »Dann müssen wir dafür sorgen, dass ihnen keine Zeit bleibt. Wir haben keine andere Wahl, als genau hier die Stellung zu halten und uns gegen alles zu verteidigen, was die Franzosen auf uns hetzen ... das Pack dort eingeschlossen.«

Abermals deutete er auf die französischen Reiter, die von rechts immer weiter die Anhöhe herunterkamen. Sie hatten beinahe den Wasserlauf erreicht, der in den kleinen Fluss mündete, an dessen Ufern das Bataillon Stellung bezogen hatte. Die Kavallerie würde jeden Augenblick da sein.

Steel suchte Slaughters Blick. »Sie kommen, Jacob. Alles bereit machen, um die Kavallerie abzuwehren.«

Während der Befehl von den anderen Sergeants und Corporals im Bataillon weitergegeben wurde, spürte Steel die Angst der Infanteristen angesichts einer bevorstehenden Attacke der Kavallerie. Ein Albtraum für jede Fußtruppe. Steel wusste aber auch, dass eine Infanterieeinheit einen solchen Angriff abwehren konnte, wenn die Männer geistig richtig auf ihre Aufgabe eingestellt waren. Das hatte er im Verlauf des Nordischen Krieges gelernt, als er in schwedischen Verbänden gegen den russischen Zaren ins Feld gezogen war.

Steel hielt es nicht für erforderlich, die Kompanien in Rechteckformation zu bringen. Er wusste, dass Frampton in diesem Punkt seiner Meinung sein würde. Ein unnötiges Manöver. Denn mit den neuen Musketen und dem Peloton-Feuer musste es möglich sein, eine Kavallerieeinheit allein mit Musketenfeuer zu bezwingen. Ohnehin waren die Kavalleristen zu schwer, um in sehr hohem Tempo heranzudonnern. Dennoch, auch mäßig galoppierende Pferde waren eine nicht zu unterschätzende Gefahr.

Früher gerieten die Infanteristen schnell in Nachteil, wenn es zwischen den Salven eine zu lange Pause gab. Doch seit die Briten Zug um Zug im Peloton-Stil feuerten, gehörten diese Bedenken der Vergangenheit an. Ein Soldat musste nun nach einem Schuss lediglich daran denken, die Muskete mit dem aufgeschraubten Bajonett rechtzeitig auf Brusthöhe zu bringen. Auf diese Weise ließe sich jede Kavallerie abwehren.

Gleichwohl spürte Steel seinen Herzschlag, als er den Befehl gab. »Bereit machen für Kavallerie!«

Wie aus einem Guss stellten die Männer der halben Kompanie sich erneut drei Glieder tief auf, wobei die Soldaten in der ersten Reihe den Kolben der Muskete auf dem Boden abstützten. Inzwischen hatte es angefangen zu regnen, und der Untergrund war sichtlich aufgeweicht. Man konnte nun auch das Schlachtfeld nicht mehr so gut in Augenschein nehmen, und während Steel in Richtung der herannahenden Reiter spähte, kam es ihm so vor, als hätten die Gegner haltgemacht. Er rieb sich die Augen, sah noch einmal genauer hin und wandte sich dann an Williams.

»Tom, schaut Euch das an. Dort hinten, was seht Ihr, wenn Ihr in Richtung der Kavallerie schaut?«

Der junge Mann blickte angestrengt in die Richtung, die ihm

sein Vorgesetzter vorgab. »Ich sehe feindliche Kavallerie, Sir. Einen ganzen Haufen. Schwer zu sagen, um was für ein Regiment es sich handelt, aber es sieht mir nach den Maison du Roi aus, König Ludwigs Elitereiter. Großer Gott, Sir. Das ist die beste Kavallerie in ganz Frankreich.«

»Gut. Schön zusammengefasst, Tom. Aber sagt mir noch, was macht Eure edle Kavallerie im Augenblick?«

Williams beobachtete die Reiter erneut. »Nichts, Sir. Offensichtlich haben sie haltgemacht.«

Steel spähte aus zusammengekniffenen Augen hinüber zum Gegner. Es stimmte. Die Pferde standen still. Ein neuer und äußerst willkommener Irrsinn in einer Schlacht der großen Überraschungen. Denn eigentlich machte eine zahlenmäßig überlegene Kavallerieeinheit, die sich einer erschöpften Infanterie näherte, nicht halt. Im Gegenteil, unter normalen Umständen trieben die Reiter ihre Pferde an, zogen die Säbel und nutzten die Wucht der Angriffswelle, um über den Feind herzufallen. Sie machten keinen Halt.

Steel versuchte, die Entfernung zu schätzen. Hundert Yards, vielleicht hundertfünfzig. Was, zum Teufel, hatte die Männer bewogen, auf der leichten Anhöhe zu verharren? Wer mochte den Befehl dazu gegeben haben?

Slaughter trat an Steels Seite. »Sir, sollen wir sie mit einer Salve empfangen?«

»Nein, Sergeant. Nicht feuern. Es könnte ein Trick sein. Diese Distanz können sie in weniger als einer Minute überwinden. Und womöglich rechnen sie damit, dass wir mit unserer Feuerkraft nicht nachkommen. Ich weiß auch nicht, was die vorhaben. Was meint Ihr, Sergeant?«

Slaughter grinste. »Ihr kennt mich ja, Sir. Ich denke nicht. Das tue ich erst, wenn ich den Befehl dazu erhalte.«

»Jetzt bitte keine Scherze, Jacob. Was denkt Ihr, was diese Kerle im Sinn haben?«

»Nun, wenn Ihr wirklich meine Meinung hören wollt, Sir, ich hab mir dieselbe Frage gestellt wir Ihr. Warum bleiben die stehen? Das sind genug Reiter, um eine Brigade anzugreifen, von unserem kleinen Bataillon einmal abgesehen. Was also hält sie auf, in Gottes Namen?«

* * *

Es hätte Slaughter bestimmt amüsiert, hätte er gewusst, dass der Befehlshaber der Franzosen sich in diesem Augenblick dieselbe Frage stellte. Marschall Vendôme hatte sich im Verlauf der letzten halben Stunde zu Fuß und im Schweiße seines Angesichts bemüht, die Kontrolle über die verzweifelt kämpfenden Infanteristen wiederzuerlangen, die im Zentrum der französischen Linie in der Nähe des Dorfes Groenewald in Bedrängnis geraten waren. Nun saß Vendôme hinter den französischen Stellungen schwitzend und verdreckt auf einem Baumstumpf abseits der Siedlung Lede, um zu verschnaufen.

Es ging auf sieben Uhr abends zu, als der Marschall sich erhob und sich an seinen Sekretär wandte.

»Wir siegen, du Capistron. Siegen, hört Ihr? Aus beiden Dörfern haben wir sie zurückgedrängt und zum Fluss getrieben. Ich dachte immer, der gute Marlborough wäre ein Intellektueller, der die großen Generäle studiert hat. Aber viel kann er sich in Sachen Strategie nicht angeeignet haben. Im Rücken hat er Marschland und den Fluss. Er sitzt in der Falle, du Capistron. Wir haben ihn. Und jetzt müssen wir nachsetzen. Schnelles Handeln ist alles. Geschwindigkeit um jeden Preis. Wenn wir jetzt versäumen, rasch vorzurücken, gehen wir das Risiko ein, die Schlacht zu verlieren. Nutzen wir jedoch die Gunst der Stunde, tragen wir den Sieg davon.«

Er schritt an den letzten Häusern der Siedlung vorbei und stand oberhalb des Bachlaufs, der sich die Anhöhe hinunterschlängelte. Inzwischen war es schwierig, im anhaltenden Regen den Überblick zu behalten, aber als Vendôme den linken Flügel in Augenschein nahm, glaubte er, die Umrisse von Infanteristen und Reitern unmittelbar vor dem Dorf Royghem erkennen zu können. Mehrere Schwadronen. Vermutlich hatte der Herzog von Burgund die Einheiten als Reserve zurückbehalten, als er Marlboroughs rechten Flügel angegriffen hatte.

Angestrengt spähte der Marschall in die Ebene. Als seine Augen sich besser an die Sichtverhältnisse gewöhnt hatten, gewahrte er, dass sich dort sehr viel mehr Soldaten aufhielten, als er zunächst vermutet hatte. Während er die Einheiten zu zählen versuchte, wurde ihm klar, dass es sich nicht nur um eine Handvoll Schwadronen handelte, sondern um den gesamten Flügel der Streitmacht. Die Soldaten standen in wohlgeordneten Schlachtreihen und warteten – wie sie es offenbar schon den ganzen Tag getan hatten.

Ungläubig schüttelte Vendôme den Kopf und rief aufgeregt nach seinem Sekretär, der auf der Stelle zu seinem Herrn eilte. »Was tun die Männer dort, in Gottes Namen? Warum ist er nicht vorgerückt? Dieser Tölpel! Er hätte die Truppen längst in die rechte Flanke des Gegners führen müssen. Vor über einer Stunde habe ich den Befehl dazu erteilt! Hat der Herzog denn die Order nicht erhalten? Kann das sein, Mann? Schickt den Befehl noch einmal. Er muss angreifen! Was treiben die Einheiten dort unten? Sie stehen! Sind die denn vom Irrsinn befallen? Rasch, Mann, bringt den Befehl zu Papier!«

Doch noch während der Marschall seinem Sekretär den Wortlaut der Order diktierte, wurde ihm bewusst, dass es bereits zu spät war. Sie hatten den Augenblick verstreichen lassen, die Gelegenheit zum vernichtenden Schlag war dahin. Ein letzter Blick in die Ebene verriet Vendôme, dass Marlborough den verwundbaren rechten Flügel inzwischen mit mindestens zwei Regimentern Kavallerie geschützt hatte. Eine verpasste Gelegenheit.

Er gab du Capistron ein Zeichen. »Nein, nein, lasst es. Vergeudet nicht Eure Zeit. Es ist zu spät. Dieser Esel hat seinen Einsatz verpasst. Ich hoffe nur, dass er uns dadurch nicht um den Sieg gebracht hat.«

* * *

Steel und Slaughter starrten immer noch in Richtung der reglosen Kavallerie, als sich ein Reiter von links näherte. An der Art und Weise, wie er tollkühn an der Linienformation vorbeipreschte, konnte man erkennen, dass er über wenig Erfahrung auf dem Schlachtfeld verfügte.

Slaughter musste ein Lachen unterdrücken. »Oh, oh, Sir. Sieht ganz so aus, als bekämen wir Besuch. Der arme Trottel dort holt sich noch den Tod, wenn er so an den Linien vorbeireitet. Wenn die Franzmänner ihn nicht aufs Korn nehmen, dann vielleicht einer von unseren Jungs. Ein Offizier wie diesen nennt man wohl zu Recht eine Bürde, Sir … Wenn ich das mal so sagen darf, Captain.«

»Ihr solltet Eure Gedanken besser für Euch behalten, Jacob. Aber Ihr habt schon recht. Dieser junge Narr dort wird unnötig Feuer auf sich ziehen.«

Als wäre es abgesprochen gewesen, eröffnete eine Kanone auf dem Hügel oberhalb von Schaerken das Feuer. Die Kugel verfehlte den Reiter, traf dafür aber einige Infanteristen einer anderen Kompanie.

Slaughter seufzte. »Hab ich's nicht gesagt?«

Der Mann brachte sein Pferd unmittelbar vor Steel zum Stehen. Steel wusste, um wen es sich bei dem jungen Lieutenant handelte: Um den protegierten Neffen von Sir James Farquharsons Gemahlin, der in der dritten Kompanie diente. Anstatt dem jungen Mann als Bataillonsoffizier das Kommando über eine Kompanie zu geben, hatte Sir James ihn – gewiss erneut auf

Bitten seiner Gemahlin – zum persönlichen Berater ernannt, mit der Aussicht für den Lieutenant, eines Tages in den Generalstab aufzusteigen. Steel war ihm zwar noch nicht begegnet, aber ihm war zu Ohren gekommen, dass der junge, aufstrebende Mann in der Messe beträchtliche Schulden angehäuft hatte, weil er sich immerzu anschickte, die Anerkennung der anderen, älteren Offiziere zu erhalten. Diese Art des Einschmeichelns war Steel fremd, und er fragte sich in diesem Moment, ob der junge Bursche überhaupt für das Soldatentum geschaffen war.

Der Lieutenant zügelte sein Pferd, klopfte dem Tier auf den Nacken und bedachte Steel mit einem hochmütigen Blick. Du würdest besser in den königlichen Haushalt passen, Junge, dachte Steel. Das Schlachtfeld ist kein geeigneter Ort für einen wie dich.

Der junge Offizier tippte sich zum Gruß an den Hut und sprach mit geschliffenem, höfischem Akzent. »Sir. Lieutenant Mowbray, mit einer Nachricht von Colonel Farquharson. Captain Steel, das Bataillon soll vorrücken. Eure Kompanie wird die Vorhut bilden. Wir haben den Befehl, den Hügel einzunehmen.«

Steel nickte. »Habt Dank, Lieutenant. Ich werde die Kompanie anführen, und bitte seid so nett, dem Colonel meine Grüße auszurichten.«

Der Lieutenant, offenbar zufrieden mit seiner Mission, wendete sein Pferd und trabte davon. Derweil tauschten Steel und Slaughter Blicke und mussten an sich halten, nicht in Lachen auszubrechen.

Erst als der junge Offizier außer Hörweite war, sagte Steel: »Haltet Euch zurück, Jacob. Dieser törichte kleine Bengel. Er sollte lieber den Kopf einziehen, wenn er weiterhin damit herumlaufen will. Aber kommt jetzt.«

Erneut änderten die Männer ihre Formation, ehe sie drei Glieder tief und auf einer Breite von zweihundert Mann als ganzes Bataillon hügelaufwärts vorrückten, in Richtung Feind. Linker Hand hatten sich sechs weitere Bataillone in Bewegung gesetzt, während dahinter weitere Infanteristen vorrückten – in einem Abstand von fünfzig Schritten und ebenfalls drei Glieder tief. Argyle ritt im Zentrum der großen Brigade und rief den Männern über Wind und Regen hinweg aufmunternde Worte zu.

Steel wandte sich Williams zu, als sie mit ihrer halben Kompanie Grenadiere den flachen Wasserlauf Diepenbeek überquerten. »Das dürfte die Franzosen überraschen, was, Tom?«

»Wir schicken sie zurück nach Paris, Sir.«

Steel lachte und nickte, obwohl er tief im Herzen wusste, dass es kein leichter Sieg werden würde, auch wenn er bereits in die ungläubigen Mienen der Franzosen blicken konnte. Insgeheim wartete er wieder einmal darauf, dass der erste Schuss abgefeuert wurde.

Steel hatte sich zwar ausgerechnet, dass sie die Franzosen mit dem Angriff überraschen würden, aber selbst er wäre bass erstaunt gewesen, hätte er geahnt, wie unerbittlich die Falle für Marschall Vendôme zuschnappen würde. Denn während die Einheiten, die Steel im Blick hatte, tatsächlich verwundert waren, dass die eben noch unter Druck stehenden Briten jetzt zum Gegenangriff übergingen, erwartete die Kameraden auf dem rechten Flügel die weitaus größere Überraschung. Während Argyles Brigade weiter vorrückte, strömte aus französischer Sicht von links, von der Anhöhe des Boser Couter, Bataillon um Bataillon grau uniformierter Infanterie, an den Flanken geschützt von Kavallerie in schwarzen Kürassen. Es waren dänische und niederländische Einheiten sowie skandinavische Kavalleristen unter Führung von Claude-Frédéric t'Serclaes, dem Grafen Tilly, sowie sechzehn niederländische Bataillone, die dem schwedischen Grafen Oxenstierna unterstanden. Auf Marlboroughs Geheiß und unter dem Kommando des jungen Prinzen von Oranien, der in seine erste Schlacht zog, hatten die Reiter den Boser Couter unbemerkt an der Südwestspitze umrundet.

Die Franzosen sahen die Kavallerie zu spät kommen. Inzwischen war es acht Uhr, und während die Kavalleristen ihre Pferde die vom Regen rutschige Anhöhe hinablenkten und sich bemühten, die Formation aufrechtzuerhalten, stellte der Prinz von Oranien zu seiner Freude fest, dass seine Männer sich der ungeschützten Flanke und der Rückseite der gesamten französischen Armee näherten.

Doch Steel konnte sich nicht auf den absehbaren Triumph der alliierten Reiter einlassen, denn sein Augenmerk lag allein auf dem Anblick, der sich ihm voraus bot: Eine lange Linie feindlicher Infanterie, die Musketen im Anschlag. Als die Briten auf siebzig Schritte herangekommen waren, eröffneten die Franzosen das Feuer auf Farquharsons Bataillon. Eine Kugel traf Lieutenant James Mowbray am rechten Kiefer und trat aus der linken Wange wieder aus; sein halbes Gesicht war verunstaltet. Als der junge Offizier vom Pferd fiel, galten seine letzten Gedanken nicht dem Schmerz, dem er sich ausgesetzt sah – er stand zu sehr unter Schock, als dass er den Schmerz gefühlt hätte –, sondern den Kosten, die er würde aufwenden müssen, um sich vom Hofschneider einen neuen Uniformrock anfertigen zu lassen.

Die Salve riss noch etwa vierzig weitere Männer des Bataillons zu Boden. Nicht alle waren tot, einige bloß leicht verwundet; dennoch hielten die Offiziere der Kompanien die Männer lautstark dazu an, die Formation zu halten. Derweil bemühten die Sergeants sich, die Lücken zu schließen, und trieben die unwilligen Soldaten hart mit ihren Piken in den Hagel aus Blei.

Steel, wie immer an der Spitze der Grenadiere, spürte einen Stich an der Wade und sah, dass eine Kugel ihm das Leder des Stiefels weggerissen und die Haut gestreift hatte. Er fluchte vernehmlich; nicht, weil er getroffen war, sondern weil er sich im ersten Moment fragte, wo er in einem Landstrich wie Flandern ein neues Paar Stiefel herbekommen sollte, das so bequem saß wie das alte. Diese Stiefel hatten ihn den Rhein entlang bis nach Höchstädt gebracht und später durch den Schlamm von Ramillies. Verflucht sei dieses offene Feuer in der Schlacht, dachte er. Aber wer A sagt, musste auch B sagen. Die nächste Salve könnte die Franzosen zwar weiter dezimieren, aber dann wären immer noch Gegner hinter den Reihen. Dieser Hügel konnte nur im Kampf Mann gegen Mann erobert werden.

Steel drehte sich um und rief: »Vorwärts, Grenadiere! Stürmt! Mir nach!«

Schon verfielen die Soldaten in den Laufschritt bei einer Attacke. Steel spürte die gewaltige Masse der Männer, die sich hinter ihm in Bewegung setzten. Immer noch hatten sie eine Entfernung von dreißig Schritten zu überwinden, und die Franzosen luden schnell nach.

Zu schnell.

Noch zwanzig Schritte, noch zehn ... und dann stürmten sie in dem Moment in die Reihen der Gegner, als die feindlichen Musketen krachten. Steels unmittelbarer Gegner war kleiner als er, hatte einen dunklen Teint und einen Schnauzbart; dazu dunkles Haar und einen kleinen Ohrring. Der Mann stürzte sich auf Steel, doch der Brite trieb ihm die Klinge tief in die Brust. Der Zeigefinger des Franzosen krampfte sich um den Abzug des Gewehrs, worauf der Schuss sich auf Höhe von Steels Ohr löste: Einen Moment lang glaubte Steel, taub zu sein.

Entlang der Angriffslinie spielten sich ähnliche Szenen ab. Die meisten Grenadiere hatten sich im letzten Augenblick auf den Gegner stürzen können und waren dadurch dem Kugelhagel entronnen. Diejenigen, die nicht schnell genug gewesen waren, bekamen die feindlichen Geschosse aus nächster Nähe zu spüren und wurden von der Wucht zu Boden gerissen. Das aufblitzende Mündungsfeuer versengte den Uniformstoff und die Haut der Männer.

Steel zog seine Klinge aus dem Torso des Toten und stürmte weiter in die zweite Reihe. Geschickt wehrte er ein Bajonett ab, schlug nach dem Gegner und drängte vorwärts, sobald er spürte, dass die Degenklinge bis auf den Knochen gegangen war. Der Franzose im dritten Glied ergriff die Flucht und zwängte sich an seinem verwirrten Offizier vorbei, der dann ebenfalls nicht mehr die Stellung hielt.

Jetzt hatten die Briten die Linie durchbrochen, und abgesehen von einigen verzweifelt kämpfenden Franzosen, die sich der Rotröcke zu erwehren versuchten, war die französische Einheit zusammengebrochen. Steel bekam aus dem Augenwinkel mit, wie sich mehrere Gegner ergaben und bei einem Kompanieführer Schonung erfuhren. Derweil war Steel bereits damit beschäftigt, die Verluste abzuschätzen. Doch er hatte kaum mit dem Zählen begonnen, als er weiter vorn neue feindliche Soldaten heranrücken sah. Wie Steel es befürchtet hatte, versuchten die Franzosen, die Lücken in der sich auflösenden Linie durch frische Infanteristen zu stopfen. Die Gegner schickten sich an, die Briten mit einer Salve zu bestreichen. Steel wappnete sich innerlich.

»Sergeant! Bereit machen für Beschuss aus fünfzig Schritt. Grenadiere, neu formieren. Mr. Williams, zu mir.«

Während die Kompanie sich alle Mühe gab, sich so gut wie möglich zu formieren, erkannte Steel, dass drüben in den Reihen des Gegner nicht alles reibungslos lief. Wie gebannt beobachtete er, wie einige der französischen Offiziere in ihren Befehlen innehielten und erschrocken nach rechts schauten. Steel folgte den Blicken der Gegner und sah in diesem Moment zum ersten Mal die dänischen und niederländischen Infanteristen und Kavallerieeinheiten, die vom Hügel herunter geradewegs in die Flanke der Franzosen stießen.

Auch die Franzosen hatten die Bedrohung inzwischen erkannt, und mit einem Mal waren jene Soldaten, die eben noch die Schlacht für sich hätten entscheiden können, vollkommener Verwirrung ausgesetzt. Offiziere und Sergeants schrien Befehle durcheinander, damit die Soldaten sich mit einem Schwenk rechtzeitig auf die neue Bedrohung einstellten. Andere Befehle hingegen ordneten den sofortigen Rückzug an. Augenblicke später war die zuvor straffe Linienformation in Auflösung. Die Franzosen waren nicht mehr als ein von Panik ergriffener Haufen. Einige jedoch, allesamt Veteranen, die gelernt hatten, dass Angriff oft die beste Verteidigung war, hielten die Stellung und luden unbeirrt ihre Musketen nach.

In diesem Moment gewahrte Steel einen hochgewachsenen Franzosen, der die Muskete anlegte und genau auf ihn zielte. Steel blieb nichts anderes übrig, als stehen zu bleiben und zu hoffen, dass der Mann weniger treffsicher war als mutig. Nach einem Krachen und dem Aufblitzen am Mündungsfeuer spürte Steel einen heftigen Stoß am linken Arm. Sofort wusste er, dass er getroffen war – und es war kein Streifschuss. Wunden waren nichts Neues für ihn, aber bei diesem eher unerwarteten Treffer und der Wucht der Kugel geriet er ins Taumeln und fiel gegen einen der Grenadiere. Es war Mackay, an dessen Schulter Steel Halt suchte. Der Kamerad drehte sich zu ihm um, sah die Verletzung und rief in Richtung von Slaughter und Williams.

»Offizier getroffen, Sergeant! Zu mir!«

Williams löste sich als Erster aus den Reihen der Grenadiere und eilte Mackay zu Hilfe. Steel war benommen, bekam aber noch mit, dass die Franzosen – und auch das Schlitzohr, das ihn angeschossen hatte – letzten Endes doch die Flucht ergriffen; zu groß war das Entsetzen angesichts der rasch anrückenden Niederländer. Aschfahl im Gesicht wandte Steel sich an den Lieutenant. »Mr. Williams, setzt die Attacke fort. Weiter, Tom. Verfolgt sie. Ihr übernehmt die halbe Kompanie. Ich finde Euch schon, keine Sorge. Setzt nach, aber übertreibt es nicht. Und immer schön achtgeben auf die feindliche Kavallerie!«

Kaum hatte Steel die letzte Warnung ausgesprochen, da sackte er auch schon gegen eine Hecke. Er nahm noch wahr, dass Taylor neben ihm kniete und versuchte, die Blutung am Arm zu stillen. Mit glasigem Blick wandte Steel sich dem Corporal zu, der mit einem Ladestock ein Tourniquet anlegte, und plapperte in einem fort: »Taylor, Matt Taylor. Corporal Taylor … gut gemacht, Taylor. Danke Euch.«

Er wusste, dass es überlebenswichtig war, jetzt nicht das Bewusstsein zu verlieren. Die ganze Zeit wartete er auf das Gefühl des einschießenden Schmerzes, aber es kam nicht. Krampfhaft umklammerte er Taylors Arm und zog den Mann so weit zu sich herunter, dass er ihm ins Ohr flüstern konnte: »Geht weiter, Matt. Geht mit den anderen. Ich finde Euch.«

Taylor lächelte und ließ Steel sacht gegen die Hecke sinken. »Bei allem Respekt, Sir, aber ich glaube, dazu seid Ihr nicht in der Lage. Und falls Euch meine Meinung interessiert, ich glaube nicht, dass die Jungs mich im Augenblick brauchen.«

Steels Blick schweifte in Richtung der fliehenden Franzosen. Der Boser Couter wimmelte nur so von grauen Uniformen der Niederländer und Dänen.

Erst da setzte der stechende Schmerz ein.

* * *

Anderthalb Meilen von dem Gemetzel entfernt, vor einer Schänke auf dem Marktplatz von Huysse, schritt Marschall Vendôme in seinem mit Blut bespritzten und verdreckten Uniformrock erbost auf dem Kopfsteinpflaster auf und ab und schickte einen losen Stein mit einem Tritt klickernd über den Boden. Das Dorf lag idyllisch auf einer bewaldeten Anhöhe, und an jedem anderen Tag hätten die Vögel in den Zweigen der Erlen gezwitschert. Das

Läuten der Kirchturmuhr zeigte halb neun an, und im Licht des dunstigen Abends waren die Sonne und der Mond am sich verdunkelnden Himmel auszumachen. Derweil färbten sich tiefer in der Ebene bei Oudenaarde die beiden Wasserläufe, die in die Schelde mündeten, rot von Blut.

Eine Reiterschar trabte auf den Marktplatz. Der heiße Atem der Tiere war in der Abendluft zu spüren. Der Herzog von Burgund ließ seinen Hengst in der Obhut eines Stallburschen und kam gemessenen Schrittes auf den Marschall zu.

»Wir können sie nicht mehr aufhalten. Die Armee ist vollkommen eingekesselt. Jetzt kann uns nur noch die Dunkelheit retten. Ich ...«

Vendôme unterbrach ihn unwirsch. »Warum habt Ihr meinen Befehl nicht ausgeführt? Um fünf Uhr gab ich die Order, mit Eurem Flügel – mit Eurem gesamten Flügel, bestehend aus fünfunddreißigtausend Mann – die rechte Flanke der Alliierten anzugreifen. Warum habt Ihr diesen Befehl nicht befolgt?«

»Der Duc de Puységur ließ mich wissen«, erwiderte der Herzog, »das Gebiet, durch das wir vorrücken sollten, sei morastig. Er betonte, die Alliierten seien nicht in der Lage, diese Stelle zu überwinden, und wir ebenso wenig.«

»Aber Ihr hattet einen Befehl!«

»Ich habe einen Boten entsandt ...«

»Ich habe keine Nachricht von Euch erhalten.«

»Ich versichere Euch ...«

»Ihr braucht mir nichts zu versichern, Monseigneur. Vergesst nicht, Königliche Hoheit, dass Ihr Euch dieser Armee unter der Bedingung angeschlossen habt, meinen Befehlen Folge zu leisten. Mit welchem Recht und in wessen Namen habt Ihr meine Order missachtet?«

Der Herzog von Burgund schüttelte den Kopf. »Marschall Vendôme, vergesst Euch nicht. Ihr mögt ein Marschall Frankreichs sein, doch ich bin ein Prinz königlichen Geblüts.«

Vendôme fixierte ihn aus verengten Augen. »Hier jedoch, Monseigneur, ist es mein Blut, auf das es ankommt. Und das Blut jener Männer dort unten, die für Euch und den König sterben. Wir können an diesem Tag keinen Sieg mehr erringen, Euer Hoheit. Wir müssen uns zurückziehen und uns neu formieren. Uns bleibt allein die Hoffnung, dass wir morgen noch einmal in die Schlacht ziehen können.«

Jemand hüstelte vernehmlich. Vendôme drehte sich um. »D'Evreux?«

»Hoheit, wenn ich so kühn sein darf. Ich bin nicht davon überzeugt, dass die Armee noch die Kraft und Konstitution besitzt, sich am morgigen Tag in irgendeiner Weise im Kampf hervorzutun. Auch an keinem der folgenden Tage.«

Du Capistron setzte nach. »Monseigneur, wir haben die Schlacht verloren. Die Armee ist in Auflösung.«

»Ich habe keine Armee vernichtet«, entgegnete der Herzog trotzig. »Das war Puységurs Fehler. Er hat die Schlacht verloren.«

Vendôme schwieg mit verkniffener Miene und schaute einen nach dem anderen eindringlich an, ehe sein Blick in die Ferne schweifte. Schließlich ging er ein paar Schritte zu einem der Fachwerkhäuser und drückte mit der flachen Hand gegen das Mauerwerk. Halb zu den Männern gewandt, sprach er: »Dies ist ein trauriger Tag für Frankreich. Und ein trister Tag für uns alle … Also dann, meine Herren. Wie mir scheint, ist es Euer Wunsch, sich für die Nacht zurückzuziehen. So sei es.« Er drehte sich zum Herzog von Burgund um. »Und ich weiß, Monseigneur, dass dies schon lange Euer Wunsch ist.«

Ehe der Prinz von Frankreich seiner Entrüstung Ausdruck verleihen konnte, hatte Vendôme sich bereits wieder seinem Stab zugewandt. »Schickt Nachrichten an die Kommandeure, die uns noch geblieben sind: Rette sich, wer kann. Alle sollen sich bis zum Gent-Brügge-Kanal zurückziehen. Kommt, meine

Herren. Heute Abend werden wir in Gent sein. Warum sollten wir noch zögern? Was haben wir noch zu verlieren?«

* * *

Slaughter entdeckte Steel im Schatten eines halb zerfetzten Baumes und sah, dass sein Captain sich den Arm neu verband. »Alles in Ordnung, Sir? Sieht böse aus. Das sollte sich mal einer richtig anschauen. Jemand, der sich besser darauf versteht als Matt Taylor, vielleicht.«

»Matt ist ein guter Wundarzt, Jacob, nicht besser und nicht schlechter als all die Quacksalber in London. Keine Sorge, ich hatte schon schlimmere Verletzungen.« Mühsam erhob er sich und taumelte leicht. »Bin jeden Moment wieder im Kampfgeschehen.« Er sah sich auf dem Feld um, auf dem inzwischen nur noch die Toten, die Sterbenden und die weggeworfenen Waffen lagen. »Wo, zum Teufel, ist die Kompanie geblieben?«

»Wisst Ihr's noch gar nicht, Sir? Die Franzmänner haben sich ergeben. Die Schlacht ist vorüber. Wir haben gesiegt.«

Steel stützte sich an der Hecke ab. »Dann sei es Gott gedankt. Wäre hart für uns geworden, Jacob. Und, wo stecken jetzt die Männer?«

Slaughter hatte eine Hand hinter dem Rücken gehalten und streckte sie nun Steel entgegen. Steels Blick fiel auf ein Stück Stoff, das eingerissen war, aber in weißen und goldenen Farben leuchtete. Fast ungläubig streckte Steel die Hand aus und berührte Seide, in die Goldfäden gewirkt waren. Sein Grinsen reichte von einem Ohr zum anderen. »Sagt mir, dass es das ist, was ich glaube, Jacob.«

»Es ist genau das, Sir. Eine französische Fahne. Habe sie eigenhändig erbeutet, Sir, als ich mit Williams den Kerlen nachsetzte.«

»Weiß der Colonel das schon?«

»Noch nicht, Sir.«

»Gut gemacht, Jacob. Die Ehre für das Regiment kann warten. Dies ist der Augenblick für uns Grenadiere. Die Fahne gehört uns, zumindest noch. Es ist Eure Fahne, unsere Fahne ... und natürlich auch die des Regiments.« Steel entging nicht, dass sein Sergeant ein wenig verlegen dreinblickte. Er kannte diesen Gesichtsausdruck aus früheren Tagen. »Wollt Ihr mir sonst noch etwas sagen, Sergeant?«

»Nun, Sir, Ihr erinnert Euch vielleicht ... als wir vorrückten, da kamen wir an einem Dorf vorbei, das wir den Franzmännern wieder abgerungen hatten ... und in diesem Dorf gab es eine Schänke.«

Steel suchte Slaughters Blick. »Ja, ich erinnere mich dunkel.«

»Nun, Sir, es war keine.«

»Wie bitte?«

»Keine Schänke, Sir.«

»Was war es dann?«

»Wisst Ihr noch, was Ihr den Jungs versprochen habt, Sir?«

Langsam kam die Erinnerung zurück. »Ah, ja. Die Schänke. Der Rum, das Bier und das alles. Was habe ich den Männern denn genau versprochen?«

Slaughter grinste. »Also, ich erinnere mich, wie Ihr sagtet, die Jungs könnten alles haben, was auf der Speisekarte der Schänke steht, Sir. Jene Schänke, die wir für eine Schänke hielten, meine ich, die dann aber doch keine Schänke im herkömmlichen Sinne war ...«

»Ja, ja, verstehe. Oh, Mann, das hab ich wohl gesagt, wie?«

Slaughter nickte eifrig. »Das habt Ihr, Sir. Und weil's so ist und die Schänke nun mal keine Schänke ist ...«

Slaughter hielt inne und schaute einem Grenadier nach, einem Iren namens Mulligan, der auf dem Schlachtfeld hinter einer Frau herlief. Steel blinzelte bei dem beinahe unwirklichen Anblick, sah seinen Sergeant an und schaute erneut auf das Schlachtfeld, doch da waren der Ire und die Frau verschwunden. »Was war das denn gerade, Jacob?«, kam es ungläubig von Steel. »Habe ich da eben eine Frau gesehen?«

»Gut zu wissen, dass Ihr Eure Sinne noch beisammen habt, Sir.«

»Jacob, legt die Karten auf den Tisch. Ihr verschweigt mir doch was.«

Plötzlich tauchten weitere Frauen auf, drei an der Zahl, die von zwei rot uniformierten Schützen verfolgt wurden. Die Jagd nahm ein Ende, und kurz darauf schritten die Frauen und Männer Arm in Arm an Steel und Slaughter vorbei, ignorierten den Captain und dessen Sergeant jedoch. Das Kichern der Paare deutete an, dass die kleine Gesellschaft längst nicht mehr nüchtern war. Die Gesichter der Frauen waren teilweise rußverschmiert, doch man konnte immer noch Spuren von Rouge erahnen. Die üppigen Kleider hingen eher locker an ihnen herunter, in einem Fall sogar so leger, dass der Vorstellungskraft wenig Raum blieb.

Steel schüttelte den Kopf und fragte sich, ob er dem Fieberwahn verfallen sei. »Zum Teufel, was treiben diese Frauen auf dem Schlachtfeld, Jakob? Das ist kein Ort für eine Dame.«

»Aber die Frauen, Sir, sind – wenn Ihr erlaubt, Sir – keine Damen. Das wollte ich Euch ja die ganze Zeit verdeutlichen.«

»Wartet, Sergeant. Lasst mich raten, wer diese Frauen sind und warum sie hier sind.«

»Nun, sieht ganz danach aus, als hätten wir ihr Zuhause genommen, Sir.«

»Das Zuhause der Frauen? Die Schänke, nehme ich an?«

»Ganz recht, Sir. Die Schänke, die wir zunächst für eine Schänke gehalten haben. Tatsächlich handelt es sich aber um ein Haus... von zweifelhaftem Ruf, Sir. Um ein Bordell. Schätze, die Mädchen haben gehört, dass Soldaten anrückten, und glaubten, es wäre gut für's Geschäft. Als dann die Schlacht begann, war's zu spät für sie, die Flucht zu ergreifen. Deshalb haben sie sich unten im Keller versteckt.«

»Großer Gott. Ihr solltet dafür sorgen, dass nicht auch noch die anderen Jungs die Frauen entdecken.«

»Tja, Sir, dafür ist's ein bisschen spät.«

»Ich lasse jeden, der sich an einer der Frauen vergreift, vor aller Augen auspeitschen, Jacob.«

»Das würde nicht viel bringen, wenn ich so sagen darf, Sir.«

»Ach nein?«

»Nein, Sir. Denkt dran, Ihr habt den Jungs alles versprochen, was in der ›Schänke‹ auf der Speisekarte stand, sozusagen.«

»Das habe ich also gesagt?«

»Habt Ihr, Sir.«

»Verflucht, Jacob. Die britische Armee trägt einen ruhmreichen Sieg davon, und welche Rolle spielt dabei meine Kompanie? Wir befreien ein elendes Hurenhaus!«

»Aber wir haben auch eine Fahne erbeutet, Sir.«

Steel musterte seinen leicht zerknirschten Sergeant. Er wusste, dass es nur einen Ausweg gab. »Ihr wisst, dass ich ein Mann bin, der zu seinem Wort steht, Sergeant.«

»Ihr seid Eurem Wort immer treu, Sir, durch und durch.«

»Dann sorgt dafür, verdammt noch mal, dass sonst niemand davon erfährt, weder Major Frampton noch der Colonel. Und ehe die Männer sich auf meine Kosten vergnügen, sollten sie zunächst schön brav die Waffen einsammeln. Liegen ja genug davon herum.«

»Sehr gut, Sir. Die Männer werden begeistert sein.«

»Niemand, Sergeant, niemand darf davon erfahren, verstanden? Und wenn sich einer der Männer ansteckt, werfe ich ihn aus der Kompanie. Jeder kann entscheiden, welche Risiken er eingehen will.«

»Jawohl, Sir.«

»Und Ihr solltet Mr. Williams mit der Fahne nach hinten schicken, sobald die Männer sie gesehen haben. Er soll sich auf die Suche nach Marlborough begeben und dem Herzog mitteilen, welches Regiment sie erbeutet hat. Er soll ihn daran erinnern, dass es Captain Jack Steels Kompanie war.«

* * *

Falls Steel geglaubt hatte, seine Trophäe würde dem Herzog gleichsam auf dem silbernen Tablett präsentiert, so irrte er. Ein Stück weit ostwärts, hinter der letzten Position von Farquharsons Grenadieren, stand Marlborough vor einer kleineren Gruppe von Offizieren, neben ihm Prinz Eugen, der im Verlauf der Schlacht den rechten Flügel befehligt hatte. Die Herren blickten auf etwas, das zu Füßen des Oberbefehlshabers lag: Ein ganzer Berg französischer Fahnen, der von Minute zu Minute wuchs.

Cadogan hatte ein Lächeln aufgesetzt und bückte sich, um die Seide eines der erbeuteten Banner zu berühren, ehe er sich zum Herzog umwandte. »Ein großartiger Sieg, Euer Hoheit. Ein Sieg, der seinesgleichen sucht. Nun hat man in London wieder etwas, über das man sprechen kann. Und welch eine Ehre für die Königin. Wie ich erfuhr, hat der Feind fünfzehntausend Mann verloren, vielleicht sogar zwanzigtausend. Weitere zehntausend sind desertiert und Hals über Kopf nach Frankreich geflohen. Auf unserer Seite haben wir lediglich dreitausend Verluste zu beklagen, ungefähr eintausend Mann ließen ihr Leben. Ein eindrucksvoller Sieg, Euer Hoheit.«

»Ja, William, eindrucksvoll, in der Tat, aber um ehrlich zu sein, für meinen Geschmack war es sehr knapp. Hättet Ihr den Feind drunten am Brückenkopf nicht so eisern aufgehalten, wäre das Ganze mit Sicherheit anders ausgegangen. Aber so hatten wir Zeit, unsere Truppen eine nach der anderen ins Spiel zu bringen.«

»Und Ihr seid rechtzeitig gekommen, Sir. Jetzt liegt Frankreich offen vor Euch.«

Marlborough zog die Stirn in Falten. »Aye, da habt Ihr recht. Ganz Frankreich. Wir brauchen es uns nur zu nehmen. Aber wie könnten wir unseren Sieg am besten nutzen, was meint Ihr?«

Ein weiterer Stabsoffizier, Overkirk, meldete sich zu Wort, noch ganz trunken vom Triumph: »Wir sollten den Franzosen nachsetzen, Mylord. Mit aller gebotenen Entschlossenheit und so schnell, wie unsere Linien es erlauben.«

»Ganz recht, General Overkirk. Aus strategischer Sicht müssten wir die Franzosen verfolgen oder zumindest Marschall Berwicks Armee ablenken und angreifen. Normalerweise. Aber wie mein Freund Cadogan hervorgehoben hat, dies war kein gewöhnlicher Sieg. Frankreich liegt wehrlos und offen vor uns. Offen, Gentlemen. Ist Euch bewusst, was das bedeutet? Wenn wir klug sind, werden wir nur einen Kurs verfolgen. Ich weiß von Cadogans Spionen, dass König Ludwig des Krieges überdrüssig ist. Einige Kenner sprechen sogar davon, er sei geradezu erpicht auf Frieden, und es seien allein Stolz und seine Generäle, die ihn weiterhin aufs Schlachtfeld drängen. Doch seine Streitkräfte und die Blüte des Adels seines Landes gehen auf diesen Schlachtfeldern zugrunde. Gentleman, ich habe eine Idee.«

Er gab einem Laufburschen ein Zeichen, der daraufhin vortrat und eine Karte von Flandern und Nordfrankreich entrollte. Marlborough bewegte den Zeigefinger von der Position bei Oudenaarde in südwestliche Richtung über die Karte. »Was würdet Ihr davon halten, wenn wir auf direktem Weg nach Paris marschierten? Wir runden diesen Sieg ab und begeben uns in die Hauptstadt, halten uns gar nicht groß mit der eigentlichen Verfolgung auf und lassen die Überreste von Vendômes Armee links liegen.«

»Sind wir dazu in der Lage?«, fragte Overkirk kritisch nach.

Marlborough wandte sich an Cadogan. »Wie denkt Ihr darüber, William?«

Cadogan nickte. »Ich glaube, das könnten wir schaffen, Sir. Wir verfügen über die Männer und die Ressourcen. Und ich weiß, dass Euer Plan noch weitergeht.«

Der Herzog fuhr fort: »Paris ist eine offene Stadt. Sie hat keine Verteidigungsanlagen. Ludwig hatte immer schon so viel Vertrauen in seine Armeen, dass er die Mauern bereits vor dreißig Jahren einreißen ließ. Wie der Stolz einen Mann doch zu Fall bringen kann! Aber das hat uns nicht sonderlich zu interessieren. Wir müssen diese Stadt nicht einnehmen. Wir können vor den Toren die Lager aufschlagen, worauf Ludwig uns um Friedensverhandlungen ersuchen wird – insbesondere, wenn seine Kundschafter ihm mitteilen, dass unsere neue Armee aus England übersetzt und in Abbeville an Land geht.«

»Ist das so?«

»Noch nicht, aber das ist Teil meines Vorhabens. Lieutenant-General Erle hat bereits mit seinen Verbänden die Isle of Wight verlassen, eskortiert von unseren Kriegsschiffen. Sobald Ludwig davon erfährt, und das wird er, wird er in Versailles vor Furcht zittern. Derweil werden wir uns in Abbeville mit Erle vereinigen. Dann verfügen wir über hunderttausend Mann samt Vorräte, die wir über die Küste beziehen. Ein rascher Vorstoß entlang des Flusses Lys, und schon haben wir die Forts von Menin und Courtai umgangen. Auf diese Weise ersparen wir uns den Aderlass, der uns bevorstünde, wenn wir erneut eine von Monsieur Vauban konstruierte Festung belagern müssten. Wir marschieren an Lille vorbei und wenden uns nach Süden«, abermals wanderte sein Finger über die Karte, »immer weiter ins Inland bis zur Hauptstadt. Und so, Gentlemen, wird Flandern frei sein, unsere Männer brauchen nicht umsonst zu sterben. Unsere Feinde daheim werden sich verwirrt die Augen reiben, und der Sieg wird uns gehören.«

Marlborough wartete auf die Reaktionen seiner Berater. Die Generäle blickten erstaunt auf die Karte, mancher mit offenem Mund. Soeben hatten sie den kühnsten Plan gehört, der ihnen je unterbreitet worden war – zweifellos der kühnste Plan der britischen Militärgeschichte.

Cadogan räusperte sich. »Ein Meisterstück, Euer Hoheit. Eine brillante Strategie.«

Die Berater nickten zustimmend, nur Prinz Eugen nicht, der nach wie vor auf die Karte starrte und seine Meinung für sich behielt. Marlborough indes lächelte, rief nach Wein und hielt dann den großen, mit Silber überzogenen Kelch hoch, den Königin Annes Goldschmiede aus einer echten Kokosnuss gefertigt hatten und den er stets auf Feldzügen mitnahm. Feierlich wandte er sich an den Generalstab: »Ein Toast, Gentlemen. Denn mein Entschluss steht nun fest. Kommende Woche marschieren wir gen Paris.«

4.

Henrietta Vaughan räkelte sich nackt auf dem zerwühlten Laken und bog anmutig den Rücken durch. Als sie merkte, dass ihr Mann sie von seinem Platz aus nicht sehen konnte, erhob sie sich mit geschmeidigen Bewegungen und schlang die Arme um das Kopfende des Bettes, wobei sie darauf achtete, dass ihre Blöße in dem Spiegel zur Geltung kam, der am Fußende an der Wand lehnte. Jetzt konnte Steel Henrietta sehen. Er murmelte irgendetwas in sich hinein.

Sie war zweifelsohne das schönste Geschöpf, das er je erblickt hatte, und besaß einen Zauber, bei dem er alles zu vergessen schien – fürwahr, sie vermochte seine Leidenschaft in einer Weise zu erregen, dass ihm die Sinne schwanden. Doch nun schaute er weg.

Er stand vor dem bodenlangen Spiegel im besten Schlafgemach einer kleinen Schänke in der Stadt Menen und versuchte die ganze Zeit, mit einer Hand sein Halstuch zu binden. Den anderen Arm trug er nach wie vor in einer Schlinge. Die Schlacht war zwar schon beinahe einen Monat her, aber die Kraft kehrte nur langsam in seinen Arm zurück, und die Sehnen waren noch nicht wieder ganz verheilt. Jetzt fluchte er ein wenig lauter. »Verdammt. Liebling, könntest du mir bitte helfen? Ich fühle mich wie ein Krüppel, der sich nicht mal selbst das Halstuch binden kann.«

Henrietta stützte sich auf das Kopfende des Bettes und streckte sich wie eine Katze, sodass sich die Haut ihres blassen Körpers spannte und die vollen, runden Brüste zur Geltung kamen. Zufrieden lächelte sie ihrem Spiegelbild zu, blieb in dieser verführerischen Pose und sagte in sinnlichem Tonfall:. »Jack, ich finde immer noch, dass du uns eine Unterkunft hättest suchen können, die ein bisschen weniger von diesem … bäuerlichen Charme hat. Ich meine, sieh dir doch nur diese Kammer hier an! Hast du je solche Vorhänge und Bettvorhänge gesehen? Einfacher Kattunstoff. Und dann der Fußboden! Blanke Dielen, Jack!«

Steel gab vor, die Beurteilung der Unterkunft überhört zu haben, und mühte sich weiter mit dem Halstuch ab. Doch Henrietta setzte nach, da es ihr missfiel, mit ihrer Meinung ignoriert zu werden. »Hörst du mir überhaupt zu, Jack? Oder siehst du mich gar nicht? Kannst du mich sehen, Jack?«

Steel, der sich vom Anblick seiner Frau nicht beeinträchtigen lassen wollte, musste sich eingestehen, dass es Henrietta letzten Endes doch gelungen war, ihn abzulenken. »Ja, ich sehe dich, Liebling. Aber ich wünschte, ich würde dich nicht sehen, zumindest im Augenblick nicht. Ich muss nämlich gleich zum Oberbefehlshaber. Und das weißt du.«

Während er sich bewusst machte, wie schwer es ihm fiel, den Blick von seiner schönen Frau zu wenden, wurde ihm deutlich, dass Henrietta einen wunden Punkt getroffen hatte. Denn Steel hatte in der Stadt keine andere Unterkunft finden können als diese schlichten Räumlichkeiten in einem kleinen Wirtshaus, die selbstverständlich nicht Henriettas Standard entsprachen. Zumal sie an die Annehmlichkeiten der üppig ausgestatteten Suite in Brüssel gewöhnt war, die sie sich ausgeguckt hatte und für die Steel seither die Miete begleichen musste, obwohl er fast die ganze Zeit auf dem Feldzug gewesen war.

Henrietta lachte, stieg leichtfüßig aus dem Bett und kam langsam auf Steel zu, wobei sie sich bei jedem Schritt in den Hüften wiegte und sich der Wirkung ihrer Reize sehr genau bewusst war. Sie wusste, dass sie eine schöne Frau war. Vielleicht sogar die schönste Dame am Hofe von St. James's und gewiss im Augenblick die schönste Frau in Flandern.

Grazil stellte sie sich auf die Zehenspitzen, als sie die Hand nach dem Halstuch ausstreckte, wobei sie ihr Gesicht bewusst nah an das Steels brachte. Ihr nackter Körper rieb über Steels Uniformstoff. Als sie Steels Kopf ein wenig zu sich zog, blickte er auf ihren schön geschwungenen Hals. Sie duftete nach Lavendel und Moschus und ganz entfernt nach Schweiß. Eine Mischung, die ihn um den Verstand zu bringen drohte, und beinahe wäre er diesen Reizen erlegen.

Im Grunde seines Herzens wusste er, dass es nicht richtig gewesen war, seine Frau hierherkommen zu lassen. Es ging ihm dabei nicht nur um Henriettas Sicherheit, sondern auch darum, dass in Augenblicken wie diesem die Versuchung größer zu sein schien als das Pflichtgefühl.

Zunächst war Steel nicht einverstanden gewesen, als Henrietta ihn gebeten hatte, von Brüssel nach Menen kommen zu dürfen. Menen lag unweit der Front, erschien ihm letzten Endes aber doch relativ sicher, da die Stadt befestigt und obendrein von der alliierten Armee umschlossen war. Doch Henrietta hatte so lange gebettelt, bis er schließlich nachgegeben hatte; er war bestimmt nicht der erste Mann, der dem Charme dieser Frau erlegen war.

Und hier war sie nun, in ihrer ganzen Blöße. Und Steel ließ sich wieder mal von ihren Reizen ablenken und war bereits spät dran für seine Verabredung mit dem Oberbefehlshaber.

»So, fertig.« Henrietta trat einen Schritt zurück, wie eine Künstlerin, die ihr neuestes Werk in Augenschein nahm, richtete das Halstuch ein letztes Mal und sorgte auf diese Weise dafür, dass Steel erneut ihre körperlichen Vorzüge genießen konnte.

Er schüttelte den Kopf. »Es tut mir leid, Henrietta. Du weißt, dass ich losmuss.«

Sie zog einen Schmollmund und streckte ihm teils spielerisch, teils verärgert die Zunge heraus.

Derweil war Steel schon an der Tür, öffnete sie und rief den Gang hinunter nach seinem Bediensteten. »Sykes. Mein Pferd.«

Dann schloss er die Tür wieder, trat zu seiner Frau und nahm sie kurz in den Arm. »Ich glaube nicht, dass der Herzog mich lange aufhalten wird. Dann haben wir den ganzen Tag für uns, meine Liebe.«

»Den ganzen Tag? Bist du sicher? Du weißt, wie viel Zeit du mit deinen Männern verbringst, Jack, und wie wenig Zeit mit mir.« Die Stirn gefurcht, ging sie zum Bett, griff nach dem Morgenumhang und legte ihn sich um die Schultern. »Oh, wie ich diesen Ort hasse.«

»Solltest du in diesem Fall nicht darüber nachdenken, wieder nach Brüssel zu fahren? Oder besser nach Antwerpen oder Ostende. Dir ist doch klar, dass es nicht mein Vorschlag war, dass du hierhergekommen bist.«

»Ich weiß. Und allmählich bedauere ich meine Entscheidung und frage mich, weshalb ich die Fahrt hierher überhaupt unternommen habe.« Sie wandte sich halb von ihm ab, doch er ahnte, dass sie ihren Missmut nur vortäuschte. Sie wollte ihn erneut auf die Probe stellen.

Steel legte ihr eine Hand auf die Schulter. »Ich verspreche dir, dass ich mich beeilen werde. Nur für dich. Dann können wir zumindest heute Abend zusammen essen.«

Sie wandte sich ihm wieder zu. »Mir geht es nicht ums Dinner, Jack. Ich will dich.«

»Du kannst mich ja auch haben, Liebling. Sobald ich den Herzog gesprochen habe. Nun zieh dich an. Ich weiß, dass die Köchin unten ein Dutzend Austern für dich zur Seite gelegt hat. Ich komme zu dir zurück, so schnell ich kann.«

Im nächsten Moment hatte er das Zimmer verlassen und zog rasch die Tür hinter sich zu, weil er befürchtete, seine Aufgabe zu vernachlässigen, wenn er noch einmal in die Augen seiner

Frau schaute. Über die dunkle Stiege des alten Hauses begab er sich nach unten.

Zweifellos gehörte er zu den glücklichsten Menschen auf der Welt. Er hatte wieder eine Schlacht überlebt, führte als Captain eine Kompanie erstklassiger Grenadiere und war Ehemann der anmutigsten und hingebungsvollsten Frau, die man sich nur wünschen konnte.

* * *

In der wenig einladenden Schlafkammer saß Henrietta auf der Bettkante und zog sich einen Seidenstrumpf an. Natürlich hatte sie in dem Moment aufgehört zu schmollen, als Steel den Raum verlassen hatte. Es machte ihr nicht viel aus, dass er fort war. Jack würde bald zurück sein, und dann bliebe ihnen noch genügend Zeit, um den Rest des Tages gemeinsam zu verbringen. Auch wenn sich dafür nur noch der Abend anbot. Was sollten sie in dieser stinkenden Absteige auch anderes tun, als sich zu lieben und Mahlzeiten zu bestellen? Gewiss, sie war weder den fleischlichen Genüssen noch den Gaumenfreuden abgeneigt, und mit Jack war das Liebesspiel genauso gut, wenn nicht gar besser, als mit den früheren Liebhabern. Aber das genügte nicht. Henrietta sehnte sich nach dem gesellschaftlichen Leben. Nach der Möglichkeit, Geschäfte zu besuchen, in denen schöne Dinge angeboten wurden, nach denen sie sich fast so sehr sehnte wie nach Jacks Körper. Vielleicht sogar noch mehr.

Sie lächelte. Vielleicht würde sie doch bald nach Brüssel zurückkehren. Der Tross eines Feldzuges war sterbenslangweilig. Die ganze Armee bot nichts als Langeweile – aber das hätte sie in Jacks Anwesenheit niemals zugegeben. Es kam ihr so vor, als sei er unentwegt im Dienst; ständig war er mit den Männern seiner Kompanie beschäftigt, wenn auch oft nur gedanklich. Beinahe hatte man den Eindruck, die Soldaten seien wie Kinder, die ständig etwas von ihren Offizieren verlangten. Wiederholt hatte Henrietta sich gefragt, wie dieser Haufen überhaupt eine Schlacht überstehen konnte.

Ja, Jack hatte sehr wenig Zeit für sie. In Brüssel hatte sie zumindest die Gesellschaft anderer Offiziersgattinnen – nun, viele waren es nicht. Mrs. Melville, die Gemahlin des Kommandeurs der 4. Kompanie und wohl die einzige Frau, die beim Bataillon war, erwies sich als halbwegs erträglich. Die beiden Damen hatten vereinbart, bei Henriettas Rückkehr nach Brüssel den kleinen Kurzwarenladen zu besuchen, wo Madame Delvaux ihr zwanzig Yards Seide hatte zurücklegen lassen. Die Seide wies exakt dasselbe Muster auf wie die Ware, die die Königin von England erworben hatte. Und Henrietta war fest entschlossen, diesen Stoff zu besitzen. Was tat es da zur Sache, wenn der Yard mehr als sieben Pfund kostete?

Dann gab es da noch den wunderhübschen Damast mit Blumenmuster und einen aus Indien stammenden Stoff, der Baguzee genannt wurde. Ein so hauchdünnes, zartes Material, wie es kein zweites Mal auf Erden gab. Henrietta lächelte in sich hinein und läutete dann nach dem Dienstmädchen, das ihr beim Ankleiden behilflich sein sollte. Ja, das alles würde sie sich nach ihrer Rückkehr leisten, auch wenn die Kosten immens ausfielen. Aber Jack würde in Zukunft ja mehr Sold erhalten. Bis dahin würden sie eben auf Kredit leben müssen, wie alle anderen auch.

Erneut zog sie an dem Klingelzug, der von der Decke hing, um das Mädchen zu rufen. Während die Kleine ihr kurz darauf beim Ankleiden half – zunächst kam der modische Reifrock als Unterrock, dann der aschgraue Petticoat aus Quilt –, hing sie weiter ihren Gedanken nach. Das Dienstmädchen, Maria, das sie erst vor Kurzem in Brüssel eingestellt hatte, da ihre englische Zofe Bessie mit einem Soldaten in den Ehestand getreten war, war schüchtern und ein bisschen dumm. Fest schnürte sie Henriettas Korsett aus Fischbein, ehe sie ihrer Herrin das Haar bürstete, bis es ihr in langen Locken über die bloßen Schultern fiel.

Die ganze Zeit dachte Henrietta darüber nach, wie es ihr gelingen könnte, Jack von der Front wegzulocken – fort von seiner geliebten Armee zurück in die Kreise bei Hofe. Insgeheim ahnte sie, dass es ihr gelingen könnte. Wem nützte er hier in Flandern? Was für ein Leben sollten sie hier genießen? Steel war bereits ein gefeierter Held und wurde in den höheren gesellschaftlichen Kreisen respektiert. Selbst die Königin überschüttete ihn mit Lob. Gewiss, Jack hatte nicht viel Geld, aber es gab Möglichkeiten, dem entgegenzuwirken … Möglichkeiten, die einem Mann halfen, in der Hauptstadt weiter aufzusteigen, sofern er die entsprechenden Verbindungen besaß und den Respekt einforderte, der einem Helden wie Jack Steel zustand.

Denn Steel war ein Nationalheld. Aber Henrietta wusste, dass er dies nur so lange blieb, wie sein Name in aller Munde war. Die Leute, insbesondere die einflussreichen Kaufherren und Grundbesitzer, hatten oft ein wenig ausgeprägtes Erinnerungsvermögen. Im Augenblick stand Jack Steels Stern hoch am Himmel; deshalb war jeder Tag, den Henrietta untätig in Flandern zubrachte, eine verpasste Gelegenheit. Sie musste handeln. Allein schon, um ihrem Vater zu beweisen, dass er sich geirrt hatte. Hatte er sich ihr gegenüber nicht abfällig geäußert, als sie den Wunsch hegte, einen Soldaten zu heiraten – der in den Augen ihres Vaters wenig Aussicht auf sozialen Aufstieg hatte? Und war nicht genau das der Reiz für Henrietta gewesen, Jack zu heiraten? Ja, er war ein unglaublich gut aussehender Bursche und derzeit ein Held, der in aller Mund war.

Darüber hinaus war er der Typ Mann, vor dem ihr Vater sie stets gewarnt hatte. Für ihn war Jack Steel der Inbegriff eines Mannes, den Henrietta unbedingt hätte meiden sollen: der mittellose, waghalsige Kämpfer, der auf Ruhm aus war.

Kurzum, Steel bot Henrietta die Gelegenheit, ihrem Vater zu

beweisen, dass er sich geirrt hatte. Sie war fest entschlossen, dafür zu sorgen, dass Lord Vaughan sich nicht als Sieger fühlte.

* * *

Steel ritt langsam durch die Gassen der Stadt, als sein Pferd leicht ins Stolpern geriet und wieherte. Verwundert suchte Steel nach der Ursache. Erst da sah er, dass jemand halb in der Gosse lag, die Beine von sich gestreckt; das Tier musste wohl über das ausgestreckte Bein gestolpert sein. Mühsam versuchte der Mann sich aufzurichten. Er trug einen roten Militärrock und den schwarzen Hut eines Infanteristen. Bei dem Zustand seiner Kleidung und dem Geruch von Alkohol, Schweiß und Erbrochenem lag die Vermutung nahe, dass der Bursche schon die ganze Nacht in der Gasse gelegen hatte.

Inzwischen war der Mann halb auf den Beinen, taumelte und belegte Steel mit derben Flüchen. Steel sah sich derweil nach einem Sergeant um, den Trunkenbold unter Arrest zu stellen, doch als er niemanden sah, beließ er es dabei, versetzte dem Mann einen Tritt und schickte ihn zurück in die Gosse.

Unbekümmert ritt Steel weiter und ließ den Mann in seinem Schmerz zurück. Die Straßen von Menen waren voller Soldaten, betrunken wie nüchtern; Kavalleristen und Infanteristen in sämtlichen Uniformen, die es in den Reihen der Alliierten zu sehen gab – ein Durcheinander von Farben, obwohl das Rot der Briten dominierte, gefolgt vom Blau der Preußen und dem Grau der Dänen. Vor nunmehr vier Wochen hatte Marlborough nach der letzten Schlacht sein Hauptquartier in Menen aufgeschlagen – eine Schlüsselstellung, da er auf diese Weise in der Lage war, die wichtigsten Zitadellen der Franzosen in Ypres, Lille und Tournai unter Druck zu setzen.

Prinz Eugen war unterdessen ostwärts weitergezogen, in Richtung Ath, um zu seiner eigenen Armee zu stoßen, die um weitere fünfundzwanzig Bataillone verstärkt worden war. Alles in allem 50 000 Mann – eine beachtliche Streitmacht. Jedem war klar, dass etwas in der Luft lag, aber niemand wusste, was der Oberbefehlshaber sich ausgedacht hatte. Steel fragte sich, ob er es in Kürze erfahren würde.

Es hatte ihn nicht überrascht, in das Quartier des Herzogs bestellt worden zu sein. Inzwischen hatte er sich daran gewöhnt, spezielle Aufträge für den Oberbefehlshaber auszuführen. Allerdings fragte er sich, was für einen Einsatz der Herzog nun für ihn vorgesehen haben mochte. Von Menen nach Werwicq war es nur ein kurzer Ritt, und abgesehen von dem Zwischenfall mit dem Betrunkenen hatte sich nichts Nennenswertes ereignet.

Vor dem Rathaus, das Marlborough zum Hauptquartier erkoren hatte, stieg Steel vom Pferd. Er schlang die Zügel um eine der Holzstreben, die sich für den Zweck eigneten, und grüßte vorschriftsmäßig die beiden Wachen der Foot Guards, Männer aus seinem alten Regiment, die für die Sicherheit des Herzogs verantwortlich waren.

Auf den ersten Blick wirkte das Gebäude nicht anders als alle Quartiere auf dem Feldzug. Ein Außenstehender hätte womöglich von einem Zustand des organisierten Chaos gesprochen, da überall geschäftiges Treiben herrschte: Hier und dort waren Offiziere und Adjutanten in Gespräche vertieft oder warteten vor verschlossenen Türen. An Schreibpulten versahen Sekretäre und Schreiber ihren Dienst, während Laufburschen durch die Räumlichkeiten eilten. Doch Steel spürte gleich, dass er sich im Zentrum einer gut organisierten Militärmaschinerie befand.

Ein Sekretär blickte von seinem Pult auf. »Ja?«

»Captain Steel, auf Geheiß des Oberbefehlshabers.«

Der Mann war von kleiner Gestalt und hätte in früheren Zeiten aufgrund seiner strengen Gesichtszüge womöglich als Puritaner gegolten. Nun musterte er Steel von Kopf bis Fuß und begann dann, wichtigtuerisch einen Stapel Papiere neu auszurichten. »Ah, Captain Steel. Ja, ich bin sicher, dass ich diesen Befehl eben noch gesehen habe. Captain Steel. Und Ihr seid sicher, dass Ihr für heute vorstellig werden solltet?«

Das Abzeichen am Arm des Schreibers wies ihn als Captain aus. Sogleich überlegte Steel, wer von beiden eher das Offizierspatent bekommen hatte und hoffte, dass es nicht zu Zwistigkeiten bezüglich der Dienstjahre kommen würde. Der Mann fuhr in einem für Steels Ohren anmaßenden Ton fort: »Ich kann Euren Namen hier nirgends finden. Nein, Ihr steht nicht auf der Liste.«

»Ich bin mir aber sicher, Captain, dass ich hierherbestellt wurde, ob ich nun auf der Liste stehe oder nicht. Wenn Ihr mich also jetzt vorbeilassen würdet. Ihr werdet sehen, dass Colonel Hawkins mich persönlich kennt.«

Der Schreiber gab einen mokanten Laut von sich. »Das bezweifele ich nicht, Captain Steel, aber Ihr solltet wissen, dass Ihr ohne Termin nicht eintreten dürft, ganz gleich, ob der Colonel Euch kennt oder nicht. Seine Hoheit ist ein viel beschäftigter Mann.« Er setzte ein Lächeln auf, das Steel als provozierend empfand. »Das müsst Ihr verstehen, Captain. Denn abgesehen von Euch bespricht der Herzog sich mit vielen Offizieren und muss sich wichtigen Staatsangelegenheiten widmen. Ich fürchte, dass ich Eure Papiere im Augenblick nicht vorliegen habe. Aber wenn Ihr dort drüben Platz nehmen wollt ...«

Steel folgte dem ausgestreckten Finger des Mannes und sah, dass am anderen Ende des Raums mehrere Offiziere in einer Reihe auf unbequemen Stühlen saßen und darauf warteten, vorgelassen zu werden. Die Herren befanden sich in unterschiedlichen Stadien der Aufmerksamkeit, mindestens zwei von ihnen schienen eingeschlafen zu sein. Steel überlegte nur einen Moment lang, ehe er sich voller Ungeduld an den kleinen Mann wandte: »Nein, Captain, ich habe nicht die Absicht, dort drüben

Platz zu nehmen und darauf zu warten, dass kleingeistige Bürokraten wie Ihr mit der Arbeit nachkommt! Ich bin hier, weil der Oberbefehlshaber mich sprechen will.«

Mit diesen Worten ließ er den Angestellten einfach stehen und hielt auf die Treppe zu, doch es dauerte nicht lange, da versperrten ihm zwei Sergeants der Foot Guards den Weg. Die Männer waren beide ungefähr so groß wie er, stämmig und zudem mit Halbpiken bewaffnet. Reflexartig schnellte Steels Hand zum Degen, doch als seine Finger den Knauf umschlossen, spürte er eine andere Hand auf der seinen, die ihn zurückhielt.

»Jack Steel. Aha, da seid Ihr ja endlich. Ihr solltet mir besser gleich folgen. Den Herzog lässt man nicht warten.«

Steel wirbelte herum und blickte in das ihm vertraute, gerötete Gesicht von Colonel James Hawkins, der seit Jahren sein Fürsprecher war und ihm den Kontakt zum Generalstab ermöglichte. Hawkins gehörte zu den engsten Beratern des Herzogs und galt als kluger, erfahrener Soldat, der aufgrund seines Instinkts und klaren Verstandes in erheblichem Maße zu Marlboroughs Siegen beigetragen hatte. Hawkins war es auch gewesen, der im Laufe der letzten vier Jahre Steels Beförderung vorangetrieben hatte, indem er ihn in den Dienst des Herzogs gestellt hatte.

Hawkins zwängte sich an den beiden Wachen vorbei, die vor dem Colonel salutierten, und geleitete Steel die Marmortreppe hinauf.

»Wir haben uns schon gefragt, was Euch widerfahren ist. Erzählt mir nicht, diese verbohrten Kleingeister dort unten haben Euch aufgehalten. Ich werde sie alle vorladen. Seht Ihr, das ist die unausweichliche Folge der Reformen des Herzogs. Einerseits verfügen wir über eine Armee aus professionellen Soldaten, geführt von erfahrenen Offizieren. Alle sind gut ausgebildet, gut ausgerüstet und ausreichend ernährt. Die Herren, mit denen Ihr es eben zu tun hattet, sind mit ein Grund, warum die

Armee so ist, wie sie ist: Diese Männer agieren im Hintergrund und haben einzig und allein dafür zu sorgen, dass auch alle großartigen Ideen des Herzogs in die Tat umgesetzt werden. Leider sind die Herren oftmals zu effizient für unsereins.«

Steel lächelte. »Die Schuld liegt nicht allein bei den Herren, Colonel. Ich muss gestehen, dass ich ein wenig zu spät kam.«

Hawkins verzog den Mund zu einem Lächeln. »Immer ganz der Diplomat, Jack. Aber keine Sorge. Freut mich, Euch wiederzusehen, mein Junge. Euch geht es hoffentlich gut?«

»So gut, wie ich es mir nur wünschen kann, Sir.«

Hawkins klopfte ihm auf die Schulter. »Stets ein Mann der Untertreibung. Eine Eurer liebenswertesten Eigenschaften, Jack. Von Eurer Bescheidenheit einmal abgesehen. Das und Eure Durchtriebenheit, nicht wahr, Jack? Und wie geht es der entzückenden Gemahlin?«

»Es geht ihr ganz gut, Sir.«

Hawkins brach in ein Prusten aus. »Das sieht Euch wieder mal ähnlich. Diesem Mädchen ging es nie einfach nur ›ganz gut‹, Jack, und das wisst Ihr. Sie hat etwas Strahlendes. Und Prachtvolles. Und ich wette, dass Ihr alle Mühe hattet, Euch von ihrem Liebreiz loszureißen, um noch rechtzeitig zu Seiner Hoheit zu kommen. Und wer könnte es Euch verübeln? Ihr glücklicher Teufel. Ah, da sind wir ja schon.«

Er öffnete eine Tür und gab Steel mit einer Geste zu verstehen, in einen Raum zu treten, der mit Holz vertäfelt war. Die Gemälde an den Wänden zeigten Bauern bei der Landarbeit und schienen Gegenden in Flandern darzustellen. Hinter einem großen Pult aus teilweise vergoldeter Bronze in der Mitte des Raumes saß der Herzog von Marlborough. Zu seiner Rechten und Linken standen gefeierte Generäle der alliierten Armee. Steel erblickte Lord Orkney, William Cadogan und eine Reihe anderer Heerführer. Ihm fiel auf, dass nur britische Offiziere anwesend waren; die Niederländer glänzten durch Abwesenheit.

Zu Hawkins gewandt, sagte er: »Sollte ich nicht doch besser einen Augenblick draußen warten, Sir?«

»Nein, bleibt hier. Der Herzog erwartet Euch. Er wird es Euch nicht verübeln. Ich weiß, dass Ihr in seinen Plänen vorkommt.«

Marlborough erhob sich in diesem Augenblick, schien die Neuankömmlinge aber noch nicht wahrgenommen zu haben und blickte auf die Karte, die auf der ledergepolsterten Schreibtischoberfläche ausgebreitet worden war. Insgeheim verfluchte er seine Alliierten und seine Gesundheit. Wenn er doch nur besser aufgelegt gewesen wäre, anstatt tagaus, tagein unter diesen Kopfschmerzen zu leiden! Dann wäre es ihm vielleicht gelungen, die Niederländer von seinem Plan zu überzeugen. Aber er war müde, entsetzlich müde. Als er spürte, dass ihm fast die Augen zufielen, stieß er einen Seufzer aus und schaute in die Runde seiner Generäle.

»Gentlemen, ich kann nicht glauben, dass Prinz Eugen – der stets mein engster Verbündeter und wahrer Freund gewesen ist – sich in diesem Punkt der Meinung der Niederländer angeschlossen hat und unser Vorhaben, nach Paris vorzurücken, nicht gutheißen will.«

Steel vernahm die Worte und blickte den Herzog erstaunt an. Das also war seine Absicht gewesen – der Marsch nach Paris, um die französische Hauptstadt einzunehmen. Ein unglaublich verwegener Plan, ein meisterlicher Schachzug, der diesen Krieg gewiss beendet hätte. Aber warum, so überlegte Steel, hatten die Niederländer sich dagegen ausgesprochen?

Marlborough fuhr fort: »Stattdessen, Gentlemen, schlägt Seine Hoheit, unser niederländischer Berater, der gute Goslinga, vor – feiner Stratege, der er ist...«, einige Herren konnten ihr Lachen nicht unterdrücken, »dass wir den Herzog von Burgund verfolgen sollen, um die Franzosen in Gent und Brügge festzusetzen.«

»Sein Plan hat auch seine Vorzüge, Euer Hoheit«, meldete Cadogan sich zu Wort.

Marlborough bedachte seinen Vertrauten und Stellvertreter mit einem finsteren Blick. »Leider, William, muss ich zugeben, dass Ihr recht habt. Aber diesen Plan sollten wir nicht verfolgen. Lieber höre ich auf Prinz Eugens Rat und belagere Lille. Mit diesem Schritt werden wir Ludwigs Zorn erregen und ihn gleichzeitig so sehr in Angst und Schrecken versetzen, dass er in Friedensverhandlungen einwilligen wird. Wir werden nicht mehr als zehn Tage Artilleriefeuer benötigen. Sobald die Stadt uns gehört, widmen wir uns der Zitadelle. Danach werden wir in der Lage sein, unseren Marsch auf Paris fortzusetzen. Ich werde erst dann in Erwägung ziehen, das Winterquartier aufzuschlagen, wenn wir Marschall Vendôme überzeugt haben, seine Position in Gent aufzugeben.«

Orkney ergriff das Wort. »Aber glaubt Ihr wirklich, dass die Eroberung Lilles ausreicht, Ludwig dazu zu bringen, in Friedensverhandlungen nach unseren Bedingungen einzuwilligen?«

»Aus zuverlässiger Quelle weiß ich, dass der französische König den Wunsch hegt, diesen Krieg zu beenden. Er weiß, dass sein Land bei unseren Siegen immer weiter ausbluten wird. Nicht zum ersten Mal – und ich wage zu behaupten, auch nicht zum letzten Mal – wird die Blüte des französischen Adels auf den Schlachtfeldern Flanderns geopfert. Außerdem, meine Herren, beabsichtige ich, Nordfrankreich zu verwüsten, wie wir es bereits in Bayern getan haben.«

»Ihr gedenkt, die Provinz Artois niederzubrennen?«, hakte Orkney nach.

Der Herzog nickte. »Glaubt mir, diese Entscheidung fällt mir nicht leicht, wie schon damals in Bayern, aber ich sehe keine Alternative. General Lumley, Ihr nehmt Eure Dragoner und so viele niederländische Reiter, wie Ihr bekommen könnt, und dringt tief ins Artois ein. Und gleich in die Picardie, wenn es sein muss. Binnen fünfzehn Tagen möchte ich fünfzig Schwadronen samt Infanterie und Kanonen tief in Frankreich stehen haben. Ihr wisst ja, dass wir in der vergangenen Woche einige Dragoner bis nach Armentières geschickt haben.«

Er deutete auf die Karte und strich mit einer ausladenden Geste über das Gebiet der Picardie. »Wir halten die Stadt St. Quentin, auf halbem Weg zwischen Lille und Paris. Arras und Lens gehören so gut wie uns. Doullens und Péronne werden bald auch in unsere Hände fallen. Wir haben bereits französische Geiseln genommen, und Ihr, Lumley, werdet zweifellos noch mehr nehmen. So viele, wie es Euch richtig erscheint. Aber pickt Euch die Würdenträger und hohen Amtspersonen heraus. Ludwig wird ein solches Vorgehen nicht tolerieren. Ich habe das Brandschatzen ausdrücklich genehmigt: Häuser, Felder, Vieh. Die Menschen sollen verschont bleiben. Niemandem soll grundlos Leid an Leib und Leben widerfahren. Auf diese Weise werden wir den König zu Verhandlungen zwingen.«

Cadogan hüstelte. »Uns erreichen indes einige Berichte, Euer Hoheit, dass die Niederländer ein wenig zu übereifrig waren.«

Marlboroughs Stirn sah zerfurcht aus. »Nun, solche Berichte lassen sich nicht vermeiden. Aber was bleibt uns anderes übrig, wenn wir diesen Krieg zu einem schnellen Ende bringen wollen? Meine Herren, ich habe alles getan, was machbar war, und kann alles Weitere nur dem Schicksal überlassen. Der nächste wichtige Schritt ist die Eroberung Lilles. Gleichzeitig soll Ludwig erfahren, dass wir Friedensverhandlungen nicht abgeneigt sind. Also, jeder zu seiner Einheit, Gentlemen. Wir marschieren nach Lille.«

Als die Generäle sich zum Gehen anschickten und nach und nach den Raum verließen, gewahrte der Herzog endlich Steel, der sich in eine Ecke zurückgezogen hatte. Marlboroughs

Miene hellte sich auf, und er nahm einen Kelch Wein vom Tisch. »Ah, Captain Steel, willkommen. Ihr kommt gerade recht für einen Toast. Ihr wisst doch, was für einen Tag wir heute haben?«

»Nur ein Narr wäre so töricht, das zu vergessen, Sir. Heute ist der Tag von Blenheim, Euer Hoheit.«

»In der Tat, Steel. Und Ihr hattet großen Anteil an diesem Gefecht, wie? Seht, wie weit wir seither gekommen sind. Sicher habt Ihr unser Gespräch verfolgt, nicht wahr? Wir sind schon fast vor den Toren von Paris.« Er nahm einen langen Schluck, während ein Bediensteter Steel ein Glas füllte. »Aber wie es scheint, möchte man mir diese Kühnheit ausreden, Steel. Was ist das für ein Los, der Kommandeur dieser Armee aus Alliierten zu sein! Unsere Alliierten, Steel. Alliierte dem Namen nach. Zugegeben, wir sind auf sie angewiesen, aber in Augenblicken wie diesen wünschte ich, wir könnten auf eigene Faust handeln. Vielleicht sogar ohne die Unterstützung von Prinz Eugen. Aber trinken wir auf Blenheim, Steel.«

Sie leerten die Weingläser. Marlborough fuhr fort: »Die Wahrheit ist, dass mir der Sinn nicht nach Fröhlichkeit steht. Doch vergebt mir, Captain Steel. Ich hoffe, Eure Verletzung ist ganz verheilt?«

»Habt Dank, Hoheit, es geht mir schon viel besser. Die Wunde ist so gut wie verheilt. Ich habe einen Mann in der Kompanie, der wahre Wunder mit Kräutern wirkt.«

»Dann müsst Ihr ihn zu mir schicken, wenn Ihr ihn einmal erübrigen könnt. Ich leide noch unter Kopfschmerzen und dem Schüttelfieber. Aber nun zum Geschäftlichen. Wir haben einen Auftrag für Euch, Steel. Hawkins?«

Der Colonel hatte bei der Tür gewartet und von einem Weinglas genippt. Nun trat er vor. »In der Tat, Jack. Wir sind wieder einmal auf Euer Können angewiesen. Unserer Armee mag es vielleicht nicht gestattet sein, zur Hauptstadt zu marschieren, aber noch vor Ende der Woche wird es eine britische Präsenz in

Paris geben. Ihr werdet Euch nämlich auf den Weg dorthin machen, Steel.«

Den heiteren Mienen der beiden Herren entnahm Steel, dass seine Verwunderung ihm offenbar anzusehen war.

»Ich dachte mir schon, dass es Euch in Erstaunen versetzt«, meinte der Herzog. »Aber macht Euch bewusst, Captain, dass wir eine solche Mission wohl abgewogen haben und Euch nicht damit betraut hätten, wenn keine Aussicht auf Erfolg bestünde. Das ist von allergrößter Bedeutung. Erzählt ihm mehr, Hawkins.«

»Sobald Ihr in der Stadt eintrefft, begebt Ihr Euch zum Hôtel de Boisgelou auf dem Quai de Bourbon. Ich erkläre Euch noch genau, wie Ihr dorthin gelangt. Dort werdet Ihr einen engen Vertrauten von uns treffen, einen britischen Offizier namens Simpson, der unter dem Decknamen Henri de St. Colombe in Paris weilt. Simpson gehört zu unseren besten Spionen. Er mag Euch ein wenig verweichlicht erscheinen und entspricht womöglich nicht Eurer Vorstellung eines Mannes, der ein Regiment in die Schlacht führt. Aber glaubt mir, was Täuschung und List anbelangt, ist er unschlagbar. Er erwartet Euch bereits. Wir haben ihn von unserem Vorhaben unterrichtet.«

»Aber mir ist Sinn und Zweck meines Auftrags noch nicht ganz klar, Sir. Was genau möchtet Ihr in Erfahrung bringen? Und warum habt Ihr gerade mich für diese Aufgabe vorgesehen?«

»Es geht nicht um das, was wir in Erfahrung bringen müssen, Jack, es geht darum, was wir die Franzosen glauben machen wollen. Simpson ist bloß der Kontaktmann. Sobald Ihr in Paris seid, wird er Euch helfen, einen französischen Offizier kennenzulernen. Dieser Mann ist der Schlüssel in dieser Affäre.«

Erneut ergriff Marlborough das Wort. »Simpson hat uns mitgeteilt, dass dieser Mann, ein gewisser Major Charpentier, mehr als unzufrieden mit dem Verlauf des Krieges ist und nach Möglichkeiten sucht, ihn zu beenden. Fahrt fort, Hawkins, wenn Ihr so freundlich wärt.«

Der Colonel griff den Gesprächsfaden auf. »Es ist kaum verwunderlich. Der Mann hat in Blenheim ein Bein verloren, wie Simpson sagt. Wie es scheint, steht der Major wirklich auf der Seite des Friedens. Er ist des Krieges überdrüssig. Und Ihr wisst, dass wir uns nichts sehnlicher erhoffen als eine französische Kapitulation. Entscheidend aber ist, dass Simpson herausgefunden hat, dass Charpentier das Ohr des Königs hat. Das hat Gründe, denn sein Vater war als Junge ein Freund Ludwigs. Daher steht der Name Charpentier in hohem Ansehen. Simpson hat Charpentier darauf aufmerksam gemacht, dass wir die Absicht hegen, Vorverhandlungen für den Frieden einzuleiten – zu unseren Bedingungen, versteht sich. Da ist es nur verständlich, dass Charpentier in der Lage wäre, Seine Königliche Hoheit zu überreden, zumal Ludwig – wenn man Simpson und anderen Quellen bei Hofe Glauben schenken darf – selbst unsicher geworden ist, was die Fortführung eines Krieges mit England anbelangt. Bedenkt, dass dieser Konflikt, von einigen kurzen Unterbrechungen abgesehen, beinahe vierzig Jahre seiner Herrschaft überschattet.«

Steel schwirrte der Kopf vor lauter Fakten. »Wie werde ich diesen Major Charpentier treffen?«

»Wegen seiner Verletzung ist Charpentier jetzt stellvertretender Kommandeur am Hôpital des Invalides, in dem Ludwigs Soldaten außerhalb von Paris genesen können. Er bewohnt ein Haus auf dem Gelände, obwohl er es vorzieht, wie ein Insasse zu leben. Also trifft man ihn des Öfteren in Gesellschaft seiner alten Kameraden und Krüppel. Habt Ihr schon von diesem Ort gehört?«

»Wie sollte mir das entgangen sein, Sir? Es heißt, die Anstalt sei ein neues Weltwunder, ein Hafen für all die Kriegsversehrten, mit einer goldenen Kuppel, die weithin leuchtet. Ein Hospital, das mit allem möglichen medizinischen Gerät ausgestattet ist. Dort können die armen Teufel recht annehmlich wohnen, zusammen mit ihren Kameraden. Das Symbol für die Dankbarkeit eines Monarchen seinen Männern gegenüber. Ich glaube, es war sogar Vorbild für unser Militärhospital in Chelsea. Aber wie ich hörte, ist es sehr viel größer.«

»Ganz recht. Ein Hafen, doppelt so groß wie Chelsea. Hoffen wir, dass unsere gute Königin eines Tages dasselbe für ihre tapferen Jungs tut. Vielleicht seid Ihr in der Lage, ihr mit Rat zur Seite zu stehen, Steel«, er lächelte, »zumal Ihr bald ein Insasse der Anstalt sein werdet.«

Steel erbleichte. »Ihr wollt, dass ich im Hôpital des Invalides wohne? Als Patient? Bei den Franzosen? Für wie lange?«

»Nur ein paar Nächte. Zwei höchstens. Ihr müsst, Steel. Es gibt keine andere Möglichkeit, Charpentier zu treffen. Ihr sollt nicht einfach nur das Haus betreten, Ihr müsst dort bleiben und so tun, als wärt Ihr auf der Durchreise und stattet Eurem alten Freund, dem Major, einen Besuch ab. Niemand darf auf den Gedanken kommen, dass Ihr englischer Offizier seid.«

»Mir ist bewusst«, warf Marlborough ein, »dass wir viel von Euch verlangen, Captain Steel. Ihr solltet auch wissen, dass das Hospital de facto das Hauptquartier der französischen Armee ist, seitdem Ludwig in Versailles lebt. Wir fragen Euch ja auch nur, Steel, weil Ihr Euch in der Vergangenheit durch Euren Einsatz hervorgetan habt. Noch einen Schluck Wein?«

Auf einen Wink des Herzogs trat ein Bediensteter vor und füllte Steels Glas auf. Der rote Wein stammte aus der Region der Loire und schmeckte vollmundig und erdig. Jeder Schluck schien die Bedeutung des Auftrags zu unterstreichen. Als Steel eine Frage auf der Zunge brannte, zögerte er nur kurz, ehe er sie offen aussprach, wobei er den Herzog anschaute. »Fasst es nicht als Beleidigung auf, Sir, und glaubt bitte nicht, dass ich vor der Aufgabe zurückscheue, aber ich frage mich, warum Simpson nicht persönlich den Major aufsucht und ihm von Eurem Vorhaben berichtet?«

»Eine kluge Frage, Captain Steel«, erwiderte Marlborough. »Um ehrlich zu sein, Charpentier braucht einen Beweis für unseren Eifer in dieser Angelegenheit, ehe er den König aufsucht und seinen Hals riskiert.«

»Versteht Ihr, Jack«, fuhr Hawkins fort, »es mag ja sein, dass er den Frieden will, aber aus verständlichen Gründen traut er den Engländern nicht. Ihr werdet einen Brief an König Ludwig mitnehmen, den der Herzog persönlich verfasst hat. Dieses Schreiben wird der Major, falls er Euren Ausführungen Vertrauen entgegenbringt, nach Versailles weiterleiten. Es liegt an Euch, Charpentier davon zu überzeugen, dass man Euch vertrauen darf. Zudem zählt Simpson zu den Leuten, die Charpentier verabscheut: Spione. Er wird nur mit einem anderen Offizier auf Augenhöhe verhandeln wollen, mit einem Mann, der vor Kurzem noch an der Front war. Ihr seid der einzige Offizier für diese Aufgabe, Jack. Zumal Ihr in Oudenaarde verwundet wurdet. Charpentier wird Euch mögen, glaubt mir.«

»Aber wie steht es um meine Tarnung? Soll ich einen anderen Namen annehmen? Und wie soll ich zurückkehren?«

»Denkt Euch einen Namen aus«, erklärte Hawkins. »Ich schlage vor, dass Ihr von nun an Captain der Irischen Brigade in König Ludwigs Armee seid. Das Regiment dürft Ihr Euch auch frei aussuchen. Begebt Euch zum Generalquartiermeister, er stattet Euch mit der passenden Kleidung aus. Nach Oudenaarde sind wir, weiß Gott, in der Lage, eine ganze Kompanie auszustatten! Was Eure Rückkehr anbelangt, so hat Simpson seine Methoden. Wir holen Euch schon zurück. Und macht Euch keine Sorgen wegen Lady Henriettas Sicherheit. Wir kümmern uns um die Dame, Jack.«

Marlborough schaute von der Karte auf, über die er gebrütet hatte. »Seid Ihr so weit zufrieden mit der Absprache, Captain?«

Steel nickte und log: »Ja, Sir, Eure Hoheit.«

»Trefflich. Und seid versichert, dass wir uns dankbar erweisen werden, wenn Ihr Eure Aufgabe erfüllt habt – woran ich keinen Zweifel habe.«

Steel verbeugte sich und fragte sich, wie diese Dankbarkeit ausfallen mochte, falls er lange genug lebte, sie noch in Empfang nehmen zu können. »Habt Dank, Hoheit. Es ist mir eine Ehre, Euch erneut zu Diensten zu stehen. Ihr könnt darauf vertrauen, dass ich mein Bestes geben werde, um sicherzustellen, dass Major Charpentier von unseren lauteren Absichten überzeugt ist.«

»Darauf vertraue ich, Steel. Und Ihr könnt mir glauben, dass Ihr eine wichtige Rolle bei der Beendigung des Krieges spielen werdet und vielen Menschen das Leben rettet, falls Ihr Erfolg habt. Euer eigenes Leben inbegriffen.«

5.

Die Kutsche erreichte die Kuppe der Anhöhe und hielt abrupt an. Steel ertrug auch diesen Ruck und dankte Gott, dass sie endlich standen. Seit nunmehr fünf Tagen war er in diesem Höllengefährt unterwegs, und obwohl die Sitzbänke gepolstert waren, ließ die Radaufhängung zu wünschen übrig. Die Federung bestand allein aus Lederriemen, die den Wagenkasten mit vier Pfosten verbanden, sodass Reisende jede Unebenheit auf den Wegen schmerzhaft zu spüren bekamen.

Steel hatte nur zwei Reisebegleiter gehabt. Am ersten Tag hatte er die Gesellschaft eines Captains der Infanterie genossen. Der Mann war kurzfristig zur Artillerie abkommandiert worden und hatte die Aufgabe, die vom Feind zurückgelassenen Kanonen aus Flandern abzutransportieren. Mit dem Captain hatte Steel ein paar Partien Piquet gespielt. Steel, der die niedrigsten Karten abgeworfen hatte, hatte nacheinander fünf Stiche gemacht. Auf diese Weise hatte er fünf Guineen gewonnen und den Captain obendrein geneckt, die Furchen auf den Wegen hätten sie allein der Artillerie zu verdanken, die mit ihren schweren Geschützen zuvor unterwegs gewesen seien.

Der Captain, ein lustiger Bursche – der nach eigener Aussage von seinem mittellosen Vater in die Armee getrieben worden war –, hatte keinen Anstoß daran genommen und Steel Geschichten über Unglücksfälle im Umgang mit Kanonen erzählt. Dennoch hob er die Vorzüge dieser Waffe hervor und betonte, die Artillerie werde innerhalb der Armee noch eine viel größere Rolle spielen.

Leider hatte der Mann sich bald verabschieden müssen, und

Steel bekam Gesellschaft von einem Offizier, der ihm auch jetzt noch gegenübersaß: Ein rotgesichtiger, beleibter Major der Dragoner namens Cousins. War die Fahrt mit dem Captain mehr als amüsant gewesen, so erwies sich der neue Reisegefährte als Langweiler. Steel fragte sich, ob dieser Tölpel überhaupt in der Lage war, etwas anderes zu befehligen als die Abläufe bei Tisch. Denn die Gespräche des Majors, wie seine ganze Erscheinung schon nahelegte, drehten sich einzig und allein ums Essen und Trinken. Während die Stunden vergingen, war es Steel gelungen, die weitschweifigen Ausführungen des Mannes auszublenden, doch nun sickerten die Worte erneut in Steels Bewusstsein.

»Also dann, Captain Johnson, hier muss ich aussteigen und mich von Euch verabschieden.«

Für einen kurzen Moment blickte Steel verdutzt drein, als er den Namen hörte, doch sofort hatte er sich wieder im Griff und sagte: »Lebt wohl, Major.«

»Auf ein Wiedersehen. Ich muss sagen, Captain, ich habe Eure Gesellschaft als sehr angenehm empfunden.«

Steel rang sich ein Lächeln ab und nickte. »Ebenso, Major. Und viel Glück mit den Dragonern. Sorgt dafür, dass Ihr die Franzosen in Atem haltet, Sir.«

Der Major lachte und vollführte einen Moment lang mit der Hand einige stümperhafte Bewegungen, die offenbar eine Darbietung vollkommener Fechtkunst mit einem imaginativen Gegner sein sollten, aber in Wirklichkeit lächerlich wirkten. »Darauf könnt Ihr Euch verlassen«, meinte er, »und auch Euch viel Erfolg, Captain, was auch immer Ihr vorhabt. Davon habt Ihr mir übrigens gar nichts erzählt.« An dem Verschlag der Kutsche blieb er stehen, als warte er darauf, noch auf die Schnelle etwas von Steels Reiseziel zu erfahren.

»In der Tat, dazu sind wir nicht mehr gekommen«, erwiderte Steel nüchtern. Er war dankbar, dass er nicht viel von sich selbst hatte erzählen müssen, was ihm bei dem schwatzhaften Major nicht schwergefallen war. Allein seinen neuen Namen hatte er preisgegeben – Johnson –, der mütterlicherseits in seiner Familie vorkam. Steel hatte sich schon einmal im Verlauf einer Mission im Auftrag des Herzogs des Mädchennamens seiner Mutter bedient; daher war er zuversichtlich, dass der Deckname ihm so vertraut sein würde, dass er stets angemessen reagierte, wenn man ihn ansprach. Nun zog er den Verschlag zu und deutete auf eine Schar erschöpft aussehender, rot uniformierter Reiter, die neben ein paar Sträuchern Platz genommen hatten. »Oh, seht, Major. Eure Männer sind extra gekommen, um Euch willkommen zu heißen.«

Erleichtert schaute Steel dem Major und dessen Dragonern nach, streckte die Beine aus und gönnte sich einen Moment der Ruhe. Wäre es nach ihm gegangen, hätte er die ganze Strecke nach Paris am liebsten mit dem Pferd zurückgelegt, aber Hawkins hatte darauf bestanden, dass er bis hinter die alliierten Linien die Kutsche nahm.

Steel hatte noch die Worte des Colonels im Ohr: »Es ist wichtig, dass Ihr Eure Kräfte aufspart, Jack. Denn die werdet Ihr im Verlauf Eurer Mission noch brauchen, weiß Gott.« Die Worte riefen eine düstere Vorahnung in ihm wach, aber er spürte auch den Kitzel der Herausforderung. Schon bald wäre er allein in feindlichem Gebiet, zu weit entfernt von den alliierten Linien, um noch auf Hilfe hoffen zu können. Dann blieben ihm nur die eigene List und das Wissen seines Kontaktmannes in Paris.

Nachdem er sich von Hawkins verabschiedet hatte, war die Kutsche von Menen durch Flandern gefahren, begleitet von einigen Dragonern. Während der ganzen Fahrt, vierzig Meilen am Tag, war Steel aufgefallen, dass sie nur rot uniformierte Truppenverbände gesehen hatten – Marlboroughs Männer, wild entschlossen, den Auftrag des Herzogs auszuführen und die französischen Gebiete mit Feuer zu überziehen. Bisweilen gelang es

Steel, ein wenig Schlaf zu finden. Er war froh, die Gelegenheit nutzen zu können und sich auszuruhen, denn Hawkins hatte recht: Die kommenden Tage würden Steel allerhand abverlangen.

Oft wachte er auf, da der Kutscher die Namen der Orte ausrief, Städte, die einst feindliche Festungen gewesen waren und sich inzwischen in der Hand der Briten befanden: Arras, Péronne, St. Quentin. Je weiter die Kutsche ihn ins Kernland Nordfrankreichs brachte, desto mehr bewunderte er den brillanten Plan Marlboroughs, unverzüglich nach Paris zu marschieren – ein Vorhaben, das inzwischen vereitelt worden war, da die Niederländer sich gegen einen solchen Vorstoß ausgesprochen hatten.

Steel strich sich mit der Hand durchs Gesicht und spürte die Bartstoppeln. Seit zwei Tagen hatte er keine Gelegenheit gehabt, sich anständig zu rasieren. Zuletzt war es ihm bei einer Schänke gelungen, als ein Bediensteter ihm eine Schale Wasser brachte. Jetzt würde er wohl erst in Paris etwas für seine äußere Erscheinung tun können.

Sein Blick schweifte in die Ferne. Dann, als er lange genug gewartet hatte, bis der Major und die Reiter außer Sichtweite waren, öffnete er den Verschlag wieder und stieg aus dem Gefährt.

»Matthews«, rief er dem Kutscher zu. »Meine Tasche bitte. Ihr könnt dann mein Pferd losbinden.«

Matthews, ein drahtiger Bursche aus Cornwall, der einst Sergeant in der Infanterie gewesen war und inzwischen als Fahrer für Colonel Hawkins' Vertraute fungierte, kletterte vom Bock und reichte Steel die schlichte Reisetasche, die seine Habseligkeiten enthielt. »Hier, Captain Steel, Sir. Ich weiß ja nicht, was der Colonel sich für Euch ausgedacht hat, Sir, aber ich kann nur sagen, bin verdammt froh, dass ich's nicht machen muss.« Ihm fröstelte. »Läuft mir 'n Schauer über 'n Rücken, das sag ich Euch, wenn ich mir vorstelle, wie tief wir in Frankreich sind.«

Steel öffnete die Tasche und holte einen Mantel hervor, während Matthews die kastanienbraune Stute losband, die den ganzen Weg hinter der Kutsche hergetrottet war. »Da habt Ihr recht, Matthews. Aber wenn es uns hilft, den Krieg zu gewinnen, indem ich die Franzmänner besser kennenlerne, wird es schon richtig sein.«

Der Kutscher grinste, zuckte die Schultern und gab einen missmutigen Laut von sich, als Steel den schweren Mantel aus Sergestoff auseinanderfaltete. Dann entledigte er sich der Grenadiersuniform, stand nur noch in Breeches und Hemd da und zog die neue Weste an, die ein leuchtendes Rot aufwies. Sie saß ein bisschen eng, war aber nicht unbequem. Steel griff nach dem Mantel, den Matthews ihm hinhielt, und zog ihn an. Auch dieser Uniformrock war scharlachrot, wies jedoch anstelle der dunkelblauen Aufschläge des Grenadierregiments gelbe auf. Auch die Seide war ein wenig anders und nach französischer Manier gestickt. Die großen vergoldeten Knöpfe auf den Manschetten saßen in einer Reihe, das Revers war mit goldener Seide verziert.

Dies war nicht der Uniformrock eines britischen Offiziers. Steel hatte ihn eigens ausgewählt. Er stammte von einem Stapel Kleidung, die man den toten Soldaten aus O'Briens Dragonerregiment ausgezogen hatte: Iren, die ursprünglich unter dem verstorbenen Lord Clare aufgestellt worden waren und inzwischen in Diensten Frankreichs standen. Die Uniform weckte Erinnerungen, da Steel den Kommandeur, Charles O'Brien, persönlich gekannt hatte. Einst hatten sie beide als junge Lieutenants Seite an Seite in den Foot Guards für König William gekämpft.

Zudem hatte Steel den Kampfgefährten von einst bei Ramillies sterben sehen, als dieser sich einem britischen Offizier hatte ergeben wollen – Lord Argyll, ein Landsmann Steels und zuletzt Kommandeur der Brigade bei Oudenaarde, hatte O'Brien vor Steels Augen kaltblütig getötet.

Aber das war eine alte Geschichte. Von nun an sollte ihm der Uniformrock des alten Regiments des armen Lord Clare von Nutzen sein, und er würde die Uniform mit Stolz tragen, nicht zuletzt zum Andenken an einen tapferen Soldaten, der ungerechterweise den Tod gefunden hatte.

Matthews zog eine Braue hoch. »Sehr elegant, Sir. Ihr seht wirklich wie ein irischer Offizier aus. Und kaum ein Fleck auf der Uniform.«

»Euch ist der Uniformrock also bekannt?«

»Natürlich, Sir. Hab selbst gegen Clares Männer in Blenheim gekämpft. Haben mir einen Finger abgehackt, diese irischen Bastarde.« Er hielt die verstümmelte linke Hand hoch. »So schnell werde ich die Iren nicht vergessen, Captain. Aber die mich auch nicht, Sir, das sag ich Euch.«

Steel lachte und reichte Matthews, nachdem er sich den Gürtel samt Degen umgeschnallt hatte, die Reisetasche zurück, in die er die Regimentsuniform gelegt hatte. »Das will ich Euch glauben. Aber jetzt solltet Ihr vergessen, dass Ihr mich je gesehen habt, Matthews. Das ist ein Befehl. Ihr kennt mich nicht, verstanden? Von diesem Moment an gibt es keinen Captain Jack Steel mehr. Vor Euch steht Captain Johnson aus der Irischen Brigade. Meldet das jetzt Eurem Colonel.«

Der Mann nickte eifrig. »Richte ich ihm aus, Sir, genau wie Ihr's mir gesagt habt. Viel Glück, Captain.«

Steel setzte einen Fuß in den Steigbügel und schwang sich in den Sattel. Mit einer Hand hielt er die Zügel, mit der anderen schob er den Degen in die Scheide über der Satteldecke und klopfte dem Tier auf den Hals. Im Sattel drehte er sich noch einmal nach Matthews um und nickte ihm zum Abschied zu, ehe er dem Pferd die Knie in die Flanken drückte und das Tier in einen leichten Trott brachte.

Nachdem er eine Weile geritten war, warf er ein letztes Mal einen Blick zurück auf die Kutsche, die in der Ferne immer kleiner wurde. Rasch lenkte er sein Pferd von der Straße und ritt durch ein grasbewachsenes Hügelland, in dem ein paar Erlen Schatten boten. Der unebene Boden war ein wenig zu weich unter den Hufen, sodass Steel dem Pferd Zeit ließ, sich an die Verhältnisse zu gewöhnen, da die Stute tagelang nur hinter der Kutsche gelaufen war. Steel indes genoss es, nach dem schier endlosen Rumpeln der Kutsche auf dem Rücken eines Pferds zu sitzen. Er fühlte sich erfrischt und eins mit der Landschaft und hatte das Gefühl, das Schicksal wieder selbst in der Hand zu haben, soweit es ihm möglich war. Nachdem er einige hundert Yards gemächlich getrabt war und die Straße weit hinter sich wusste, zügelte er sein Pferd auf einer kleineren Anhöhe und verschaffte sich einen Überblick.

Vor ihm erstreckte sich die Ebene der Picardie, ein fruchtbares Tal, durchsetzt von einem ungleichmäßigen Muster aus Feldern und Weideflächen – viele Weizenfelder waren bereits abgeerntet. Ein gutes Land, das sorgsam von den Pächtern gepflegt und von den Landbesitzern wegen der Fülle der Erträge respektiert wurde. Doch schon bald würden Marlboroughs Dragoner mit Feuer und Schwert durch diese Gegend streifen, und was verschont blieb, würde später unter den Stiefeln der heranrückenden Armeen niedergetrampelt. So lief es seit Langem in diesen Landen, die kaum noch etwas anderes als Kriegszüge kannten.

Steel fand es erstaunlich, dass die Bauern so viel Zeit und Mühe auf die Felder verwandten, obwohl sie doch ahnten, dass die Ernte jeden Augenblick erneut dem Gegner zum Opfer fiel: Soldaten aus fernen Ländern, die nur ein Ziel verfolgten – den Sieg in der nächsten Schlacht zu erringen.

Flandern und die Picardie bildeten eine heiß umkämpfte Gasse zwischen dem katholischen Frankreich und seinen protestantischen Nachbarn, und Steel wusste, dass sich an dieser kritischen Geografie nichts ändern würde. Seit den Tagen von Azincourt und Crécy waren Männer aus Frankreich, Spanien, aus den Rheinlanden und England hierhergekommen, um zu kämpfen und zu sterben. Und in den folgenden Jahrhunderten würden erneut Soldaten hier stehen und mit ihren furchtbaren Waffen ganze Landstriche verwüsten – die Langbögen von einst waren längst Luntenschlössern und Granaten gewichen, und in Zukunft würde sich auch die militärische Ausstattung der Alliierten weiter entwickeln. Einen Moment lang war Steels Denken von einer schrecklichen Vision beherrscht: Von apokalyptischen Bildern biblischen Ausmaßes, von blutiger Vernichtung, die ihm einen Schauer über den Rücken jagte.

Im selben Moment fuhr der Wind in die Baumwipfel und durch den Stoff des irischen Uniformrocks. Steel fröstelte, fing sich aber gleich wieder, löste sich von den Schreckensvisionen und schnalzte mit der Zunge, um seine Stute, die friedlich gegrast hatte, wieder in einen leichten Trab zu versetzen. Langsam ritt er die sanfte Anhöhe hinunter, fort von den bedrohlich wirkenden, windgeschüttelten Bäumen. Kurz darauf spürte er, dass seine gedrückte Stimmung sich wieder aufhellte.

Inzwischen war er heilfroh, auf Hawkins gehört zu haben, denn trotz des ermüdenden Reisegefährten und der engen, unbequemen Kutsche merkte Steel, dass er ausgeruht war und den bevorstehenden Ritt genießen konnte, doch Steel wusste, dass er fortan in feindlichem Gebiet auf sich allein gestellt war.

Er versuchte, in seiner neuen Rolle zu denken. Er war jetzt Captain Cormack Johnson. Geboren in Cork und zu Hause von einer Gouvernante erzogen. Mit siebzehn war er in die Armee eingetreten und hatte in Neerwinden, Diksmuide und Huy gekämpft – allesamt Gefechte, mit denen Steel vertraut war, für den Fall, dass er wirklich auf Iren aus den Reihen der »Wild Geese« traf. Er war zuversichtlich, sich in diesem Punkt nicht aus Versehen zu versprechen. Allerdings hatte er wahrlich keinen irischen Akzent. Andererseits erwartete man das nicht unbedingt von ihm, denn viele Vertreter des irischen Landadels waren in England erzogen worden. Selbst O'Brien hatte mit englischem Akzent gesprochen. Schwierig würde es womöglich mit dem Gälischen. Die meisten Iren konnten zumindest ein bisschen Gälisch verstehen oder sprechen, aber für ein ungeübtes Ohr – insbesondere für einen Franzosen – war der Unterschied eines irischen Einschlags schwer vom Akzent der schottischen Lowlands zu unterscheiden.

Steel vermutete, dass es inzwischen zehn Uhr morgens war, und schwor sich, sich bei nächster Gelegenheit auch so eine fabelhafte Sprungdeckeluhr wie Hansam zu beschaffen – vielleicht bot sich ihm nach dem nächsten Gefecht die Gelegenheit dazu. Die Frische des Morgens war verflogen, und die Sonne brannte nun auf die Landschaft. Steel spürte den schweren Uniformrock am Leib und kratzte sich des Öfteren am Hals.

Blieb zu hoffen, dass der arme Teufel, der diesen Mantel zuletzt getragen hatte, nicht so stark von Läusen befallen gewesen war. Zumindest nicht in größerem Ausmaß als Steel. Denn in der Armee trug jeder seine kleinen Freunde, die Läuse, mit sich herum, ganz gleich, ob Offizier oder einfacher Soldat. Die kleinen Plagegeister nisteten sich in den Nähten der Uniformen oder Hemden ein und waren nur auszurotten, wenn man die Kleidung verbrannte oder starkem Qualm aussetzte. Nein, dachte Steel, der neue Uniformrock juckte wie alle anderen Uniformen auch; der Stoff mochte ein wenig rauer sein als beim britischen Modell. Ja, es lag an der Beschaffenheit des Stoffes und an der Hitze. Wer vermochte schon zu sagen, wie die Dinge sich entwickeln würden. Vielleicht könnte er in Paris sogar ein Bad nehmen. Einen Moment lang schwelgte er in dieser Aussicht. Die Stadt, so hieß es immer, stand für das Zentrum des weltlichen Luxus und Vergnügens. Sie war eine Wiege der Laster – mit einem

Überfluss an Goldornamenten und verschwenderischer Pracht, wie die Welt er zuletzt im Römischen Imperium erlebt hatte. Es hieß, man könne alles, was das Herz begehre, in Paris bekommen.

Neue Versuchungen für einen Mann in Steels Position? Vor einem Jahr hätte er es womöglich so empfunden. Inzwischen aber hatte er eine wunderschöne Frau, die ihn liebte und die er verehrte; daher verspürte er kein großes Verlangen nach weiblicher Gesellschaft. Henrietta hatte natürlich protestiert, als es hieß, er müsse fort, doch schließlich hatte sie nachgegeben, als er ihr erzählte, es bestehe Aussicht auf Beförderung. Selbstverständlich hatte Steel seiner Frau nicht gesagt, wohin sein Einsatz ihn führte; er hatte lediglich erwähnt, unter direktem Befehl Marlboroughs zu stehen. Das hatte gereicht, um Henrietta wieder zu beruhigen. Steel wusste, dass sie nun geduldig auf seine Rückkehr warten würde. Zumindest war sie inzwischen gut untergebracht, auch wenn sie sich mit einem bescheidenen Einkommen begnügen musste. Allerdings gab selbst er zu, dass ein bisschen mehr Geld willkommen wäre, insbesondere bei Henriettas ausgefallenem Geschmack.

Mit einem Lächeln auf den Lippen klopfte er seinem Pferd auf den Hals und sah, dass ein Dorf in Sichtweite gekommen war. Ein kleiner, friedlicher Weiler. Aus den leicht schiefen Schornsteinen stieg Rauch in die Morgenluft. Wahrscheinlich waren die Bewohner bereits in ihre täglichen Aufgaben vertieft. Als Steel die schmale Straße durch die Ansiedlung nahm, schauten einige Dörfler von der Arbeit auf, doch zu seiner Überraschung reagierte niemand beim Anblick eines hochgewachsenen Soldaten in roter Uniform.

Die ältesten Einwohner erinnerten sich vielleicht noch an den Tag im Jahre 1643, als die spanischen Eindringlinge hier von den Franzosen unter dem Duc d'Enghien empfangen worden waren und bei der Festung Rocroi eine empfindliche Niederlage erlitten hatten. Was musste das für eine Zeit gewesen sein! Die Dorfbewohner hatten die Sieger mit Jubelrufen willkommen geheißen, hatten Blumen und Girlanden aus den Fenstern ihrer Häuser regnen lassen. An diesem Tag jedoch, als Steel allein den Spuren des siegreichen Herzogs von Enghien folgte, gab es keinen Jubel. Die Menschen wirkten verdrießlich, was zur Verschlechterung von Steels Laune beitrug. Irgendwo bellte ein Hund, und in der Ferne war das unablässige Krähen eines Hahns zu vernehmen.

Unbehelligt ritt Steel durch das Dorf. Sowie er wieder in offenem Gelände war, überkam ihn tiefe Niedergeschlagenheit, als hätte die gedrückte Stimmung des Dorfes ihm eine dunkle Wolke am Himmel beschert. Er konnte nicht erklären, was geschehen war, aber seine scheinbar makellose Welt schien während der letzten Viertelstunde irgendeinen hässlichen Fleck abbekommen zu haben. Aber was genau nicht mehr stimmte, würde Steel wohl erst noch ergründen müssen.

Er ritt weiter und kam auf der Straße an den Meilensteinen vorbei, die die Entfernung nach Paris anzeigten. Er lauschte den Kirchenglocken der Dörfer, die ihm während des Ritts die vollen Stunden verrieten. Seiner Schätzung zufolge schaffte er bei dieser Geschwindigkeit etwa fünfzehn Meilen am Tag. Keine schlechte Bilanz, aber wenn er seine Verabredung einhalten wollte, musste er schneller reiten. Deshalb trieb er sein Pferd an.

Bald wurden die Dörfer zahlreicher und größer. Steel erreichte Roye und ritt langsam im Schatten der Zitadelle, kritisch beäugt von den französischen Wachen, die dort postiert waren. Doch niemand rief ihn an, niemand stieß sich an seiner Anwesenheit. Für die Wachposten war er nur einer von vielen einsamen Reitern in einer Uniform der Verbündeten, vielleicht ein Bote auf dem Weg nach Paris.

Als Steel dann doch bei einem Tor angehalten wurde und dem Sergeant der Zitadelle die Papiere zeigen musste – die natürlich perfekt gefälscht waren –, winkte der Mann ihn nach einem flüchtigen Blick auf die Dokumente einfach durch. Steel hörte, wie mehrere Soldaten oben auf den Wehrgängen riefen, was für ein Glück er doch habe, denn soweit sie wüssten, könne Marlborough mitsamt seiner riesigen Armee jeden Augenblick hier auftauchen und die Festung belagern. Steel quittierte die Bemerkungen mit einem Nicken.

In der Tat trafen jeden Tag Berichte von Gräueltaten ein, die Marlboroughs Dragoner an der wehrlosen Landbevölkerung verübt hätten. Schwarze Rauchsäulen, so hieß es, stiegen von Tausenden Dörfern in der Picardie und im Artois auf; unzählige Kinder seien hingeschlachtet worden. Hätten die hiesigen Wachen Steels wahre Identität gekannt, sie hätten ihn zweifellos ohne viel Federlesen am nächsten Baum aufgeknüpft. Aber glücklicherweise ahnten sie nichts, und Steel seinerseits wusste nichts von den meisten Gerüchten.

Von Stunde zu Stunde wuchs seine Zuversicht, dass alles glattgehen würde. In dieser Stimmung erreichte er die Wegkreuzung bei Conchy und nahm dann, wie Hawkins ihm geraten hatte, die Straße nach Pont-Sainte-Maxence, wo er die Oise überqueren sollte.

Bis in den Nachmittag hinein ritt Steel weiter. Bei Einbruch der Dämmerung erreichte er die Ausläufer eines dichten Waldes, müde und erschöpft von zwei Tagen im Sattel. Da er wusste, dass die Gegend in Nordfrankreich bekannt war für Wildschweine, beschloss er, am Waldrand zu bleiben und allenfalls ein paar Schritte zwischen den Bäumen Deckung zu suchen. Ihm stand nicht der Sinn nach einer Begegnung mit einem wilden Eber oder einer Jagdgesellschaft, der er womöglich Rede und Antwort hätte stehen müssen. Bei all diesen Vorsichtsmaßnahmen verrann die Zeit, und bald war es dunkel.

Steel stieg vom Pferd. Nachdem er den Rest des altbackenen Brots und des harten Käses aus dem Feldlager heruntergewürgt und mit dem Tokajer heruntergespült hatte, den der umsichtige Colonel Hawkins ihm in zwei Flaschen mit auf den Weg gegeben hatte, hüllte er sich in seinen Mantel und machte sich ein leidlich bequemes Lager auf dem Waldboden. Er fand schnell in den Schlaf, so wie stets, wenn er im Freien nächtigte. Das Letzte, was er vor dem Einschlafen wahrnahm, war das Geflecht aus Zweigen über ihm, durch das hin und wieder Sterne am wolkenlosen Himmel lugten.

Kurz nach der Morgendämmerung rissen ihn ein Schrei, gefolgt von einem Schuss, aus dem Schlaf. Steel war sofort hellwach, die Sinne geschärft von den Jahren als Soldat. Sein Instinkt riet ihm, an Ort und Stelle zu bleiben und sich nicht vom Fleck zu rühren; andere wären vielleicht gleich aufgesprungen und hätten sich dadurch verraten. Flach presste er sich auf den Boden und hoffte, dass sein Pferd nicht entdeckt würde, das ein paar Schritte entfernt zufrieden graste. Vorsichtig, stets darauf bedacht, kein Geräusch zu machen, tastete er nach seinem Degen, der einzigen Waffe, auf die er sich vom Gefühl her voll und ganz verlassen konnte, denn sein Gewehr hatte er bei der Kompanie zurückgelassen und dafür zwei Pistolen eingesteckt, die im Augenblick jedoch tief in den Satteltaschen vergraben lagen. Die Kugeln bewahrte er in einem kleinen Lederbeutel auf, den er am Gürtel trug.

Abermals waren laute Stimmen zu hören, näher diesmal. Es waren Franzosen, das war ihm auf Anhieb klar. Steel versuchte fieberhaft, sich einen Plan zurechtzulegen. Vorsichtig hob er den Kopf, spähte durch einen Spalt im Blattwerk tiefer in den Wald und entdeckte einen der Männer. Er trug eine Uniform, wie Steel sie nie zuvor gesehen hatte. Erst auf den zweiten Blick wurde ihm klar, dass es sich nicht um Militärkleidung handelte. Die Jacke bestand aus grünem Baumwollsamt, der Kragen und die Aufschläge waren mit goldenen Fäden verziert. Auf dem Kopf trug der Fremde eine Kappe aus demselben Stoff, und in der Hand hielt er einen langen Speer. Steel hatte ihn zunächst für einen Höfling in Livree gehalten, doch nun erkannte er, dass er es mit einem Jäger zu tun hatte.

In diesem Augenblick geriet ein zweiter Mann weiter links in Steels Blickfeld, der in gleicher Weise gekleidet war. Das war es also: Er war mitten in eine Treibjagd geraten. Diese beiden Burschen waren die Treiber, und gewiss folgten in gebührendem Abstand die adligen Herren und Damen der Jagdgesellschaft.

Die Treiber befanden sich inzwischen fast auf Steels Höhe und waren ihm gefährlich nahe gekommen. Steel erkannte, dass ihm nichts anderes übrig blieb, als zu bluffen, sobald man ihn entdeckte. Es wäre eine Art Bewährungsprobe, da er sich irgendwann ohnehin in seiner neuen Rolle präsentieren musste. Das einzige Problem war, dass er nicht wusste, auf welche Weise er sich am besten bemerkbar machen sollte, ohne dass die Treiber ihn irrtümlich für das gehetzte Wild hielten und ihn mit ihren Speeren aufspießten.

Doch diese Bedenken verflogen, als er eine andere Gefahr erkannte: Kaum hatte er beschlossen, aufzustehen, gab sein Pferd ein lautes Wiehern von sich, was nicht nur Steels Aufmerksamkeit erregte, sondern auch die der Jäger, die inzwischen auf ein halbes Dutzend angewachsen waren. Aber die Männer erschraken nicht, weil dort ein Pferd stand. Der Grund für das aufgeregte Wiehern war weitaus schlimmer.

Die Männer, auch Steel, waren in ihren Bewegungen erstarrt. Denn keine fünf Yards von der Stelle entfernt, wo Steel geschlafen hatte und wo er nun gut sichtbar in seinem roten Uniformrock verharrte, erhob sich der massige Körper eines Keilers im Gebüsch. Reglos stand das große Tier da und starrte in Steels Richtung. Steel schätzte, dass der Keiler fast halb so groß war wie sein Pferd. Eine schwarze Mähne bedeckte seinen Schädel, und an beiden Seiten der spitzen Schnauze ragten scharfe, gebogene Eckzähne hervor.

Auch der Mann, der Steel am nächsten war, starrte erschrocken auf das Tier, dann schaute er verunsichert in Steels Richtung. Mit dem Keiler schien er gerechnet zu haben, aber den rot uniformierten Soldaten, der wie aus dem Nichts aufgetaucht war, konnte er offenbar nicht so schnell einordnen. Steel vermutete, dass der Jäger ihn für einen Deserteur oder gar Wilderer hielt. Schließlich flüsterte er Steel auf Französisch zu: »Monsieur, ich bitte Euch, nicht bewegen. Bleibt ruhig stehen.«

Steel nickte langsam und brachte seine Hand näher zum Knauf seines Degens. Der Keiler grunzte, und sein heißer Atem entwich in kleinen Wölkchen seinen Nasenlöchern.

Während Steel vorsichtig den Degen aus der Scheide zog, vernahm er Hundegebell hinter sich. Sekunden später brach eine Meute auf die Lichtung. Der Keiler geriet in Panik. Derweil hatte Steel den Degen gezogen und richtete die Klinge auf das Tier, bereit zur Verteidigung. Doch der Blick des Keilers war einzig auf die Hunde gerichtet, die ihre Beute mittlerweile umzingelt hatten und die Zähne fletschten. Der Keiler spürte, dass er in der Falle saß. Er zögerte keinen Moment, sondern stürmte mit gesenktem Kopf durch das Dickicht auf die Hunde los. Den Ersten stieß er zur Seite, wobei er ihm mit einem Eckzahn die Flanke aufriss. Die Hunde wichen zurück, der Keiler aber rannte weiter und prallte gegen einen der grün gekleideten Jäger.

Der Mann wurde zu Boden gerissen und hielt sich den Oberschenkel, wie Steel erkennen konnte, da der Eber auch ihn mit dem Eckzahn verletzt hatte. Nun baute das Tier sich vor dem Mann auf und machte Anstalten, sich mit seinem ganzen Gewicht auf ihn zu stürzen und ihn vollends aufzuspießen. Ohne groß zu überlegen, sprang Steel aus seinem Versteck, stürzte sich von hinten auf den Eber und trieb ihm die Degenklinge in den Schädel. Aber falls er geglaubt hatte, das wilde Tier damit getötet zu haben, so irrte er sich. Der Keiler quiekte vor Schmerzen, und der Jäger rollte sich zur Seite, ehe das Tier ihn erneut attackieren konnte. Derweil hing Steel halb auf dem Rücken des Ebers und versuchte, den Degen wieder aus dem Kopf des Tieres zu ziehen.

Auf den Ruf eines der Jäger hin kamen die Jagdhunde wieder näher, tauchten plötzlich zu beiden Seiten Steels auf und stürzten sich auf den Eber. Sie zerrten und rissen an dem Tier, doch einer der Hunde war zu langsam, konnte nicht rechtzeitig ausweichen und wurde vom rechten Eckzahn aufgespießt. Dort blieb er hängen und winselte kläglich. Unmittelbar hinter den Hunden setzten die Jäger nach. Mit vier gezielten Stichen ihrer langen Spieße erlegten sie den Eber.

Schwer atmend glitt Steel vom Körper des Keilers und hatte endlich Zeit, seinen Degen wieder an sich zu nehmen. Der verwundete Mann wurde inzwischen von der Lichtung geschafft. Steel sah sich um, als er durch den Lärm der Jagdhörner und Rufe eine Stimme vernahm, die hinter den Jägern erklang.

»Ich will das sehen. Lasst mich durch. Aus dem Weg, sage ich!«

Im nächsten Moment brach ein Pferd durch das Dickicht – ein großes, schwarzes Jagdpferd mit schweißnassem Fell und heißen Nüstern, die sich blähten. Die grün gewandeten Jäger wichen zurück und verbeugten sich ehrerbietig. Im Sattel saß eine junge Frau, die das Pferd zügelte und die blutige Szenerie auf sich wirken ließ. Von seinem Platz aus konnte Steel das Gesicht der Reiterin ausmachen. Er sah, dass sich in ihrer Miene eine Mischung aus Abscheu und Faszination abzeichnete.

Die Frau war von kleiner Gestalt, blutjung und von atemberaubender Schönheit, mit vollen Lippen und zierlicher Nase. Am meisten aber faszinierten Steel ihre Augen, die wie grüne Edelsteine funkelten. Als die Reiterin den winselnden, halb toten Hund und den blutenden Keiler sah, schnappte sie nach Luft, was aber nicht von Entsetzen, sondern von Gier und Lust zeugte. »Oh, wie prächtig sich die Natur zeigt, wenn sie ihre grausame Seite offenbart.«

Der Hund, immer noch aufgespießt, schrie inzwischen wie irrsinnig in seinen Schmerzen. Der Sprecher der Jäger trat vor. »Madame, sollten wir ...«

Mit einer unwirschen Geste brachte sie ihn zum Schweigen. »Jetzt nicht, François. Seht Ihr denn nicht, dass ich mir das anschaue?«

»Aber Madame, die Gesetze der Natur und der Menschlichkeit verlangen, dass wir den Hund von seinen Qualen erlösen. Auch den Eber ...«

»Schweigt, Mann! Ich bestimme, was in meinem Forst geschieht. Nicht die Natur und schon gar nicht die Menschlichkeit. Und wagt es nicht, mir hereinzureden. Beim nächsten Mal lasse ich Euch auspeitschen.«

Der Mann schwieg.

Erst da bemerkte die Reiterin Steel. »Wer ist das dort? Ihr da! Wer seid Ihr, Mann? Und was tut Ihr auf meinem Grund und Boden? Meister Marin, wer ist dieser Fremde?«

»Ich weiß nicht, wie er heißt, Madame«, erwiderte der Jäger, »aber er hat dem jungen Hébert das Leben gerettet.«

Steel deutete eine Verbeugung an und versuchte, sich in seinem schmutzigen Uniformrock möglichst vorteilhaft zu präsentieren. »Captain Johnson, Madame, von der Irischen Brigade, in Diensten König Ludwigs. Ich bin im Auftrag des Königs unterwegs, Madame.«

Die junge Frau hatte die Stirn in Falten gezogen und musterte Steel ausgiebig. Steel hatte das Gefühl, als bohrte sich der Blick der grünlich schillernden Augen tief in seine Seele, wenn nicht gar in seine Gedanken. Stärker als zuvor spürte er, wie ihm der Schweiß über den Rücken lief. Er hatte das Gefühl, als müsse die Reiterin erst noch überlegen, wie sie mit ihm verfahren sollte, wäre er ein Wilddieb oder eine Beute in ihren Wäldern.

Schließlich lächelte sie und sagte: »Nun, Captain, wenn Ihr im Auftrag des Königs unterwegs seid, solltet Ihr keine Zeit vergeuden. Eure Uniform bürgt für Eure Worte. Welches Regiment seid Ihr noch gleich?«

Steel war überrascht, dass die französische Dame Interesse daran bekundete. »Lord Clares, Madame.«

»Oh, ja, der arme Clare. Habt Ihr ihn gekannt?«

»Ja, Madame. Ein feiner Mann. Eine Schande, dass er auf diese Weise sterben musste. Kaltblütig getötet, noch dazu von einem Heiden.«

Sie nickte. »Ich glaube, dass Ihr die Wahrheit gesprochen habt, Captain. Aber zieht nun Eures Weges. Und habt Dank, dass Ihr meinen Bediensteten gerettet habt. Gute Männer sind in letzter Zeit dünn gesät.«

Steel war nicht sicher, ob er sich den leicht anzüglichen Unterton in den Worten der Dame bloß eingebildet hatte, aber der Blick, den sie ihm zum Abschied zuwarf, verriet ihm, dass er mit seiner Vermutung richtig lag.

Während die Dame ihr Pferd wendete und zweifellos zu den anderen edlen Herren zurückritt, trat Steel zum Wortführer der Jäger. »Wo genau sind wir hier? Und wer war diese Dame?«

Der Mann sah erstaunt aus und antwortete mit gesenkter Stimme: »Ihr seid hier im Wald von Pontarmé, Captain, dem größten Waldgebiet Nordfrankreichs. Hier wimmelt es von Ebern. Das gerade war die Eigentümerin. Ihr wisst wirklich nicht, wer die Dame war? Das war Ihre Hoheit, die Marquise de Puy Fort Eguille. Ihr gehören diese Wälder und noch weitaus mehr Ländereien.«

Ja, dachte Steel, als der Mann sich abwandte und den armen Hund endlich von seinen Qualen erlöste, ich wette, dass diese Dame noch viel mehr zu bieten hat. Erneut fragte er sich, warum sie Interesse an dem Regiment bekundet hatte, vermutete jedoch, dass es in Adelskreisen eine Verbindung zu Lord

Clare gab. Auf jeden Fall hatte er bei einer Frau selten eine solche Zurschaustellung schierer, sinnlicher Blutgelüste gesehen.

Sein Pferd war trotz des Schrecks nicht fortgelaufen; deshalb brauchte Steel nicht lange, bis er wieder die Straße erreichte. Er hatte geglaubt, die dankbare Jagdgesellschaft hätte ihm zumindest eine kleine Frühmahlzeit gegönnt, doch er war in seinen Erwartungen enttäuscht worden. Somit musste er sich mit der Aussicht auf wenig Nahrung begnügen, ehe er Paris erreichte.

Bei Senlis überquerte er einen weiteren Fluss. Dahinter erstreckte die Straße sich tief ins Land hinein. Steel versetzte die Stute in schnellen Trab und sah, dass die Hufe auf dem festgestampften Weg Staubwolken aufwirbelten. Aufgrund der Trockenheit lag so viel Staub in der Luft, dass Steels Uniformrock ein stumpfes Rot aufwies, als am frühen Nachmittag das Dorf Le Bourget in Sicht kam. Langsam erklomm das Pferd die Anhöhe jenseits der Siedlung, worauf Steel sich in einem Weiler namens Montmartre wiederfand, wo eine bescheidene Kirche auf einem Hügel inmitten der Häuser aufragte. An vielen Mauern der mit Dachpfannen gedeckten Gebäude rankte Wein empor. Bei diesem Anblick meldete sich bei Steel der Durst; daher hielt er Ausschau nach einer Schänke. Doch vorerst lenkte ihn der Ausblick ab, der sich ihm von dem Hügel aus in südlicher Richtung bot.

Steel blickte hinunter in ein grünes Tal und sah unter sich Paris liegen: die Stadt erstreckte sich mit all ihren Kirchturmspitzen, Türmen und schimmernden Dächern bis in die Ferne. Rauch stieg aus den Schornsteinen der zahllosen Häuser. Die Seine schlängelte sich durch die Innenstadt und schloss die kleinere Insel ein, auf der sich die hohen Türme der Kathedrale in den Himmel reckten. Er sah Brücken, die den Fluss überspannten, die Mauern eines Palastes, umgeben von grünen Gartenanlagen, dazu die Kuppeln und Glockentürme von mehr als zwanzig Kirchen.

Nie hatte Steel darüber nachgedacht, dass er eines Tages auf die Hauptstadt Frankreichs blicken würde, auf das Zentrum einer Nation, gegen die er seit Jahr und Tag in den Krieg gezogen war.

Aber er hasste das Volk der Franzosen nicht, wusste er doch, dass sie bedeutende Werke in der Kunst hervorgebracht hatten, der Musik und der Literatur. Auf dem Schlachtfeld jedoch verspürte man nichts als Hass gegenüber dem Mann, der einem selbst nach dem Leben trachtete. Steel fragte sich, ob er sich je mit einem Franzosen anfreunden würde. Und was für ein Mensch mochte dieser Charpentier sein?

Doch all diese Gedanken brachten ihn nur von seinem Auftrag ab. Deshalb lenkte er sein Pferd von der Anhöhe des Dorfes Montmartre hinunter ins Tal. Ihm war klar, dass er sich jetzt in die Höhle des Löwen wagte. Jeden Augenblick könnte seine Reise ein jähes Ende nehmen, obwohl seine eigentliche Mission noch gar nicht begonnen hatte.

Die Stadt besaß keine Mauern mehr; insofern war Marlboroughs Plan wahrhaft meisterlich. Es grenzte an Hochmut und übersteigerte Eitelkeit, dass König Ludwig geglaubt hatte, seine Hauptstadt sei von Natur aus uneinnehmbar und benötige keine Verteidigungsanlagen mehr.

Der weiß uniformierte Wachposten am nördlichsten Stadttor empfing Steel mit einem desinteressierten Nicken und winkte ihn durch. Offenbar hatte auch hier die Uniform für sich gesprochen. Steel schärfte sich noch einmal ein, sich an Hawkins' Anweisungen zu halten, und rief sich den Weg in Erinnerung: Vom Torhaus sollte er sich in östlicher Richtung halten bis zur Rue Réamur, dann weiter in südöstlicher Richtung.

Sein Pferd ließ er auf Anraten des Colonels in der Rue du Temple an einer Schänke zurück, die einen Stall hatte. Man versicherte ihm, er werde sein Pferd bei seiner Flucht nicht benötigen. Doch vorerst bestellte er im Schankraum ein Bier, um seinen Durst zu löschen, der seine Furcht, entdeckt zu werden, überlagerte. Eine dralle Schankmagd servierte ihm den Krug und lächelte. Das Bier schimmerte goldgelb und besaß eine weiße Schaumkrone. Als Steel sich den Schaum von den Bartstoppeln wischte und dankbar einen Schluck nahm, machte er sich bewusst, dass er inmitten der anderen Gäste nicht weiter auffiel. Dem Wirt hatte er ausreichend Geld für die Unterbringung des Pferdes gezahlt, obwohl Steel sich fragte, ob er das Tier jemals wiedersehen würde.

Hawkins hatte gewiss recht gehabt. Es war unklug, auf dem Rücken eines Pferdes tiefer in eine Stadt wie diese zu reiten. Auf diese Weise zog man nur neugierige Blicke auf sich. Die Leute sahen sofort, dass man ein Fremder war, und gerade das, so Hawkins, war entscheidend. Steel wusste, dass er vor allem entspannt wirken musste, um nicht gleich aufzufallen. Die Stimmung in der Stadt war nach Marlboroughs Sieg ganz sicher angespannt, zumal die britische Armee brandschatzend nach Nordfrankreich vorstieß. Jeder fremde Offizier in einem roten Uniformrock – und sei es ein irischer Captain, der unsicher wirkte oder orientierungslos durch die Straßen eilte – würde Verdacht erregen. Also musste Steel Ruhe bewahren. Das Letzte, was er vor dem Treffen mit seinem Kontaktmann gebrauchen konnte, war eine Begegnung mit der Stadtwache, wie unbeholfen diese Männer auch sein mochten. Aus Erfahrung wusste Steel, dass solche Begegnungen sich oft unangenehmer gestalteten, als es zunächst den Anschein hatte.

Bald darauf verließ er die Schänke und ging zu Fuß weiter durch den Norden der Stadt. Er blieb auf den breiteren Straßen und achtete darauf, den Leuten nicht in die Augen zu schauen. Hier lebten die Menschen anders als in den Dörfern und Weilern. Hier waren wohlhabende Bürger zu Hause, die jeden Fremden wissen ließen, dass sie an einem Ort lebten, der von sich behaupten konnte, die größte Stadt auf Erden zu sein. Und das merkte man vielen Bewohnern von Paris auch an, allein schon daran, mit wie viel Selbstvertrauen und Stolz sie durch die Straßen schlenderten.

Steel sagte sich, dass es wohl keine bessere Möglichkeit gab, sich den Gewohnheiten anzupassen, als ebenfalls durch die Straßen zu stolzieren. Also schritt er in südlicher Richtung gemächlich durch die Rue du Temple bis ins Marais. Kurze Zeit später fand er sich am Fluss wieder, hatte die Kathedrale zu seiner Rechten und wurde sich bewusst, wie sehr ihn dieser Anblick an London, die Themse und die Westminster Abtei erinnerte. Auf dieser Seite der Seine wimmelte es von Booten, und an den Ufern herrschte geschäftiges Treiben. Steel überquerte die Brücke zur Île de la Cité, der Binneninsel von Paris, und fand ohne Probleme den Quai de Bourbon und das Haus mit der Nummer 29. Zwei imposante Holztüren, aufwändig bemalt und mit Schnitzwerk versehen, beherrschten den Eingangsbereich. Das Hôtel de Boisgelou war bereits siebzig Jahre zuvor errichtet worden, in der ersten Bauphase von Ludwigs Regentschaft. Es hatte gewiss bessere Tage gesehen, ehe der Großteil des Adels dem König nach Versailles gefolgt war. Über der Tür war eine Tafel mit einem Wappen entfernt worden. Dennoch machte das Gebäude einen imposanten Eindruck. Steel klopfte an und wartete.

Ein Dienstmädchen von ungefähr siebzehn Jahren öffnete die Tür. Ein hübsches Ding, mit dem Steel sich ohne zu zögern eingelassen hätte, wäre er nicht mit Henrietta verheiratet gewesen. Die Kleine errötete beim Anblick des gut aussehenden Offiziers, der mit seinem Bartschatten und dem von der Reise verstaubten Uniformrock eine raue, verwegene Männlichkeit ausstrahlte. Als das Mädchen erkannte, welchen Rang Steel bekleidete, machte sie einen höflichen Knicks.

Erneut versuchte Steel, sein Französisch zu benutzen. »Captain Johnson. Ich bin mit deinem Herrn verabredet, mit Monsieur de St. Colombe.«

Simpson hatte diesen Namen vor drei Jahren angenommen, als er sich in Paris niederließ. Seither hatte die Tarnung ihm gute Dienste geleistet. Steel wusste allerdings nicht, ob und wie viele Mitglieder des Haushalts von der wahren Identität des Spions wussten. Das Mädchen nickte und lächelte, schien aber unschlüssig zu sein, was es tun sollte.

Doch ehe sie eine Entscheidung treffen konnte, wurde sie von einem großen, hageren Mann mit pockennarbigem Gesicht beiseitegeschoben. Seine Miene war ernst, seine Gesichtsfarbe fahl. Er trug einen dunkelgrauen Gehrock und Breeches und bedachte Steel mit einem Blick, aus dem tiefer Argwohn sprach.

Der Tonfall des Mannes war so düster wie seine Erscheinung. *»Oui?«*

Erneut erklärte Steel, warum er gekommen war. Der Mann nickte und trat beiseite, um Steel hereinzubitten, ehe er die Tür ins Schloss drückte. Dann gab er Steel zu verstehen, ihm zu folgen. Während das Dienstmädchen über eine Treppe ins untere Geschoss eilte, stiegen der Mann und Steel über eine düstere, schmale Holzstiege ins erste Stockwerk hinauf. Der Butler – dafür hielt Steel den Mann – klopfte an eine Tür, worauf eine Stimme zu hören war. Dann öffnete er die Tür, bat Steel herein und sagte: »Le Captain Johnson, Monsieur.«

Im Zimmer stand ein Mann vor einem der beiden Bleiglasfenster und schaute auf die Straße. Da draußen das Licht spärlicher wurde, entzündete der Mann eine Kerze auf dem Fenstersims. Der Fremde war kleiner als Steel und stand mit dem Rücken zur Tür.

Als er sich umdrehte, sah Steel, dass er lächelte. »Captain Johnson. Wie schön, Euch wiederzusehen. Willkommen in Paris.«

An den Bediensteten gewandt, sprach er: *»Merci, Gabriel. Ça c'est bon.«*

Der Butler nickte respektvoll, wandte sich zum Gehen und warf Steel noch ein steifes Lächeln zu, als er die Tür schloss.

Der Hausherr sprach nun leiser und nickte bedächtig. »Mein lieber Captain, ich stehe Euch zu Diensten, aber hier, wie auch in der Stadt, ist es am besten, wenn Ihr mich mit St. Colombe ansprecht.«

Steel ließ das Zimmer auf sich wirken. Wie in vielen anderen privaten Räumlichkeiten roch es auch hier nach Hammelfett, das für Talgkerzen verwendet wurde. In diesen Geruch mischte sich schwach der Duft von Lavendelzweigen, die entlang der Fußleisten lagen und täglich über die Dielen gefegt wurden. Es war ein bescheidenes Haus und nicht so eindrucksvoll, wie der Eingang hätte vermuten lassen. Die Möbel waren abgenutzt und passten gut zu dem gebildeten, drolligen und ein wenig nachlässig gekleideten Mann, der Simpson zu sein vorgab.

»Ihr müsst müde sein nach Eurer Reise. Wie lange wart Ihr im Sattel?«

»Fünf Tage, die Zeit in der Kutsche inbegriffen.«

Simpson musterte ihn vom Scheitel bis zur Sohle und sog die Luft durch die Nase ein. »Lange genug. Also, um den Schein zu wahren und Eure Rolle zu untermauern: Wir sind alte Freunde und müssen uns auch so benehmen. Es wird mir ein Vergnügen sein, Euch näher kennenzulernen, da bin ich sicher.« Er lächelte. »Oh, keine Sorge, ich erwarte keine Darbietung, wie man sie im Theater in Drury Lane zu sehen bekommt, Captain, nur ein wenig Schauspielerei in bescheidenem Maße. Ihr wisst schon, brüderliche Zuneigung und dergleichen. Von Zeit zu Zeit umarmt Ihr mich. Ein Küsschen auf die Wange, wie es hier in Frankreich üblich ist, wäre auch nicht verkehrt. Tut so, als würdet Ihr meine Gesellschaft genießen, auch wenn dem nicht so ist. Lächelt, wenn Ihr meiner ansichtig werdet. Verhaltet Euch höflich.«

Steel schüttelte den Kopf. »Bitte, Sir. Mir wäre es lieber, wenn

Ihr nicht versuchen würdet, mir gute Manieren beizubringen. Ihr dürft mir vertrauen, dass ich mich angemessen verhalten werde.«

»Mein lieber Captain, mir geht es nur darum, Euch das Aussehen und Verhalten des Schlachtfelds und des Feldlagers auszutreiben – so rasch wie Ihr es schafft, Euren Geruch loszuwerden. Gabriel wird Euch ein Bad bereiten. Bedient Euch an der Pomade, wie es Euch beliebt.«

Steel seufzte und biss die Zähne bei dieser Beleidigung zusammen.

Simpson spürte Steels Verdruss und fuhr rasch fort: »Bitte um Vergebung, Captain. Ich wollte bloß versuchen, Euch mit meiner Welt vertraut zu machen. Aber ich sehe, dass Ihr zurechtkommt. Daher dürfte es Euch nicht ungelegen sein, wenn ich Euch sage, dass wir heute Abend eine Soiree besuchen werden – in der Tat eine Veranstaltung der Saison, zumindest was davon übrig ist, da der König in Versailles ist und die Alliierten vor unserer Tür stehen. Ich fürchte, ich habe noch Geschäftliches zu erledigen. Ich treffe Euch dann auf der Soiree. Gabriel kennt die Adresse und wird Euch mit allen weiteren Informationen versorgen. Und nehmt auf jeden Fall eine Kutsche.«

Steels Geduld wurde auf die Probe gestellt. Derartige Details waren überflüssig, und er hatte noch eine Menge Fragen. »Ja, gewiss. Aber könnte ich nicht erfahren, wie ich Major Charpentier treffe? Was ist mit dem Hôpital des Invalides?«

»Alles zu seiner Zeit, Captain. Ihr werdet den Major morgen treffen, im Hospital. Den genauen Zeitpunkt weiß ich noch nicht, aber er hat mir versichert, dass er auf Euch warten wird. Die Anstalt findet Ihr ohne Probleme, obwohl sie außerhalb der Stadt liegt, umgeben von Feldern. Ich besorge Euch einen Laufburschen, der Euch begleitet.« Er ging zur Tür, verabschiedete sich und machte eine letzte, scharfe Bemerkung. »Und wenn es nicht zu viel verlangt ist, mein guter Captain, dann sorgt bitte dafür, dass Ihr vorzeigbar seid. Die Stiefel beispielsweise solltet Ihr nicht mehr tragen. Sie weisen einen Riss auf. Ihr findet Schuhe und Strümpfe in meinem Schrank. Achtet daher auf Eure äußere Erscheinung. Man kann ja nie wissen, wem man noch alles begegnet.«

6.

Draußen wurde es dunkel, der Abend brach herein. Der Lärm auf den Straßen hatte abgenommen, und schweren Herzens machte Steel sich bewusst, dass die Zeit gekommen war, das Haus zu verlassen. Ein letztes Mal betrachtete er sich in Simpsons Spiegel. Steel hatte eine Zeit lang in der Garderobe des Hausherrn gesucht, bis er die passende Kleidung gefunden hatte: Einen Mantel aus goldenem Brokat, dazu eine farblich abgestimmte Weste und Kniehosen aus rotem Samt. Seine Lieblingsstiefel hatte er wohl oder übel zugunsten der feinen Seidenstrümpfe und Schnallenschuhe stehen lassen. Unter der Weste trug er ein kostbares Hemd aus holländischem Stoff. Als sehr unangenehm jedoch empfand er die wallende Allongeperücke, die Simpsons Worten zufolge, *de rigueur* in der höheren Gesellschaft sei.

Bei dem Prachtexemplar handelte es sich um eine »Duvillier«, wie sein Gastgeber ihn stolz hatte wissen lassen, benannt nach dem berühmten französischen *perruquier*. Sie war nicht nur lang und fiel bis über die Schultern, sie stand auf dem Kopf auch noch ein paar Zoll ab. Es war eine Echthaar-Perücke; das Haar hatte man den armen Frauen und den Prostituierten der Stadt abgekauft, die mit dem Geld einen weiteren Tag überleben oder sich für eine Nacht der aufdringlichen Freier erwehren konnten. Sorgfältig kämmte Steel das eigene Haar zurück und setzte sich die wallende Pracht, so gut es ging, gerade auf den Kopf, aber da eine solche Perücke schwer war, hatte jemand wie Steel, der daran nicht gewöhnt war, stets das Gefühl, sie könne ihm jederzeit vom Kopf rutschen. Die modische Erscheinung rundete ein eleganter schwarzer Dreispitz ab, der mit goldenen Schleifen verziert war.

Als Steel sich abschließend in dem bodenlangen Spiegel in Simpsons Schlafgemach betrachtete, musste er laut lachen. Er sah aus wie eine Mischung aus einer Covent Garden Molly und einem Spieler. Ja, in diesem Aufzug ähnelte er einem wahren Beau, einem »fop« – einem Gecken oder Stutzer, wie ihn Mr. Farquhar in seinem jüngsten Theaterstück karikiert hatte. Steel hatte die Komödie zusammen mit Henrietta in London gesehen und musste jetzt schmunzeln, als er sich an einige Textpassagen erinnerte. Ihm kam der Gedanke, dass sein Gastgeber eine Vorliebe für hübsch zurechtgemachte junge Männer haben mochte; dennoch wunderte es ihn, dass Simpson ihn so eindringlich ermahnt hatte, auf sein Äußeres zu achten. Wen würden sie an diesem Abend treffen?

Inzwischen konnte er es vor innerer Unruhe kaum abwarten, sich auf den Weg zu machen, tastete noch einmal nach seinem Degengriff ... und verzog enttäuscht den Mund. Zwar hatte er das lange italienische Breitschwert angelegt, aber auf den ersten Blick gesehen, dass die Waffe überhaupt nicht zu der modischen Kleidung passte. Deshalb hatte er den Degen in Simpsons Kleiderschrank gelassen und sich stattdessen zunächst für ein dünnes Rapier entschieden, das am Knauf mit Diamanten verziert war. Diese Waffe war gewiss noch nie im Zorn gezogen worden, und Steel vermutete, dass die dünne Klinge gleich beim ersten Einsatz brechen würde. Also ließ er auch das Rapier zurück und nahm einen Gehstock mit einem Bernsteinknauf und einer schwarzen Schleife. Dann stieg er leichtfüßig die Treppe hinunter in die Eingangshalle.

Am Fuß der Treppe gab er dem diensteifrigen Butler zu verstehen, keine weitere Hilfe zu benötigen, und öffnete die Haustür selbst. Ein letztes Mal atmete er tief durch, besann sich auf seine Rolle und trat zähneknirschend hinaus ins Freie. Im

Geiste war er bereits auf Schmährufe gefasst, aber natürlich kam es nicht dazu. Stattdessen fühlte er sich bereits nach wenigen Schritten eigenartig entspannt und stellte fest, dass ihm kaum jemand Beachtung schenkte ... obwohl er sich selbst in dieser Kleidung bizarr fand.

Simpson hatte vorgeschlagen, er solle eine Kutsche nehmen, ja, er hatte geradezu darauf bestanden. Der Adel und der niedere Adel befleckte seine Seidenstrümpfe nicht im Unrat auf den Straßen. Doch Steel hatte anders entschieden. Von Kutschen hatte er mittlerweile genug; außerdem wollte er sich die Stadt genauer anschauen. Überdies war es nur ein kurzer Fußweg von Simpsons Haus zu der Soiree.

Zum zweiten Mal überquerte er die Seine. Als er über die Rue de Birague die Place Royale betrat, ahnte Steel, dass er keine Schwierigkeiten haben würde, die Adresse zu finden, die Simpson ihm mitgeteilt hatte.

Der große Platz war taghell erleuchtet von Pechfackeln, die in Abständen vor den Häuserfronten brannten. Steel stand einen Moment lang unter der Arkade auf der Südseite des Platzes und schaute sich um. Aus bemalten Kutschen stiegen prunkvoll gewandete Mitglieder der *noblesse de robe*, die Crème de la Crème der Pariser Gesellschaft. In den großen Hotels, die zu den besten Adressen in Paris gehörten, flackerten Kerzen in den Fenstern.

Ein Gebäude jedoch badete in unvergleichlich hellem Licht. Es war das Hotel Camus, ursprünglich erbaut vom Sekretär Ludwig XIII. und offiziell die Nummer 24 auf dem Platz. Seit 1623 war es immer wieder von französischen Marschällen bewohnt gewesen. Zumindest hatte Simpson ihm das mit einem trockenen Lächeln gesagt, als er sich verabschiedet hatte. Das mehrstöckige Gebäude ragte an der nordöstlichen Ecke des Platzes auf, unmittelbar an der Rue Pas de la Mule, und zu ebenjenem Haus strebten nun die feinen Leute über das Kopfsteinpflaster. Weitere Fackeln hatte man direkt neben den Türen platziert, und zahllose livrierte Diener halfen den Gästen aus den Kutschen.

Was für eine Ironie, dachte Steel, dass ausgerechnet dieses Haus sein Ziel sein sollte. Entsprechend der militärischen Tradition hätte das Haus mit der Nummer 24 den Maréchal Louis-François, Duc de Boufflers, beherbergen müssen. Doch an diesem Abend würde Boufflers nicht den Gastgeber spielen können: Steel wusste, dass der Mann zurzeit in Lille festsaß, ausgerechnet in der Stadt, die von der alliierten Armee belagert wurde – unter der Führung des Mannes, den andere als Herzog von Marlborough kannten, der aber für Boufflers immer nur John Churchill sein würde. Denn die beiden Männer waren alte Freunde und Kampfgefährten aus jenen Tagen, als sie bei Maastricht bei einer anderen Belagerung gegen die Niederländer gekämpft hatten, damals im Sold des Sonnenkönigs.

Eigenartig, dachte Steel, welch seltsame Liaisons der Krieg schuf. Nein, an diesem Abend würde er dem Marschall nicht begegnen. Gott allein wusste, was ihn noch erwartete.

Boufflers Residenz hatte für diesen Abend ein anderes Mitglied der Aristokratie gemietet, eine Herzogin aus königlichem Geblüt, deren eigenes Domizil, ein Château, außerhalb der Stadt lag. Simpson, der zu den Vertrauten der Herzogin gehörte – sowie anderer Damen bei Hofe –, stand selbstverständlich auf der Gästeliste; da war es nur einleuchtend, dass er einen alten Freund aus Irland mitbrachte, der unlängst aus dem Krieg zurückgekehrt war.

Steel hatte das ungute Gefühl, nicht wie ein tapferer irischer Söldner auszusehen, aber er vertraute auf Simpson, der ihn bei der Auswahl der Kleidung gewiss gut beraten hatte. Und richtig: Als er sich dem Strom der Gäste vor dem Haus anschloss, fiel er keineswegs aus der Reihe; sein Gehrock war sogar schlicht im Vergleich zu manchen modischen Kreationen, die einige der Herren zur Schau trugen.

Einer der Männer kam auf ihn zu. Im letzten Moment erkannte Steel, dass es Simpson war – gepudert und mit Juwelen behängt wie alle anderen Gäste. Er trug einen maßgeschneiderten Rock aus hellblauer Seide. Ehe Steel reagieren konnte, hatte sein Gastgeber ihm bereits eine Hand auf die Schulter gelegt und küsste ihn auf die Wange.

Steel wich unwillkürlich zurück. Simpson lächelte indes und schüttelte den Kopf. »Captain Johnson, küsst Ihr nicht, mein guter Junge? Das tun alle Männer hier in Paris, ganz gleich, welcher Gesinnung wir sind. Seid versichert.«

Zweifellos richtig, dachte Steel, denn andere Männer in der Nähe begrüßten einander auf diese Weise. Die Damen selbstverständlich auch.

»Wie gut Ihr ausseht, nach einem Bad und einem Blick in meine Garderobe«, fuhr Simpson anerkennend fort. »Ihr habt doch ein Bad genommen?«

»Selbstverständlich. Wisst Ihr denn nicht mehr, wie wir darüber gesprochen haben?«

»Ich erinnere mich noch an jedes Wort, mein lieber Junge. Aber ich spüre immer noch, dass Ihr von Kopf bis Fuß – und in Eurem Herzen – ein Soldat auf dem Feldzug seid. Euer Ballsaal ist das Schlachtfeld. Ihr gedeiht im Matsch und Sumpf. Glaubt Ihr, dass ich einst auch so war? Ich nehme an, dass es so gewesen sein muss. Bleibt für mich nur der Schluss, dass ich in Gesellschaft all dieser Zivilisten verweichlicht bin. Bisweilen frage ich mich, ob mein Alter Ego die Oberhand gewonnen hat. Ich bin sicher, dass ich heute gar nicht mehr wüsste, was ich an der Spitze einer Kompanie von Rotröcken machen sollte.«

Steel lächelte. »Vielleicht fällt es Euch eines Tages wieder ein.«

»Das will ich nicht hoffen, Captain. Ich bin mehr als glücklich mit meiner Arbeit hier.«

Steel fragte sich, wie diese Arbeit aussehen mochte, und

blickte den Mann erwartungsvoll an. »Warum habt Ihr mich so ausstaffiert? Diese absurden Kleider! Welchem Zweck dient das?«

Simpson trat einen halben Schritt zurück und lächelte. »Ja, mein Junge, das habe ich gut gemacht, nicht wahr? Ihr seht wahrlich wie ein Beau aus. Ein Beau, müsst Ihr wissen, ist eine Art Narziss, der sich in seinen eigenen Schatten verliebt hat. Schaut Euch nur um, dann seht Ihr viele dieser Exemplare. Ja, seht sie Euch nur an. Sie hassen alle, die ihnen nicht mit Schmeicheleien begegnen. Sie verabscheuen es, ein Wort mit jemandem wechseln zu müssen, der kein Adliger und somit unter ihrer Würde wäre. Herzöge sind ihre Vertrauten, von denen sie alle Geheimnisse bei Hofe erfahren. Das, mein lieber Captain, ist der Grund, warum ich die Gesellschaft dieser Leute suche. Und ich bin sicher, dass mit den Jahren etwas von dem Gehabe bei Hofe auf mich abgefärbt hat. Ich bin fast schon einer von ihnen. Übrigens, Ihr habt eine gute Wahl getroffen. Das Gold steht Euch gut zu Gesicht. Nur der Hut ist vielleicht ein wenig *de trop.*« Er kicherte aufdringlich.

»Missbilligt Ihr all dies hier?«

»Oh, nein. Oh, keineswegs, mein lieber Junge. Ihr werdet eine gute Figur machen.«

»Aber Ihr habt meine Frage noch nicht beantwortet. Warum das alles?«

Simpsons Miene war mit einem Mal ernst. »Ich habe meine Methoden, Captain, und meine Gründe. Ich verlange von Euch lediglich, dass Ihr mir vertraut und meine Ratschläge aufs Wort befolgt. Dies ist mein Land. Ihr seid hier ein Fremder. Aber jetzt kommt.«

Sie verließen die Eingangshalle und gingen über eine gewundene Treppe aus hellem Stein in die obere Etage. Von einem langen, prachtvollen Gang, an dessen Wänden Spiegel und Gemälde hingen, gingen links und rechts weitere Räume ab.

Simpson hakte sich bei Steel unter. »Kommt, Captain Johnson, wir stärken uns ein bisschen, ehe wir eintreten. Ein Glas Wein und ein klein wenig zu essen?«

Sie betraten den Raum zu ihrer Rechten, und Steel verschlug es den Atem. Im Verlauf der letzten zehn Jahre war er fast ausschließlich auf Feldzügen gewesen, sodass er sich kaum noch erinnern konnte, wann er zuletzt eine solche Zurschaustellung von Reichtum und Prunksucht gesehen hatte. Entlang der Wände, an denen vergoldete Spiegel und Ölgemälde prangten, standen Tische, überladen mit Speisen aller Art: Ein Ragout aus Truthahnfleisch, geröstetes Lammfleisch, gebratene Kapaune und Rebhühner, Salate, Schweinezungen, Ente, Austern, Muscheln, Pasteten, Artischocken, frische Erbsen – die Bandbreite kannte keine Grenzen. Steel musste einen Augenblick an seine Männer denken. Was hätten sie darum gegeben, nur einen Bissen von diesen Köstlichkeiten zu ergattern.

Erst da bemerkte er, dass eine Dame neben ihnen stand.

»Chéri. Mein lieber St. Colombe, ich brauche Euren Rat für die Farbe dieser Seide. Denkt Ihr, ich habe einen furchtbaren Fehler gemacht? Ist der Stoff zu blass, um es in Worte zu fassen? Kommt und sagt es Eurer Madame de Soubise.« Sie sah Steel mit ausdruckslosen Augen an. »Oh, entschuldigt, Monsieur. Ich muss mir Euren Freund einen Moment ausleihen. Er ist der geborene Stilberater, die einzige Quelle des Rates in *tout Paris*.«

Simpson zog eine Braue hoch und schien Steel fragen zu wollen, was er tun solle. »Die Pflicht ruft, mein Lieber. Nur einen Augenblick, Captain Johnson. Bleibt genau hier stehen und sprecht mit niemandem, es sei denn, Ihr werdet angesprochen.«

Steel sah Simpson nach und wandte sich wieder dem Speisezimmer zu. Eins der Gemälde an den Wänden erregte seine Aufmerksamkeit. Es war ein exquisites Ölgemälde, das Nymphen und Schäfer zeigte, die um eine Statue eines Kalbes tanzten. Fasziniert betrachtete er das Bild und verlor sich in der Tiefe der Farben, als er ein Hüsteln neben sich vernahm.

»Ich glaube, ich hatte noch nicht das Vergnügen, Eure Bekanntschaft zu machen.«

Es war die Stimme eines Mannes. Als Steel sich umdrehte, sah er sich einer Person gegenüber, die ungefähr so groß war wie er. Das Gesicht jedoch konnte er nicht sehen, da der Mann sich hinter einer Maske aus Pappmaschee versteckte, die nur die Mundpartie frei ließ. Die Maske stellte eine Teufelsfratze dar, mit einer gebogenen Nase und einer Sonne oberhalb und unterhalb der Augen.

Der Mann sprach ihn erneut an. »Es tut mir leid, Monsieur. Wie gesagt, ich glaube nicht, dass wir einander vorgestellt wurden.«

Steel nickte. »Captain Johnson, Monsieur. Aus Clares Regiment der Dragoner, in Diensten Frankreichs.«

Der Mann wirkte erstaunt und trat einen Schritt zurück, um Steels Aufzug zu mustern. »Oh, Ihr seid Soldat?«

»In der Tat.«

Der Mann betrachtete ihn eingehend. »Ihr werdet entschuldigen müssen, aber Ihr seht nicht wie ein Soldat aus, Monsieur. Eure Kleidung, zum Beispiel ...«

Steel unterbrach ihn. »Was ich zu tragen pflege, wenn ich nicht im Dienst bin, Monsieur, bleibt mir überlassen. Es geht niemanden etwas an.«

»Ganz recht. Aber Ihr werdet zugeben, dass es kaum die Kleidung eines Soldaten ist.«

Steel antwortete unüberlegt und bedauerte seine Reaktion sogleich: »Sucht Ihr mich zu beleidigen, Monsieur?«

»Nicht im Mindesten. Ich bin der Letzte, der Streit suchen würde. Ich bin lediglich ein Beobachter.«

»Dann bitte ich Euch, nicht mich zu beobachten, Monsieur. Oder Ihr bezahlt einen Preis wie jene Offiziere, die sich nicht die Zeit nahmen, ihre Situation in der letzten Schlacht abzuwägen.«

Der Mann erstarrte sichtlich. »Ihr wart in Oudenaarde?«

»Ich hatte die Ehre, Monsieur.« Kaum waren ihm die Worte über die Lippen gekommen, erkannte er mit Schrecken, dass seine allzu clevere Bemerkung bei seinem Gegenüber womöglich den Eindruck hinterließ, er sei auf der Seite der Sieger gewesen. Rasch versuchte er, die Dinge klarzustellen, indem er hinzufügte: »Ich meinte damit, dass Marschall Vendôme das Beste aus einer unerträglichen Situation gemacht hat.«

Der Mann lächelte hinter seiner Maske, und Steel fragte sich, ob der Fremde ihm die Geschichte abkaufte. »In der Tat. Wenn er mehr erreicht hätte, wäre vielen von Frankreichs Söhnen ein schreckliches Schicksal verschont geblieben.«

»Demnach seid Ihr gegen diesen Krieg, Monsieur?«

Der Mann schüttelte den Kopf. »Das will ich nicht sagen. Ich bin gegen alles, was unnötiges Leid verursacht. Aber seid versichert, Monsieur, dass ich für all die Dinge bin, die gut und gerecht sind, und wenn der König erklärt, dass dies ein gerechter Krieg ist, dann muss ich ihm beipflichten. *N'est-ce pas?*«

»Ganz recht.«

Der Mann fuhr fort: »Die Schlacht war lediglich ein Rückschlag, habe ich recht? Die *Paris Gazette* sagt, dass es an Entschlusskraft mangelte. Nicht all unsere Kräfte seien in den Kampf verwickelt gewesen. Ich denke, die Briten schreiben sich einen Sieg auf die Fahne, der so überzeugend nicht war. Leider hat diese eine Niederlage unser Oberkommando gespalten, was uns Gefahr beschert. Wenn Marlborough und seine Verbündeten wüssten, in welche Verwirrung diese Affäre Ludwig und seine Generäle gestürzt hat, würden die Briten geradewegs nach Paris marschieren, das steht fest. Und das wäre dann das Ende.«

Steel bemühte sich, ein Lächeln zu unterdrücken. Hier hatte er den Beweis für den Auftrag in der französischen Hauptstadt. Es stimmte also. Die Franzosen waren gespalten und reif für die Kapitulation. Ihm war klar, dass er dieses Gespräch fortsetzen musste. »Wen trifft die Schuld bei der Niederlage, was denkt Ihr? Marschall Vendôme oder den Herzog von Burgund?«

Der Mann lachte, lauter diesmal. »Meint Ihr das ernst, Captain? Nun, die Schuld trägt natürlich Vendôme. Dieser Ansicht ist zumindest der König, soweit ich weiß.«

»Und Ihr schließt Euch natürlich der Ansicht des Königs an?«

»Marschall Vendôme hat diese Katastrophe heraufbeschworen, und ich habe keine Zweifel, dass er die Folgen wird tragen müssen. Wie kann man an der Schuld eines Mannes zweifeln, dessen persönlicher Sekretär einen Brief schreiben musste, um seinen Herrn zu entlasten? Was für ein Lügengespinst. Habt Ihr den Brief gelesen? Er wurde mehrfach kopiert. War in jedem Kaffeehaus und Bordell in Paris zu lesen.«

Steel schüttelte den Kopf. »Ich habe keinen Brief dieser Art zu Gesicht bekommen. Ich weiß nur so viel: Hätte man den französischen Reitern nicht gesagt, das Marschland sei unpassierbar, hätten Rantzaus Hannoveraner nicht den linken Flügel vernichten können.«

Der Mann spähte leicht hinter seiner Maske hervor. »Der linke Flügel? Sicher meint Ihr den rechten?«

Steel verbiss sich einen Fluch. Er hatte clever sein wollen und sich doch nur wieder in Gefahr gebracht. Natürlich, der linke Flügel der Alliierten war aus Sicht der Franzosen der rechte Flügel. Kopfschüttelnd und mit einem Lächeln erwiderte er: »Tut mir leid, ich meinte natürlich den rechten Flügel. Aber seid Ihr da nicht meiner Meinung?«

»Ich bin leider nicht in der Position, mir ein Urteil zu erlauben. Ich war nämlich nicht auf diesem Teil des Schlachtfeldes.«

Steel betrachtete die Maske genauer und versuchte, etwas mehr als nur die Mundpartie des Gegenübers zu erkennen. »Ihr wart also auch in Oudenaarde? Ihr dientet in einem Regiment?«

»Nicht auf dem Schlachtfeld. Ich war beim Generalstab. Wie es sich gehört. Wir hatten eine Meinungsverschiedenheit, nahe der Mühle von Royghem. Aber wo wart Ihr genau, Captain? Wo stand Clares Regiment?«

Steel war verwirrt. Zu unbedacht hatte er sich in seiner Tarnung vorgewagt und sich in einer Version der Schlacht verrannt. Denn er hatte keine Ahnung, wo sich Clares Truppe in Oudenaarde aufgehalten haben mochte. Wo, um alles in der Welt, hatte er inmitten der feindlichen Linien bloß das Rot der Iren gesehen? Auf der linken Seite … nein, auf der rechten natürlich. Oder waren das Schweizer Truppen gewesen? Wo hatte die verdammte irische Brigade gestanden? Oder hatte der Fremde die ganze Zeit nur mit ihm gespielt? Hatte er gar seine Tarnung durchschaut? War Simpson ein Doppelagent? Schnell entschied er sich für eine Ausrede. »Ich war in ein anderes Regiment abkommandiert worden.«

»Oh, wirklich? In welches denn?«

»In Lord Dorringtons.«

»In der Tat. Ja. Seine Männer kämpften auf dem linken Flügel, nicht wahr?«

Steel war nach wie vor verunsichert, beschloss aber, sich der Ansicht anzuschließen, und hoffte, richtig zu liegen. »In der Tat, Sir.«

Schließlich war er im Begriff, sein Gegenüber zu fragen, ihm seinen Namen zu verraten, als der Fremde ihm zuvorkam. »Natürlich habe ich von meiner Position aus nur wenig von dem Kampf mitbekommen, abgesehen von dem glorreichen Sturmritt der preußischen Kavallerie, die unserer Infanterie so arg zusetzte. Aber wie traurig und wie töricht obendrein, diese tapferen Einheiten auf diese Weise einzusetzen. Glaubt mir, Captain, General Marlborough sorgt sich nicht sonderlich um seine Soldaten.«

»Es waren keine britischen Soldaten, Monsieur«, entgegnete

Steel, »sondern Reiter aus deutschen Landen.« Wieder verfluchte er sich innerlich, denn erneut verteidigte er die falsche Armee, den falschen General.

»Ihr habt recht, Captain. Vielleicht tue ich diesem General unrecht. Ich konnte noch nie genau ergründen, wo seine Loyalität liegt. Wie auch immer, er trug den Sieg davon, und wir mussten das Feld räumen. Wirklich, Marschall Vendôme schlug in Gegenwart des Herzogs von Burgund einen anmaßenden Ton an. Er ging einfach zu weit.«

Erneut überlegte Steel, wer dieser Fremde sein mochte, und war sich plötzlich bewusst, wie verwundbar er im Augenblick auf dieser Soiree war, da er überall auf bedeutende französische Generäle stoßen könnte.

Der maskierte Mann zeigte mit einem Mal über Steels Schulter. »Ah, Monsieur Duroc. Auf ein Wort.« Er wandte sich zu Steel. »Hier ist jemand, der Eure Ansichten bestätigen kann, Captain. Er ist der Haushofmeister des Königs. Wir sprachen gerade über Oudenaarde und die missliche Lage des Marschalls.«

Der Neuankömmling blickte sorgenvoll drein. Dann holte er ein Seidentuch aus der Westentasche und tupfte sich die Stirn, ehe er sprach. »Der König ist sich der Tragweite der Situation wohl bewusst. Sechstausend Tote und Verwundete, Neuntausend Mann sind in Gefangenschaft geraten, darunter achthundert Offiziere. Allein in Flandern haben wir auf diese Weise fünfzehntausend Mann verloren.«

Der Maskierte versuchte, den Neuankömmling mit einer Geste zu beschwichtigen. »Kein Grund zu jammern, Monsieur. Frankreich wird nicht erobert.«

»Aber feindliche Truppen sind auf unserem Boden!«, empörte sich der kleine Mann. »Im Augenblick verwüsten die Alliierten das Artois und brennen ganze Dörfer und Städte nieder. Vieh wird getötet, die Menschen müssen ihre Häuser verlassen, Frauen wird Gewalt angetan, wie es heißt. Genau so haben sie es vor fünf Jahren auch in Bayern gemacht.«

Steel sah sich gezwungen, das Wort zu ergreifen. »Den Frauen wird keine Gewalt angetan, Monsieur. Das kann ich Euch versichern.«

»Woher wollt Ihr das wissen, Monsieur? Was befähigt Euch zu dieser Einschätzung?«

»Ich war in Bayern, Monsieur. Es kam zu keinen Vergewaltigungen, das kann ich beschwören. Keine Toten, nur die Unglückseligen, die Truppen zum Opfer fielen, die sich für Marlboroughs Männer ausgaben.«

Mit Schrecken dachte er zurück an jenen Tag des außergewöhnlichen und insgesamt glorreichen Feldzugs, als er und seine Männer Zeuge einer Gräueltat wurden, die ihresgleichen suchte: In einer Scheune lagen über hundert Leichen, wehrlose Dorfbewohner, die hingeschlachtet worden waren, um die Untat den Engländern in die Schuhe zu schieben. Nie hatten Steels Grenadiere die wahren Schlächter ausfindig machen können, doch an jenem Tag hatte Steel sich geschworen, die armen unschuldigen Frauen und Kinder zu rächen, sollte er die Täter doch noch eines Tages stellen.

Doch als er sich nun wieder in Erinnerung rief, wo er sich befand, fragte er sich erneut, ob er zu viel gesagt hatte und ob seine Gesprächspartner ihm womöglich ansehen konnten, wie aufgewühlt er war.

Derweil fuhr der bedrückte Haushofmeister fort, seine Bedenken in Worte zu fassen. »Sie sind nur noch zwei Tagesmärsche von uns entfernt, Sire. Sie könnten jederzeit hier auftauchen.«

»Beruhigt Euch, Duroc. Beruhigt Euch doch.«

Der kleine Mann wandte sich Steel zu. »Ich sage Euch, Captain, in Paris macht sich schon Panik breit. Eine Schlacht in Flandern zu verlieren, ist eine Sache. Es ist aber etwas anderes, wenn der Feind plündernd und brandschatzend auf französischem Boden steht. Das ist undenkbar! Was sage ich? Unerhört ist das!«

»Ich versichere Euch, Monsieur, die Briten werden den französischen Frauen keine Gewalt antun. Ich kenne diese Männer. Es sind ehrenhafte Soldaten. Ich habe gegen sie gekämpft, und sie haben alle Männer gut behandelt, selbst ihre Feinde. Das sind keine Barbaren. Dies ist ein Krieg mit zivilisierten Regeln.«

Der größere der beiden Männer lachte wieder. Dabei hätte er beinahe seine Maske sinken lassen, doch er besann sich rechtzeitig. »Ein Krieg mit zivilisierten Regeln, Captain? Wie kann ein Krieg zivilisiert sein?«

»Wir müssen alle daran arbeiten, Monsieur. Was würden wir tun, würde der Krieg keine Regeln mehr kennen?«

»Ihr sprecht wie ein Ire. Ihr seid fast einer von denen, wie?«

Steel musste aus dem Stegreif reagieren und nahm all seinen Verstand zusammen. »Ich bin Jakobit, Monsieur. Ich diene dem wahren König, und ... ja, es ist wahr, dass ich mit ansehen musste, wie meine Landsleute von protestantischen Bigotten hingeschlachtet wurden. Aber das ist keinesfalls die Regel.«

Steel fragte sich, was für Interessen dieser französische Adlige bezüglich des Verhaltens der britischen Armee und der Einstellung gegenüber Jakobiten verfolgen könnte.

»Aber Ihr müsst zugeben, Captain, sobald ein Prinzip in Gefahr ist, gibt es kein Halten mehr.«

»Nein, Monsieur. Auch im Krieg dürfen Gerechtigkeit und Moral niemals aus den Augen verloren werden.«

»Ah! Ich sehe, dass Ihr ein gebildeter Mann und ein Kämpfer seid. Ihr habt das Aussehen eines Beaus, Monsieur, aber Ihr seid ein Gelehrter. Meint Ihr nicht auch, Duroc?«

Der kleinere Mann lächelte durchtrieben, während der Maskierte wieder lachte.

Erneut war Steel verunsichert und verzweifelte beinahe an seiner Rolle. »Ich gebe nicht vor, besonders gebildet zu sein, Monsieur. Es sind Dinge, die ich unterwegs aufgeschnappt habe, auf meinen vielen Feldzügen.«

»Und wohin haben Euch diese Feldzüge geführt?«

Steel führte sich vor Augen, dass er nun Gefahr lief, sich zu verraten. Selbstverständlich konnte er seine eigenen Feldzüge der zurückliegenden zwanzig Jahre herunterbeten. Jede einzelne Schlacht hatte sich unauslöschlich in seine Erinnerung eingebrannt. Aber er hatte stets für König William und für Königin Anne gekämpft. Jetzt hingegen musste er so tun, als wäre er Soldat in König Ludwigs Armee gewesen. Rasch suchte er in seiner Erinnerung nach Eckpunkten im Soldatenleben seines Alter Ego. Aber ob es nun am Wein lag oder an dem Druck, dem er sich ausgesetzt sah, es wollte ihm nichts einfallen.

Als sein Gegenüber die Stirn in Falten zog, fiel Steel ein einziger Name ein. »Neerwinden. Ja, Neerwinden. An diesem Tag haben wir gesiegt. Und zwar überzeugend.«

Der Mann nickte, schien auf weitere Details zu warten. Steel beschloss in diesem Moment, dass es besser für ihn sei, den Narren zu spielen, was ihm nicht leichtfiel. Doch ihm blieb nichts anderes übrig, als Unwissenheit vorzutäuschen und auf das Beste zu hoffen.

Im selben Moment ergriff jemand sanft Steels rechten Arm. Es war Simpson. Steel war so erleichtert, dass er den Spion beinahe bei seinem richtigen Namen genannt hätte.

»Ah, Captain Johnson. Da seid Ihr ja.« Simpson wandte sich dem maskierten Gast zu. »Ja … ich hoffe sehr, dass Euch der Captain mit seinen Geschichten von den Feldzügen nicht gelangweilt hat. Er ist manchmal ermüdend …«

»Oh, ganz im Gegenteil, Monsieur …?«

»St. Colombe.«

»Ganz im Gegenteil, Monsieur St. Colombe. Ich hatte den

Eindruck, dass der Captain gerade im Begriff war, uns die Details darzulegen.«

»Dann erlaubt, dass ich ihn entführe, bevor er seine Ankündigung wahrmacht. Ihr würdet es mir nie verzeihen, Monsieur, wenn er erst einmal anfängt.« Er ließ eine tiefe Verbeugung folgen. »Kommt, Captain. Es gibt noch so viele Gäste, die ich Euch heute Abend vorstellen möchte.«

Langsam führte Simpson ihn zu den Flügeltüren, die auf einen Balkon führten, und trat mit Steel ins Freie. Unter dem Balkon erstreckte sich ein gepflegter Garten, dessen Ausmaße im Schein der Fackeln nicht auszumachen waren.

»Großer Gott, Steel, ich bitte Euch!«, begann Simpson mit einem Seufzer. »Ich falle noch in Ohnmacht, wenn Ihr so weitermacht. Ihr müsst vorsichtig sein! Ihr seid nur aus einem einzigen Grund hier: Um Eurer neuen Identität so etwas wie Würde und Wahrhaftigkeit zu verleihen. Niemand würde je vermuten, dass ein Offizier des Feindes, der bei Verstand ist, zu einer Soiree wie dieser kommen würde. Habt Ihr überhaupt eine Vorstellung, wer dort alles in dem Raum ist?«

»Soweit ich es beurteilen kann, die größte Ansammlung von Narren und Stutzern, die Frankreich aufzubieten hat«, erwiderte Steel trocken. »Mir war noch nie so heiß wie in diesem Raum. Und wozu das alles? Was für ein Interesse sollten die Leute an dem Leben eines jakobitischen Offiziers haben?«

»Darüber habt nicht Ihr zu befinden, mein Guter. Es gibt einen Grund, warum Ihr heute Abend hier seid. Ich beabsichtige, dass man in den kommenden Tagen in der Pariser Gesellschaft über Euch spricht, damit Ihr in den höheren Kreisen Aufnahme findet. Wer weiß, Ihr könntet sogar eine Audienz beim König erhalten.«

Steel erstarrte. »Davon war nie die Rede. Ich soll Ludwig treffen? Nein. Dann würde meine Tarnung wirklich auffliegen.«

»Nun, da habt Ihr vielleicht recht. Aber gestattet mir zumindest meine List. Und wer weiß, womöglich stoße ich dort drinnen auf einen von Ludwigs Höflingen, der sich für den Frieden ausspricht. Aber was auch immer geschieht, ich möchte nicht, dass Ihr hier eine Szene macht. Das wäre der Sache nicht dienlich. In diesen Räumen wimmelt es von Spionen und Feinden. Merkt Euch das. Aber jetzt lasst uns zum Fest zurückkehren, ehe man uns noch vermisst.«

Steel nickte. Er wusste, dass Simpson recht hatte. Er, Steel, war im Gespräch mit dem Höfling zu weit gegangen. Zu Simpson gewandt, sagte er: »Wer war eigentlich dieser Bursche, mit dem ich mich unterhalten musste? Ihr habt Euch vor ihm verbeugt und ihn mit ›Sire‹ angeredet.«

Simpson lachte und schüttelte den Kopf. »Das wisst Ihr wirklich nicht? Das, meiner lieber Jack, war James Francis Edward Stuart, der Thronanwärter persönlich. Das war der Mann, der unser König sein könnte.«

»Großer Gott! Er hat mir erzählt, er sei in Oudenaarde gewesen.«

»Das stimmt ja auch. Er war im Stab des Herzogs von Burgund. Dem Rang entsprechend hatte er das Kommando über die Irische Brigade. Nun, die Männer gehören zu seiner persönlichen Truppe.« Ihm fiel auf, dass Steel blass geworden war. »Ihr werdet schon gut genug gelogen haben, keine Sorge. Er schien von Euren Worten überzeugt zu sein. Gut so. Es verlief so, wie ich es geplant habe.«

Steel starrte ihn entgeistert an. »Wie Ihr es geplant habt? Ihr habt gewusst, dass er hier ist? Ihr habt das Treffen arrangiert?«

»Ich hatte vermutet, dass es so kommt. Der Thronprätendent kann einer Soiree wie dieser nicht widerstehen, besonders dann nicht, wenn er weiß, dass ihm viel Aufmerksamkeit zuteil wird.«

»Aber ich hätte enttarnt werden können. Was, wenn man uns beide festgenommen hätte?«

»Das Risiko mussten wir eingehen. Und jetzt sind Eure Empfehlungsschreiben amtlich.« Er legte einen Arm um Steels Schulter. »Kommt. Gehen wir wieder hinein, und genießen wir das Fest. Jammerschade, wenn wir uns das gute Essen und den Wein entgehen ließen. Aber diesmal gebt acht, mein lieber Junge.«

Steel fragte sich, wozu dieser außergewöhnliche Mann noch imstande sein mochte. Zum ersten Mal machte er sich bewusst, dass seine Mission vielleicht doch nicht so gradlinig verlaufen würde, wie Hawkins es geplant hatte.

Unterdessen war der Großteil der Gäste eingetroffen. Im großen Salon drängten sich schöne Damen, viele mit männlichen Begleitern, deren Kleidung sich nicht groß von Steels herausgeputzter Erscheinung unterschied. Hier und da gewahrte Steel französische Offiziere in ihren strahlenden Uniformen. Und wieder fühlte er sich verwundbar. Vorsichtig sah er sich nach dem Thronanwärter um und entdeckte ihn in einer Ecke des Salons. Nach wie vor verbarg James Francis Edward Stuart sein Gesicht hinter der Maske und war umgeben von eitlen Speichelleckern.

Als Steel sich ein wenig zu abrupt abwandte, um sich weiter von dem Thronprätendenten zu entfernen, stieß er mit einem anderen Gast zusammen, einer Dame, die ins Stolpern geriet und von einem Bediensteten aufgefangen wurde. Die Dame, inzwischen gestützt von einer Begleiterin, wandte sich Steel zu. Sie machte sich nicht die Mühe, ihr Gesicht hinter ihrer Maske zu verbergen.

Steel verbeugte sich und stammelte eine Entschuldigung. »Es tut mir außerordentlich leid, Madame. Ich habe Euch nicht gesehen, vergebt mir.«

In dem Moment, als er ihr in die Augen sah, wusste er, wen er vor sich hatte: Die Marquise de Puy Fort Eguille, jene gefühllose, sinnliche Schönheit aus dem Wald. Sie hob ihre mit Brillanten bestickte Maske auf und gab vor, sie sich vor das Gesicht zu halten. Wieder war Steel überwältigt von der Schönheit dieser Frau, insbesondere von ihren blitzenden grünen Augen, deren Leuchten noch verstärkt wurde von dem großen Edelstein, den sie an einer goldenen Kette um den Hals trug. Wieder waren es diese Augen, die nun zu ihm aufschauten. Steel blickte auf die geschürzten roten Lippen, sah, wie die junge Frau den Mund leicht öffnete, als wollte sie etwas sagen.

Schließlich, nachdem sie einander stumm in die Augen geschaut hatten, sprach sie ihn an. »So treffen wir uns also wieder, Captain …«

»Johnson, Madame.«

»Ihr scheint ein wenig in Eile zu sein. Immer noch im Auftrag des Königs unterwegs? Seid Ihr spät dran bei einer Verabredung? Oder seid Ihr auf dem Weg zu einer anderen, weitaus interessanteren Ablenkung? Ich glaube nicht, dass wir einander richtig vorgestellt wurden.«

Sie hielt ihm die ausgestreckte Hand entgegen, auf die Steel formvollendet einen Kuss hauchte, ehe er sich wieder aufrichtete.

»Captain Johnson, Madame. Von den Irischen Dragonern. Im Augenblick vom Dienst freigestellt und in Paris, ehe es zurück zur Front geht. Wir kämpfen in Flandern für den König, gegen den Tyrannen Marlborough.« Mit dem letzten Zusatz hatte er seine Worte unterstreichen wollen, befürchtete jetzt aber, etwas zu übereifrig zu klingen.

Sie seufzte und schenkte Steel einen wehmütigen Blick, der gewiss an sein Mitgefühl appellieren sollte. »Ach! Auch mein Gemahl kämpfte in Flandern. Er war übrigens den Iren zugeteilt. Vielleicht kennt Ihr ihn. Den Marquis de Puy Fort Eguille?«

Steel schüttelte den Kopf. »Tut mir leid, Madame. Ich kenne ihn nicht.« Aha, dachte er, das erklärte, warum die Dame im Wald Interesse an dem Regiment bekundet hatte.

»Und Ihr werdet ihn auch nicht mehr kennenlernen, Captain«, fuhr sie fort, »denn er starb dort bei dem Regiment. Es ist erst zwei Jahre her, dennoch kommt es mir schon wie eine halbe Ewigkeit vor. Und nun bin ich gezwungen, Witwenkleidung zu tragen. Was für eine Tragödie für eine Frau, die in der Blüte ihrer Jahre steht, meint Ihr nicht auch?« Sie schenkte ihm ein aufreizendes Lächeln und öffnete ihre geschwungenen Lippen kaum merklich. Doch es entging Steel nicht, und die Dame schien die Wirkung ihrer Reize weiter austesten zu wollen. »Die Leute sagen, mir stünde Schwarz. Was meint Ihr, Captain Johnson?«

Schon griff sie in ihre vollen Röcke und hob langsam den Saum hoch, sodass Steel einen Blick auf ihre hübschen Waden und die zierlichen Fußknöcheln erhaschen konnte. »Ihr sagt ja gar nichts, Monsieur. Stehen die Kleider mir? Gebe ich eine gute Witwe ab? Sprecht, Captain Johnson, sonst bin ich schnell missgestimmt.«

»Schwarz steht Euch wirklich gut, Madame, und ich bedaure zutiefst, was Eurem Gemahl widerfahren ist. Ich verbürge mich dafür, dass er ehrenvoll starb und tapfer gegen die verfluchten Briten kämpfte.«

»Habt Dank. Aber ich fürchte, dass es nicht so war. Tapfer war er, ja. Aber er starb auf furchtbare Weise ...«

Sie wurde unterbrochen, als Steels erster Gesprächspartner, der Thronanwärter, sich zu ihnen gesellte, immer noch maskiert. »Ah, Madame la Marquise. Wie ich sehe, seid Ihr unserem tapferen Soldaten-Gelehrten begegnet.«

»Monsieur?«

»Nun, dieser junge Herr ist nicht bloß Soldat, sondern ein Denker. *Un philosophe*, um genau zu sein. Und gut aussehend obendrein. Er würde sich in Eurem Château gut machen.«

Der Mann, der Anspruch auf ganz Britannien erhob, verbeugte sich vor der Marquise und wandte sich zum Gehen.

Steel fiel auf, dass die Dame sehr wohl gewusst haben dürfte, um wen es sich bei dem Maskierten handelte; trotzdem war sie in keinen Knicks gesunken und hatte keine Anzeichen von Ehrerbietung erkennen lassen. War die junge Frau so arrogant? Oder war sie mit James Stuart gut vertraut?

Freudig klatschte sie in die Hände. »Was für eine wundervolle Idee! Ja! Ihr müsst mir unbedingt auf dem Land einen Besuch abstatten. Könnt Ihr ein bisschen Zeit erübrigen? Ich bin sicher, Ihr werdet den Ausflug als sehr angenehme Erfahrung in Erinnerung behalten.«

»Wenn Ihr versprecht, dass ich nicht wieder Auge in Auge einem wilden Eber gegenüberstehe, Madame.«

»Oh, ich kann gar nichts versprechen, Captain. Wenn Ihr mich besucht, müsst Ihr auf alle Eventualitäten gefasst sein. Wer kann schon sagen, was alles geschehen kann? Ich werde meinen Bediensteten beauftragen, Euch Bescheid zu sagen. Gebt ihm Eure Adresse hier in der Stadt. Auf ein baldiges Wiedersehen, Captain. Ich werde Eure Ankunft mit Freude erwarten.«

Als sie sich von ihm entfernte, eilte Simpson an Steels Seite. »Diese Frau dort, die Marquise de Puy Fort Eguille, was hat sie Euch gefragt?«

»Im Grunde nichts. Nach meinem Namen, und wo ich gedient habe, sonst nichts. Das heißt … sie hat mich gebeten, ihr einen Besuch abzustatten. Warum, frage ich Euch?«

»Haltet Euch von ihr fern. Unbedingt. Ich könnte Euch Dinge über die Dame erzählen, da würdet Ihr zittern.«

»Sie ist eine Frau, Simpson. Sie brächte mich nicht zum Zittern. Sie ist verdammt hübsch, meint Ihr nicht? Nicht Euer Typ, mag sein, aber …«

»Seid nicht töricht, Mann. Ich meine es ernst. Sie bedeutet nichts als Schwierigkeiten. Sie verkörpert das Böse schlechthin. Belasst es dabei und erliegt nicht der Versuchung, mit ihr herumzutändeln.«

Steel lächelte und nickte, aber Simpson wusste nicht recht, was der junge Offizier damit andeuten wollte und ob er die Warnung beherzigen würde.

»Da wäre noch eine Sache, die ich Euch fragen wollte«, sagte Steel.

Simpsons Miene war ernst. »Fragt mich, was Ihr wollt, auch wenn ich nicht versprechen kann, immer eine Antwort zu haben.«

»Wo geht man in dieser Stadt hin, wenn man ein Paar Stiefel braucht?«

Simpsons ernste Züge wichen einem Lächeln. »Großer Gott, Mann, Ihr überrascht mich immer wieder. Wenn Ihr Stiefel benötigt, seid Ihr genau dem richtigen Mann begegnet.«

7.

Er erwachte spät. Durch einen Spalt in den Fensterläden fiel das matte Sonnenlicht in seine Schlafkammer in Paris. Augenblicklich bereute er die Ereignisse der vergangenen Nacht. Als er sich langsam auf die Seite drehte und schon mit dem Schlimmsten rechnete, stellte er zu seiner Erleichterung fest, dass die andere Hälfte des Bettes kalt und leer war. Nichts wies darauf hin, dass jemand – ob Mann oder Frau – hier geschlafen hatte.

Simpson wusste natürlich, dass Steel die sexuelle Ausrichtung des Spions nicht teilte. Aber man kann ja nie wissen, ging es Steel durch den Kopf. In seiner Erinnerung schweifte er zurück zu jenem Moment, als der Schlaf ihn übermannt hatte. Oder eher die Bewusstlosigkeit. Denn es bestand kein Zweifel, dass er sich nach der Soiree zu viel Wein zu Gemüte geführt hatte. Für gewöhnlich konnte Steel viel vertragen und war überzeugt, auch den härtesten Zecher unter den Tisch trinken zu können. Doch letzte Nacht hatte Simpson – verflucht sollte er sein – es ihm mit Tokajer, Rotwein und Brandy gleichgetan.

Steel setzte sich auf. Sein Kopf pochte, und er hatte einen fauligen Geschmack im Mund. Die alten Wunden in Bein und Arm machten sich wieder bemerkbar. Vermutlich hatte er sich und seinem Bein keinen Gefallen getan, als er den ganzen Abend in diesen verdammten Dandy-Schnallenschuhen herumstolziert war. In diesem Zusammenhang fiel ihm ein, dass seine erste Verabredung des Tages der Schuhmacher war. Simpson hatte recht. Die Armeestiefel waren verschlissen; kaum noch zu gebrauchen im Feld, geschweige denn in einer Stadt wie Paris. Und

Steel hatte nicht die Absicht, sich noch einmal die Schuhe des Spions auszuleihen.

Mühsam stand er auf, zog sich an und goss kaltes Wasser aus der Kanne in eine Keramikschale. Nachdem er sein Gesicht benetzt hatte, suchte er nach seinem Rasiermesser, zog es grob über die Bartstoppeln. Er fluchte laut, als er sich schnitt. Danach band er sich die Krawatte, zog den schweren Uniformrock von Clares Dragonern an und schnallte sich den Degen samt Gürtel um.

Im Haus herrschte Stille. Steel dachte zuerst, er sei viel zu früh aufgestanden, dann aber vernahm er die vergoldete Standuhr unten in der Eingangshalle und wusste, dass es elf Uhr sein musste. Offenbar spielte Simpson seine dandyhafte Rolle genüsslich aus und schlief in den Tag hinein. Steel ließ das Frühstück aus und war froh, keinem der Bediensteten begegnet zu sein, als er die Haustür öffnete. Mit neuem Selbstvertrauen trat er hinaus in den Hof und fragte sich, wo der Führer stecken mochte, den Simpson ihm versprochen hatte.

Kaum war Steel ein paar Schritte gegangen, als er einen kleinen Jungen sah. Er schaute zu Steel auf, lächelte und gab ihm zu verstehen, ihm zu folgen. Gemeinsam überquerten sie das Kopfsteinpflaster und traten hinaus auf die Straße.

Die Sonne schien, die Luft war frisch. Eine Brise wehte von der Seine her, die nur wenige Schritte entfernt vorüberströmte. Zu seiner Rechten sah Steel die kürzlich erbaute Brücke, die er am Abend zuvor auf dem Weg zum Fest überquert hatte. Links erhob sich die Kathedrale von Notre Dame in ihrer erhabenen Pracht; ihre beiden Türme zeichneten sich gegen den blauen Himmel ab. Nach wenigen Minuten hatte Steel die schlimmsten Auswirkungen seines Katers überwunden und nahm die neuen Gerüche, Geräusche und Anblicke wahr, die diese ihm noch unvertraute Stadt zu bieten hatte.

Steel folgte dem Jungen und bog rechts ab, wie Simpson es

ihm gesagt hatte. Daran zumindest konnte er sich noch erinnern. Rasch schritten sie über die Pont Marie und näherten sich dem Marais. Doch kaum hatten sie den Fluss überquert, bogen sie links ab und folgten dem Verlauf des befestigten Ufers.

Entlang der Seine achtete Steel nicht weiter auf die Leute, die an ihm vorübergingen oder ihre Waren an Ständen feilboten. Man konnte alles Mögliche kaufen: Federvieh, Jagdhunde, Kleidung, Essen und Getränke. Doch Steels kleiner Führer blieb nirgends stehen. Eins fiel Steel jedoch gleich auf. Paris präsentierte sich anders als noch am Abend zuvor – bodenständiger, geschäftiger, lebensnaher und nicht beherrscht von den Vorlieben des Adels.

Inzwischen kam Steel sich nicht mehr so sehr wie ein Fremder vor, und dafür war er Simpson dankbar. Die Feuertaufe hatte gewirkt, auch wenn er noch nicht ganz im Bilde war, wie es jetzt genau für ihn weitergehen würde.

Er versuchte sich zu orientieren, blieb ein gutes Stück von der Kathedrale entfernt stehen und stellte fest, dass der Junge und er eine beachtliche Strecke zurückgelegt hatten, denn rechter Hand lag nun der Palast des Louvre, den König Ludwig zugunsten des Hofes bei Versailles aufgegeben hatte. Steel fragte sich, ob das Regieren nicht sehr viel einfacher für den König gewesen wäre, wenn er in der Hauptstadt geblieben wäre. Andererseits brauchte Steel nicht lange zu überlegen, warum der König der Stadt den Rücken gekehrt hatte. Der Gestank, der aus dem Fluss aufstieg – so schön die Seine auch sein mochte –, war beinahe unerträglich, selbst für jemanden wie Steel, der in all den Kriegsjahren den Geruch des Todes kennengelernt hatte.

Sie bogen rechts in die Rue St. Honoré, als Steels kleiner Führer auf einen Schuhmacherladen zeigte. Nachdem Steel dem Stiefelmacher in leidlichem Französisch klargemacht hatte, wie er sich die Stiefel wünschte – wobei er sorgsam auf seinen Decknamen Johnson achtete –, ging er zurück zu dem Jungen und folgte ihm weiter die Straße hinunter. Auf beiden Seiten reihte sich Geschäft an Geschäft; die meisten boten Stoffe und Kurzwaren an. Wie sehr das Henrietta gefallen würde, überlegte Steel. Wäre es zu gewagt, ihr ein Paket mitzubringen? Er stellte sich vor, wie sie die Stoffe aus Seide und Satin mit leuchtenden Augen auspackte, und beschloss, noch einmal in die Rue St. Honoré zurückzukehren, sobald der Auftrag erledigt war.

Über die Pont Neuf ging es zurück über den Fluss. Auf der Brücke konnten die Kutschen in beiden Richtungen fahren, und Fußgänger schlenderten entlang der Brüstungsmauer. Auf der Brückenmitte befand sich ein großes Reiterstandbild, das König Heinrich IV. darstellte, umgeben von hohen Eisenzäunen. Um das Standbild herum hatten Händler ihre Verkaufsstände aufgeschlagen. Steel gab dem Jungen zu verstehen, einen Augenblick zu warten, trat an die Brüstung und schaute in Richtung Westen. Von hier war es leicht, die Ausläufer der Stadt auf sich wirken zu lassen. Der Fluss mit seinen zahllosen Lastkähnen und Barkassen teilte Paris in zwei Hälften.

Als Steel sich umdrehte, blickte er erneut auf die eindrucksvolle Kathedrale, die umgeben war von den Straßen und Gassen der mittelalterlichen Stadt. Die ehemaligen Wehrbefestigungen und Stadtmauern waren breiten Boulevards gewichen. Nirgends konnte Steel eine Stelle entdecken, die der Verteidigung hätte dienen können. Erneut musste er daran denken, dass Marlborough die Stadt vermutlich im Handstreich oder gar kampflos erobert hätte, wären die anderen Befehlshaber seinem Plan gefolgt.

Und weiter ging es. Irgendwann fuhr eine Kutsche dicht an Steel vorbei und bespritzte ihn mit schlammigem Wasser; fast hätte sie ihn gerammt. Vom Trittbrett aus rief ein Bediensteter Steel etwas Unverständliches zu. Dummerweise, aber instinktiv, fluchte Steel laut auf Englisch und hoffte, dass seine Worte in dem allgemeinen Lärm untergegangen waren. Der Junge jedoch schaute neugierig zu ihm auf, und sein kleiner Fehltritt rief Steel erneut in Erinnerung, wie gefährlich seine Mission war.

Steel zwängte sich an den fahrenden Händlern vorbei, von denen einer ihm einen lebendigen Vogel in einem Käfig verkaufen wollte. Steel setzte ein Lächeln auf und ging kopfschüttelnd weiter, bis sie das andere Ufer erreicht hatten.

Dort angekommen, blieb der Junge stehen und zeigte in eine Richtung. Steel folgte dem Blick des Jungen und sah eine große goldene Kuppel, deren Spitze den blauen Himmel zu berühren schien und die aus der Ferne leuchtete. Steel wunderte sich, dass er dieses Bauwerk nicht schon eher entdeckt hatte, da es ganz Paris zu überragen schien. Zuerst hielt er den Anblick für unwirklich, ganz so, als habe eine unsichtbare Kraft das Gebäude dort platziert. Ein Palast wie für die Götter geschaffen. In gewisser Hinsicht war dem auch so. Ein Gebäude wie das Hôpital des Invalides hatte er noch nie gesehen. Es kam ihm noch größer vor als Wrens herrliche, neu errichtete St. Paul's Cathedral in der City of London. Auch St. Paul's hatte ein Kuppel, doch das Gebäude, das er nun in der Ferne sah, schien alle modernen Bauwerke der Menschheit als Größe und Pracht zu übertreffen.

Eine Zeit lang konnte Steel die Augen nicht von dem Anblick der leuchtenden Kuppel losreißen. Während er dastand und auf das Bauwerk schaute, wurde ihm noch einmal die Bedeutung seiner Mission bewusst. Der Kuppelbau dort drüben war sein Zielort, so bedrohlich und uneinnehmbar wie viele Festungen der letzten zehn Jahre. Er war auf dem Weg in das Nervenzentrum der militärischen Größe Frankreichs. Denn das Hôpital des Invalides war nicht nur ein Hospital für die Verwundeten, sondern in Wirklichkeit die Machtbasis der Generäle und Marschälle. Während Versailles Sitz des Königs und dessen Kommandostab war, wurden im Invalidendom die strategischen Entscheidungen getroffen. Dort begegnete man den ranghöchsten Offizieren.

Da Steel den Blick immer noch nicht von der Kuppel nehmen konnte, entging ihm, dass Leute an ihm vorbeidrängten, Händler ihn ansprachen und Kinder sich bettelnd um ihn scharten. Als der Junge ihn schließlich am Ärmel zupfte, erschrak Steel und kehrte abrupt in die Wirklichkeit zurück, wusste er doch, dass es Zeit war, den Weg fortzusetzen.

Sie gingen nun schneller, da Steel es kaum noch abwarten konnte, seinen Bestimmungsort zu erreichen. Er hatte keine Zeit mehr, sich die Stadt weiter anzuschauen, und strebte nun in südwestlicher Richtung der goldenen Kuppel entgegen. Beinahe ungeduldig bahnte er sich seinen Weg zwischen den Arbeitern in einem neuen Stadtviertel hindurch, ohne sein Ziel aus den Augen zu lassen. Als sie die neu eröffnete Rue de Varenne erreichten, sah er die Kuppel hoch vor sich aufragen – nicht nur den Invalidendom, auch den großen Palast aus weißem Stein, der das Hospital umschloss. Weitläufige Gartenanlagen umgaben die Gebäudeansammlung.

Steel blieb stehen und ließ die Ausmaße der Bauwerke auf sich wirken. Er hatte das Gefühl, auf das große Landhaus eines Riesen zu blicken – wie auf eine Kreation des bedeutenden Architekten Nicholas Hawksmoor. Inzwischen hatten sie das Gedränge und den Lärm der Straßen hinter sich gelassen, und Steel griff in seine Tasche und gab seinem kleinen Führer eine goldene Münze. Der Junge nickte zum Dank, machte kehrt und rannte zurück in Richtung Stadt. Steel war auf sich allein gestellt. Einen Augenblick blieb er noch stehen, beinahe verzückt vom Anblick dieser architektonischen Perfektion, ehe er sich einem der Tore näherte.

Die Stadt lag weitestgehend hinter ihm, sodass er das Gefühl hatte, sich durch offenes Gelände zu bewegen. Die Ebene der

Île de France erstreckte sich zu beiden Seiten in Gestalt vieler kleiner Felder, wodurch der riesige, neoklassizistische Bau mit seiner spektakulären Kuppelkonstruktion umso eindrucksvoller wirkte. Doch Steel hatte in diesem Moment kein Gefühl für die Weite des Raumes oder die Proportionen. Ihm war, als marschierte er geradewegs in die Mündungen von Kanonen. Der Gang zum Invalidendom erschien Steel so schrecklich wie ein Sturmlauf. Hier, so machte er sich bewusst, gab es für ihn keine Möglichkeit des Rückzugs. Einen Moment überlegte er, ob es nicht klüger wäre, die Friedensmission abzubrechen und den Degen zu ziehen, um so viele Gegner wie möglich zu töten, ehe man ihn niedermachte. Denn wenn er sich auf irgendetwas verstand, dann auf das Kämpfen. Doch schlussendlich entsann er sich Hawkins' Worte und verbannte diese unüberlegten Gedankenspiele. Er hatte einen Auftrag. Und diesmal war der Frieden das Ziel.

Wie eigenartig, überlegte Steel, dass ausgerechnet er mit einer solchen Mission betraut worden war – ein Mann, der in seinem bisherigen Leben kaum etwas anderes gekannt hatte als den Krieg. Und nun war er Steel, der Friedensstifter. Er fragte sich, wie die Nachwelt seiner gedenken würde … vorausgesetzt, seine Mission war erfolgreich. Würde sein Name in späteren Zeiten, in Büchern über diesen Krieg, im Zusammenhang mit Friedensverhandlungen erwähnt werden?

Steel hielt sich rechts und folgte dem Verlauf der Ulmen- und Pappelalleen, entlang der niedrigen, spitz zulaufenden Befestigungswerke, die an Vaubans architektonische Meisterleistungen erinnerten. Nach einem weiteren Schlenker rechter Hand fand er sich vor dem Haupteingang wieder: Ein zweiflügliges schmiedeeisernes Tor, flankiert von Pavillons, in deren Wände Steinmetze die Szenen früherer Triumphe gemeißelt hatten.

Im Augenblick sah Steel nur einen einzigen weiß uniformierten Wächter, doch er ahnte, dass mehr Soldaten in der

Nähe waren. Der Mann verlangte auf Französisch den Passierschein.

Natürlich hatte Steel alle wichtigen Papiere bei sich, auch den handgeschriebenen Briefbogen, den Hawkins ihm gegeben hatte. Dieses Schreiben öffnete Steel nun Tür und Tor im Hospital und nannte seinen Namen, den Rang und die Einheit, in der er diente. Außerdem stand dort, er wünsche während des Aufenthalts Major Charpentier zu sprechen.

Der Wächter nahm das Dokument entgegen, überflog die Zeilen gewissenhaft und rief dann einen jungen Offizier zu sich, der lässig an einer Säule lehnte und an seinen Zähnen herumstocherte. Schließlich kam der Mann zum Tor, las das Dokument und musterte Steel.

»Ire?«

»Ja. Captain Johnson. Clares Dragoner.«

»Ihr wünscht Major Charpentier zu sprechen?«

»Ja, Lieutenant.«

Wieder musterte der junge Offizier ihn, betrachtete eingehend Steels Uniformrock, zuckte dann die Schultern und nickte dem Wachsoldaten zu. Wortlos gab er Steel das Dokument zurück und schritt davon. Der Wächter salutierte und gab Steel dadurch zu verstehen, dass er durch den Bogen des Torhauses gehen dürfe.

Steel war im Begriff, das Gelände zu betreten, als er sich fragte, ob er sich nicht darüber echauffieren müsste, dass der junge Lieutenant einem ranghöheren Offizier mit offenkundiger Respektlosigkeit begegnet war. War das etwa eine Falle? Hatte dieser Lieutenant einen Grund, ihm zu misstrauen? Hatte er sich deshalb so barsch benommen? Wenn er, Steel, jetzt nicht auf diese Beleidigung reagierte, würde der Lieutenant ihn dann festnehmen lassen? Es gab nur eine Möglichkeit, eine Antwort auf diese Fragen zu erhalten.

Steel drehte sich um und rief dem jungen Offizier nach:

»Lieutenant, einen Moment noch, wenn Ihr erlaubt. Salutiert Ihr nicht mehr vorschriftsmäßig vor einem ranghöheren Offizier?«

Der junge Mann wirbelte auf dem Absatz herum und setzte zuerst eine anmaßende Miene auf. Steel fröstelte. Dann aber lächelte der Lieutenant, deutete eine Verbeugung an und murmelte so etwas wie eine Entschuldigung vor sich hin. Steel gab sich mit dieser Ehrerbietung zufrieden und passierte das Torhaus. Sein Selbstbewusstsein war wiederhergestellt, gleichzeitig aber spürte er, dass ihm in dieser angespannten Situation der Schweiß ausgebrochen war.

Er überquerte den offenen Platz, ohne noch einmal nach hinten zu schauen, obwohl er das Gefühl nicht loswurde, den stechenden Blick des Lieutenants im Rücken zu spüren. Bald erreichte er den steinernen Bogen am Eingang, auf dem Ludwig XIV. mit Brustpanzer dargestellt war, auf dem Rücken eines Schlachtrosses. Steel trat zügig, aber nicht zu schnell sein, um keine Aufmerksamkeit zu erregen, und gelangte in ein Vestibül – ein luftiges Atrium, das von weißen Säulen getragen wurde. Er sah einige weiß uniformierte Soldaten, deren Blicke er auf sich zog, als er das Atrium betrat. Doch was sie sahen, war lediglich ein weiterer irischer Offizier, keine Seltenheit in diesen Mauern. Oft hielten sich irische Söldner auf dem Gelände auf, wie auch Söldner aus Schweden, der Schweiz, den deutschen Landen und Polen. All diese Männer dienten dem Sonnenkönig. Daher setzten die Soldaten rasch ihre Unterhaltung fort und beachteten Steel nicht weiter. Offensichtlich hielten sich in diesem Bereich die Wachen auf, aber keiner der Männer wäre auf die Idee gekommen, ein weiteres Mal die Papiere des rot uniformierten Neuankömmlings zu überprüfen.

Da Steel sich nicht länger im Atrium aufzuhalten gedachte, trat er hinaus auf einen breiten Innenhof, den Cour Royale. Der Platz, ganz mit Pflastersteinen ausgelegt, erstreckte sich hundert Yards in der Länge und sechzig in der Breite; an den Seiten zogen sich Arkaden hin, über denen eine lange Galerie verlief. Auf der anderen Seite des Innenhofs erblickte Steel ein zweites, reich ornamentiertes Vestibül, das genauso gestaltet war wie das Atrium, durch das er soeben gekommen war. Auf den Flachreliefs oberhalb der Dachgauben waren Siegeszeichen zu erkennen, die Ludwigs frühere militärische Erfolge feierten: erbeutete Wappen, Schlachtszenen und dergleichen.

Wie tief der große, unbezwingbare Sonnenkönig doch inzwischen gefallen war, ging es Steel durch den Kopf. Einst von schier unbezwingbarer Macht, geriet er nun unter die Hufe von Marlborough und dessen siegreicher Armee. Und Ludwig wird noch weitere Niederlagen einstecken, dachte Steel mit Befriedigung. Aber zunächst galt es, diesen Auftrag zu Ende zu führen.

Der Innenhof war voller Leute. Viele standen zusammen und waren in Gespräche vertieft, einige schlenderten allein über den Platz. Es waren fast ausschließlich Soldaten, von denen die meisten den dunkelblauen Uniformrock der Invaliden trugen. Dies also waren die Männer, die Ludwig auserwählt hatte. Meine Feinde, ging es Steel durch den Kopf, während er die Männer beobachtete. Vielen fehlten Gliedmaßen, einige trugen Augenklappen. Manche der Invaliden konnten nicht mehr alleine gehen und brauchten Hilfe, weil sie blind oder verstümmelt waren.

Mit gemischten Gefühlen betrachtete Steel seine Feinde, denen er womöglich im Kampf gegenübergestanden hatte, die er besiegt und verwundet hatte. Mit einem Mal überkam ihn ein bisher unbekanntes Gefühl der Schuld, als er sich vergegenwärtigte, was er im Verlauf der letzten zwanzig Kriegsjahre getan hatte. Steel hatte sich nicht gemerkt, wie viele Männer er bisher im Kampf getötet hatte, doch er hatte eine ungefähre Vorstellung: Es mochten an die achtzig sein. Die Zahl deren, die er verwundet oder verstümmelt hatte, konnte er nur grob schätzen. Als er nun so viele von seinen ehemaligen Gegnern in diesem erbärmlichen Zustand sah, fuhr ihm der Anblick in Mark und Bein.

Doch bald wich das Gefühl der Schuld dem Mitleid. Als er sich schließlich an den Anblick der Verwundeten gewöhnt hatte, überlegte er instinktiv – mit dem geschulten Auge des Soldaten, der ums Überleben kämpft –, wer von den Männern noch in der Lage wäre, zur Waffe zu greifen und ihm womöglich gefährlich werden könnte.

Als Steel den Innenhof betrat, schauten einige der Männer zu ihm herüber, doch er tat so, als spüre er die Blicke nicht, und war froh, als die Männer sich wieder von ihm abwandten. Auch wenn er bislang recht gut vorangekommen war – zu Major Charpentier hatte ihn noch niemand geführt. Daher stand für Steel fest, dass er selbst die Initiative würde ergreifen müssen.

Er schaute sich auf dem weiten Platz um und entdeckte eine Steintreppe, die von den Arkaden hinauf ins erste Stockwerk führte. Bedächtig ging er über den Platz, vorbei an den Invaliden, und erreichte den unteren Treppenabsatz. Kaum hatte er einen Fuß auf die unterste Stufe gestellt, als ihm zwei Wachen zu beiden Seiten der Treppe mit Hellebarden den Zutritt verwehrten. In seinem Rücken hüstelte jemand vernehmlich.

»Verzeihung, Monsieur, gehe ich recht in der Annahme, dass Ihr eine Verabredung mit dem Kommandanten habt?«

Steel drehte sich um und blickte in die Augen eines französischen Offiziers, der eine weiße Uniform mit violett gefärbten Aufschlägen trug. Auch der Hut besaß gestickte Verzierungen. Steel vermutete, den für dieses Gebäude verantwortlichen Adjutanten vor sich zu haben. »Ganz recht, Monsieur. Ich habe eine Verabredung mit Major Charpentier.« Er griff in die Rocktasche und holte das entsprechende Schreiben hervor.

Der Offizier nahm das Dokument entgegen und las es sorgfältig durch. »Ja, gut. Wenn Ihr mir folgen würdet, Captain Johnson.«

Nachdem die Hellebarden ihm nicht mehr die Treppe versperrten, folgte Steel dem Offizier die Stufen nach oben. An den weißen Wänden des Aufgangs hingen Gobelins, die frühere Siege der französischen Nation darstellten. Der Offizier schwieg und ging raschen Schrittes an den für Steel unerträglichen Darstellungen niederländischer, spanischer und britischer Niederlagen vorbei. Am oberen Treppenabsatz bog der Mann nach links und betrat die Kolonnaden des ersten Stocks. Kurz darauf standen sie am Ende des Gangs vor einer schlichten Holztür. Der Adjutant öffnete sie und bat Steel in einen mit Eichenholz vertäfelten Vorraum, an dessen Wänden gerahmte Karten von Ludwigs Feldzügen, aber auch Festungsentwürfe von Marschall Vauban hingen.

»Bitte wartet hier, Captain. Ich werde Euch anmelden.«

Im Vorraum stand ein Wächter neben einer anderen Tür. Der Adjutant ignorierte den Mann, klopfte zweimal und trat dann ein.

»Captain Johnson, Sir. Aus Clares Regiment.«

Er nickte Steel zu, worauf dieser ihm folgte. In dem sich anschließenden Raum sah Steel drei Männer. Einer von ihnen, der am Tisch in der Mitte eine Landkarte betrachtet hatte, schaute auf.

Er mochte um die vierzig sein, hatte ein rundliches Gesicht und trug eine wallende braune Perücke. Major Charpentier kam um den Tisch herum auf Steel zu und begrüßte ihn. Er ging langsam, gestützt auf eine Krücke, denn dort, wo sein rechtes Bein hätte sein müssen, war nur noch schlaff hängender, blauer Samt zu sehen, aufwändig durchwirkt mit goldener Litze.

»Captain Johnson.« Er nickte Steel kurz zu, und Steel wusste sofort, dass der Mann keine unlauteren Absichten verfolgte. Das Nicken war die einzige Möglichkeit, den wahren Zweck ihres Zusammenkommens zu unterstreichen, und dieses Zeichen genügte Steel, um so etwas wie Erleichterung zu verspüren. Er vermutete, dass die beiden anderen Anwesenden nicht in die geheimen Pläne eingeweiht waren. Sie standen auf der anderen Seite des Raumes vor den Fenstern, tief in ein Gespräch vertieft an einem rechteckigen Tisch, der mit grünem Stoff bespannt war und auf dem Steel Hunderte kleiner Figuren entdeckte. Spielzeugsoldaten.

Derweil verabschiedete sich der Adjutant, worauf Major Charpentier Steel tiefer in den Raum führte und den beiden Männern seinen Gast vorstellte.

»Meine Herren, darf ich Euch Captain Johnson aus Clares Regiment vorstellen. Wieder ein Offizier aus den Reihen der ›Wild Geese‹. Captain, ich habe die Ehre, Euch Major Claude Malbec von den Grenadiers Rouges vorstellen zu dürfen, der kürzlich von der Front zurückgekehrt ist. Vielleicht kennt Ihr ihn schon. Bestimmt seid Ihr vertraut mit seinen militärischen Errungenschaften. Möglicherweise kennt Ihr auch meinen zweiten Gast, denn er ist ebenfalls Offizier der ›Wild Geese‹, ein Captain aus Dillons Regiment und ein Ire wie Ihr.«

Steel war vollkommen überrumpelt. Charpentier kannte doch die Mission und seine, Steels vorgetäuschte Identität! Warum setzte er ihn dieser Gefahr aus? Dem Major musste doch klar sein, wie wichtig es war, dass die Tarnung nicht aufflog! Dass er Steel ausgerechnet einem echten Iren vorstellte, grenzte an Tollkühnheit und konnte alles zum Scheitern bringen.

Charpentier nannte Steel den Namen des Iren, aber Steel war im Augenblick so durcheinander, dass er kaum richtig hinhörte. Er wollte höflich nachfragen, doch da hatte der junge Ire sich ihm bereits zugewandt ... und alle weiteren Fragen erübrigten sich für Steel. Als er dem jungen Mann in die Augen blickte, fuhr ihm ein Schauer über den Rücken. Er erstarrte. Für den Bruchteil einer Sekunde wähnte er sich in einem Traum.

Schwindel erfasste ihn. Dann erst verarbeitete er die Worte des Majors.

»Captain Johnson, darf ich Euch mit Captain Alexander Steel bekannt machen?«

Der Mann, der Steel mit einem freundlichen Lächeln anschaute, war niemand anders als sein jüngerer Bruder.

Alexander Steel war ungefähr zwei Zoll kleiner als sein Bruder Jack, doch er hatte die gleiche athletische Statur. Auch er hatte von der Mutter die spitze Nase und die durchdringenden blauen Augen geerbt. Glücklicherweise trug Alexander eine lange Perücke, sonst wäre den beiden anderen Männern wahrscheinlich aufgefallen, wie ähnlich sich die beiden Offiziere sahen.

Einen Moment lang schwiegen die Brüder und musterten einander. Als Alexander dann das lastende Schweigen brach, atmete Steel erleichtert auf.

»Ist mir eine Ehre, Sir. Ihr dient unter Clare? Traurige Geschichte, was Seiner Hoheit in Ramillies widerfahren ist.«

»In der Tat, Captain. Es war furchtbar mit anzusehen.«

»Oh, Ihr wart zugegen? Als O'Brien starb?«

»Ich stand so dicht neben ihm wie jetzt neben Euch.«

Alexander lächelte. »Nun, das ist mir ein Trost. Ich meine, es muss für Mylord Clare ein Trost gewesen sein zu wissen, dass er von treuen Freunden und Landsleuten umgeben war.«

Steel bemerkte den ironischen Unterton in Alexanders Stimme und hoffte, dass er den beiden Franzosen entgangen war. Immer noch starrte er seinen jüngeren Bruder ungläubig an. Hatte Alexander gewusst, dass er, Steel, hierherkommen würde? War er in Charpentiers Pläne eingeweiht? Steel hatte Alexander stets nur als eingefleischten Jakobiten gekannt. Hatte er seiner Überzeugung abgeschworen? Das war nicht seine Art. Vielleicht war alles eine Falle. Andererseits: Was nutzte er einem Mann wie Charpentier?

Als Steel spürte, dass er schon viel zu lange kein Wort mehr gesagt hatte, unterbrach er den Blickkontakt mit seinem Bruder und wandte sich stattdessen dem anderen Mann zu, Major Malbec. Er hoffte auf einen Austausch unverfänglicher Höflichkeiten, sah aber auf den ersten Blick, dass ihm an diesem französischen Offizier, dessen Gesicht von Narben gezeichnet war, irgendetwas bekannt vorkam. Doch er wusste nicht, wo er diesen Mann jemals gesehen haben könnte, und ärgerte sich, dass sein Erinnerungsvermögen ihn im Stich ließ. Wenigstens ließ der Mann zu Steels Erleichterung nicht erkennen, Steel schon einmal begegnet zu sein.

Dennoch hatte es für einen kurzen Moment auf Steel so gewirkt, als habe auch Malbec überlegt, ob dieser »Ire« ihm nicht bereits über den Weg gelaufen war. Wann immer er den Major gesehen haben mochte – für Steel stand fest, dass die Umstände der Begegnung alles andere als freundlich gewesen waren.

Major Charpentier schien sich über die eigenartige Stille zu wundern, versuchte dann aber, die Anspannung im Raum zu überspielen und deutete auf die Miniatursoldaten auf dem Tisch.

»Was haltet Ihr von diesen Figuren, Captain? Sie sind so etwas wie eine Leidenschaft von mir geworden. Für einen alten Soldaten, der nur noch ein Bein hat, gibt es nicht mehr viel zu tun. Doch meine kleinen Tischsoldaten hier halten mich bei Laune. Die meisten sind ein Geschenk von meinem König, Gott erhalte den teuren Menschen. Aber dies sind nur ein paar hundert Figuren von vielen tausend, die er von seinem Vater erbte, als er auf den Thron kam. Damals war Ludwig erst vier Jahre alt, ein Kleinkind, das in den Königsstand gestoßen wurde. Aber wie ist er gewachsen! Unsere Generäle brachten Seiner Majestät die Kunst des Krieges bei, müsst Ihr wissen.«

»Ihr könnt nicht leugnen, dass sie Seine Majestät gut unterrichtet haben, Major«, sagte Malbec. »Seit nunmehr vier Jahrzehnten befinden wir uns im Kriegszustand. Und seht, welche Siege Ludwig für sich in Anspruch nehmen kann: Kassel, Rheinfeld, Fleurus, Neerwinden. Was für Ruhm, Charpentier! Das müsst selbst Ihr mit Eurem verstümmelten Bein zugeben. Und wie viele erbeutete Fahnen brachten wir mit, um damit die Wände in Versailles zu schmücken? Wisst Ihr, Charpentier, vielleicht würden auch wir noch die ein oder andere Lektion lernen, wenn wir ein paar Manöver mit diesen Figuren machen.«

Das triumphierende Frohlocken des Majors ließ Steel innerlich zusammenzucken. Er verbiss sich einen Kommentar, denn er dachte natürlich sofort an Blenheim, an Ramillies und an den jüngsten Erfolg der Alliierten bei Oudenaarde. Aber er wusste, dass er den Mund halten musste.

»Wir können wohl kaum schlechter abschneiden als im Verlauf der letzten Gefechte. Was für eine Misere.«

Malbecs Stimme bekam einen bitteren Unterton. »Es muss doch einen Weg geben, den guten Lord Marlbrook zu überlisten. Oh, wenn wir die Welt bloß von diesem verdammten englischen General befreien könnten! Könnten wir ihn nur einmal schlagen!«

Charpentier, der normalerweise nicht mit seiner Meinung hinter dem Berg hielt, beschloss, es nicht zu einem Streitgespräch kommen zu lassen, da er seine Rolle zu spielen hatte. Dabei loderte in seinem Innern unbändiger Hass auf all jene, die die Flammen des Krieges schürten – eines Krieges, in dem er sein Bein verloren hatte. Und noch vieles andere mehr.

Nun nahm er einen der kleinen Soldaten, einen schön bemalten Dragoner, und fuhr fort, noch immer vertieft in sein Miniatur-Universum: »Natürlich gibt der König jedes Jahr Verstärkungen für seine kleine Armee in Auftrag. Ich muss mit dem auskommen, was meine bescheidene Geldbörse zu bieten hat. Was nie viel ist. Meine Figuren, abgesehen von denen des Königs, sind aus Zinn gemacht. Die des Königs sind selbstverständlich aus Silber gegossen. Blei und Zinn sind billiger, aber die silbernen Figuren sind zweifellos viel schöner, selbst unter der Farbschicht, meint Ihr nicht auch? Alle sind handbemalt. Zwei der Pensionäre hier machen das für mich, und sie tun es mit Hingabe und mit einem unglaublichen Blick für Details.«

Steel betrachtete die Figuren jetzt eingehender. Es waren flache, zweidimensionale Modelle, die kaum zu sehen waren, wenn man sie von vorn oder hinten betrachtete. Das wäre ein cleverer Trick auf dem Schlachtfeld, dachte er. Er entdeckte kleine Dragoner und Husaren, außerdem winzige Geschütze, komplett mit Zugtieren und einem Mann auf dem Kutschbock. Alle Figuren leuchteten in den Farben zweier verfeindeter Armeen: Steel sah das Scharlachrot der Briten auf der einen Seite des Tisches und das Weiß, Grau und Blau der Franzosen auf der anderen. Selbst die Standarten, die über den Köpfen der Miniatursoldaten wehten, waren detailgetreu bemalt; es handelte sich um winzige Seidenstücke, die man mit Goldfäden versehen hatte. Steel erkannte die Royal Foot Guards und ein anderes Regiment Infanterie, das er von den Fahnen her für Orkneys Soldaten hielt. Auf französischer Seite konnte er Grenadiere ausmachen, des Weiteren andere feindliche Regimenter, die ihm von Ramillies und Blenheim her bekannt waren.

Schließlich sagte er: »Sie sind ausgezeichnet. Nie habe ich so etwas gesehen. Obwohl ich einmal gehört habe, dass der verstorbene König William ähnliche Figuren in einem Raum der Horse Guards benutzt hat, um die Reformen seiner Armee zu veranschaulichen.«

Alexander räusperte sich. »Mit dem verstorbenen König meint Ihr sicherlich den niederländischen Thronräuber, nicht wahr?«

Wie dumm ich doch bin, durchfuhr es Steel heiß. »Gewiss, das war nicht der passende Ausdruck. Er war der Usurpator, genau wie Anne ihrerseits den Thron beleidigt.«

Erneut war Steels Blick auf Malbec gefallen. Er kannte diesen Mann von irgendwoher. Zwar wusste er noch nicht, wo er ihn zuletzt gesehen hatte, aber er war sicher, ihn zu kennen. Eifrig wühlte er in seinem Gedächtnis und versuchte, Malbecs Gesicht mit irgendeinem Ort in Verbindung zu bringen. Er machte sich bewusst, dass sein Gegenüber womöglich ebenfalls überlegte, wo sie sich schon einmal begegnet waren.

Denn der französische Offizier betrachtete ihn neugierig, ganz so, als suche er tief in seiner Erinnerung nach Anhaltspunkten. Steel befürchtete, dass seine Tarnung jeden Moment auffliegen könnte. Doch der Offizier schwieg. Malbec lächelte und schüttelte dann kaum merklich den Kopf. Schließlich sagte er: »Ihr dient in Clares Regiment?«

»Sir.«

»Ah, ja, Viscount Clare. Der arme Mann starb bei Ramillies, nicht wahr?«

»Ganz recht, Sir. Er wurde kaltblütig ermordet. Aber haben wir nicht zwei ihrer Fahnen erbeutet, eine davon sogar Marlboroughs eigene? Unser Colonel ist jetzt der neue Lord Clare.«

»Werdet Ihr länger hierbleiben, Captain?«

»Ich kehre in zwei Tagen zur Front zurück.«

»Wenn wir dann noch eine Front haben, wie, Captain? Nach dem jüngsten Debakel mit dem guten Marschall. Ich gebe nicht viel auf Politik. Ich bin Soldat. Genießt unseren Palast voller Krüppel und Helden, Captain, und betet, dass nicht auch Ihr so endet wie all die Insassen hier. Der Major hier ist ein feiner Gastgeber, aber auch ich muss bald zur Front zurück. Vielleicht sehen wir uns einmal irgendwo auf dem Schlachtfeld.«

In der Tat, dachte Steel. Aber ich wette, nicht so, wie Ihr vielleicht denkt. Es sei denn, Malbec täuschte Gelassenheit vor und hatte Steel längst durchschaut; in einem solchen Fall würde Steel es nicht zu den eigenen Reihen zurück schaffen.

Steel lächelte und verbeugte sich. »Vielleicht, Major. Es wäre mir eine Ehre und ein Vergnügen, an Eurer Seite gegen die Eindringlinge zu kämpfen.«

»Meine Herren«, unterbrach Charpentier das Gespräch, »ich möchte nicht unhöflich erscheinen, aber würdet Ihr Euch jetzt bitte verabschieden? Captain Johnson und ich müssen zunächst die profane Angelegenheit der Unterkunft klären. Außerdem möchte ich unseren Gast ein wenig in unserer Einrichtung herumführen – obwohl ich davon überzeugt bin, dass es für Captain Johnson keinen Anlass geben wird, länger zu bleiben.«

Alle lachten über den schwarzen Humor des Majors.

Malbec verbeugte sich und strebte der Tür zu. »Habt Dank, Charpentier, dass Ihr Zeit erübrigen konntet. Meine Männer haben, wie immer, hier eine wohlwollende Aufnahme erfahren. Da wären allerdings noch ein paar kleinere Fragen, die wir vielleicht morgen klären können ...«

»Gewiss. Dann auf Morgen, Major.«

Malbec wandte sich Steel zu. »Captain Johnson. Auf ein Wiedersehen. Wo immer das sein mag.«

Steel verbeugte sich erneut. »Stets zu Diensten, Monsieur.«

Als Malbec den Raum verließ, trat Alexander zu Steel. Einen Moment lang glaubte Steel, sein Bruder würde ihn jetzt verraten, doch zu seiner Erleichterung verbeugte Alexander sich.

»Major Charpentier, ich verabschiede mich. Und habt Dank für Eure Gastfreundschaft während meiner Genesung. So Gott will, werde ich Eurer Einrichtung nicht mehr bedürfen.« Zu Steel gewandt, fügte er hinzu: »Captain Johnson. Zweifelsohne werden wir uns wiedersehen, schon recht bald, wie ich hoffe. Wir Iren müssen zusammenhalten. Ihr seht, Major Charpentier, wir sind fast wie Brüder in der Irischen Brigade. Ist es nicht so, Captain?«

»Wie Brüder, in der Tat, Captain Steel. Auf ein Wiedersehen.«

* * *

Alexander Steel verließ den Besprechungsraum. Als Charpentier die Tür hinter ihm ins Schloss drückte und hörte, dass die Schritte sich entfernten, sprach er leise und überlegt, obwohl niemand sie belauschen konnte.

»Uns darf niemand hören. Und ich werde Euch nicht bei Eurem richtigen Namen ansprechen. Natürlich weiß ich, wer Ihr seid, und ich weiß auch, wie Ihr zu Ruhm und Ehre gekommen seid: Die erbeutete Fahne bei Blenheim, die Rettung des Regiments, die Prise in Ostende und andere Taten. Ich grüße Euch, Captain, als tapferen Kameraden. Ihr habt Major Malbec wiedererkannt?«

»Ja. Aber ich kann ihn noch nicht einordnen.«

»Auch er ist ein Held seines Landes. Und was ist mit Captain Steel? Mir scheint, Ihr kennt diesen Mann. Immerhin habt ihr beide denselben Namen.«

»Er ist mein Bruder. Wusstet Ihr das?«

Der Major lächelte. »Ich dachte es mir. Und ich hatte recht mit meiner Annahme, dass er Euch nicht verraten würde. Ihr ähnelt einander. Aber ich glaube nicht, dass Major Malbec Verdacht geschöpft hat. Es muss hart sein, wenn man einen Bruder hat, der auf Seiten des Feindes kämpft, nicht wahr? Was würdet Ihr tun, wenn Ihr in der Schlacht auf ihn treffen würdet?«

»Ich bete zu Gott, dass es nie dazu kommt, Major. Es wäre mehr, als ich ertragen könnte.«

»Aber stellt Euch den Tatsachen, Captain. Wenn dieser Krieg noch weiter tobt, wird die Zahl der Männer, die zu Beginn dabei waren, immer weiter abnehmen. Und eines Tages *werdet* Ihr dann auf irgendeinem Schlachtfeld Eurem Bruder begegnen.«

»Durchaus möglich, Sir. Aber vielleicht gelingt es uns ja, diesem Krieg ein Ende zu machen. Auf diese Weise könnten wir dafür sorgen, dass es nie zu einer solchen Begegnung kommt.«

Wieder lächelte der Major. »Ich mag Euren Esprit, Captain. Ihr erinnert mich an einen jungen Captain der Infanterie, an einen Mann, der lange verschont blieb von den Narben des Kampfes. Einst war er ein gesunder Mann. Aber das war in einem anderen Leben, beinahe in einer anderen Welt.« Einen Moment lang schwieg er, verloren in seiner Melancholie, bis Steel ihn aus den trüben Erinnerungen holte.

»Ich habe etwas für Euch, Major. Der Zweck meines Auftrages.« Er griff in seine Westentasche, holte das Schreiben von Marlborough hervor und reichte es Charpentier. »Eine Ehrenbezeugung, Monsieur, die den Beweis unserer guten Absichten enthält, niedergeschrieben von Herzog Marlborough persönlich. Der Brief ist an Euren König adressiert.«

Der Major nahm den Brief entgegen, warf einen kurzen Blick auf die Handschrift und steckte ihn dann in seine Weste.

»Habt Dank, Captain. Mir ist bewusst, dass Ihr viel riskiert habt, um dieses äußerst wichtige Dokument zu überbringen. Seid versichert, dass es den Mann erreichen wird, dem es zugedacht ist. Und beten wir, dass es seinen Zweck erfüllt. Dieser Krieg lässt Frankreich ausbluten. Wenn wir zulassen, dass er weitergeführt wird, werden all unsere jungen Männer getötet oder verstümmelt. Der König hat die Orientierung verloren. Oh, er ist ein großartiger Mann, glaubt mir, vielleicht der größte, den wir je gesehen haben. Aber jetzt, Captain, ist er alt. Er versteht nicht, was es heutzutage bedeutet, Krieg zu führen. Er kann das Leid nicht ermessen. Und in wessen Namen findet dieser Krieg statt? Für ein größeres Frankreich? Oder geht es dem König um etwas anderes? Um was könnte es ihm sonst noch gehen? Um den spanischen Thron? Ein nutzloses Land. Treibt ihn die Eitelkeit? Prahlerei? Nein, nicht mehr. Er wird von seinen Generälen kontrolliert. Aber wenn er dieses Schreiben seines ärgsten Widersachers in Händen hält, der ihm Frieden unter akzeptablen Bedingungen anbietet, setzt er diesem Irrsinn vielleicht ein Ende. Und dann könnt Ihr alle zu Euren Lieben zurück, ehe Ihr getötet werdet oder als Krüppel endet, so wie ich.«

Sein Tonfall war von Verbitterung gekennzeichnet, und Steel sah, dass Tränen in den Augen des Mannes schillerten. »Habt Ihr sie gesehen?« Er deutete auf den Innenhof. »Meine Kinder? Meine Patienten? Es sind junge Männer, die meisten von ihnen jedenfalls. Aber junge Männer, die keine Zukunft mehr haben, Captain. Sie werden keine Familien gründen. Keine Kinder zeugen. Ihnen werden die Freuden des Lebens unbekannt sein. Ich höre sie in der Nacht weinen, wenn ich über die Korridore wandle.«

Er hielt inne und trat ans Fenster, wo er einen der Miniatur-Soldaten in die Hand nahm. »Also werde ich diesen Brief persönlich dem König überbringen. Und ich werde ihm ausrichten, Captain Steel, wer der Mann war, der mir das Schreiben hierher nach Paris gebracht hat. Captain Jack Steel, der Held von Britanniens großer Armee, ist gekommen, um mich zu treffen, und bietet uns einen ehrenvollen Frieden an. Vielleicht wird unser König sich dann wieder auf die Stimme der Vernunft besinnen. Dadurch kann er noch einmal wahre Geistesgröße beweisen.«

Er rieb sich mit einer Hand über die Augen. »Und jetzt, da Ihr einmal hier seid, Captain, erlaubt mir, Euch die Gastfreundschaft der Invalides zuteilwerden zu lassen. Ihr seid mein Gast, ganz gleich, wo Eure wahre Treue liegt. Ich spreche von einem Soldaten zum anderen. Lasst mich Euch zeigen, wie ein echter Monarch seine Soldaten belohnt, die sich im Kampf für seinen Namen und seinen Ruhm aufopfern.«

8.

Der Major führte Steel durch das Besprechungszimmer zur Tür, ging voraus durch das Vorzimmer und bat Steel in die kühle, im oberen Stockwerk verlaufende Arkade, die den Innenhof des Les Invalides wie eine Galerie einfasste. Als Steel über die Brustwehr hinunter auf das Kopfsteinpflaster schaute, sah er Infanteristen, die drei Glieder tief Aufstellung bezogen hatten. Doch sie trugen die Uniform der Invaliden: dunkelblauen Stoff, abgesetzt mit Scharlachrot, dazu einen weichen Infanteriehut. Die Soldaten trugen Halbpiken, die Offiziere Degen; sie ordneten ihre Reihen genauso präzise wie alle anderen Einheiten, die Steel kannte, vielleicht mit Ausnahme der Foot Guards. Dieser Anblick war umso bemerkenswerter, wenn man sich vergegenwärtigte, was diese Männer von anderen Soldaten unterschied – ihre körperliche Verfassung. Die meisten waren Amputierte. Der Mehrzahl dieser Infanteristen fehlte ein Bein, das man durch einen Holzpflock ersetzt hatte. Andere hatten Augen oder Hände eingebüßt.

»Seht Ihr, wie sich unsere Patienten weiter dem militärischen Drill unterziehen? Spürt Ihr den Stolz dieser Männer, Captain? Sie müssen über Jahre ununterbrochen in der Armee gedient haben, um hier in der Einrichtung zugelassen zu werden. Und natürlich müssen sie eine unheilbare Behinderung haben. Diese Männer dort unten sind wahre Helden, Captain Johnson.«

»Daran habe ich keine Zweifel, Major.«

Schweigend ging Steel neben dem Offizier her, blickte hinunter auf die Krüppel unten und kam nicht umhin, über das nachzudenken, was von den Kriegen übrigbleiben würde, in denen er mitgewirkt hatte.

Bald erreichten sie das Erdgeschoss, worauf Charpentier ihm das Refektorium zeigte. Entlang der Wände, die mit Gobelins französischer Siege behängt waren, saßen etwa vierhundert Männer beim Abendessen. An einem weiteren Tisch in der Mitte der Messe hatten ein Dutzend mürrisch dreinblickender Männer Platz genommen.

»Warum hat man diese Männer von den anderen getrennt?«, wollte Steel wissen.

»Das ist der Tisch der Wassertrinker. Sie bekommen keinen Wein zum Essen. Sie werden bestraft, weil sie die Regeln unserer Einrichtung nicht respektiert haben. Jeder hier muss diese Regeln befolgen. In diesem Punkt bin ich sehr streng.«

Was für eine spezielle Art der französischen Bestrafung, dachte Steel, einem Mann seine Weinration vorzuenthalten. Er fragte sich, zu was für Maßnahmen man in seiner Armee gegriffen hätte ... gewiss zur Peitsche.

Charpentier erklärte ihm die Regeln genauer. »Bei jeder Mahlzeit haben wir viermal vierhundert Mann zu versorgen. Im Augenblick beherbergen wir an die sechzehnhundert Invaliden. Die Männer teilen sich zu sechst einen Raum, Offiziere zu zweit oder dritt. Es ist ihnen untersagt, Essen, Wein oder Tabak zu horten. Offiziere dürfen nach Belieben kommen und gehen, aber die Männer benötigen einen Passierschein, wenn sie das Hospital verlassen wollen. Wie ich sehe, seid Ihr beeindruckt, Captain.«

Steel nickte und lächelte, aber im Grunde hörte er gar nicht richtig hin. Denn er merkte, dass sie von zwei der Invaliden beobachtet wurden. Einer der beiden hatte eine Augenklappe, der andere stützte sich auf eine Krücke. Ehe Steel Charpentier dazu bewegen konnte, den Rundgang fortzusetzen, waren die beiden Invaliden bei ihnen. Der Einäugige sprach, zu Steels Schrecken, in fließendem Englisch, wenngleich mit starkem irischem Akzent.

»Major Charpentier, Sir. Uns fiel auf, dass Euer Gast hier einen irischen Uniformrock trägt.« Er wandte sich Steel zu und machte eine kleine Verbeugung. »Euch einen guten Tag, Captain. Es ist mir immer ein Vergnügen, einen Iren zu treffen.«

Steel sah dem Mann in die Augen und entdeckte Argwohn. »Einen guten Tag. Ja, in der Tat, das ist ein Vergnügen. In welchem Regiment wart Ihr?«

»Nun, Meister, ich war bei Bulkeley's Foot. Aber Seamus hier diente bei Clares Dragonern. Und das, wenn ich mich nicht irre, war ja auch Euer Regiment, Sir?«

»In der Tat. Ich diene unter Clare. Aber ich bin erst kürzlich dazugestoßen, da ich über zehn Jahre unter Roth diente.«

»Ach, wirklich, Sir? Nun, auch 'n feines Regiment. Ihr müsst ein glücklicher Mann sein, Meister, in zwei der besten Regimenter dienen zu dürfen, die es je gegeben hat. Kämpfte Roth nicht bei Cremona? Was könnte man da alles erzählen! Wart Ihr das nicht persönlich, der das Tor gegen die Österreicher gehalten hat? Gern würde ich Euch zuhören, Sir, was Ihr für Geschichten zu erzählen habt. Auch Seamus tauscht sich gern mit Kameraden aus. Werdet Ihr länger bleiben, Captain?«

»Leider nein. Ich muss morgen aufbrechen. Ich fürchte, uns wird kaum Zeit bleiben, uns auszutauschen, meine Herren. Dieses Vergnügen bleibt mir wohl versagt.«

Der Ire lächelte und verbeugte sich vor Steel und Charpentier. »Einen guten Tag noch, Gentlemen. War eine Freude, Euch zu treffen, Captain.«

Das lief nicht so gut, dachte Steel. Da hatte er sich sowohl auf der Soiree als auch in Gegenwart Malbecs recht tapfer geschlagen, nur um jetzt von einem irischen Bauerntölpel bloßgestellt zu werden. Das war nicht gerecht. Doch Charpentier schien das nicht anzufechten.

»Ihr seht ja, was für Helden wir hier haben, Captain. Hier kommen alle Invaliden zusammen, über Rang und Namen hinweg, auch die Herkunft spielt keine Rolle. Was uns eint, ist einzig und allein unser Stolz und unser Leid.«

»Er hätte mich vollends durchschauen können, Major.«

»O'Driscoll? Das glaube ich nicht. Der Bursche ist einfältig. Ein angenehmer Kerl zwar, und sehr tapfer zu seiner Zeit. Verlor ein Auge in Blenheim. Aber er wird Euch keine Schwierigkeiten machen, Captain. Also, was meint Ihr, sollen wir speisen?«

* * *

Es war nach sechs Uhr abends, als Steel ins Freie trat und über die kühle Kolonnade zur Treppe schritt. Nachdem man ihm seine Unterkunft zugewiesen hatte, hieß er die Möglichkeit willkommen, etwas Zeit für sich selbst zu haben. Denn die Stunden, in denen er sein Alter Ego hatte spielen müssen, hatten ihn ermüdet. Den Iren war er zum Glück nicht mehr begegnet, wofür er dankbar war. Doch es war der Einäugige, der ihm lebhaft vor Augen stand, als er jetzt auf dem Weg zur Treppe die Gestalt eines Mannes im Zwielicht erahnte, der an der Mauer lehnte, halb verborgen in den Schatten der Kolonnade.

Dieser Mann wollte gewiss nicht gesehen werden. Er schien auf jemanden zu warten. Instinktiv vergewisserte sich Steel, dass er seinen Degen dabeihatte. Als er an der im Schatten wartenden Gestalt vorüberging, machte er sich auf einen Zwischenfall gefasst. Doch der Mann machte keine Anstalten, seine Waffe zu ziehen.

Dafür sprach er Steel an. Er sagte nur ein Wort, aber das genügte, um Steel zu entwaffnen.

»Jack.«

Steel blieb abrupt stehen und drehte sich langsam zu der Stimme aus dem Dunkel um. Er hatte gewusst, dass sein Bruder ihn nach der ersten Begegnung aufsuchen würde, aber er hatte nicht damit gerechnet, dass es schon so bald sein würde, und dann noch an einem öffentlichen Ort wie diesem. Kaum hatte er sich ganz umgedreht, schlenderten einige Pensionäre an ihm vorbei; einer von ihnen sah Steels Uniformrock und murmelte ein »Guten Abend« auf Englisch. Steel nickte den Männern kurz zu, ehe er sich der Gestalt in den Schatten zuwandte.

»Alexander! Du bist es. Gott sei Dank. Wir müssen unbedingt reden.«

Alexander Steel löste sich aus den Schatten. Zu Steels Überraschung lächelte er. Dann umarmte er seinen älteren Bruder.

»Captain Johnson! Was für eine Freude, Euch nach so vielen Jahren wiederzusehen. Und jetzt steht Ihr in Diensten von König Ludwig.« Leiser fügte er hinzu: »Ich muss bekennen, ich hätte nie daran gedacht, dass du dich uns anschließen würdest. Aber sag mir, warum dieser Name?«

Steel konnte nicht recht einschätzen, ob sein Bruder wirklich glaubte, dass er, Jack, sich der Sache der Jakobiten angeschlossen hatte, oder ob er ihn für einen Spion hielt. Alexander war immer schon ein gerissener Bursche gewesen, ein Experte mit der Angelrute und so verschlagen bei seinen Streichen wie bei der Verfolgung der Hirsche damals in der Heimat. Und immer schon hatte er eine grüblerische, leicht zynische Ader gehabt. Steel vermutete, dass Alexander instinktiv spürte, dass sein älterer Bruder andere Ziele verfolgte als er selbst – obwohl er vielleicht daran glauben wollte, dass Steel sich den Jakobiten angeschlossen hatte, um die Stuart-Monarchie wieder auf den Thron zu bringen.

Da Alexander die ernste Miene seines Bruder bemerkte, sah er sich in seinem Verdacht bestätigt und ließ Steels Arm los. »Warum bist du hier, Jack?«, fragte er. »Ich weiß, dass du kein Verräter bist. Nicht du, Jack. Du bist eine ehrliche Haut und würdest nie deine erste Liebe verraten.«

Steel zog eine Braue hoch.

»Ich spreche von der Armee, Jack. Und wenn du nicht hier

bist, um die Armee zu verraten, dann gibt es nur eine Erklärung: Du bist ein Spion.«

Er schaute seinem Bruder tief in die Augen. Und trotz der vielen Jahre, die sie einander nicht gesehen hatten, erhaschte er einen Blick in Jacks Seele und hatte alle Antworten, die er brauchte.

»O Gott, Jack. Ich habe recht, nicht wahr? Sag mir, dass ich falschliege. Sag mir, dass du diesen Uniformrock als Offizier von Clares Einheit trägst und aus keinem anderen Grund.«

Steel schüttelte den Kopf. »Ich kann dich nicht anlügen. Du bist zu clever, Alexander. Du warst immer schon der Klügere von uns beiden.«

»Verdammt, Jack. Bist du von Sinnen? Ist dir überhaupt klar, wo du jetzt bist? Weißt du, wer der Mann war, der mit mir in Charpentiers Raum gewesen ist?«

»Du meinst Major Malbec?«

»Ja, Claude Malbec. Einer der höchstdekorierten und vielleicht skrupellosesten Offiziere in König Ludwigs Armee. Ich kenne keinen, der entschlossener wäre. Er ist seinem König treu ergeben. Die Briten hasst er wie die Pest. Sie haben seine Familie getötet, Jack. In Le Havre. Seine Frau und seine Kinder kamen im Artilleriefeuer ums Leben. Hast du überhaupt eine Vorstellung, was Malbec mit dir machen würde, wenn er herausfände, wer du wirklich bist?«

Steel seufzte. »Ich kann es mir denken.«

»Du kannst es dir denken? Jack, mir scheint, im Lauf der letzten Jahre hast du den Verstand verloren. Er würde dich umbringen, Jack! Ohne mit der Wimper zu zucken. Und er wäre nicht sehr wählerisch in seiner Methode. Warum, zum Teufel, bist du hier? Nein, sag es mir nicht. Eigentlich will ich es gar nicht wissen. Weiß Gott, was ich letzten Endes noch mit dieser Information anstelle. Du solltest so schnell wie möglich verschwinden. Geh, ehe es zu spät ist und man dich festnimmt.«

Alexander schüttelte den Kopf und rieb sich die Augen. Steel schaute betreten zu Boden und schwieg. Als er wieder Alexanders Blick suchte, sah er, dass sein jüngerer Bruder lächelte.

»Ich hätte mir denken können, dass du so etwas tust. Du bist zu verwegen. Warst immer schon ein Tausendsassa. Mit dem Schlachtfeld gibst du dich also nicht mehr zufrieden, wie? Nicht genug Gefahren für dich da draußen? Nicht genug Tod und Verderben?«

Steel blickte Alexander fest in die Augen und wunderte sich, dass sein jüngerer Bruder nach wie vor imstande war, tief in seine Seele zu schauen. Doch er entdeckte auch eine Gewissheit in Alexanders Augen: Was immer er, Steel, getan haben mochte, wem auch immer er Treue geschworen hatte – die Liebe seines jüngeren Bruders war ihm weiterhin sicher.

Steel wollte etwas sagen, doch Alexander kam ihm zuvor. »Wir sollten uns länger unterhalten. Vielleicht brauchst du meine Hilfe. Aber hier ist es zu riskant.« Er lachte. »Du scheinst mir ja durchaus in der Lage zu sein, einen irischen Offizier zu spielen. Vielleicht sollten wir uns in einer Taverne treffen. Zusammen einen trinken. Wie früher, was, Jack? Schätze, du kannst noch immer mehr vertragen als ich.« Steel musste lächeln. »Ich habe so viele Fragen. Aber du darfst mir nicht erzählen, warum du hier bist. Ich will es nicht wissen und möchte auch nicht in die Sache hineingezogen werden. In diesem verfluchten Krieg ist es schwer genug, überhaupt am Leben zu bleiben.«

»Du warst also in viele Gefechte verwickelt?«

Alexander grinste. »War ich das? Du auf jeden Fall, nehme ich an. Ob ich in Gefechte verwickelt war? Wie ich schon sagte, wir haben uns sicher viel zu erzählen. Ich kenne einen Ort ganz in der Nähe, wo wir ungestört reden können. Kommt«, sagte er, nun wieder lauter. »Wir können ungehindert durchs Torhaus.

Immer schön irisch denken, Captain Johnson, und nicht zu viel nach hinten schauen.«

* * *

Eine Stunde und zwei Flaschen Rotwein später konnte man zwei Offiziere der Irischen Brigade, die sich ungewöhnlich ähnlich sahen, an einem Ecktisch in einer kleinen Schänke zusammensitzen sehen. Die Taverne lag an der Ecke Rue Babylon und Rue du Bar – nicht unbedingt ein Ort, den Steel für ein Wiedersehen mit seinem Bruder ausgesucht hätte. Es war eine Spelunke, ein Hurenhaus, eine Anlaufstelle für Straßenhändler und andere Bewohner der Gosse. Aber ihm sollte es recht sein.

Alexander hatte darauf gebrannt, Neuigkeiten von der Familie zu hören, und Steel hatte ihm alles erzählt, was es zu erzählen gab. Leider war es nicht sehr viel, denn seit dem Tod des Vaters hatte Steel kaum noch Kontakt zu dem älteren Bruder in Schottland gehabt. Carniston House, südwestlich von Edinburgh, und all die geheimen und verwunschenen Orte, die die beiden als Brüder gekannt hatten, gehörten beinahe einer anderen Welt an.

So kam es, dass Alexander enttäuscht war. »Ich sehne mich nach Carniston, Jack. Ich möchte das alte Haus noch einmal sehen, ehe ich sterbe.«

»Sterben? Warum solltest du so schnell sterben? Du siehst gesund aus. Kaum wie ein Invalide.«

Alexander zuckte die Schultern. »Ich war wegen einer Beinverletzung hier. Außerdem ist mein Colonel ein alter Freund von Charpentier. Das Hospital ist eine gute Einrichtung. Was das angeht, sollten deine Vorgesetzten den Franzosen nacheifern. Wir müssen unsere Soldaten ehren, Jack, auf welcher Seite sie auch kämpfen mögen. Besonders die Verwundeten. Jedes zivilisierte Land sollte eine solche Einrichtung haben.«

»Ich meinte nur, dass ich mir nicht vorstellen kann, dass du so schnell stirbst, Alexander.«

Steels jüngerer Bruder starrte in seinen Weinbecher. »Du weißt doch, wie das ist, Jack. Was der Krieg aus einem Mann macht. Und du weißt, wie schnell dir das Schicksal ins Gesicht schlägt. Das weiß jeder Soldat. Die Göttin Fortuna verschont niemanden, Jack. Aus ihren Händen erfahren alle dieselbe Behandlung. Die Würfel des Schicksals kennen weder Rang noch Privilegien. Kanonenfeuer oder Musketenkugeln werden uns eines Tages auslöschen, auch uns beide, glaub mir.« Er nahm einen langen Schluck und wischte sich den Mund mit dem Ärmelaufschlag trocken.

»Ich liebe unser altes Elternhaus, Jack«, fuhr er fort. »Wir sollten wieder dort wohnen. Du und ich. Charles hat dafür nichts übrig. Das weiß ich. Ein Jammer, dass er es bekommen sollte.«

Steel bedachte seinen Bruder mit einem grimmigen Blick. »Nette Idee, aber ich verstehe nicht, warum ausgerechnet du Ansprüche auf Carniston House erheben solltest. Immerhin warst du es, der uns verlassen hat, Alexander.«

»Ich bin meinem Gewissen und meinem Glauben gefolgt.«

»Vater lag damals im Sterben, aber du bist gegangen, ohne dich noch einmal umzudrehen.«

»Du weißt, Jack, dass damals die Pflicht rief. Du und all unsere Landsleute sollten das wissen. Der König brauchte mich.«

»Ja, du hattest Pflichten. Aber was war mit der Pflicht deinem Vater gegenüber?«

»Er war ein alter Schurke, und das weißt du. Er hat das Geld der Familie verprasst. Bleib doch vernünftig, Jack. Ich hatte Verpflichtungen gegenüber dem König.«

»Dem König? Er ist nicht der König, dem ich diene.«

»Ah, da wären wir also wieder bei dem leidigen Thema. Der rechtmäßige König, Jack. Der König, dem ich diene. Der König, zu dessen Vater und Großvater unser Vater im Bürgerkrieg treu gestanden hat. Er glaubte noch an die Monarchie, Jack. Die von Gott gegebene Monarchie.«

»Ja, er glaubte an die Monarchie, aber nicht an eine Monarchie, die ihr Volk verrät und das Recht auf Machtausübung verwirkt hat. Jeder Monarch hat die moralische Verantwortung, die nun durch unsere rechtmäßige Königin verkörpert wird. Meine Königin ist Anne, die wahre Erbin von Charles Stuart.«

Alexander hatte für diese Worte nur Kopfschütteln übrig. »Bei all ihren Tugenden, Jack, sie kommt nicht aus der direkten Linie. Du weißt, dass der rechtmäßige Erbe König James wäre. Daran besteht kein Zweifel. Ich war ein paar Jahre bei ihm in St. Germain.«

»Verstehe. Während du also vor dem König gekrochen bist, saß ich zu Hause und musste mit ansehen, wie Vater starb. Wie er keine Luft mehr bekam und Blut spuckte und seinen letzten Atemzug tat. Und wo warst du da? In irgendeinem vergoldeten Salon, in geistlose Gespräche mit irgendeiner Herzogin vertieft.«

Alexander versteifte sich und stellte den Weinbecher auf den Tisch. »Das ist Verleumdung, Jack. Volle zehn Jahre habe ich auf dem Feld unter der Fahne gedient. Das nimmst du zurück, denn sonst fordere ich dich heraus, Bruder hin oder her.«

Steel schüttelte den Kopf. »Das ist doch töricht. Wir sollten uns nicht streiten, Alexander. Was würde Mutter dazu sagen?«

»Mutter war eine Heilige.«

»Aye, das war sie wirklich. Eine Heilige, die lange gelitten hat. Ich frage mich oft, ob wir beide so geworden wären, wie wir heute sind, wenn sie noch leben würde.«

Er musste an seine Mutter denken, die gestorben war, als er gerade fünfzehn Jahre gewesen war. Er dachte an ihre letzten Tage in der Kammer oben in Carniston House. Wieder sah er sich in dem dunkel getäfelten Zimmer sitzen, in dem es nach

Lavendel und Zitrusfrüchten roch ... und er hörte erneut den entsetzlichen, herzzerreißenden Husten der schwachen, schönen Frau, die er so geliebt hatte. Vor seinem geistigen Auge sah er ihr bleiches Gesicht, in dessen Züge sie trotz der Schmerzen noch ein Lächeln zu zaubern vermochte. Später hatte er vor ihrem Leichnam gestanden und durch seine Tränen die wachsartige, puppenhafte Blässe und das starre Lächeln der Erlösung auf ihren Lippen betrachtet.

In diesem Moment schnürte sich ihm wieder der Hals zu wie damals; er hatte das Gefühl, er müsste wieder in Tränen ausbrechen, wie so oft in all den Monaten nach dem Tod der Mutter. Stattdessen bemühte er sich, die Fassung zu wahren, nahm einen Schluck Wein und sah, dass sein Bruder sich ebenfalls in Tagträumen verloren hatte.

Langsam stellte er den Weinbecher ab. »Was würde sie jetzt wohl zu uns sagen, Alexander? Wie meinst du? Sollen wir Feinde in dieser Angelegenheit sein? Gewiss nicht, Bruder.« Sanft legte er seinem Bruder eine Hand auf den Arm. Er zog seine Hand nicht zurück.

Alexander sah ihm in die Augen. »Keine Feinde. Nein, Jack. Aber du irrst dich.«

»In Bezug auf was?«

»In Bezug auf den König. Er ist das Abbild des Königtums.«

Steel lächelte. »Ja, ich bin ihm schon begegnet. Er ist ein außergewöhnlicher Mann.«

»Du bist dem König begegnet?«

»Erst gestern Abend. In der Stadt. Aber frag nicht weiter. Du hast mich gebeten, meine Mission für mich zu behalten. Na ja, so viel kann ich dir verraten: Dein König hat damit nichts zu tun. Mit diesem Mann habe ich nichts zu schaffen. Aber sag mir, wo lebst du hier überhaupt? Verheiratet bist du nicht, aber hast du eine Geliebte?«

»Während der letzten Jahre waren die Armee und König James' Sache meine Geliebten, aber ich will gern zugeben, dass es Frauen gab. Aber keine von ihnen war so wie deine. Du weißt ja selbst, dass der Feldzug und die Liebe sich nicht gut vertragen. Außerdem werde ich bald an die Front zurückkehren.«

»Nach Flandern? Ich wundere mich, dass wir uns nie auf dem Schlachtfeld begegnet sind.«

»Das wundert mich auch. Warst du nicht in Blenheim? Und in Ramillies? Die Vorsehung muss uns durch das Gemetzel auf diesen Feldern geführt haben, ohne uns zusammenzubringen. Wohin kehrst du zurück?«

»Das hat man uns auch diesmal noch nicht gesagt. Würde mich nicht wundern, wenn sie uns runter nach Spanien schicken.«

»Ja, auf der Iberischen Halbinsel gibt es jede Menge zu tun«, meinte Alexander. »Manch einer bei Hofe möchte die Schande von Flandern vergessen machen, indem er in Spanien Erfolg sucht.«

»Oder ich bleibe in Brabant. Dann würden sich unsere Wege kaum kreuzen. In Spanien müsstest du gegen Peterboroughs Männer kämpfen. Und das dürfte nicht angenehm werden, weil du dann deine Landsleute vor der Klinge hättest.«

»Wir haben auch den Bürgerkrieg überstanden. Der Krieg, den ich führe, ist gar nicht so anders, Jack. Ich kämpfe für meinen König und für die Ehre.«

»Genau wie ich. Trinken wir darauf.« Er leerte seinen Becher und schenkte sich nach. »Und im Augenblick? Bleibst du in Paris?«

»Das Regiment ist in St. Germain stationiert«, erwiderte Alexander. »Wir beschützen den König am Hof. Uns geht es hier ganz gut, Jack, und ich erhalte ausreichend Sold. Dazu freie Verpflegung. Aber in Wahrheit wäre ich froh, wenn wir den Befehl zum Abmarsch erhielten. In einer Stadt wie Paris bekomme ich früher oder später schlechte Laune. Ich brauche diesen Krieg, Jack. Außerdem werde ich erst zufrieden sein, wenn der wahre König in St. James's sitzt.«

»Du weißt, dass ich mich deinem Traum nicht anschließen kann. Auch ich glaubte immer, ich wäre getrieben von Krieg, aber das hat sich geändert, Alexander. Auch du wirst das eines Tages anders sehen. Jetzt redest du noch so, aber was ist, wenn du mir irgendwo auf dem Schlachtfeld gegenüberstehst? Auge in Auge. Was dann? Wem würde dann deine Treue gehören?«

Alexander starrte ihn an. »Ich werde nicht recht schlau aus dir, Jack. Wirklich. Und du irrst, wenn du so von mir denkst, über die Liebe und die Wahrheit und die Überzeugung. Wir dienen vielleicht unterschiedlichen Idealen, aber du bist immer noch mein Bruder.«

»Und du meiner. Noch Wein?« Steel wandte sich zum Ausschank um. »Mädchen, noch eine Karaffe!«

Alexander schüttelte den Kopf. »Ich kann immer noch nicht glauben, dass du hier bist. Was für ein Zufall. Und du bist verheiratet, sagst du, mit einer Lady?«

»Mit der ehrenwerten Henrietta Vaughan.«

»Jack, du alter Schurke. Eine Dame mit Titel? Ich wette, sie ist obendrein hübsch und besitzt eine Menge Geld.«

»Deine erste Vermutung ist richtig. Du hast nie eine schönere Frau gesehen. Aber was das Geld anbelangt, stehen wir nicht allzu vermögend da.«

»Aber ihr Vater ist Lord Rumney. Ein reicher Mann. Verdammt reich sogar. Er hat sie doch nicht etwa ohne einen Penny stehen gelassen, Jack?«

»Nein, das nicht. Zumindest weiß ich nichts davon. Aber ich glaube, die Mitgift, die er ihr zudachte, fiel dann doch kleiner aus, als Henrietta es erhofft hatte. Auch mit mir als Schwiegersohn ist er sicher nicht zufrieden. Aber was kümmert mich das alles, solange ich Henrietta liebe.«

Alexander musste grinsen. »Du bist offenbar ganz hingerissen von ihr, Bruderherz. Sie muss ja ganz schön was zu bieten haben, wenn sie sich so tief in dein Herz gebrannt hat. Ich frage mich, wann ich sie kennenlernen werde. Falls überhaupt. Oder ob ich je meiner eigenen Henrietta begegnen werde.«

»Hast du noch nicht die Richtige gefunden? Du hast mir noch gar nichts von deinen Geliebten erzählt. Aber ich nehme an, dass der Hof von König James voll ist mit hübschen jungen Frauen.«

Alexander lächelte. »Es gab da ein paar Damen.«

»Ein paar? Wie ich dich kenne, Bruder, hast du in St. Germain nicht nur einer Dame das Herz gebrochen.«

»Ich geb's zu. Aber ich beneide dich, Jack, mit deiner Henrietta. Wie sehr ich mir wünsche, so ein Mädchen kennenzulernen. Aber wann immer ich spüre, dass mein Herz sich binden will, mache ich einen Rückzieher. Ein Soldat ist nun mal kein Ehemann für eine junge Frau. Wir müssen alle sterben, Jack.«

Steel verneinte mit einem Kopfschütteln. »Nein, das glaube ich nicht. Du und ich, wir werden es durch den Krieg schaffen, bis zum Ende. Und dann treffen wir uns in unserem Elternhaus wieder, mit unserer Familie und den Freunden. Daran musst du glauben, wenn dunkle Zeiten anbrechen.«

Alexander blickte nachdenklich drein. Steel wusste, was sein Bruder fühlte: Dieses Treffen war viel zu kurz. Schließlich schaute Alexander auf und sagte: »Wie lange wirst du in Paris bleiben? Werden wir uns noch einmal sehen?«

»Ich fürchte nein. Gleich morgen breche ich wieder auf, es sei denn, ich werde enttarnt. Denn mein Auftrag ist eigentlich längst erfüllt.«

»Das freut mich zu hören. Was immer es war, es geht mich als Soldat nichts an. Ich bin kein Spion und möchte auch nie einer sein. Und für dich wäre es auch besser, Jack, wenn du dich nicht wieder in so eine Rolle drängen lassen würdest. Du bist ein guter Soldat – ein Held, soweit ich das deinen Erzählungen entnehmen kann. Bleib bei dem Handwerk, auf das du dich verstehst. Aber jetzt sollten wir zurück ins Hospital. Am besten gehen wir auf getrennten Wegen. Pass auf dich auf, Jack. Ich werde alles tun, damit dir nichts geschieht und du zurück zu deinem Regiment kannst. Aber selbst ich habe meine Augen und Ohren nicht in der ganzen Stadt. Wir müssen aufbrechen.«

Sie bezahlten die Zeche und verließen die Taverne. Draußen auf der Straße legte Alexander seinem Bruder eine Hand auf die Schulter. »Pass auf dich auf, großer Bruder, und gib stets acht, wer hinter dir ist. Deine Feinde haben viele unterschiedliche Gesichter. Leb wohl, Jack, und alles Gute.«

Steel umarmte seinen Bruder. »Leb wohl, Alexander. Auf ein Wiedersehen. Hoffen wir, dass der Krieg dann ein Ende hat.«

Ein letztes Mal sahen sie einander an, ehe sie sich trennten. Steel hielt sich linker Hand, während Alexander die Straße rechts nahm, die ihn auf die neuen Boulevards des Königs führen würde.

Steel war nur wenige Meter gegangen, als er Schritte hinter sich vernahm, die schneller zu werden schienen. Wenn er Glück hatte, kam dort nur ein gemeiner Straßendieb. Sein Instinkt als Kämpfer riet ihm, sich dem möglichen Angreifer zu stellen, aber er verspürte nicht den Wunsch, sich mit einem Unbekannten auseinanderzusetzen. Daher beschloss er, seine Schritte zu beschleunigen.

Als er um eine Häuserecke gebogen war, eilte er in eine dunkle Seitengasse, blieb dort in den Schatten stehen und wartete, dass sein Verfolger vorbeilief. Und richtig: Als der Mann an der Gasse vorbeikam, konnte Steel im Mondlicht einen Blick auf das Profil des Fremden erhaschen. Er erkannte den Mann: Es war O'Driscoll, der Ire, den er im Refektorium getroffen hatte.

Steel wartete noch einen Augenblick, bis der Mann etliche Yards die Straße hinuntergegangen war. Dann lauschte er, hörte aber keine Schritte mehr. Aus der engen Straße drangen Geräusche an seine Ohren. Ein Hund kläffte. Irgendwo in einem der Häuser schrie ein Kleinkind. Das schrille Lachen einer Frau schallte aus einem der Fenster gegenüber. Aber Schritte hörte er keine mehr.

Schließlich verließ er die Seitengasse und setzte seinen Weg auf der Straße fort, die zum Hospital führte. Kaum hatte er zehn Schritte gemacht, hörte er eine Stimme hinter sich.

»Captain Johnson, Sir, nicht wahr?«

Steel ging einfach weiter.

Der Mann versuchte es noch einmal. Lauter diesmal. »Wartet doch einen Augenblick, Sir. Ich bitte Euch, Captain. Ich muss Euch sprechen, Sir, in einer dringlichen Angelegenheit.«

Diesem Mann konnte er jetzt nicht mehr aus dem Weg gehen. Steel wusste nicht, wie viel O'Driscoll gesehen hatte. Hatte der Ire ihn und Alexander beobachtet? Hatte er womöglich das Gespräch belauscht? Wahrscheinlich würde der Bursche versuchen, ihn zu erpressen. Was auch immer O'Driscolls Beweggründe waren, Steel ahnte, dass ihm nichts anderes übrig blieb, als den Kampf zu suchen und den Mann tot auf dem Kopfsteinpflaster zurückzulassen.

Er blieb stehen, drehte sich um und blickte dem Iren ins Gesicht. »Kenne ich Euch?«

»Nein, aber ich kenne Euch. Zumindest weiß ich, *was* Ihr seid, Captain Johnson, oder wie Ihr immer heißt. Ihr seid ein verdammter Spion.«

Steel verspannte sich, blieb aber in seiner Rolle. »Wie könnt Ihr es wagen! Ihr habt die Stirn, mich auf offener Straße zu beleidigen? Ich bin ein Offizier. Ranghöher als Ihr!«

»Ich beleidige Euch? Oh, nein, Meister. Oh, nein. Da irrt Ihr. *Ihr* seid derjenige, der hier Beleidigungen ausspricht. Ihr seid kein irischer Offizier, Meister. Euer ganzes Gerede von Roths Männern in Cremona. Da habt Ihr Euch verraten, Meister. Es waren Dillons tapfere Jungs, die das Tor in Cremona hielten. Das weiß doch jeder echte Ire. Ihr aber seid so irisch wie der verdammte Marlborough!«

Steel konnte O'Driscoll inzwischen ziemlich gut erkennen; sein unbedecktes Auge blitzte im Zwielicht der Straße. Er sah auch, dass der Mann mit einem Kavalleriesäbel bewaffnet war.

Ohne zu zögern, zog Steel seinen schweren Degen, machte einen Satz nach vorn und schlug blitzschnell nach dem Kopf des Gegners. Doch der Mann parierte den Schlag trotz seiner Augenklappe mit der Leichtfüßigkeit eines erfahrenen Soldaten. Steel erkannte sofort, dass ihm kein leichter Kampf bevorstand. Aber er hatte es schon mit ganz anderen Gegnern aufgenommen. Kein Grund also, die Sache jetzt nicht zu Ende zu bringen.

Erneut sprang er ansatzlos nach vorn und zielte auf den Oberkörper. Der Ire wehrte den Angriff abermals ab und wich mit einem Seitenschritt aus. Im selben Augenblick traf er Steel am Bein. Ausgerechnet an der lädierten Wade. Steel zuckte vor Schmerz zusammen, behielt jedoch den Überblick und schlug nochmals zu. Diesmal wurde er für sein beherztes Vorgehen belohnt, denn die scharfe Klinge traf den Iren am rechten Unterarm und schnitt bis ins Fleisch. Der Mann gab ein Heulen von sich. Steel nutzte die Chance, setzte nach und erwischte den Iren am Oberarm. Der Degen zertrümmerte das Schulterblatt.

Der Ire ließ den Säbel fallen und hielt sich taumelnd die Wunde. Mit erhobenem Degen ging Steel auf ihn los. Unter anderen Umständen hätte er den Mann vermutlich verschont, aber in diesem Augenblick gab es nur eine Lösung. Er sog die Luft ein und war im Begriff, dem Gegner die Klinge in die Brust zu treiben, als er ein Geräusch hinter sich vernahm.

Steel drehte sich halb um und gewahrte die Schatten zweier

Gestalten auf dem Kopfsteinpflaster. Er wirbelte herum, machte einen Satz nach vorn und schlug instinktiv nach den schemenhaften Gestalten im Halbdunkel. Er hatte mit einer solchen Wucht zugeschlagen, dass ihm der Degen entglitt und mit einem Scheppern aufs Kopfsteinpflaster fiel. Der Unbekannte schrie auf, geriet ins Stolpern und hielt sich den rechten Arm, der schlaff und verdreht herabhing – es hatte nicht viel gefehlt, und Steel hätte den Mann verstümmelt.

Derweil blickte Steel sich verzweifelt nach seinem Degen um. Diesen Moment nutzte der dritte Gegner, löste sich mit einem Schrei aus den Schatten und zielte auf Steels Brust. Steel konnte zwar zurückweichen, stand aber dann mit dem Rücken zur Hauswand. Er saß in der Klemme. Nur ein Narr würde jetzt noch sein Ziel verfehlen. Mit einem triumphierenden Grinsen holte der Ire zum Schlag aus. Steel wappnete sich gegen den Hieb.

Stattdessen erstarrte der Mann; die Hand mit dem Degen verharrte oberhalb des Kopfes, das Grinsen wich einer Grimasse, in der sich Erstaunen und Schmerz abzeichneten. Dann sickerte Blut aus der Brust des Mannes und färbte das Hemd rot: Die Spitze eines Degens ragte aus der Brust. Wie benommen sah Steel, dass der Mann tot zur Seite sackte. Sofort tauchte ein anderes Gesicht im Zwielicht auf. Alexander Steel wischte das Blut von der Degenklinge und schob die Waffe zurück in die Scheide.

»Hast ein verdammtes Glück, Jack, dass ich beschlossen habe, dir zu folgen. Ich hatte so ein komisches Gefühl, dass irgendwas nicht stimmt. Und ich hatte recht.«

Steel bückte sich, um seinen Degen aufzuheben, und sah seinen Bruder ungläubig an. »Ich verdanke dir mein Leben, Alexander. Nicht zum ersten Mal.«

»Jeder hätte dich damals aus dem See gerettet. Es war Zufall, dass ich es war. Und jeder Bruder hätte das getan, was ich gerade für dich getan habe.« Er stieß den toten Iren mit der Stiefelspitze an. »Was waren das eigentlich für Schurken?«

»Keine Ahnung. Hab sie nie zuvor gesehen.«

»Ich habe doch gehört, dass der eine dich mit Namen angeredet hat, Jack. Zumindest mit ›Johnson‹.«

Steel schüttelte den Kopf. »Dich werde ich wohl nie täuschen können, kleiner Bruder. Aber du solltest mich nicht weiter fragen, es sei denn, du möchtest doch die ganze Geschichte hören.«

Alexander winkte ab. »Nein, keine Fragen mehr. Aber jetzt würde ich vorschlagen, dass wir den Rückweg gemeinsam antreten. Mir scheint, heute Nacht sind wir nur zu zweit sicher.«

* * *

Für Steel war es eine Seltenheit, am Morgen ohne böse Vorahnung aufzuwachen. Wann immer er beim Regiment war, kamen ihm entweder die lästigen Pflichten der Kompanieverwaltung in den Sinn oder die Unwägbarkeiten der bevorstehenden Schlacht. Immer lastete irgendetwas auf seinen Schultern. Seit Tagen wachte er frühmorgens auf und verspürte Unbehagen, wusste er doch, dass er hinter den feindlichen Linien war. Außerdem gelang es ihm nicht, das Gesicht von Major Malbec aus seinem Gedächtnis zu verbannen.

An diesem Morgen jedoch mischten sich keine unangenehmen Bilder in seine Gedanken. Gewiss, der Zwischenfall auf der Straße – der Kampf mit dem Iren – war Grund genug, sich Sorgen zu machen. Denn man hatte seine Tarnung durchschaut. Doch Steel hoffte, dass die drei Gegner, die Alexander und er ausgeschaltet hatten, keine Gelegenheit mehr gehabt hatten, ihr Wissen an andere Helfershelfer weiterzugeben. Auch Malbec bereitete Steel noch Kopfzerbrechen, aber diese Angelegenheit stand für ihn nicht im Vordergrund.

Vielleicht war er auch deshalb so gefasst, weil er Alexander begegnet war. Das Band zwischen den Brüdern war stärker als alle politischen Auffassungen. Eine Gewissheit, die sich bestätigt hatte, als Alexander ihm das Leben rettete.

Außerdem hatte Steel seinen Auftrag ausgeführt. Charpentier würde den Brief Marlboroughs an den König weiterleiten. Wie Ludwig letzten Endes auf das Schreiben reagierte, blieb dahingestellt. Dennoch, Marlboroughs Angebot war faszinierend und eröffnete ungeahnte Möglichkeiten in diesem langen Konflikt. Steel hatte ohnehin keinen Einfluss darauf, denn die Verhandlungen blieben Aufgabe der Oberbefehlshaber. Er war Soldat, kein Politiker.

Vielleicht, überlegte er, rührte seine gute Laune auch daher, dass er Paris an diesem Morgen verlassen würde. Mochte die Stadt ihn auch fasziniert haben, er verspürte das Verlangen, wieder bei seiner Kompanie zu sein. Natürlich sehnte er sich auch nach seiner Frau und hoffte, sie so schnell wie möglich wieder in die Arme schließen zu können.

Steel fragte sich, wie es seinen Männern bei der Belagerung von Lille ergangen sein mochte. Jede Belagerung war eine blutige Angelegenheit, wie er aus Erfahrung wusste. Vielleicht die blutigste Variante der Kriegsführung. Aber Lille war Vaubans Paradefestung, sodass Steel nur hoffen konnte, dass es in den eigenen Reihen keinen allzu großen Verluste gegeben hatte.

Vor allem fragte er sich, ob die Rolle des Spions überhaupt zu ihm passte. Die früheren Missionen für den Herzog waren ebenfalls gefährlich gewesen, sowohl in Bayern als auch in Ostende. Doch abgesehen von der kurzen Episode in Ostende, als er mit dem Freibeuter Duguay-Trouin zu tun gehabt hatte, war er nicht gezwungen gewesen, einen anderen Namen anzunehmen. Eins stand fest: Kein Auftrag war bislang so voller Gefahren gewesen wie der Aufenthalt in Paris, der Hauptstadt des Sonnenkönigs.

Steel hatte sich nicht nur auf einer Soiree bewähren müssen, umgeben von Höflingen und Offizieren, er hatte obendrein dem Thronprätendenten gegenübergestanden. Nein, dachte er jetzt, keinen Moment würde er es bedauern, Paris zu verlassen. Männer wie Simpson waren viel besser befähigt, die Rolle des Spions zu spielen – Männer, die nichts zu verlieren hatten und die für diese neue Identität lebten. Ein Mann wie Simpson schien sich so sehr an das Doppelleben gewöhnt zu haben, dass er die Gefahren, die jeder Tag mit sich brachte, geradezu genoss. Für Simpson bedeutete ein Klopfen an die Tür gewiss keine Bedrohung, im Gegenteil, jede noch so unerwartete Begebenheit war für diesen cleveren Mann eine neue Herausforderung, die eigene Kühnheit und geistige Überlegenheit unter Beweis zu stellen. Vielleicht brauchten Spione wie Simpson diesen Nervenkitzel.

Da Steel während der letzten Tage auf seinen Diener hatte verzichten müssen, hatte er sich stets allein angekleidet. Jetzt gönnte er sich den Luxus, eine Zeit lang am Fenster zu stehen und hinunter in den Garten zu schauen. Man hatte ihm einen schlichten Raum im Südflügel des Gebäudes zugewiesen. Charpentier hatte dieses Zimmer bewusst ausgewählt. Denn der Mann, der vorher darin gewohnt hatte – ein Capitaine des Mousquetaires du Roi –, war erst vor Kurzem verstorben. Nur wenige Insassen des Hôpital wussten überhaupt, dass der Raum wieder zur Verfügung stand.

Alexander wohnte in einem Seitenflügel des Komplexes, in einer ebenfalls bescheidenen, aber sauberen Unterkunft. Steel glaubte nicht, dass er seinen Bruder vor seiner Abreise noch einmal sehen würde. Deshalb hatten die beiden sich bereits am Abend zuvor draußen vor dem Tor Lebewohl gesagt. Während Steel nun den Blick über die Orangenbäume unten im Garten schweifen ließ, fragte er sich, wann er Alexander wiedersehen würde. Er betete, dass es zu keiner Begegnung auf dem Schlachtfeld kommen möge.

Es klopfte an die Tür. Als Steel öffnete, sah er einen blau gekleideten Insassen des Hôpital, einen Bediensteten, den er nicht kannte. Der Mann trug weder einen Degen an der Seite noch einen Hut auf dem Kopf, und als er etwas sagte, sprach er mit gutturalem französischem Akzent, den Steel kaum verstand.

»Captain Johnson, ich habe eine Nachricht für Euch von Major Charpentier. Er bittet Euch, ihn so schnell wie möglich in seinen Räumlichkeiten aufzusuchen. Es ist dringend.«

Augenblicklich war Steels unbeschwerte Stimmung verflogen. Was, so überlegte er, mochte dieses »es ist dringend« in Wirklichkeit bedeuten? Hatte doch jemand in der Nacht zuvor das Zusammentreffen mit O'Driscoll und dessen Schergen beobachtet?

»Danke«, erwiderte er ruhig. »Ich komme gleich.«

Der Mann hüstelte höflich. »Ich habe die Weisung, auf Euch zu warten, Sir. Wenn Ihr erlaubt.«

Steel griff nach dem Uniformrock, den er über einen Stuhl gehängt hatte, zog ihn über die Weste und folgte dem Boten. Sie eilten über die Flure und erreichten den Vorraum zu Charpentiers Räumlichkeiten. Der Bedienstete öffnete die Tür zum Besprechungszimmer und bat Steel herein, ehe er die Tür wieder schloss. Steel war kaum eingetreten, als er das unbestimmte Gefühl verspürte, das Zimmer gleich wieder zu verlassen.

Denn es war nicht Charpentier, der auf ihn wartete, sondern niemand anders als Malbec. Wie beim letzten Mal stand der Major auch jetzt am Fenster neben dem großen Tisch und betrachtete die dort versammelten Miniatur-Soldaten. Steel dachte an die warnenden Worte seines Bruders.

Jetzt fiel ihm auf, dass die Zinnfiguren anders aufgestellt worden waren und dass man die Landschaft auf der grünen Tischoberfläche neu gestaltet hatte. Auf der einen Seite waren die Figuren in roten und blauen Uniformen versammelt, auf der gegenüberliegenden Seite die weiß-grauen Soldaten. Es mochten weit über tausend Männer sein, die dort Aufstellung bezogen hatten.

Malbec schaute auf und lächelte, als Steel eintrat. »Ah, Captain Johnson. Major Charpentier wird gleich hier sein. Er wurde zu einer dringlichen Angelegenheit gerufen. Aber es ist gut, dass Ihr jetzt hier seid. Vielleicht könntet Ihr mir bei einer kleinen militärischen Übung mit den Figuren behilflich sein, bis der Major zurückkommt. Ich denke, Ihr werdet es recht amüsant finden.«

Steel trat an den Tisch und spielte seine Rolle, obwohl ihn eine böse Vorahnung überkam. Die Sorglosigkeit des Morgens war verflogen. »Mir scheint, Ihr habt eine kleine Schlacht im Sinn, Major. Ihr habt die Infanterie in Linienformation gebracht, wie ich sehe. Das sieht großartig aus.«

»Nicht wahr? Aber Ihr müsstet Euch einmal die Sammlung des Königs in Versailles ansehen. Das hier ist nichts im Vergleich dazu. Zwanzigtausend Soldaten hat er in seiner Sammlung! *Quelle spectacle!* Möchtet Ihr bei einer kleinen Übung mitmachen?«

Steel nickte. »Eine faszinierende Vorstellung. Wie wollen wir spielen? Ist es wie beim Schach? Oder sollten wir Karten zu Hilfe nehmen?«

Malbec lächelte. »Nein, das wäre zu einfach, mein lieber Captain. Aber für einen Soldaten wie Euch könnte nichts einfacher sein. Reiter, Fußtruppen und Geschütze rücken alle eine bestimmte Anzahl Zoll vor. Das Feuer und das Gefecht werde ich erläutern, während wir vorrücken. Wisst Ihr, auf diese Weise hat unser König die Kunst der Kriegsführung erlernt. Und genau das ist der Grund, warum im Verlauf der letzten sechzig Jahre die Streitkräfte von Frankreich die unangefochtenen Meister auf dem Schlachtfeld sind.«

Steel unterließ es bewusst, auf diese unterschwellige Anspielung einzugehen.

»Und jetzt, Captain«, fuhr Malbec fort, »frage ich mich gerade, welche Seite Ihr nehmen möchtet. Vielleicht die, zu der Euer Uniformrock farblich ausgezeichnet passt. Es sei denn, Ihr möchtet das Innenfutter nach außen tragen?«

Steel sah den Major unverwandt an und versuchte zu lächeln. Also wusste Malbec Bescheid. Spielte er ein Spiel mit ihm? Hatte er Steels wahre Identität längst erraten? Was blieb ihm anderes übrig, als die Maskerade fortzusetzen.

»Nein, ich bleibe meinen Farben treu. Der rote Uniformrock Irlands wird mir auch jetzt genauso gut dienen, wie es während der letzten zehn Jahre der Fall war.«

Ungerührt betrachtete er seine Truppen. Es gab ganze Brigaden der Infanterie, hübsch voneinander getrennt. Die meisten waren rot bemalt, doch die auf der Flanke trugen Blau. Malbec verfügte über eine ähnliche Truppenstärke, sah man davon ab, dass einer der Regimenter ausschließlich aus blau uniformierten Grenadieren bestand, wie es in Frankreich üblich war.

Malbec folgte Steels Blicken. »Wie ich sehe, Captain, habt Ihr meinen Vorteil erspäht. Ich verfüge über ein ganzes Bataillon Grenadiere, die all meinen anderen Einheiten gewiss überlegen sein dürften, auch den Euren, wie mir scheint. Seid Ihr nicht auch der Ansicht, dass der Grenadier der König auf dem Schlachtfeld ist?«

Steel blickte auf die angedeuteten Bärenfellmützen der kleinen Figuren und fragte sich erneut, ob der Major ihn herauszufordern versuchte. War es denn möglich, dass Malbec inzwischen Steels wahren Namen kannte? Steel sah nach wie vor keine andere Möglichkeit, als das Versteckspiel fortzuführen.

»Ich stimme Euch zu, Major. Und Ihr habt recht. In dieser Hinsicht seid Ihr natürlich im Vorteil. Aber vergesst nicht, dass ich über mehr Kavallerie verfüge. Seht: Auf meinem rechten Flügel steht eine ganze Schwadron Dragoner.«

Malbec lachte. »Ja, Ihr habt mehr Reiter. Aber Ihr seid ein

Offizier der Infanterie. Ah, nun. Wir werden ja sehen, wer die Oberhand behält. Also, Captain, sollen wir mit dem Spiel beginnen? Hier habt Ihr einen Messstab, an dem Ihr ablesen könnt, wie weit Ihr Eure Truppen vorrücken lasst. Mit einem Würfel simulieren wir die Rauchschwaden der Schlacht. Auf diese Weise bestimmen wir die Wirkung des Geschützfeuers und das Ergebnis des Gefechts, falls Eure Männer überhaupt auf meine treffen. Da Ihr mein Gast seid, Captain, dürft Ihr beginnen. Darf ich Euch vorschlagen, mit Euren Kanonen anzufangen? Wie am Tag in der echten Schlacht.«

Steel starrte ihn an. »Die echte Schlacht?«

»Gewiss habt Ihr das Terrain wiedererkannt. Selbst wenn Ihr jetzt auf der Seite des Feindes steht und die andere Perspektive habt.«

Steel blickte wieder auf den Tisch und registrierte die Details. Natürlich! Der Fluss mit den Brücken, die Siedlungen und die angedeuteten Hügel, die sich an den Seiten erhoben. Malbec hatte die Schlacht von Oudenaarde nachgebildet.

»Ja, Oudenaarde, natürlich. Wie klug von Euch, Major. Und ich werde dann den Herzog von Marlborough spielen?«

»Ja. Ich entschuldige mich für diese Ehrlosigkeit. Aber es ist ja nur ein Spiel.«

Steel kochte vor Wut. Die Situation war dermaßen absurd, dass die Spannung im Zimmer mit Händen zu greifen war. Inzwischen hielt Steel es für wahrscheinlich, dass sein Gegenüber ihn durchschaut hatte und den geheimen Auftrag kannte. Steel ahnte, dass er in Gefahr schwebte. Dennoch spielten sie im Augenblick das große Sterben mit Spielzeugsoldaten. Mehr noch, dieser Franzose nahm sich heraus, ihn in der Kunst der Kriegsführung zu unterweisen.

»Ich bin kein Neuling in diesem Geschäft, Monsieur. Die Etikette des Schlachtfelds kenne ich ebenso gut wie Ihr. Natürlich werde ich Euch mit einer Salve bestreichen. Wie viele Würfel nehme ich für die Kanonen? Zwei? Eine drei und eine zwei. Nicht viele Verluste.«

Malbec würfelte seinerseits für seine Geschützbatterie. »Und nun rücken wir weiter vor. Ich werde meine Infanterie auf dieses Dorf marschieren lassen.«

Steel nahm zwei der kleinen Kavalleriefiguren auf der linken Flanke. »Und ich werde geradewegs auf die Fußtruppen zuhalten, mit einem Regiment britischer Kavallerie. So erwische ich sie an der Flanke.«

»An der Flanke, in der Tat. Aber wir werden eine Verteidigungsformation bilden. Rücken an Rücken oder im Rechteck. Nach niederländischer Manier.«

»Zu spät, Major. Meine Kavallerie ist in Euren Reihen, während Eure Männer sich noch formieren. Bedenkt die Entfernung. Und wir bleiben nicht stehen, um unsere Pistolen abzufeuern. Wir reiten mit gezogenen Säbeln weiter. Nach britischer Manier.«

Steel war mit einem Mal wieder zurück in Oudenaarde und durchlebte aufs Neue, wie die Hannoveraner Kavallerie über die französische Infanterie hereinbrach. Er sah die Reihen der leuchtend bemalten Spielzeugfiguren, die so aufwändig aufgestellt worden waren. Und dann lief noch einmal das Blutvergießen vor seinem geistigen Auge ab. Hier auf dem Tisch jedoch floss kein Tropfen Blut, als die beiden Einheiten aufeinanderprallten.

In Malbecs Stimme lag ein Hauch von Verärgerung. »Also dann, so sei es. Ihr habt Feindberührung. Gut gemacht, Captain. Ich gebe zu, dass Ihr mich überrascht habt. Aber schauen wir, was das Schicksal noch für uns bereithält.«

Steel würfelte. Eine fünf.

Malbec schüttelte den Kopf. »Aha, was sein muss, muss sein. Ihr habt die ersten Reihen meiner Infanterie vernichtet. Ihr seid durchgebrochen, Captain. Meinen Glückwunsch. Meine Infanterie wird aufgerieben.«

»Ihr seid erledigt, Malbec. Eure gesamte rechte Flanke gerät in Unordnung. Ihr solltet Euch ergeben.«

»Mag sein. Aber ich denke, nein. Seht her, was es hier noch aufzubieten gibt. Ich rücke mit meiner frischen Kavallerie vor, die hinter den Linien wartet, stürme und nehme es mit Euren erschöpften Dragonern auf. Dann seid Ihr sogar in der Unterzahl, Captain Johnson. Zwei Würfel ...«, er würfelte eine Sechs und eine Fünf, »... *et voilà!* Keine englischen Dragoner mehr. Ich bin ein rücksichtsloser Gegner, nicht wahr? Ich kenne keine Gnade.«

Steel beobachtete, wie er die Miniatur-Truppen bewegte, schüttelte den Kopf und lächelte. »Sehr clever. Aber Ihr seid in eine Falle gelaufen, Major. Habt Ihr meine Geschütze denn nicht gesehen?« Malbecs Miene verdüsterte sich. »Zwei Batterien«, fuhr Steel fort, »die Kartätschen aus einer Entfernung von fünfzig Yards abfeuern. Ich denke, da werde ich die Würfel wohl kaum bemühen müssen.«

»Wisst Ihr was, Captain? Ich habe Eure Geschütze sehr wohl gesehen, aber ich hätte nie gedacht, dass Ihr das tun würdet. Ihr feuert aus kurzer Distanz auf meine Pferde, geradezu kaltblütig. Das ist nicht das Werk eines Engländers. Jemand, der an Fairness denkt, tut so etwas nicht.«

Wieder stutzte Steel. Ein Engländer? Malbec beliebte wohl, mit ihm zu spielen.

»Ihr vergesst, dass ich Ire bin, Major.«

»Tut mir leid. Natürlich. Es liegt wohl daran, dass wir Englisch sprechen. Und jetzt werde ich mit meiner Infanterie auf Eure Geschützmannschaften feuern. Und das war's dann.«

»Das könnt Ihr nicht so einfach. Ihr würdet durch die Reihen Eurer eigenen Kavallerie feuern.«

»Nun, sie haben ihren Zweck erfüllt.«

Steel starrte Malbec an. »Das widerspricht allen Prinzipien des Krieges.«

»Captain, Ihr werdet doch nicht mehr auf der Grundlage von Prinzipien kämpfen? Wie englisch von Euch! Verzeihung, irisch.«

»Das gebietet Eure Verantwortung, die Ihr als Kommandeur habt«, stieß Steel zwischen zusammengebissenen Zähnen hervor.

Malbec lachte. »Verantwortung? Ich beweise doch nur aufs Neue, dass man im Spiel des Krieges keiner Seele vertrauen darf. Meint Ihr nicht auch, Captain? Insbesondere wenn man sich im Herzen der feindlichen Kriegsmaschinerie befindet, so wie Ihr.«

Steel entdeckte einen selbstzufriedenen Zug um Malbecs Mundwinkel. Das überlegene Lächeln des Majors sprach Bände. »Wie lange wisst Ihr es schon? Wer ich wirklich bin, meine ich.«

»Oh, noch gar nicht so lange«, erwiderte Malbec. »Und ich muss sagen, ich bin erfreut. Wisst Ihr, gleich bei unserer ersten Begegnung habe ich mir den Kopf zerbrochen, wo ich Euch schon einmal gesehen haben könnte. Und was Eure Unterkunft anbelangt – nun, wir haben hier keine Geheimnisse in Les Invalides.«

In Steels Kopf arbeitete es. Rasch schaute er sich in dem Raum um. Noch hatte er seinen Degen. Es gab nur eine Tür, vor der ein Wachposten stand. Sie befanden sich im zweiten Stock; also war es zu hoch, um aus dem Fenster zu springen, ohne sich zu verletzen. Außerdem vermutete er, dass Malbec weitere Wachen hatte rufen lassen. Er kam zu dem Schluss, dass er noch auf seine Gelegenheit zur Flucht warten musste.

Malbec drehte einen kleinen Soldaten in der Hand und fuhr unbekümmert fort: »Ja, wo könnte ich Euch gesehen haben? Genau das habe ich mich gefragt. Immer und immer wieder bin ich in Gedanken sämtliche Begegnungen durchgegangen, die ich im Verlauf der letzten Jahre mit den Iren hatte. Und so fragte ich mich, wart Ihr vielleicht in England, als Gefangener?«

Während Malbec seine Gedankengänge offenlegte, wurde die Tür geöffnet, worauf Steel sich voller Hoffnung umdrehte, rechnete er doch mit Charpentier oder irgendeiner Aussicht auf Befreiung. Stattdessen schaute er in die unbeschreiblich grünen Augen der Marquise de Puy Fort Eguille.

Sie schenkte ihm ein kaltes Lächeln und zog eine elegant nachgezogene Braue hoch. »Captain Johnson, wie erfreut ich bin, Euch wiederzusehen.« Sie wandte sich Malbec zu. »*Cheri*, ich bin gekommen, so schnell ich konnte. Eure Nachricht schien mir recht dringend zu sein.«

»Halb so wichtig. Der Captain und ich haben uns mit Charpentiers Zinnsoldaten ein wenig die Zeit vertrieben. Captain Johnson hat sich in der Tat sehr gut geschlagen. Für einen Engländer.«

Steel war im Begriff, das Wort zu ergreifen, wurde jedoch von Malbec unterbrochen. »Ich wollte ihm gerade erzählen, woher ich ihn kenne. Ihr mögt überrascht sein. Ich war mir sicher, Euch zu kennen, als ich Euch hier sah. Und jetzt weiß ich auch, wo ich Euch schon einmal gesehen habe. Sowie ich erfuhr, dass Ihr ein britischer Offizier seid, wusste ich Bescheid. Ihr erinnert Euch an einen Vorfall, der vier Jahre zurückliegt? Ja, sicher, wie solltet Ihr das vergessen? Ihr wart damals, glaube ich, Offizier einer Infanterieeinheit, die durch ein kleines Dorf in Bayern kam. Mir ist der Name im Augenblick entfallen. Aber das ist nicht so wichtig. Dort, in dem Dorf, habt Ihr eine höchst unangenehme Entdeckung gemacht. Die Dorfbewohner … nun ja, sie standen unseren Plänen im Weg und erwiesen sich schließlich als vorzügliches Mittel, um die bayerische Bevölkerung gegen Euch, die Briten, aufzuwiegeln. Wir entledigten uns der Dorfbewohner. Natürlich solltet nicht *Ihr* die Leichen finden, sondern die Menschen aus den Nachbardörfern.«

»*Ihr* habt das getan?«, entfuhr es Steel. »Ihr und Eure Männer? Ihr Bastard!«

Steel machte Anstalten, auf Malbec loszugehen, der in diesem Moment seinen Degen zog. Steel hatte keine Chance, denn schon spürte er die Spitze der Waffe am Hals.

»Gebt acht, Captain. Nicht in Gegenwart der Dame. Ich würde es bedauern, wenn ich mich jetzt gezwungen sähe, Euer Blut zu vergießen. Schon so früh. Aber ja, ich muss zugeben, dass es die Arbeit meiner Männer war. Eine hässliche Geschichte, ein Versuch, Eure Dragoner in Misskredit zu bringen, die damals die Häuser der armen Bayern angezündet haben, wie Ihr Euch gewiss erinnert. Und so machen sie es derzeit wieder im gesamten Artois. Natürlich weiß ich, dass Euer Herzog wie immer darum bemüht ist, dass niemand Leib und Leben verliert. Wird nicht sogar jeder Soldat, der sich an Frauen vergeht, standrechtlich erschossen? Nun, in Bayern trieben wir die Sache nur ein wenig voran. Wir haben es für Euch erledigt. Furchtbarer Gestank allerdings, nicht wahr? Das werde ich wohl kaum vergessen.«

Steel hatte die Hand schon am Knauf seiner Waffe, aber Malbec drückte die Spitze seines Degens einen halben Zoll tiefer in Steels Hals.

»Ihr gemeiner Bastard! Ihr habt unschuldige Frauen und Kinder ermordet!«

Malbec schüttelte den Kopf. »Ermordet? In Kriegszeiten? Kommt, kommt, Captain, ich bitte Euch. An so etwas glaubt Ihr doch nicht, oder? In Zeiten des Krieges kann es keine Moral mehr geben. Der Tod der Dorfbewohner war bloß die traurige Konsequenz einer Kriegsführung, die wir heutzutage alle handhaben. So anders als die hübsche Angelegenheit hier auf dem Tisch, wie? Ein Jammer, dass wir unsere Schlacht unterbrechen müssen. Denn ich muss zugeben, ich glaube, Ihr hättet den Sieg davongetragen.«

Malbec hatte die Klinge noch nicht fortgenommen und fegte mit der linken Hand die rot uniformierten Soldaten vom Tisch.

»Ah, seht Ihr, wie schnell die britischen Reihen sich lichten? Und so wird es auch beim nächsten Mal sein, wenn wir wieder auf dem Schlachtfeld auf die Briten stoßen. Ich glaube, ich habe Euch noch ein zweites Mal gesehen. Könnte es sein, dass ich Euch kurz bei Blenheim begegnet bin? Einen guten Fechter vergesse ich selten.«

Steel nickte zum Dank, da das Kompliment aufrichtig gemeint zu sein schien. Da also hatte er diesen Mann schon einmal gesehen! Ein Degengefecht in der Hitze der Schlacht währte oft nur wenige Augenblicke, aber es gab tatsächlich Gesichter, die Steel nie vergessen würde. Meistens sah er die Männer dann im Traum, sah die von Schmerz verzerrten Gesichter der Gegner so, wie er sie zuletzt gesehen hatte – sterbend. Malbec hatte nie zu den Sterbenden in diesen Traumbildern gehört, denn es war ihm gelungen, sich durch Flucht zu retten. Jetzt wünschte sich Steel, er hätte Malbec damals getötet.

Er fragte sich, wer ihn verraten haben könnte oder seine wahre Identität preisgegeben hatte. Einen Moment lang verdächtigte er Simpson, verwarf den Gedanken dann aber. Und die Vorstellung, dass es Alexander gewesen sein könnte, war völlig absurd. Wahrscheinlich hatte der Ire O'Driscoll ihn verraten, ehe er sich auf den Weg gemacht hatte, Steel zu stellen. Ja, diese Erklärung ergab am meisten Sinn. Aber Steel brauchte Gewissheit.

»Wie habt Ihr mich entdeckt? Ihr könnt nicht wissen, wer ich bin.«

»Es war ziemlich einfach. Kennt Ihr diesen Mann?«

Malbec klatschte einmal in die Hände, worauf wie aus dem Nichts ein Mann auftauchte und über die Türschwelle trat. Steel erkannte ihn sofort: Es war Simpsons Butler Gabriel.

»Monsieur Gabriel ist Offizier des Königs. Er ist Capitaine im Regiment der Mousquetaires, aber seit nunmehr zwei Jahren dient er seinem König als Spion – einer unserer besten Spione, um genau zu sein. Im Augenblick arbeitet er als Butler für einen Mann, den wir seit einiger Zeit verdächtigen. Dieser Mann nennt sich St. Colombe. Gewiss ist auch er ein britischer Spion. Nun, die Falle wird bald für ihn zuschnappen, und dann werden wir ihn zur Rechenschaft ziehen.« Der Major blickte Steel triumphierend an. »Ihr hingegen seid uns schneller ins Netz gegangen. Natürlich ließ Gabriel mich wissen, dass ein gut aussehender irischer Captain an St. Colombes Haustür vorstellig wurde. Als ich das der Marquise mitteilte, stellte sich heraus, dass Ihr der Dame schon einmal begegnet wart. Ihr könnt Euch sicher vorstellen, wie eifrig sie darauf bedacht war, erneut Eure Bekanntschaft zu machen. Sie hat einen Blick für ein hübsches Gesicht. Aber das soll uns jetzt nicht weiter interessieren. Ihr seid mein Gefangener, Captain Johnson, oder wie auch immer Euer richtiger Name lautet. Ich bin sicher, dass Ihr mir das alles bald erzählen werdet. Wisst Ihr, es gibt so sehr viel, was Ihr mir zu berichten habt. Und früher oder später werdet Ihr plaudern.«

9.

Man hatte ihn an einen soliden, mit Schnitzwerk versehenen Lehnstuhl aus Holz gefesselt. Mehrfach versuchte Steel, sich zu befreien, doch die dicken schwarzen Riemen saßen so fest an den massiven Lehnen, dass ihm das Leder bei jeder heftigen Bewegung ins Fleisch schnitt. Derweil beobachtete Malbec die nutzlosen Befreiungsversuche seines Gefangenen und schüttelte amüsiert den Kopf.

»Das ist doch sinnlos, Captain. Bedenkt, in was für einer Situation Ihr Euch befindet. Akzeptiert Eure Niederlage. Was würdet Ihr denn tun, selbst wenn Ihr freikämt? Zunächst müsstet Ihr es mit mir aufnehmen, und dann wäre da noch unser Freund dort bei der Tür. Und selbst wenn Ihr diesen Raum verlassen könntet, wo wollt Ihr hin? Ihr seid immer noch im Hôpital des Invalides, im Herzen der französischen Militärverwaltung. Was für Chancen rechnet Ihr Euch da aus? Nein, viel besser wäre es für Euch, wenn Ihr uns einfach sagt, was wir wissen wollen. Dann könnt Ihr Euch ausruhen. Bitte, Captain. Bei meiner Soldatenehre, ich verspreche Euch, dass Euch kein weiteres Leid widerfahren wird.«

Sie befanden sich in einer der kargen Kellerräume des Hospitals, in denen für gewöhnlich aufsässige Invaliden festgehalten wurden. Abgesehen von dem Stuhl bestand die Einrichtung aus einer Pritsche, einem Eimer für Unrat und einem kleinen Holztisch. Tageslicht fiel nur unterhalb der Decke durch ein schmales Fenster, das auf den gepflasterten Innenhof ging. Im Augenblick wurde der Raum spärlich von zwei Pechfackeln erleuchtet, die in ihren schmiedeeisernen Halterungen blakten und unruhige Muster aus Licht und Schatten auf das Mauerwerk warfen.

Einen Moment lang hatte Steel geglaubt, er könne aufgrund der schlechten Beleuchtung nicht mehr klar sehen, doch dann war ihm schnell bewusst, dass sein schwindendes Sehvermögen auf sein langsam zuschwellendes rechtes Auge zurückzuführen war, da Malbec und Gabriel ihn abwechselnd mit Faustschlägen traktiert hatten. Simpsons ehemaliger Diener gönnte sich nun eine Pause.

Neben der Tür stand ein bewaffneter Posten, ein großer Infanterist aus Malbecs Regiment der Grenadiere; er trug die hohe Bärenfellmütze dieser Einheit. Eins war Steel klar: Von hier aus würde er nirgendwo hingehen. Mit Verzögerung nahm er wahr, dass sich im Verlauf seiner Tortur noch eine Person zu Malbec und Gabriel gesellt hatte. Steel entdeckte ein bösartiges Lächeln auf den Lippen der Marquise.

»Mein lieber Claude, sei vernünftig. Ihr könnt doch dem Captain kein derartiges Versprechen geben. Ihr kennt meine Pläne.«

Malbec ignorierte die Bemerkung und fuhr mit seiner Befragung fort. »Captain, wir kennen Euren Namen noch nicht, aber wir wissen, dass Ihr ein britischer Geheimagent seid, und dass Ihr mit dem Spion Simpson zusammengearbeitet habt, der sich St. Colombe nennt. Wir beschatten ihn seit einiger Zeit. Tatsächlich haben wir nur auf den Moment gewartet, ihn dingfest machen zu können. Leider ist er uns entwischt, aber seid unbesorgt, wir haben eine starke Vermutung, wo er sich aufhalten könnte. Er wird sich bald an Eurer Seite wiederfinden.« Er lächelte siegessicher.

»Noch weiß ich nicht, welche Absichten Ihr hier in Paris verfolgt«, fuhr er dann fort, »aber ich bin sicher, dass es Euch im Wesentlichen darum geht, den Willen der Franzosen zu untergraben, den Krieg weiterzuführen, zu dem ihr König alle Landsleute verpflichtet hat. Wir Franzosen werden nicht eher ruhen, bis wir siegreich sind und Britannien und seine Verbündeten vernichtet haben. Es kann nur auf diese Weise enden, ganz gleich, wie lange der Krieg noch dauern mag und wie viele Leben er noch fordert.«

Steel spie Blut, das aus den aufgesprungenen Lippen sickerte, und sagte: »Ihr seid von Sinnen. Die Menschen hier in Frankreich wollen diesen Krieg nicht mehr. Ihr habt jegliche Verbindung zu Euren Landsleuten verloren, Malbec. Ihr glaubt immer noch, dass die Menschen Euch blind in den Tod und den Ruhm folgen, aber selbst wenn Ihr ihnen den Himmel auf Erden versprechen würdet, wären sie nicht mehr bereit, Euch auch nur einen Schritt weit zu folgen.«

Ein heftiger Schlag des Majors in die Magengrube raubte Steel den Atem. Er stöhnte schwer.

Malbec trat einen Schritt zurück und schüttelte den Kopf. »Seid nicht töricht, Captain. Erspart Euch unnötiges Leid. Ich möchte nur zwei Dinge wissen: Euren richtigen Namen und den Zweck Eurer Mission. Das ist alles. Nur diese zwei Fragen, mehr nicht. Was gibt es daran auszusetzen? Und Ihr seid ein ehrenhafter Mann. Ihr wisst, dass dies die einzige Möglichkeit ist, Euch ehrenhaft zu verhalten. Und Ihr würdet Euch viel Schmerzen ersparen.«

Steel blinzelte durch die halb zugeschwollenen Augen und schüttelte den Kopf. »Glaubt Ihr wirklich, ich würde je in Betracht ziehen, vertrauliche Informationen meines Landes zu verraten? Was für einem Ehrenkodex folgt Ihr, Malbec? Keinem, vermutlich. Gewiss keinem Kodex, den ich anerkennen würde.«

Malbec trat wieder dicht an den Stuhl heran und kam Steel mit dem Gesicht so nah, dass Steel den Atem seines Widersachers riechen konnte. In den Lavendelduft der Uniform mischte sich der stechende Geruch von Knoblauch und Gewürzen. Malbec spie Steel die Worte förmlich ins Gesicht. »Ich werde Euch sagen, was für einen Ehrenkodex ich bevorzuge, Captain: Den Ehrenkodex, der meine Frau und meine Kinder in Le Havre getötet hat. Der Ehrenkodex Eurer Royal Navy. Der Ehrenkodex, der Hunderte von Zivilisten das Leben gekostet hat, unschuldige Menschen in Ostende, als Eure Kriegsschiffe das Feuer eröffneten und einen Bombenhagel auf die Stadt regnen ließen. *Das* ist mein Ehrenkodex, Captain! Der muss Euch doch bekannt vorkommen, oder etwa nicht? Denn Eure Generäle haben ihn ersonnen.«

Malbec schwieg und betrachtete den britischen Offizier, der ihm bislang nichts als Scherereien bereitete. Der Major war ein paar Monate als Gefangener in England gewesen und hatte in York unter Hausarrest gestanden. Dort hatte er gehofft, die wahre Seelenlage der Engländer kennenzulernen, hatte geglaubt, eine kriegsmüde und hoffnungslos verzweifelte Bevölkerung zu erleben. Denn das hätte ihm Genugtuung verschafft, und die schrecklichen Schatten, die auf seiner Seele lasteten, hätten sich womöglich verzogen. Stattdessen war die Nation, die er vorgefunden hatte, keineswegs vom Krieg niedergedrückt. Nein, die Engländer feierten ihre Siege und genossen ihren Wohlstand. Familien lebten glücklich zusammen.

Das alles hatte ihn noch mehr verbittert und ihn in seinem Entschluss bestärkt, den Tod seiner Familie zu rächen – bei jeder sich bietenden Gelegenheit.

Böse wisperte er an Steels Ohr: »Keine Sorge. Wenn ich mit Euch fertig bin, werdet Ihr mich anflehen, mir endlich Euren Namen nennen zu dürfen.« Er wandte sich der Marquise zu. »Meine liebe Marquise, vielleicht solltet Ihr jetzt besser gehen. Ich denke, das wird kein Anblick, der einer Dame wie Euch angemessen wäre.«

Sie lächelte nachsichtig. »Oh, Claude, wie kommt Ihr nur auf so etwas? Ihr wisst doch, dass ich nur aus dem einen Grund hier bin, um ein Auge darauf zu haben, wie Ihr den guten Captain behandelt. Denn er gehört ja schließlich mir, nicht wahr?«

Der Major setzte ein wissendes Lächeln auf. »Richtig. So hatten wir es vereinbart. Ich stehe tief in Eurer Schuld und habe Euch geschworen, dass Ihr ihn haben könnt. Sobald ich mit ihm fertig bin.«

»Und Ihr habt außerdem geschworen, Ihr würdet ihn mir in einem akzeptablen Zustand überlassen. Denkt dran, Claude, Geschäft ist Geschäft.«

Malbec zuckte die Schultern, und Steel erstarrte. Er war also gleichsam die Prise der Marquise. Wie das für ihn ausgehen würde, konnte er nur erahnen. Das Gespräch der beiden diente gewiss dem Zweck, ihn mit unbestimmter Angst zu erfüllen. Die Marquise ließ ihr helles Lachen erklingen.

Malbec bedachte Steel derweil mit einem schadenfrohen Grinsen. »Was genau habt Ihr denn für unseren Freund hier ersonnen, meine Liebe?«

Erst jetzt trat die Marquise vor und durchbohrte Steel mit einem Blick, der ihm kalt in die Glieder fuhr. Rasch löste er sich von diesen Augen und starrte stattdessen auf den großen Edelstein, den die Dame an einer Kette um den Hals trug.

»Ich hasse die Briten«, sagte sie mit kaltem Unterton. »Auch Ihr würdet nichts als Hass empfinden, wenn Ihr Euren Vater hättet sterben sehen. Er starb an den Wunden, die ihm die Briten in der Schlacht zugefügt hatten. Er hatte sein Augenlicht verloren und konnte seine Kinder nicht aufwachsen sehen. Später pflegte ich meinen Mann – oder besser das, was mir von ihm geblieben war. Er galt als der hübscheste Mann in Frankreich, Captain. Doch als man ihn mir nach der Schlacht von Ramillies nach Hause brachte, bot er einen grässlichen Anblick. Eure englischen Dragoner hatten ihn übel zugerichtet. Sie hatten ihn in einem Winkel des Schlachtfeldes aufgespürt, weitab von seinem Regiment. Er war verwirrt, weil er vom Pferd gefallen war.

Sie kamen zu viert. Er hatte sich schon ergeben, ihnen sogar seinen Degen angeboten. Es bedeutete ihnen nichts. Sie schlugen ihn dennoch nieder. Ein Säbelstreich riss ihm das Gesicht auf, vom rechten Auge bis zum linken Kiefer. Bei einem zweiten Hieb büßte er seine Nase ein. Und die ganze Zeit lachten diese elenden Hunde. Dann ließen sie ihn zum Sterben zurück. Aber er war ein kräftiger Mann. Sein Diener brachte ihn nach Hause, zurück nach Agen. Dort starb er später in meinen Armen und schluchzte wie ein kleines Kind.«

Sie zitterte bei diesen Erinnerungen. Dann huschte ihr Blick von Steel zu Malbec und wieder zurück. »Und so schwor ich Rache für die Ermordung meines Gemahls, Captain. Ich werde mich an den Mördern und deren Kameraden rächen. Mit Euch gedenke ich ein Spiel zu spielen, in dem Gleiches mit Gleichem vergolten wird. Ich werde Euch Euer Augenlicht nehmen. Den Rest Eures Körpers möchte ich in dem Zustand bewahren, in dem er jetzt ist: vollkommen, kraftvoll und schön. Und dann ersinne ich alle nur erdenklichen Möglichkeiten, wie Ihr zu meinem Vergnügen beitragen könnt. Ihr werdet mit mir in meinem Château in Agen leben. Zumindest so lange, bis ich Euer überdrüssig bin.«

Dieses Schicksal hätte Steel sich nicht träumen lassen. Zudem schien Malbec – ein Offizierskamerad, der einem Ehrenkodex verpflichtet war, der über Grenzen hinweg Geltung besaß – das barbarische Ansinnen der Dame billigen zu wollen. Steel war klar, dass er entkommen musste. Vielleicht brauchte er nur auf Zeit zu spielen, um eine Gelegenheit zur Flucht zu erhalten. Dafür müsste er allerdings erst noch die nächste Stufe des Verhörs überstehen.

Voller Unbehagen überlegte er, was der Major ihm jetzt zufügen würde. Gewiss eine subtilere Art der Folter als diese brutale Prügelorgie, unter der er bislang gelitten hatte. Wann würden sie ihn blenden? Und auf welche Weise? Ihm schauderte.

Verzweifelt versuchte er, nach einer Fluchtmöglichkeit zu suchen.

Der Major hatte die Marquise kurz in den Arm genommen und wandte sich nun wieder Steel zu. »Ihr wirkt überrascht, Captain, dass ein Offizier sich so verhält. Aber Ihr vergesst sicher, dass ich mich in Ostende aufgegeben habe. An jenem Tag sah ich zu viel Blutvergießen. In England, als Gefangener, hatte ich angenommen, ich wäre vielleicht imstande, die Menschen zu verstehen, die mir meine Liebsten geraubt hatten ... meine Frau und meine Kinder, ermordet im Bombenhagel Eurer Navy. Stattdessen verspürte ich nichts als Hass gegenüber einer fanatischen Nation. Mein Aufenthalt in Eurem Land diente nur dazu, meine Verachtung für Euer Volk zu befeuern. Daher gedenken wir, Euch dafür zahlen zu lassen, Captain. Ja, Ihr werdet für all die Ungerechtigkeiten büßen, die Eure barbarische Armee angerichtet hat. Aber ich kann es leichter für Euch machen, glaubt mir. Ihr seht ja, welchen Einfluss ich auf die Dame hier habe. Wenn Ihr mir die Namen Eurer Komplizen nennt, werde ich vielleicht in der Lage sein, Mylady von ihrem unangenehmen Vorhaben abzubringen. Ich könnte zumindest versuchen, Euer Augenlicht zu retten.«

Die Marquise schüttelte den Kopf. »Claude, Ihr solltet den armen Captain nicht necken. Mein Entschluss steht fest. Auge um Auge, Zahn um Zahn.«

Steel hörte kaum noch hin. Wenn es mir nur gelingt, diesen Mann zur Weißglut zu bringen, dann wird er mich in seinem Zorn bewusstlos schlagen, dachte er. Und dann müssten seine Peiniger warten, bis er wieder imstande wäre, ihnen die Namen zu nennen, die sie brauchten – nicht zuletzt den Namen von Major Charpentier. Es war einen Versuch wert. Er durfte nichts unversucht lassen, um Zeit zu gewinnen – Zeit, die er dringend brauchte, um sich einen Fluchtplan zurechtzulegen.

Steel wartete, bis Malbec sich wieder dicht zu ihm herabbeugte. Im nächsten Augenblick spie er ihm ins Gesicht, ein Gemisch aus Blut und Speichel. Der Major wich erschrocken zurück, ehe er sich sorgsam die Spucke von der Wange wischte. Dann, mit unerwarteter Schnelligkeit, riss er den rechten Arm hoch und hämmerte Steel die Faust gegen den Kiefer. Steel flog der Kopf zur Seite, so heftig, dass er befürchtete, beim nächsten Schlag würde ein Halswirbel brechen. Als dieser Schlag ihn Augenblicke später tatsächlich traf, waren die Folgen nicht so schlimm wie befürchtet. Steels Plan ging dennoch auf, denn der Hieb war so brutal, dass Steel mitsamt dem Stuhl zu Boden ging.

Dann wurde es dunkel um ihn.

* * *

Steel lag in undurchdringlicher Finsternis und zitterte vor Angst. Er konnte nichts sehen, und bislang hatte er den entscheidenden Moment hinausgezögert. Doch jetzt wusste er, dass er handeln musste. Langsam fasste er sich ins Gesicht und tastete nach seinen Augen. Gleich die erste behutsame Berührung verriet ihm alles, was er wissen musste. Die schreckliche Angst, leere Augenhöhlen zu fühlen, fiel von ihm ab, denn er spürte die runden Augäpfel unter den Lidern. Gott sei Dank hatte er sein Augenlicht nicht eingebüßt! Noch hatte die Marquise ihre furchtbare Ankündigung nicht in die Tat umgesetzt.

Schmerzen litt er trotzdem. O Gott, sie hatten ihn übel zugerichtet! Er bewegte ein Bein und spürte sogleich ein brennendes Stechen. Mit der Hand fuhr er sich durchs Gesicht, fühlte das getrocknete Blut und die Schwellungen. Danach tastete er zunächst seine Beine, dann seine Arme ab, wie er es vom Schlachtfeld her kannte, um mögliche Knochenbrüche zu finden. Zum Glück schien ihm das erspart geblieben zu sein. Noch.

Steel dankte Gott, dass sein Plan aufgegangen war: Bei Malbecs Schlag hatte er das Bewusstsein verloren. Allerdings machte er sich klar, dass Malbec ihn bald wieder holen würde. Und dann könnte die Verhörmethode so furchtbar sein, dass er seinen Peinigern letzten Endes doch alles gestehen würde. Anschließend wäre er der Marquise auf Gedeih und Verderb ausgeliefert – eine Aussicht, die er nicht weiter im Detail vertiefen wollte. Ihm blieb nur eine Wahl: Er musste so schnell wie möglich fliehen, mochte der Versuch noch so schmerzhaft sein. Dafür nahm er selbst den Tod auf der Flucht in Kauf.

Als Steel mühsam aufstand, stieß er sich den Kopf an der niedrigen Decke. Offensichtlich befand er sich nicht mehr in dem hohen Kellergewölbe. Wahrscheinlich hatte man ihn die Treppen nach oben geschafft, in irgendeine Bodenkammer. Ganz allmählich gewöhnten seine Augen sich an die neuen Lichtverhältnisse. Zu seiner Linken gewahrte er einen fahlen Schimmer, was auf ein schmales Fenster hinzudeuten schien. Vorsichtig setzte er auf den blanken Dielen einen Fuß vor den anderen und tastete sich einen Weg zum Licht. Er ging bewusst langsam, weil er befürchtete, sich durch das Knarren der Dielen zu verraten oder über irgendetwas zu stolpern. Doch die Kammer schien leer zu sein.

Endlich erreichte er die Wand und ertastete die Umrisse des Fensters. Die Öffnung war mit Brettern vernagelt. Doch Steel gelang es, zunächst eine Ecke des Verschlags anzuheben. Schließlich wandte er all seine Kraft auf und brach ein Stück Holz heraus, wobei er sich an den Splittern in die Hand schnitt. Sofort flutete mattes Licht in die Düsternis der Kammer. Steel hatte eine Fluchtmöglichkeit gefunden.

Eine halbe Stunde später bluteten seine Hände von der Anstrengung, die Bretter vom Fenster zu reißen. Endlich war das Loch groß genug. Mondlicht strömte herein und verlieh dem Raum einen silbrigen Schimmer. Vorsichtig spähte Steel aus der

Öffnung. Er sah nichts als Himmel und ein Dach in einer Entfernung von etwa achtzig Yards. Vorsichtig schob er den Kopf etwas weiter hinaus und blickte nach unten. Wie er es vermutet hatte, befand er sich in einer Dachkammer, ungefähr vierzig Fuß über dem Boden.

Unmittelbar unter sich sah er den Innenhof. Es war zweifellos der Cour Royale des Hôpital des Invalides. Also war er immer noch in Paris. In stillem Gebet dankte er Gott für diesen Umstand. Dann wandte er sich vom Fenster der Dachgaube ab und nahm die Kammer in Augenschein, sofern ihm dies im matten Mondlicht möglich war. Der einzige Zugang zum Raum war, abgesehen vom Fenster, die niedrige Tür, durch die man ihn gezerrt haben musste. Möbelstücke gab es nicht, nur einen zerbrochenen Tisch und einen Stapel Bretter.

Erneut trat er ans Fenster und blickte hinunter auf den Innenhof. Jetzt galt es, schnell zu handeln. Jede Sekunde zählte. Mit einem Ruck riss Steel das letzte Brett vom Fenster ab und legte es hinter sich auf den Boden der Kammer. So leise er konnte schob er das Fenster auf und kletterte aufs Dach, mit den Füßen zuerst und das Gesicht zum Fenster gewandt. Mit beiden Händen hielt er sich am schmalen Fenstersims fest und spähte über den Rücken in die Tiefe. Ihm schwindelte, und einen Moment lang fürchtete er, den Halt zu verlieren. Hätte in diesem Moment jemand von unten zum Fenster hinaufgeschaut, wäre er gewiss entdeckt worden. Die Neigung des Daches war steil, doch die Schindeln unter seinen Füßen waren zum Glück nicht rutschig.

Mit einer Hand tastete er nach dem Steinrelief oberhalb der Dachgaube und konnte sich an einer der Figuren festhalten. Er atmete tief durch, zog sich mit aller Kraft weiter nach oben und konnte sich Augenblicke später auf der Dachgaube abstützen. Ganz langsam, Schindel für Schindel, kroch er von der Gaube die steile Neigung hinauf bis zum First.

Er hatte gehofft, einen Schornstein zu entdecken, an dem er hätte hinunterklettern können, doch er sah keinen. Weiter hinten auf dem Dachfirst erblickte er jedoch die Umrisse einer »Laterne« – eines quadratischen, turmartigen Aufsatzes –, etwa dreißig Fuß von seinem Standort entfernt. Steel musste über den First balancieren, wenn er zu dem Turmaufsatz wollte. Doch das erschien ihm zu riskant, da das Dach zu beiden Seiten steil abfiel. Also setzte er sich rittlings auf den First und rutschte Stück für Stück vor. Wahrlich kein angenehmes Vorwärtskommen. Unweigerlich musste er daran denken, wie es sich wohl anfühlte, wenn Delinquenten anderer Regimenter die Bestrafung des »Pferdes« über sich ergehen lassen mussten: Der Verurteilte wurde gefesselt auf den Rücken eines hölzernen Pferdes gesetzt, und seine Beine wurden mit Gewichten beschwert.

Es schien eine halbe Ewigkeit zu dauern. Je weiter Steel vorankam, desto schmerzhafter wurde es auf den scharfkantigen Schindeln, zumal seine Handgelenke von den Lederriemen wund waren. Außerdem hatte er sich die Handinnenflächen an den Splittern verletzt.

Endlich hatte er die hohe »Laterne« erreicht. Der schmale Turmaufsatz war ungefähr so groß wie Steel und besaß sechs Seiten, durch die Licht in das darunterliegende Stockwerk fiel. Steel erinnerte sich an eine ähnliche Konstruktion in seinem Elternhaus in Carniston House; allerdings bestand sie aus Holz, befand sich auf dem First der Stallungen und ließ Luft für die Pferde hinein. Wie oft hatten Alexander und er sich nachts durch die Öffnungen dieser »Laterne« gezwängt, um sich auf dem Heuboden heimlich mit Mädchen aus dem Dorf zu treffen!

Wenn diese »Laterne« eine ähnliche Bauweise aufwies, müsste sich an einer der Seitenflächen eine kleine Tür befinden. Langsam umrundete Steel die turmartige Konstruktion und drückte vorsichtig gegen jede Seite. Vier Flächen gaben nicht nach, dann aber öffnete sich auf der rechten Seite mit leisem Knarren eine schmale Tür.

Rasch schmiegte Steel sich an die »Laterne«, für den Fall, dass jemand unten auf dem Hof das Geräusch gehört hatte. Doch zu seiner Erleichterung blieb alles still; niemand rief die Wachen. Vorsichtig spähte Steel in das Dunkel der »Laterne.« Ein kalter Luftzug verriet ihm, dass sich im Innern eine Art Schlot befand. Als er weiter tastete, fand er Halterungen und atmete erleichtert auf. Es handelte sich um einen Belüftungsschacht, genau wie in Carniston House.

Rasch zwängte Steel sich durch die Türöffnung und kletterte im Innern an den Sprossen hinunter. Er konnte nicht einschätzen, wie weit er im Schacht vorangekommen war, denn es war stockdunkel darin. Mit etwas Glück hatte er die Hälfte der Strecke hinter sich. Das einzige Licht fiel oben durch den Türspalt auf dem Dach. Jeder tastende Schritt bedeutete eine neue Gefahr auf den rutschigen Sprossen. Die Dunkelheit um ihn her schien ihn zu erdrücken; mehrmals bekam er Platzangst, rang sie aber jedes Mal nieder. Ihm brach der Schweiß aus. Er musste an seinen Sergeant Jacob Slaughter denken, der es in engen dunklen Räumen nicht aushielt, dachte an den Tunnel in Ostende, als Slaughters Panikattacke ihnen allen beinahe das Leben gekostet hätte. Damals hatte Steel seinen Sergeant gestützt und ihm aus dem Tunnel geholfen.

Diese Gewissheit, irgendwo einen Ausstieg zu finden, trieb ihn jetzt an. Außerdem wusste er, dass es kein Zurück gab, nur den Tod.

Seine Arme und Beine schmerzten furchtbar. Sein ganzer Körper tat weh. Allmählich merkte er, dass der Luftstrom im Schacht sich verändert hatte. Sein keuchender Atem hatte nicht mehr diesen hohlen Klang. Die einzige Erklärung konnte nur sein, dass er sich dem Ende des Schachtes näherte. Vorsichtig suchte er mit dem Fuß die nächste Sprosse, fand aber keine mehr. Panik überfiel ihn, wich aber Erleichterung, als er endlich festen Boden unter den Füßen spürte.

Schwer atmend versuchte er sich zu orientieren und ertastete eine Art Tunnel. Nach wenigen Yards kam er an eine Öffnung im Boden, nicht breiter als zwei Fuß. Steel setzte sich auf die Kante, stützte sich ab und stieg langsam weiter hinab in einen Gang, in dem es endlich nicht mehr so dunkel war. Er hatte wieder mehr Platz, auch wenn er nicht aufrecht stehen konnte; die Decke des Gangs war gewölbt und bestand aus Backsteinen, der Fußboden war festgestampft. Er fragte sich, was der ursprüngliche Zweck dieses Gangs gewesen sein mochte. Aber das war im Augenblick unwichtig.

Auf allen vieren kroch er durch den Tunnel. Bereits kurze Zeit später – Steel hatte jegliches Zeitgefühl verloren – hatte er sich die Wunden an den Händen auf dem rauen Boden aufgerissen. Doch allmählich wurde es weiter vorn heller, und die Luft war nicht mehr so abgestanden. Bald gelangte er an eine weitere Öffnung auf Kopfhöhe, hinter der sich ein neuer Gang anschloss. Hier konnte er wieder aufrecht stehen und entdeckte im Zwielicht eine schmale Steintreppe, die zu einer Falltür führte.

Steel schlich die Stufen hinauf und drückte vorsichtig gegen die Luke: Sie gab nach. Erleichtert atmete er auf. Wenn das Glück es weiterhin gut mit ihm meinte, käme er nicht unmittelbar neben einer Wache heraus. Steel drückte kräftiger und spürte, wie der hölzerne Deckel über Gras schabte. Schnell zog er sich aus der Öffnung und kletterte Sekunden später ins Freie. Über ihm spannte sich der Nachthimmel.

Vorsichtshalber blieb Steel in der Hocke, ordnete seine Gedanken und versuchte, wieder ruhiger zu atmen, um sich nicht zu verraten. Sein Körper war bleischwer. Die Verletzungen an den Händen bluteten stark; auch am Kopf sickerte wieder Blut aus den Wunden, die Malbec ihm zugefügt hatte. Langsam schaute er sich im Mondschein um. Nirgends war eine Menschenseele zu sehen, keine Wachen, niemand. Einer ersten Eingebung folgend, wollte er zurück zu Simpsons Haus, doch dann entsann er sich, dass Malbec ihm erzählt hatte, sie seien Simpson auf die Schliche gekommen.

Die einzige andere Möglichkeit für einen Gejagten wie ihn in einer fremden Stadt war, seinen Bruder zu suchen. Alexander hatte ihm erzählt, er sei vorübergehend in einem Zimmer in den Dormitorien untergebracht, außerhalb des Hauptgebäudes. Vermutlich waren es, so hoffte Steel, genau die Häuser, auf die er im Moment schaute. Er wusste auch, dass Alexanders Unterkunft in der Nähe der Rue de Grenelle lag, daher versuchte er nun, sich zu orientieren.

Hinter ihm zeichnete sich die mächtige Kuppel des Invalidendoms gegen den Nachthimmel ab. Steel brauchte einen Augenblick, bis ihm klar war, wo Osten war. Er hatte Glück, stand er doch auf der richtigen Seite des Gebäudes! Jetzt galt es nur noch herauszufinden, in welchem der drei Blocks sein Bruder untergebracht war.

Im selben Moment hörte er Schritte auf dem Schotterweg, gefolgt von dem Ruf, den er befürchtet hatte. *»Halte! Qui va là?«*

Steel handelte instinktiv und antwortete in schlechtem Französisch, wobei er die Wörter bewusst dehnte: »Ich bin's. O'Driscoll, Meister. Ich fühle mich nicht gut.«

Der Wachposten trat näher an Steel heran und hielt ihm das Bajonett der Muskete vor die Brust. »Ihr seid betrunken. Und Ihr habt Euch geprügelt. In die Wachstube mit Euch, mein irischer Freund.«

Steel hob theatralisch die Hände. »Nicht schießen, Meister. Ich komm freiwillig mit. Ja, ich hab vielleicht 'nen Tropfen zu viel gehabt, aber wir sind ja auch nur Menschen, nicht wahr, mein Freund? Könnt die Waffe sinken lassen, ich komm freiwillig mit. Stelle mich meiner Strafe.«

Der Franzose lächelte und ließ die Muskete sinken. Steel nutzte die Gelegenheit. Ansatzlos schlug er den völlig verdutzten Wächter mit der Faust zu Boden. Die Muskete, die zum Glück nicht geladen war, fiel ins Gras. Steel hob sie auf. Ehe der Franzose wieder zu Bewusstsein kam, trieb er ihm die Klinge des Bajonetts durch die Brust. Er hörte ein gurgelndes Geräusch, dann erschlaffte der Körper des Mannes. Schnell zog er das Bajonett aus dem Körper des Toten, nahm ihm die weiße Uniformjacke ab und schlüpfte hinein. Sie war ihm ein wenig eng um die Brust, aber es würde schon gehen. Dann nahm er dem Franzosen den Dreispitz ab und setzte ihn sich auf den Kopf. Zu guter Letzt griff er nach der Muskete, schulterte sie links und schritt wie ein Wachsoldat den Schotterweg entlang.

Fieberhaft suchte er bei den Unterkünften nach Anzeichen, die auf seinen Bruder hindeuteten. Schon machte sich Verzweiflung in ihm breit, als er plötzlich Stimmen hörte. Zwei Männer unterhielten sich in Englisch. Sofort erkannte er die Stimme Alexanders. »Dann gute Nacht, Lieutenant. Und habt Dank für den Wein. Ich zeige mich bei Gelegenheit erkenntlich.«

Steel setzte den Rundgang des Wächters langsam fort und sah, wie ein Mann sich aus dem Schatten eines Hauseingangs löste und seines Weges ging. Als der Lieutenant an ihm vorbeikam, salutierte Steel vorschriftsmäßig und hoffte inständig, dass der Offizier nicht zu genau in seine Richtung schaute. Zu Steels Erleichterung hielt der Lieutenant auf das Hauptgebäude zu. Sowie der Mann außer Hörweite war, lief Steel zu der Tür und drehte den Knauf. Zum Glück ließ die Tür sich öffnen.

Keinen Meter von Steel entfernt stand sein Bruder und blickte ihn entgeistert an.

* * *

Steel brauchte eine Verschnaufpause. Er war nicht sofort in der Lage, Alexander die ganze Geschichte seines Martyriums zu erzählen. Inzwischen saßen sie auf einer grasbewachsenen Böschung neben einer noch nicht fertig gebauten Straße. Alexander hatte sich bemüht, die Wunden seines Bruders zumindest notdürftig zu verbinden, und hatte dabei die Tür zu seiner Unterkunft keinen Moment aus den Augen gelassen. Kurz darauf hatten sie den Block verlassen und waren so weit gegangen, bis sie das Hôpital weit hinter sich wussten. Dennoch sprach Steel nur im Flüsterton.

»Dann kennst du also den Geheimgang?«

»Charpentier hat mir davon erzählt«, erwiderte Alexander. »Der König selbst ließ ihn anlegen, vor zwanzig Jahren, als das Hôpital erbaut wurde. Der Gang diente den nicht anerkannten Mätressen des Königs, mit denen er sich in seinen Privatgemächern vergnügt hat.«

Steel lachte leise. »Also bin ich entkommen, weil der König eine Leidenschaft für junge Frauen hatte? Der alte Bock!«

»Er schmückt sich mit der Promiskuität wie mit einer Ehrenmedaille. Und die ganze Nation, so scheint es, eifert ihm nach.«

Steel schüttelte den Kopf. »Wirklich, ein seltsames Volk. Wie sollen wir je Frieden herbeiführen zwischen diesen beiden Kulturen?«

»Bist du deshalb hier, Jack? Um das Ende des Krieges herbeizuführen?«

»Du solltest mich lieber nicht danach fragen, Bruder. Ich bin Soldat, mehr nicht. Das sagte ich dir schon.«

»Du musst fort von hier. Ich hatte mir schon einen Plan zurechtgelegt. Aber jetzt müssen wir schnell sein.«

Alexander stand auf, aber in Steels benebeltem Verstand wirbelten noch viele Fragen durcheinander.

»Du wusstest, dass sie mich geschnappt hatten?«

»Dein Vertrauter, Simpson, kam zu mir.«

»Aber woher wusste er von dir?«

»Keine Ahnung. Es reicht doch, dass er zu mir kam, oder nicht, Jack? Aber jetzt müssen wir uns wirklich beeilen. Uns bleibt nicht viel Zeit. Ich werde dich in Sicherheit bringen. Aber dann muss ich sofort zurück, damit man mich im Hôpital nicht vermisst. Der Mond steigt höher. Wir müssen uns in den Schatten halten, so gut es geht.«

Alexander half seinem Bruder auf die Beine und deutete in die Richtung, die sie einschlagen mussten. Sie schlichen ostwärts davon, fort vom Invalidendom. Doch Steel konnte nicht widerstehen, einen letzten Blick zurückzuwerfen. Als er sich umdrehte, leuchtete die Kuppel im Mondlicht. Mit einem grimmigen Lächeln malte er sich aus, wie Malbec die Dachkammer leer vorfinden würde. Der Franzose würde kochen vor Wut, sobald er merkte, dass sein Gefangener entkommen war.

»Wohin willst du mich bringen, Alexander?«

»Ich kann dir nur den Weg dorthin zeigen, mitkommen kann ich nicht. Das Viertel heißt Cour des Miracles, in London vergleichbar mit St. Giles oder Tottenham Court. Dort wimmelt es nur so von Huren, Halsabschneidern und Verbrechern, dass es eigentlich keinen besseren Ort für dich gibt«, setzte er mit einem Lachen hinzu.

»Wenn ich nicht so ausgelaugt wäre, würde ich dir dafür eine verpassen!«, zischte Steel.

»Ach, komm, Brüderchen. Willst du etwa leugnen, ein Spion zu sein? Deshalb hast du dich der Täuschung schuldig gemacht und bist nicht besser als die zwielichtigen Gestalten in den dunklen Gassen von Paris oder London.«

Steel spürte, wie Wut in ihm hochstieg. »Täuschung ja, aber im Namen der Ehre.«

»Pah! Deine Ehre ist die eines Zinkers beim Kartenspiel. Glaub mir, der Ort wird sicher für dich sein, bis du die Stadt verlassen kannst. Und da ich dir jetzt schon zum zweiten Mal das Leben gerettet habe, darf ich doch wohl hoffen, dass du dich eines Tages revanchierst, oder?«

10.

Sie durchquerten die schlafende Stadt so schnell sie konnten und hielten zuerst auf die Gärten der Tuilerien zu, später eilten sie in Richtung Place des Victoires.

Auf dem Weg dorthin erzählte Alexander seinem Bruder einiges über das Viertel, in das sie wollten – über den Ort, an dem Steel in Sicherheit sein sollte. »Ein Rattennest, sage ich dir«, meinte Alexander, »aber eins, wie du es noch nie gesehen hast.«

Selbst zu dieser späten Stunde waren die Straßen in der Nähe der Tuilerien erstaunlich gut beleuchtet, denn hier brannten Tausende Laternen, die alle vierzig Fuß an Ketten neben den Straßen hingen. Allmählich jedoch, als der Weg sie weiter von den Palästen und den stattlichen Gebäuden wegführte, wurde das Licht spärlicher. Als sie die Place des Victoires erreichten, waren die Laternen gänzlich verschwunden, nur der Mond schien noch auf das Viertel.

Alexander führte Steel tief in das Labyrinth aus Straßen in La Villeneuve. Nachdem sie rechts abgebogen waren, setzten sie ihren Weg durch ein Gewirr aus engen Gassen fort.

»Die Behörden«, fuhr Alexander fort, »haben die Existenz dieses Viertels stets geleugnet. Du würdest es auf einer Karte vergebens suchen. Natürlich würde niemand, der bei Verstand ist, nachts hierherkommen, und tagsüber nur Diebe und Huren. Aber du passt hier ganz gut hin. Hast du dich nie gefragt, wohin die Schurken, Gauner und Bettler von Paris sich in der Nacht verziehen? Nun, das hier ist der Ort, wo sie ihre Verkleidungen fallen lassen.«

Sie eilten in nordöstlicher Richtung durch die Gassen. Steel, der jeden Knochen im Körper spürte, konnte mit seinem athletischen Bruder nur mühsam Schritt halten. »Und hier soll ich sicher sein? Warum sollten sie mich nicht einfach umbringen?«

»Dir wird nichts geschehen, solange du dich an den Mann hältst, der in diesem Viertel herrscht«, erwiderte Alexander. »Man nennt ihn den Kaiser. Frag mich nicht, warum. Simpson hat Verbindungen bis hierher. Er hat alles arrangiert.«

Nach einer Weile blieben sie stehen. »Jetzt pass auf«, fuhr Alexander fort. »Halte dich von hier aus immer rechts, bis du in die Rue St. Sauveur kommst. Von dort ist es einfach. Folge deiner Nase. Ich kann nicht mehr mitkommen. Und denk dran, Jack. Was auch immer dein Instinkt dir rät, an diesem Ort sind alle kriminell. Wenn du das vergisst, bist du ein toter Mann. Du bist jetzt auf der Flucht, stehst außerhalb des Gesetzes. Von nun an musst du denken und handeln wie ein Verbrecher. Was immer du siehst, zeige um Himmels willen kein Entsetzen und keinen Zorn. Nimm alles als gewöhnlich hin. Hier ist dein Degen.« Alexander holte Degen samt Gürtel unter seinem Uniformrock hervor.

Ungläubig blickte Steel auf seine Waffe, die er verloren geglaubt hatte.

»Wie bist du an meinen Degen gekommen?«, fragte er. »Malbec hat ihn mir abgenommen.«

»Du kannst dich bei Simpson bedanken. Keine Ahnung, wie er das bewerkstelligt hat.« Alexander grinste.

Steel legte seinem Bruder eine Hand auf die Schulter. »Ich hoffe, ich kann mich eines Tages revanchieren. Das wünsche ich mir von ganzem Herzen.«

Alexander lächelte. »Wer weiß? Vielleicht bekommst du die Gelegenheit. Und vergiss nie, Jack: Obwohl wir auf unterschiedlichen Seiten kämpfen, sind wir immer noch aus demselben Holz geschnitzt. Vergiss das nie, Bruder. Denn Brüder werden wir immer bleiben. Aber jetzt muss ich fort. Nicht zuletzt, weil ich mir Gedanken wegen Charpentier mache. Glaubst du, Malbec weiß, dass der Major mit dir zusammengearbeitet hat?«

»Wahrscheinlich. Er wird es vermutet haben. Aber ich schwöre dir, dass mir kein Wort über die Lippen gekommen ist.«

Alexander lächelte wieder. »Ich glaube dir, Jack. Ich kenne keinen, der so treu ist wie du, Bruder hin oder her. Adieu!«

Mit einem Lächeln zum Abschied war er verschwunden. So kam es, dass Steel sich in der letzten Stunde vor Sonnenaufgang allein in einem Viertel befand, das ihm vollkommen unbekannt war … bis auf den Namen der Rue de Sauveur. Zu seiner Linken erhob sich der Konvent der Filles-Dieu, der Töchter Gottes. Das Hospital wirkte fehl am Platze in einem Viertel, in dem sich sonst nur Diebe und Halsabschneider tummelten, aber Steel machte sich bewusst, dass diese Stadt ihn wohl immer aufs Neue überraschen würde.

Er hielt sich an Alexanders Anweisungen und bog an jeder Straßenecke rechts ab, bis er in eine Sackgasse kam. Doch als er genauer hinsah, entdeckte er einen schmalen Durchgang, durch den er sich mit Mühe zwängen konnte. Im selben Augenblick stieg ihm ein widerlicher Gestank in die Nase, als hätte sich vor ihm die Abwasserrinne von ganz Paris geöffnet. Mit angehaltenem Atem zwängte Steel sich durch den Spalt und hatte das Gefühl, in einer anderen Welt anzukommen.

Es war ihm unverständlich, dass man sich wenige Straßen von der königlichen Vision städtischer Pracht entfernt in einem Viertel wiederfand, das so ärmlich und schmutzig war wie der Cour des Miracles. Der Name täuschte, denn Steel sah nichts als ein Gewirr aus furchtbar engen und schlecht beleuchteten Gassen. In den kleinen Hinterhöfen stank es nach menschlichen Exkrementen. Wie ein Keil bohrte sich die Enklave in die nordöstliche Ecke der Stadtausläufer. Kaum jemand aus der Stadt kam je in diese Gegend. Doch obwohl Steel den fauligen Geruch verfluchte, dankte er Gott, dass es dieses Rückzugsgebiet gab.

Die enge Straße, auf der er nun stand, wurde abschüssiger, zunächst kaum merklich, bis der Weg so steil war, dass Steel bisweilen das Gefühl hatte, das Gleichgewicht zu verlieren und der Länge nach hinzufallen.

Zu seiner Linken stand ein Haus – falls man es als Haus bezeichnen konnte, denn es war nicht viel mehr als eine mit Lehm verputzte Behausung. Davor, neben einem Sickerbrunnen, spielten Kinder in Lumpen, während ihre halbnackten Mütter lachten und durcheinanderriefen und sich ihrer bloßen Brüste nicht einmal bewusst zu sein schienen. Im Gegenteil, sie schwelgten offenbar in dieser Freizügigkeit.

Steel war selten an einem so abstoßenden, bedrückenden Ort gewesen. Die Armut und Verwahrlosung schien kein Ende zu nehmen. Ausgerechnet hier sollte er in Sicherheit sein?

Aus den Schatten der Behausung kam eine Gestalt auf ihn zu. Instinktiv tastete Steel nach seinem Degen und zog ihn ein paar Zoll aus der Scheide.

»Wer da? Nennt mir Euren Namen!«, rief er. »Warum folgt Ihr mir?«

»Steel? Gott sei Dank. Ihr seid es.«

Langsam trat Simpson in das Zwielicht der Gasse. Steel, dessen Augen sich allmählich an die schlechten Lichtverhältnisse gewöhnt hatten, sah, dass sein Verbündeter einen schlichten Mantel und eine unauffällige Perücke trug. Er schien ehrlich erfreut zu sein, Steel wiederzusehen.

»Bei Gott, Jack, ich hätte Euch beinahe zu den Toten gezählt. Diese Frau verkörpert das Böse schlechthin. Sie hätte Euch zu ihrem Vergnügen in ihrem Haus gehalten, bis Ihr gestorben wärt. Glaubt mir, es wäre nicht ihre erste Begegnung mit einem britischen Offizier gewesen.«

Wie immer, schien Simpson bestens unterrichtet zu sein.

Steel entnahm seinem Tonfall, dass jetzt nicht der Zeitpunkt für Fragen war, doch er glaubte, so etwas wie den Ausdruck tiefer Verletzung in Simpsons Augen zu sehen ... vielleicht sogar von verlorener Liebe. Er fragte sich, inwieweit die Marquise damit zu tun hatte, und gelangte erneut zu dem Schluss, dass in dieser Stadt alles möglich war.

Steel lächelte. »Ich dachte, man hätte auch Euch geschnappt. Und Charpentier. Was ist mit ihm?«

Simpson lachte. »Der Major ist in Sicherheit. Malbec glaubt, dass Charpentier von Euch übertölpelt wurde, und Charpentier bestärkt den Major in diesem Glauben. Und was mich betrifft, ich bin so schwer zu fangen wie ein Fisch mit bloßen Händen, mein lieber Junge. Man war mir schon dichter auf den Fersen, glaubt mir, aber ich bin den Häschern noch jedes Mal entronnen. Aber was ist mit Euch? Ihr seht aus, als wärt Ihr gerade mal mit dem Leben davongekommen. Malbec und seine Handlanger sind so grausam und herzlos wie eine Bande von Halsabschneidern, Jack, deshalb muss man sie auch wie Halsabschneider behandeln. Ich habe vor, mich ihrer zu entledigen.«

Zum ersten Mal entdeckte Steel einen grausamen Zug um die Mundwinkel des Spions, und in seinen stahlblauen Augen erschien ein Ausdruck grenzenloser Rücksichtslosigkeit.

»Willkommen im Cour des Miracles«, fuhr der Spion fort. »Wie Euer Bruder Euch sicher schon gesagt hat, ist hier nichts so, wie es scheint. Dies hier ist der einzige Ort in ganz Paris, wo Malbec und seine Schergen nie nach Euch suchen würden. Aber Ihr habt recht. Hier ist es dreckig, in diesem Reich des Verbrechens und des Chaos. Einst soll es ein Dutzend solcher Elendsviertel gegeben haben. Dieses ist übrig geblieben.« Er sah sich um. »Mir scheint, der Abschaum aller vorherigen Viertel hat sich hier vereinigt.« Beiläufig wischte er sich irgendetwas von der Kniebundhose, und Steel konnte nur hoffen, dass es Dreck war.

»Woher kennt Ihr meinen Bruder?«, hakte er nach.

»Oh, ein zufälliges Zusammentreffen und ein bisschen Kopfarbeit. Euer echter Name ist nicht allzu geläufig. Zumindest hier nicht. Ich habe alles auf eine Karte gesetzt.«

»Ihr habt geahnt, dass wir verwandt sind?«

»Ja, und ich vermutete weiter, dass er Euch helfen würde, falls Euch die Flucht gelingt. Ich war mir aber nicht sicher. Es hätte ebenso gut ein schrecklicher Fehler sein können. Deshalb bin ich heilfroh, dass ich mit meiner Vermutung richtiglag.«

In Simpsons Tonfall spiegelten sich Aufrichtigkeit und wahre Freundschaft. Steel machte sich bewusst, dass dieser Mann trotz seiner Allüren und sexuellen Vorlieben in seinem Herzen immer noch ein Offizierskamerad war.

»Ich bin froh, dass Ihr so klug wart, Kontakt zu meinem Bruder aufzunehmen, und ich danke Euch dafür«, sagte Steel. »Ihr habt viel riskiert. Ich wäre nicht hier, wärt Ihr nicht gewesen. Aber ich frage mich, wie Ihr mich von hier fortbringen wollt. Wahrscheinlich bin ich ein toter Mann, sobald ich einen Fuß auf die Straßen der Innenstadt setze oder versuche, Paris durch eines der Stadttore zu verlassen, nicht wahr?«

Simpson nickte. »Ja. Wir sind nicht nur hier, um Euch vorübergehend Unterschlupf zu gewähren. Nein, wir müssen uns eine passende Verkleidung für Euch ausdenken. Und wo könnte man sich besser umschauen als an einem Ort, an dem nichts so ist, wie es den Anschein hat?«

Steel schaute sich um und sah, dass Simpson recht hatte. Zum ersten Mal bemerkte er, dass ihnen in den Gassen andere schemenhafte Gestalten gefolgt waren. Als sie sich jetzt einem dieser dunklen Schemen näherten, erkannte Steel, dass dort ein Mann ohne Beine auf einem Brett hockte, das Räder besaß: Ein Krüppel, der sich fortzubewegen wusste. Er schaute zu Steel auf, und das matte Licht fiel auf sein hageres, pockennarbiges

Gesicht, das unter einem Hut hervorlugte, den sonst französische Infanteristen trugen.

»Um Himmels willen, Sir, ich bitte Euch um einen Sou.«

Steel ignorierte den Bettler und wandte sich wieder Simpson zu. Doch kaum hatte er dem armen Krüppel halb den Rücken zugekehrt, als sich von dem fahrenden Brett eine schwarze Gestalt erhob und kichernd die Straße entlanglief. Ungläubig blickte Steel sich nach dem Krüppel um, doch der war nirgends mehr zu sehen.

Simpson lachte. »Seht Ihr, was ich meine?«

»Der Mann war gar kein Krüppel?«

»Exakt. Aber er hat Euch getäuscht. Ich dachte, Alexander hätte Euch schon einiges erzählt.«

Steel dämmerte es. Offenbar waren auch all die anderen Gestalten in den Schatten der Gassen nicht das, was sie zu sein vorgaben. Er nahm die Leute genauer in Augenschein: Hier schleppte sich ein Mann auf Krücken dahin, dort hockte ein Blinder neben einer Frau, die ein lebloses Kleinkind auf dem Arm hielt. Ein Fremder, der die Uniform eines bayerischen Soldaten trug, sprach ihn auf Deutsch an. Er sah Männer, die als Frauen verkleidet waren und jeden unbedachten Narren mit der Aussicht auf Sex in eine Seitengasse lockten, um ihm den Hals durchzuschneiden.

Es gab die *francs mitoux*, jene Gauner, die Krankheiten oder andere Gebrechen vortäuschten. Des Weiteren die *sabouteux*, die Anfälle, krampfartige Fallsucht oder Besessenheit von bösen Geistern simulierten und sich auf dem Boden wanden, um das Mitleid der Passanten zu erregen. Den Schaum vorm Mund erzeugten sie mit harmlosen Pflanzensäften. Man sah auch Leprakranke. Steel hatte den Eindruck, dass es immer mehr wurden, denn inzwischen erreichten sie das Zentrum des Viertels.

Er wandte sich an Simpson. »In was wollt Ihr mich verwandeln? Einen Krüppel? Eine Frau?«

Der Spion lächelte wieder und berührte Steel liebevoll an der Schulter. »Nein, Jack, obwohl ich manches dafür geben würde, Euch einmal in einem Seidengewand zu sehen. Nein, ich denke, wir machen einen blinden Bettler aus Euch.«

Steel musste unwillkürlich lächeln, als er sich die Ironie dieser Maskerade bewusst machte – er sollte einen Blinden spielen und wäre um ein Haar tatsächlich einer geworden.

»Aber zunächst solltet Ihr den Kaiser kennenlernen. Hier geschieht nichts ohne seine Zustimmung. Und um Himmels willen, zollt ihm Achtung, sonst könnten wir beide sehr schnell tot sein.«

Steel wunderte sich über den Namen und die offenbar hochmütige Kühnheit dieses Mannes. »Ihr meint wohl den König der Diebe?«

Simpson sah erschrocken aus. »Pst!«, machte er. »Nennt ihn nicht einen Dieb. Sagt das nie wieder, wenn Ihr diesen Ort lebend verlassen wollt. Er ist hier der König. Manche halten ihn für einen Zauberer. Dafür, dass er die Leute hier innerhalb der Stadt beschützt, fordert er eine Abgabe von ihren Waren. Aber er ist nicht halb so schaurig, wie manche meinen. Er kennt mich. Wir haben eine Vereinbarung.«

Steel war verdutzt. »Ihr meint ...?«

»Nein, nichts dergleichen. Er bevorzugt die Damen, genau wie Ihr, Jack. Nein, ich meinte nur, falls ich mal in eine kompromittierende Situation mit einem meiner Freunde komme, brauche ich nur den Kaiser zu benachrichtigen, und schon sorgt er dafür, dass der arme Kerl verschwindet.«

»Er lässt Eure Liebhaber umbringen?«

»Man könnte es so ausdrücken. Aber das klingt ein wenig hart.«

»Das meine ich auch.«

»Bedenkt, Jack, hier in Paris – wie auch in London – wird der Akt, also der Ausdruck der Liebe zu einem anderen Mann, als ein Verbrechen erachtet, das mit dem Tode bestraft wird, oder zumindest mit Verstümmelung. Was sollte ich sonst tun, um meine Position in Marlboroughs Diensten zu sichern? Als Gegenleistung erhält der Kaiser die Wertgegenstände, die die Gentlemen bei sich tragen. Ich versuche stets dafür zu sorgen, dass sie etwas Wertvolles dabei haben – eine größere Summe –, wenn er sie beseitigt. Ich glaube, er entledigt sich der Leichen in der Seine.«

Steel glaubte dem Spion aufs Wort. Simpson war all die Jahre zweifellos ein Trumpf in der Hand des Herzogs gewesen, die direkte Verbindung zur französischen Hauptstadt ... bislang obendrein mit perfekter Tarnung. Was waren da schon ein paar Männer, die in der Seine verschwanden, im Vergleich zu den Tausenden alliierter Soldaten, deren Leben gerettet wurde?

Allerdings machte Steel sich bewusst, dass Simpson seine bisherige Rolle jetzt nicht mehr spielen konnte, da seine Tarnung aufgeflogen war. Daher fragte er sich, was aus einem Spion wurde, der nicht mehr in dem alten Terrain eingesetzt werden konnte. Vielleicht erhielt Simpson eine Stelle bei den Horse Guards, als Ausdruck der herzoglichen Dankbarkeit.

Die Straße mündete auf einen großen Platz, der von Fackeln erleuchtet war und auf dem sich viele Leute drängten.

Simpson machte eine einladende Geste. »Willkommen auf dem Cour des Miracles.«

Steel kam es beinahe so vor, als hätten sich sämtliche Bettler, die er je vor den Portalen der Kirchen Europas gesehen hatte, an diesem Ort versammelt. Wahrscheinlich machten sich die armseligen Gestalten jeden Morgen aufs Neue von hier aus auf ihre Runden. Doch allmählich durchschaute Steel das scheinbare Chaos. Dies hier war eine gut organisierte Armee, unterteilt in Regimenter und Kompanien. Immer wieder entdeckte er Uniformröcke der Armeen Frankreichs und seiner Verbündeten: Bayern, Schweizer und Iren. Es gab aber auch Männer in den

Uniformen der Alliierten: Dänen, Preußen, Österreicher und Söldner der kleineren deutschen Lande. Steel fragte sich, wie viele Männer auf dem Platz die Uniformen nur der Verkleidung halber trugen und bei wie vielen es sich tatsächlich um ehemalige Soldaten handelte, die auf die schiefe Bahn geraten waren.

Wenn man es genau bedachte, war es kein so weiter Weg aus den Reihen der Regimenter in die Gosse, denn die Press-Kommandos rekrutierten viele arme Schlucker aus Elendsvierteln in ganz Europa für die Armee. Doch die meisten Männer und Frauen auf dem Cour des Miracles trugen die Kleidung von Zivilisten. Manches Damenkleid war sogar recht elegant, stammte aber aus einer vergangenen Epoche und war seit zwanzig, dreißig Jahren aus der Mode. Doch gerade das Schillernde und Groteske trugen zum Charakter dieser Zwischenwelt bei. Ja, dies hier war eine Welt innerhalb einer Welt: die verborgene, geheime Unterwelt von Paris. Eigenartig war nur, dass Steel sich an diesem Ort tatsächlich sicher fühlte, obwohl er es zu Beginn nicht hatte wahrhaben wollen. An keinem anderen Ort dieser Stadt war er je sicherer gewesen.

Überall auf dem Platz hockten Leute an offenen Feuerstellen auf dem kargen Boden. Frauen kreischten, Kinder plärrten, und Hunde trotteten zwischen den Menschen hindurch. Die Häuser, die den Platz umschlossen, waren genauso heruntergekommen und schäbig wie die Bewohner – manches Gebäude mochte noch bis ins späte Mittelalter zurückreichen. Auch der Geruch, der über dem Platz hing, war überwältigend; der Qualm von den Holzfeuern mischte sich mit Körperausdünstungen, dem Gestank von Unrat und den zahllosen Gerüchen, die den Kochtöpfen entstiegen. Hatte man diesen Geruch von angebranntem Eintopf einmal in der Nase, wurde man ihn so schnell nicht wieder los, auch wenn man längst an den Feuerstellen vorbei war.

»Was für ein Ort, wie?«, merkte Simpson an. »Die Behörden

haben hier keinen Zugriff. Wann immer sie sich bis hierher vorwagen, ziehen sie sich wieder zurück. Aber für Euch und mich, mein lieber Jack, für uns Spione, ist es wie ein zweites Zuhause.«

Sie mischten sich unter all die Menschen und bahnten sich ihren Weg über den Platz. Steel sah, welches Ziel Simpson anvisiert hatte. Auf der gegenüberliegenden Seite des Platzes, im Erdgeschoss eines der Häuser, befand sich eine Schänke. Ein dunkles, rötliches Licht strömte aus den schmutzigen Fenstern, und der Lärm, der aus dem Etablissement drang, schien die Geräuschkulisse auf dem Platz noch zu übertönen. Über der Tür hing ein Schild, auf dem ein geschlachtetes Huhn und ein Stapel Münzen zu erkennen waren – französische Sous. Steels Blick fiel auf den Spruch darunter: *Aux sonneurs pour les trepassés.*

Simpson bemerkte, dass Steel mit den Worten beschäftigt war. »Ein Wortspiel, mein lieber Junge. *Sonneurs – sous neufs*, neue Münzen, und *pour les – poulets*, Hühner, was lustigerweise auch ›Nachtwächter‹ bedeutet. Bestechungen für den Nachtwächter, die Erzfeinde dieses Ortes. So, da wären wir.«

Sie traten ein, aber Steel hätte bei dem Gestank beinahe einen Schritt zurück gemacht. Schon die Gerüche auf dem Platz hatten einem den Atem geraubt, aber hier im Schankraum wurde es geradezu unerträglich. Der Raum hatte eine kreisrunde Fläche und war voll mit Tischen, an denen Männer und Frauen saßen. Talglichter und der Schein eines offenen Kaminfeuers tauchten das Innere in flackerndes, trübes Licht. Die Gäste an den Tischen befanden sich in unterschiedlichen Stufen der Trunkenheit. Steel sah auf den ersten Blick, dass fast jeder Mann mit mindestens einer Waffe ausgestattet war, mit einer Muskete oder Hippe – einer Art Stangenwaffe der Infanterie.

Am größten Tisch, in der Mitte des Raumes, saß ein ungeheuer großer, beleibter Mann. Sein Schädel war fast kahl, und ein langer Schnauzbart legte sich um seine Mundwinkel. Als Steel und Simpson tiefer in die Schankstube traten, fixierte der Mann beide mit einem neugierigen Blick. Doch in diesem Blick lag etwas Raubtierhaftes, ein Glimmen wie in den Augen eines Fuchses, der ahnungslose Hühner stellt, die sich in seinen Bau verirrt haben. Dreimal schlug der Riese mit der Hand auf den Tisch, und der Lärm um ihn herum ebbte ab. Nur die Zecher, die unmittelbar an der Theke lungerten, plapperten weiter.

»Frisches Blut. Ich riech's. Seh's. Frisches Blut im Königreich der Bummelanten.« Er kniff die Augen zusammen. »St. Colombe, seid Ihr das? Wer ist Euer Freund dort? Einer Eurer Jungen? Hättet Ihn nicht hierherbringen brauchen. Wir hätten uns schon um ihn gekümmert!« Er lachte über seinen eigenen Scherz, worauf seine Gefährten ebenfalls in lautes Gelächter ausbrachen.

»Mein lieber Kaiser«, erwiderte Simpson, »geistreich wie eh und je. Aber dies hier ist keiner meiner Jungs, wie Ihr so amüsant bemerkt habt. Nein, dieser Mann hier ist ein Flüchtling, ein Ausgestoßener wie alle hier. Er braucht Hilfe, die er nur von Euch erhalten kann.«

Das Lachen des Kaisers verstummte abrupt. Er erhob sich. Steel war sprachlos, als er sah, wie groß der Mann war. Selbst einen Grenadier wie ihn überragte er noch um einige Zoll. Er war wirklich ein Riese, mit kräftigen Armen und einem gehörigen Wanst, den er sich auf Kosten seiner Opfer angefressen hatte. Er schüttelte den kahlen Schädel.

»Wirklich, St. Colombe, Ihr amüsiert mich. Wir haben eine Abmachung. Ihr sorgt dafür, dass ich Waren erhalte, und im Gegenzug kümmere ich mich darum, dass Ihr lästige Beweise loswerdet. So lautet unser Abkommen, und bislang lief es gut. Aber jetzt kommt Ihr und bittet mich um einen Gefallen. Und da irrt Ihr Euch, mein Freund. Dies hier ist kein Kloster. Oder,

Freunde?« Er wandte sich den versammelten Zechbrüdern zu, die zu johlen begannen. Einer der Männer am Tisch sprang auf, zog sich seinen Mantel über den Kopf, faltete die Hände wie zum Gebet und schritt wie ein Mönch mit Kapuze auf und ab, wobei er sinnlose Gesänge intonierte. »Wie kommt Ihr nur darauf, St. Colombe, dass Ihr Euch in einer Position wähnt, die es Euch erlaubt, mich um einen Gefallen zu bitten?«

»Ich bin selbstverständlich bereit, für diesen Gefallen zu zahlen«, entgegnete Simpson. »Und zwar gut.«

Simpson zauberte eine pralle Börse aus Samt aus seinem Gehrock hervor und warf sie vor dem Hünen auf den Tisch. Mit gierigen Fingern nahm der Kaiser die Börse an sich. »Jetzt sieht die Sache ja schon ganz anders aus.«

»Und ich möchte ankündigen«, fuhr Simpson selbstbewusst fort, »dass ich Euch gegen Ende des Monats zwei junge Männer nennen kann, die ein Bad im Fluss nehmen werden. Ich möchte Euch darüber hinaus mit einem Diener von mir bekannt machen, der sich leider als wenig vertrauenswürdig erwiesen hat. Für den bräuchtet Ihr allerdings Eure besten Leute. Ich werde Euch zu ihm führen und überlasse dann alles Weitere Euch. Bei ihm werdet Ihr gute Beute machen. Übrigens, in diesem Fall dürft Ihr ruhig so grausam vorgehen, wie es Euch beliebt. Ich habe nichts für den Mann übrig. Sorgt dafür, dass der Tod bei ihm nicht allzu schnell eintritt.«

Aha, dachte Steel, der gute Simpson fängt bereits an, seine Rache an Malbec und dessen Helfershelfern zu planen. Zunächst würde er mit Gabriel abrechnen und sich dabei der Diebe bedienen. Nicht zum ersten Mal erkannte Steel, auf welche Weise Simpson das System ausnutzte, das er entworfen hatte und in dem er nun feststeckte – zumindest so lange, bis sich für ihn eine Möglichkeit ergab, nach London zurückzukehren, um seinen Lohn zu erhalten.

Die Augen des Kaisers ruhten nun auf Steel. Der Hüne

schien neugierig zu sein, hatte den massigen Kopf schief gelegt und kaute auf einem Pfriem Tabak.

»Und das ist der Mann?«

»Das ist der Mann, von dem ich Euch erzählte. Seinen Namen braucht Ihr nicht zu kennen. Er ist ein tapferer Bursche und hat unter den Bütteln der Behörden gelitten. Seht nur, wie seine Hände und sein Gesicht verunstaltet wurden. Er teilt Euren Hass auf die Behörden. Und jetzt muss er einer von Euch werden. Ein Bettler. Ihr habt Euer Gold. Werdet Ihr Euer Möglichstes tun?«

Der Riese nickte und bedachte Steel und Simpson mit einem anzüglichen Blick. »Für Euch, mein Freund. Nur für Euch.« Seine Augen huschten wieder zu Steel. »Tretet näher, Freund.«

Steel trat in den Schein der Talglichter. Sein Gesicht war immer noch gezeichnet von den Schlägen, sein Hemd dunkelrot von Blut. Seinen Uniformrock trug er nicht mehr, dafür noch die rote Weste. Das allein verriet, dass er Soldat war. Dem Kaiser fiel dies sofort auf.

»Aha, Ihr seid also ein Deserteur? Nicht wahr? Der Krieg wurde Euch zu viel. Und Ihr habt einiges an Prügel einstecken müssen. Nun, wir sorgen dafür, dass Ihr wieder sauber werdet. Ich werde auch nicht fragen, warum Ihr hier seid oder wohin Ihr wollt. Dies hier …«, er hielt Simpsons Börse hoch, »… beantwortet meine Fragen. Aber eine Sache noch: Solange Ihr bei uns seid, erklärt Ihr Euch bereit, ein Mitglied unserer Bruderschaft zu werden. Ja?«

»Ja.«

»Ihr gelobt mir Treue, und sonst keinem anderen König?«

Steel legte all seine Überzeugungskraft in seine knappe Antwort. »Ja.«

»Ihr erklärt Euch bereit, Euch an die Gesetze des Königreichs des Argot zu halten? Ihr seid bereit, ein wahrer Parasit zu werden, ein Lügner, ein Dieb, ein Bettler?«

»Ich schwöre es.«

»Dann seid willkommen, Freund.«

Er spie ins offene Feuer, sodass es zischte, und klatschte in die Hände. Augenblicklich tauchten hinter dem Riesen zwei Frauen auf, deren Alter schwer zu bestimmen war. Ihre Haut war lederartig, ihr Haar hing ihnen über die bloßen Schultern und fiel ihnen über die weit ausgeschnittenen Kleider, die kaum etwas von den hängenden Brüsten verdeckten. Die beiden Frauen traten rasch zu Steel und lachten überschwänglich. Instinktiv wich Steel von diesen Vetteln zurück, doch sie bedeuteten ihm, ihnen zu folgen.

Der Kaiser brach in schallendes Lachen aus. »Habt keine Angst, mein Freund. Sie werden Euch nichts tun. Aber sie werden Euch in jemanden verwandeln, der Ihr nicht seid und dessen Rolle Ihr Euch nie erträumt habt. Wenn sie mit Euch fertig sind, würde Eure eigene Mutter Euch nicht erkennen. Sie sind wahre Künstlerinnen. Lasst Euch auf sie ein, und ich schwöre Euch, dass Ihr sicher aus Paris kommt. Euer Freund hat alles bezahlt. Ihr werdet heimkehren.«

11.

Steels Blick verlor sich in der Morgendämmerung. Die Sonne ging auf, doch sie hing tief am Horizont, wie ein zorniger orangeroter Ball, halb verdeckt hinter Nebelschwaden. Dieser grau verhangene Morgenhimmel bot keine Freude. Steel hatte gehofft, das fröhliche Singen der Vögel in den Bäumen zu hören, doch an diesem Ort des Todes gab es keine Vogelstimmen … und auch keine Bäume. Nur die blassrote Sonne und die karge, schlammige Ebene, die sich bis zum Horizont erstreckte. Eine Landschaft aus stumpfen Brauntönen mit elenden Schlammlachen, die alles zu verschlucken drohten und deren scheußliches Dreckswasser durch alle Schuhleder drang.

Steel hatte das Gefühl, als hätte der Schlamm die frische Luft aufgesogen und wieder ausgespien, als unerträglichen Gestank inmitten des Lärms. Ein unaufhörliches dumpfes Schlagen hatte sich in seinen Geist geschlichen und sich in seiner Seele festgesetzt. Steel wusste genau, was die Ursache dafür war: Die Belagerungsgeschütze der Alliierten fanden allmählich in ihren Rhythmus und bombardierten die Stadt Lille.

Seit Anfang September lagerte die Armee nun schon vor den Toren Lilles, doch die ersten Angriffe hatten bereits im August stattgefunden. Steel war vor zwei Tagen zu seinem alten Regiment gestoßen, unmittelbar nach seiner Rückkehr aus Paris. Seine Reise durch das nördliche Frankreich hatte zum Glück nicht allzu lange gedauert, denn Simpson und dessen Gehilfen hatten ihm eine sichere Flucht aus Paris ermöglicht.

Anderthalb Wochen lang hatten sie ihn im stinkenden Nachttopf des Cour des Miracles versteckt. Schließlich, Ende August, war ihm die Flucht aus Paris gelungen. In jenen Tagen hatte die Stadt sich in einem Zustand großer Angst befunden, da die Nachricht von der Belagerung Lilles eintraf. Ein blinder Bettler, der sich zu dieser Zeit durch die nordöstlichen Straßen schleppte und die Porte de Belville passierte, fiel daher nicht weiter auf. Die meisten Leute hatten sich anscheinend in die Kirchen der Stadt geflüchtet, in der Hoffnung, durch Gebete zu erflehen, der Allmächtige möge sie vor den Armeen der Alliierten verschonen.

Die Stadtwache war ohnehin dezimiert, da die meisten waffenfähigen Männer längst an die Front geschickt worden waren, um sich gegen die Flut von Marlboroughs Soldaten zu stemmen. Und die restlichen Soldaten waren emsig damit beschäftigt, die kaum vorhandenen Befestigungsanlagen der Stadt zu reorganisieren, und hatten daher keine Zeit, auf einen Bettler wie Steel zu achten.

Sein Pferd stand natürlich nicht mehr in der Schänke, in der er es vor fast einem Monat untergestellt hatte. In ihrer Furcht – der *grand peur* – vor der drohenden Ankunft des *bel anglais*, wie die Pariser Marlborough nannten, hatten die Leute auch die Schänken verlassen. An eine Fahrt in einer Kutsche oder auf einem Fuhrwerk war ohnehin nicht zu denken.

Doch während einige Leute fluchtartig die Stadt verließen, profitierten andere von der Situation. Daher hatte Steel in dem Durcheinander Geld für eine Stute bezahlt, ohne groß zu fragen, von wo sie stammte oder wer der frühere Besitzer gewesen sein mochte.

Auf dem Rückweg kam Steel durch geplünderte Landstriche. Niemand stellte dem hochgewachsenen, unrasierten Mann in der roten Weste eines Soldaten Fragen – ein Mann, der mit Gold bezahlte und so rasch verschwand, wie er aufgetaucht war. Gleich nach der Flucht aus Paris hatte Steel sich der Verkleidung entledigt und zeigte sich wieder in der Uniform des irischen Offiziers, auch wenn er keinen Uniformrock mehr trug.

Während der ersten Tage kam Steel recht gut voran und erfreute sich bester Laune, doch dann lahmte das Pferd. Steel war gezwungen, fünf Tage lang zu Fuß zu marschieren, ehe er ein neues Pferd erstand und eine weitere Woche unterwegs war. Schließlich hatte er die alliierten Linien erreicht, aber der Belagerungsring war so breit, dass es Steel noch einen ganzen Tag gekostet hatte, bis er endlich zu seiner Einheit gestoßen war.

Das war vergangene Nacht gewesen. Nun wurde Steel von einem schlimmen Kater geplagt, denn Captain Laurent, der Kommandeur der 2. Kompanie, hatte zur Feier von Steels Rückkehr die Korken knallen lassen. Zusätzlich war in der Regimentsmesse eine Menge Brandy geflossen.

Von Marlborough oder Hawkins hatte Steel noch nichts gehört, was ihn aber nicht allzu sehr wunderte. Denn während Steels Grenadiere, zusammen mit dem Rest von Farquharsons Foot, nördlich der Stadt in den Gräben des Belagerungsringes saßen, lagerten der Herzog und dessen »Familie« auf der südlichen Seite mitsamt der halben Armee. Die Streitkräfte von Prinz Eugen halfen im Norden aus, aber am südlichen Belagerungswall hatte Marlborough es während der letzten Woche auf eine offene Feldschlacht gegen Vendôme ankommen lassen, die auf beiden Seiten zu hohen Verlusten geführt hatte. Der französische Marschall hatte beschlossen, in diesem Gefecht nicht alles auf eine Karte zu setzen, und jetzt hatte Marlborough die Anstrengungen für die neue Angriffswelle verdoppelt.

Derweil fragte Steel sich, ob er je erfahren würde, was aus seiner Mission geworden war. Diese Ungewissheit drückte auf seine Stimmung. Hatte Charpentier, wie versprochen, jenes Schreiben weiterleiten können? Wie hatte Ludwig darauf reagiert? War Frieden überhaupt möglich? Diese Fragen und noch viel mehr gingen Steel durch den Kopf.

Er war froh, dass ihm bislang der stinkende Graben erspart geblieben war. Nun fragte er sich, wie die nächsten Truppenbewegungen aussehen mochten. Seine Männer würden bei jeder Attacke die Vorhut bilden, das stand fest. War die Aufgabe noch so aussichtslos, die Grenadiere würden im Sturmlauf auf jede Bresche zuhalten, die sich in den Mauern auftat. Sie würden wieder einmal ihr Leben riskieren für den Ruhm, die Ehre und die Beute. Steel wusste, dass die Grenadiere seine Leute waren und es immer sein würden. Er hatte sie zu einer Kampftruppe gemacht, und sie vertrauten ihm – zumindest diejenigen, die ihn schon länger kannten. Denn trotz geringer Verluste hatten sie viele neue Rekruten aufnehmen müssen.

Doch Steel wurde immer deutlicher bewusst, dass es ihm gar nicht um Ruhm und Reichtum ging. In Wahrheit sehnte er sich nach einem Leben mit Henrietta, nach einem Zuhause und einer Familie. Ein eigenartiger Gedanke für jemanden, der die letzten Jahre in ständiger Lebensgefahr auf den Schlachtfeldern Europas zugebracht hatte. Während dieser Zeit waren Steels Männer so etwas wie seine Familie gewesen, fast wie seine Kinder. Steel sah sich als Teil einer heiligen Bruderschaft. Niemand hatte je gewagt, ihn einen Feigling zu schimpfen – und niemand würde es je wagen –, aber im Augenblick empfand Steel es fast als Verrat an seinen Kameraden, dass er überhaupt darüber nachdachte, sein Leben nicht bis zum Ende des Krieges in den Dienst der Grenadiere zu stellen.

Dennoch, die Aussicht auf ein Leben in Frieden besaß eine eigene Faszination, selbst für einen Mann wie ihn, der sich immer für einen Mann des Krieges gehalten hatte. Womöglich war dies alles aber bloß eine ganz normale Reaktion auf die Widrigkeiten der gegenwärtigen Situation. Ein verzweifeltes Verlangen nach einer Vision für die Zukunft … eine Zukunft jenseits dieser Hölle aus gärendem Schlamm und totem Fleisch.

Steel wusste, dass seine Leute froh waren, ihren Offizier

zurückzuhaben. Glücklicherweise hatten sie im Verlauf der letzten Wochen relativ wenig Verluste in den Reihen der Veteranen und Offiziere zu beklagen gehabt. Tatsächlich war es Farquharsons Regiment besser ergangen als manch einem anderen Teil der Truppe. Aber Steel wusste nur zu gut, wie schnell sich das ändern konnte.

Er zog sich die neuen Stiefel an, die er in Paris erworben hatte, und knöpfte seine Weste zu, als draußen vor seinem Zelt jemand hüstelte.

»Ja?«, rief Steel.

»Mr. Hansam und Mr. Williams wären dann so weit, Sir«, sagte Jacob Slaughter.

Bei seiner Rückkehr hatte ein Stapel Papierkram auf Steel gewartet, den er bislang weit von sich geschoben hatte. Nun stand die Inspektion der Kompanie an – für Steel ein willkommener Vorwand, die Schreibtischpflichten eines Kompanieführers hintanzustellen.

»Sehr gut, Jacob. Dann wollen wir mal.«

Seine erste Aufgabe bestand darin, festzustellen, welche Grenadiere in der vergangenen Nacht ihr Leben verloren hatten und wer sich von Matt Taylor, dem Apotheker der Kompanie, ärztlich versorgen ließ. Steel hoffte, dass keiner von seinen Jungs beim Feldarzt gelandet war: Mit den Knochensägen sah der Mann oft wie ein Schlachtermeister aus, der zertrümmerte Gliedmaßen amputierte und nur hoffen konnte, dass die Verwundeten die Prozedur überlebten.

Ein paar Namen fehlten auf der Kompanieliste; einige waren Steel vertraut, andere nicht. Mehrere Soldaten aus der Kompanie lagen derzeit draußen irgendwo in den Gräben, eine halbe Meile entfernt. Zwischen dem Belagerungsgraben und Lille erstreckte sich eine Ebene aus verkohlter Erde, versengt von Kanonenfeuer und übersät mit Leichen der Angreifer, die leider Gottes die oft überhastet geführten Attacken von Prinz Eugen nicht überlebt hatten. Was, fragte Steel sich, war Sinn und Zweck eines Befehls, der gute Soldaten aus dem Schutz der Gräben trieb und in die Nähe einer Befestigungsanlage brachte, deren Besatzung nur lange genug abzuwarten brauchte, ehe sie die Angreifer aus kurzer Distanz niedermähen konnte wie Sensen das reife Korn.

Für Steel war dies nicht die Art von Kriegsführung, die Erfolg brachte. In Zukunft würde die Armee sich etwas anderes einfallen lassen müssen. Dann brauchte man vielleicht auch keine Gräben mehr, und die Männer müssten nicht mehr über Gabionen klettern und auf dem Weg zum Ruhm in den sicheren Tod stürmen.

Erneut nahm Steel die Ödnis vor Lille in sich auf, in der kein Baum oder Strauch mehr stand. Als Erstes hatten die Belagerer die Ebene abgeholzt und nach Fourage durchkämmt. Und was die Dragoner begonnen hatten, hatten die Geschützbatterien zu Ende geführt. Wenn dies alles vorüber war und man wieder die Äcker vor den Toren der Stadt bestellte, überlegte Steel, würden die Feldfrüchte bestimmt gut wachsen, denn der Boden war gedüngt mit Blut und Knochen. Das wäre das traurige Erbe dieser Region.

Steel blickte auf seine Stiefel und fragte sich, wie lange sie unter diesen Bedingungen halten mochten. Hoffentlich lange, dachte er, denn er fand sie außergewöhnlich bequem. Außerdem gäbe es in absehbarer Zeit wohl kaum eine Gelegenheit, neues Schuhwerk zu erstehen. Es sei denn, sie marschierten gen Paris und feierten Ludwigs Kapitulation mit einem Triumphzug.

Noch immer wusste Steel nicht, ob seine Mission, die ihn beinahe das Leben gekostet hatte, ein Erfolg oder ein Misserfolg gewesen war. Gleich nach seiner Rückkehr hatte er einen Laufburschen zum Herzog geschickt, mit der Nachricht, dass der Auftrag – zumindest die Übergabe des Briefes – erledigt sei.

Doch bislang hatte er keine Antwort erhalten. Er hatte allerdings auch nicht damit gerechnet. Seine Rolle in dieser Angelegenheit war vermutlich vorüber. Deshalb wartete er einfach auf die nächste Anweisung und fragte sich, welchen Plan Marlborough noch aus dem Ärmel zaubern würde.

Wenn doch nur die verdammten Niederländer das Vorhaben, nach Paris zu marschieren, nicht vereitelt hätten! Steel wusste, dass es möglich gewesen wäre – und es wäre aussichtsreicher gewesen als diese Hölle vor Lille.

Nachdenklich blickte er auf den Boden des Grabens, in dem er bis zu den Knöcheln im Schlamm stand. Der Wasserspiegel stand in diesen Teilen Flanderns ziemlich hoch, sodass der Graben an manchen Stellen nicht tiefer als vier Fuß war. Um die Soldaten dennoch zu schützen, hatte man Gabionen vor den Gräben aufgestellt: Weidenkörbe, die mit Erde und Steinen befüllt wurden. Dadurch erreichte die Grabenwehr eine zusätzliche Höhe von drei Fuß. Meistens genügte das, und die Soldaten hatten wenig Mühe, die Gegner zu empfangen, die einen Ausfall aus der belagerten Stadt wagten. Im Falle von Steel und den Grenadieren jedoch wurde den Männern oft ihre Größe zum Verhängnis, da sie mit ihren Grenadiersmützen auf einer Höhe mit den Brustwehren standen.

Vorsichtig trat Steel auf die Feuerkante im Graben und spähte über die Gabionen hinweg. Es war gut, dass er Vorsicht walten ließ. Denn in gerader Linie vor sich gewahrte er durch den Morgennebel ein orangerotes Aufflammen, gefolgt von weiteren Blitzen. Diesen Anblick kannte er nur zu gut. Er wusste, was jetzt kam.

Ohne lange zu zögern, sprang Steel von der Feuerkante, zog den Kopf ein und rief: »Kanonenfeuer! In Deckung!«

Mit einem Kreischen flog die erste Kugel in hohem Bogen über den Graben hinweg und senkte sich auf die hinteren Reihen der Belagerer; ein zweites und drittes Geschoss folgten, dann weitere Salven. Die Franzosen in der Zitadelle gaben an diesem Morgen ihre Antwort auf den Dauerbeschuss der Alliierten. Steel wartete, zählte bis zwanzig, richtete sich dann wieder auf und klopfte sich den Dreck von den Breeches. Er spürte Sergeant Slaughters Blick.

»Die scheinen sich auf uns einzuschießen, Sir, meint Ihr nicht auch? Vielleicht haben sie Euch gesehen.«

»Hört auf, mir zu schmeicheln, Jacob. Passt nicht zu Euch. Außerdem denke ich, dass die Kugeln wahllos fallen.«

»Da habt Ihr recht, Sir. Letztens hat es den armen Harrison erwischt. Armer Bursche. Die Kugel riss ihm glatt den Kopf ab. Ich musste seinen Uniformrock wegschmeißen, taugte nichts mehr. Eine Schande. Aber den hätte sowieso keiner der Jungs anziehen wollen. Harrison nahm's mit der Sauberkeit nicht so genau.«

»Er stank drei Meilen gegen den Wind, was, Jacob? Das wolltet Ihr doch damit sagen, oder?«

»Ja, war bei ihm schlimmer als bei den meisten anderen, Sir. Es hieß immer: ›Schickt Harrison doch in die Kasematten. Der vertreibt die Ratten schneller als jeder Terrier.‹ Armer Teufel. Naja, den Geruch werden wir nicht vermissen. War 'ne wandelnde Kloake, sag ich Euch.«

Steel und Hansam mussten lachen. Williams rang sich ein Lächeln ab. Eine Art schwarzer Humor durchdrang wieder die Kompanie und alle anderen Einheiten der alliierten Armee, die seit Wochen in diesen Gräben ausharrten. Es war nicht bösartig gemeint. Harrison war tot, und nichts konnte ihn mehr zurückbringen, und wenn ein Scherz auf seine Kosten die Jungs ein bisschen zum Lachen brachte, was war dann schon dabei? Verwandte von Harrison würden es sowieso nicht hören. Wo auch immer die sein mochten.

Wieder lag ein Sirren in der Luft.

»Köpfe einziehen, Jungs! Es geht wieder los!«

Es war fast schon Routine geworden. Die Alliierten begannen mit ihrem Sperrfeuer noch vor Morgengrauen; die Geschützmannschaften schwitzen hinter den heißen Rohren und schickten so viele Kugeln wie möglich über die Mauern, um Verwirrung und Panik in den Reihen der Belagerten zu stiften. Doch dann, sobald die Kanonen schwiegen, antwortete der Feind. Die Franzosen fingen für gewöhnlich mit drei Salven an, ehe sie in einen beständigen, wenn auch etwas schwächeren Rhythmus fanden. Die Salven waren vorhersagbar, und für die alliierten Truppen war es möglich, rechtzeitig in Deckung zu gehen, sofern man den Rhythmus verinnerlicht hatte.

Doch Steel bereitete es Sorgen, dass die Franzosen diesen Beschuss über Stunden aufrechterhalten konnten. Wie stellten sie das an, zum Teufel? Woher hatten sie die Munition? Soweit er wusste, hatten die Alliierten einen festen Belagerungsring um Lille geschlossen. Eigentlich gab es keine Möglichkeit, Nachschub in die Stadt zu bringen. Entweder, vermutete Steel, verfügten die Franzosen über riesige unterirdische Depots, was bei Marschall Vaubans Befestigungsanlagen nicht verwunderlich wäre, oder im Grabensystem der Belagerer klaffte eine Lücke.

Steel und seine Begleiter gingen an dem Graben entlang und nahmen die Männer in Augenschein, die hinter der Brustwehr saßen. Die meisten hatten ihre verzierten Grenadiersmützen abgenommen, aus Angst, ein leichtes Ziel abzugeben. Stattdessen trugen sie schlichte schwarze oder rote Kappen, von denen einige innen mit Metallreifen verstärkt waren. Die einst scharlachroten Uniformröcke wiesen ein stumpfes Ziegelrot auf und waren von Schlamm und Dreck besudelt. Außenstehende hätten die Männer im Graben nicht für Soldaten, sondern eher für Landarbeiter gehalten. Dennoch wusste Steel, dass der Kampfeswille seiner Leute ungebrochen war. Es waren immer noch seine Jungs, auch wenn sie jetzt alle lieber an einem anderen Ort gewesen wären, anstatt in den stinkenden Gräben Flanderns ausharren zu müssen.

Er sprach einen der Grenadiere an, der an der Grabenböschung lehnte und fast eingeschlafen war. »Guten Morgen, Mackay. Noch eine Mütze voll Schlaf nachholen?«

Der Mann rappelte sich hoch, salutierte und erntete einen finsteren Blick von seinem Sergeant. »Ja, Sir. Das heißt, nein, Sir, ich wollte ... äh ... bloß schnell die Muskete überprüfen.«

Steel konnte sich ein Lächeln nicht verkneifen. »Aha, Ihr wolltet also Eure Muskete inspizieren. Nun, dann sorgt dafür, dass kein Dreck in den Lauf kommt. Und falls die Franzmänner über die Brustwehr stürmen, solltet Ihr auf der Hut sein, sonst fallt Ihr schnell in einen Schlaf, aus dem Ihr nicht mehr erwacht.«

Die anderen lachten und folgten Steel, während Slaughter Mackay mit einem Kopfschütteln strafte.

Steel wandte sich Hansam zu. »Siehst du, Henry. In anderen Regimentern und wahrscheinlich in allen anderen Kompanien hätte der Kommandant diesen Mann beschuldigt, auf dem Posten eingeschlafen zu sein. Man hätte ihm Strafen androhen können. Aber ich tue das nicht. Willst du wissen, warum? Ich sage es dir. Aus Respekt. Dieser Mann dort, Mackay, ist seit Blenheim an meiner Seite, und ich achte ihn und weiß, dass er Achtung vor mir hat. Habt Ihr das gehört, Sergeant? Nicht, dass Ihr Mackay unter Eurer Fuchtel habt.«

Der Sergeant schüttelte den Kopf und fragte sich, ob sein Captain – der Mann, der nicht nur sein Vorgesetzter war, sondern auch ein treuer Freund – allmählich weichherziger wurde. Oder lag es am Eheleben? Slaughter hatte schon andere Offiziere erlebt, denen die Ehefrauen die harten Kanten abgeschliffen hatten. Hatte es jetzt auch Captain Steel erwischt?

Hansam indes wusste, dass Steel mit dieser Lektion eine bestimmte Absicht verfolgte. Es gab Zeiten, da war es wichtig, die Disziplin in der Armee aufrechtzuerhalten. Aber bei einem Mann wie Mackay wären die Peitschenhiebe, die in anderen Kompanien verhängt wurden, fehl am Platze gewesen, denn es stimmte: Die fünf Jahre der gemeinsamen Feldzüge gegen die Franzosen hatten dafür gesorgt, dass die Veteranen in den Reihen der Grenadiere Respekt voreinander hatten. Außerdem war klar, dass jeder Sturmlauf von der Zitadelle lange im Voraus gemeldet würde. Spätestens dann wäre Mackay aufgewacht.

Allmählich lichtete sich der Nebel.

»Ich hasse Belagerungen«, meinte Slaughter. »Wenn Ihr's genau wissen wollt, Sir, ich hab dafür gar nichts übrig. Dauernd sitzt man in diesen verdammten stinkenden Gräben. Wann können wir denn endlich kämpfen?«

Lieutenant Hansam hatte die Antwort parat. »Das ist nun mal die Natur der Belagerung, Sergeant. Statisches Kriegsführen nennt man das. Ist für keine der Seiten eine angenehme Sache.«

»Da habt Ihr wohl recht, Sir. Der elendste Ort auf Erden, wenn Ihr mich fragt.«

Zu jedem anderen Zeitpunkt hätte Steel zugestimmt, doch im Augenblick teilte er diese Ansicht nicht. Denn ihm fiel zumindest ein anderer Ort ein, der noch schlimmer gewesen war als die Gräben: Ein Keller in Paris, in dem ein Stuhl immer noch die Spuren von Steels Blut aufwies. Aber jetzt war nicht die Zeit, solche Dinge zu erwähnen.

»Es sei denn, man sucht sich – wie Mr. Williams hier – eine eigene gemütliche ›Zitadelle‹ und macht mit dem wichtigen Geschäft des Lebens weiter, wie, Tom?«

Williams nickte, da er nicht sprechen konnte. Er saß in einer kleinen Ausbuchtung des Grabens, die gegen Regen mit Leinwand geschützt war. Der junge Mann nagte einen gerösteten Hühnerschenkel ab, den er sich vom Drehspieß geholt hatte, an dem noch vier weitere knusprige Hühner steckten. Einer der

Trommlerburschen drehte den Spieß über dem Feuer. Williams grinste und schluckte.

»Abgesegnete Fourage, Sir«, betonte er schließlich. »Vom Herzog persönlich genehmigt, zumindest für die Dauer der Belagerung. Zwei Kameraden haben das Federvieh heute früh gebracht. Französische Hühner. Gute Qualität, Sir. Lieutenant Hansam hat sich seinen Anteil schon gesichert. Möchtet Ihr Euch zu uns setzen?«

Steel lehnte mit einem Kopfschütteln ab. »Danke, Tom, aber mich nehmen Angelegenheiten der Kompanie in Beschlag.« Ihm fiel auf, dass die Wangen des Fähnrichs grau von getrocknetem Dreck waren; auch die Breeches und die Gamaschen starrten vor Schmutz. »Also, ich würde so nicht zur Parade gehen, Tom. Macht Euch sauber, wenn Ihr irgendwo Wasser auftreiben könnt. Wart Ihr letzte Nacht unterwegs?«

»Ich habe die Patrouille angeführt, Sir. Wir zogen mit den Mineuren los und überprüften die Belagerungsstollen. Haben auch Stollen des Feindes gesucht.« Er brach den Flügel von einem weiteren Hühnchen ab. »Wir brachten einen Gefangenen mit. Einen Wallonen. Ein mürrischer Kerl. Er wird gerade verhört.«

»Gut gemacht, Tom.«

Williams lernt schnell, dachte Steel. Wie sehr er sich doch verändert hatte in den vier Jahren, seit er als grüner Junge frisch aus Eton zur Truppe gestoßen war. Inzwischen war Tom ein erfahrener Offizier, besser und rechtschaffener als die meisten Offiziere, die Steel kannte.

Den Abteilungen der Mineure kamen in diesem Krieg die härtesten Aufgaben zu. Wenn diese Truppen loszogen, meist im Schutz der Dunkelheit, ausgestattet mit Spitzhacken und Spaten, mussten sie die Gräben und Stollen für die Belagerung inspizieren. Kam es zu Feindberührungen, wurden im Notfall die Werkzeuge als Waffen eingesetzt. Die Mineure brauchten nicht nur das technische Wissen, sondern auch Mut und Umsicht. Und Williams hatte sich als Patrouillenführer tapfer geschlagen.

»Je mehr wir von den Befestigungen der Franzosen wissen«, fuhr Steel fort, »desto früher können wir durchbrechen. Und ich wette, dass wir auf die Stollen des Feindes treffen werden. Nun ja, wenn ein Stollen unter uns in die Luft fliegt, werden wir allerdings nichts davon wissen. Wie, meine Herren? Denn dann werden wir wohl in Stücke gerissen.«

Die Männer lachten. Williams, der seine Frühmahlzeit beendet hatte, sagte: »Es heißt, heute Nacht gäbe es einen Angriff, Sir. Stimmt das? Was meint Ihr?«

»Tja, Tom. In den Gräben ist immer die Rede von einem Angriff, weil die Männer nichts lieber wollen als die Gräben zu verlassen. Alle brennen darauf, aus der Enge der Gräben in den Sturmlauf überzugehen. Nur der Zeitpunkt dafür ist unsicher.«

Ja, dachte er, man kann es in den Gesichtern der Männer sehen. Graue, angespannte Mienen. Immer wieder gab es Gerüchte, der Angriff stehe bevor, doch wenn nichts daraus wurde, waren die Männer verunsicherter als zuvor. Das Problem bei dieser Art der Kriegsführung war, dass die Soldaten zu viel Zeit zum Nachdenken hatten. Und wenn es nach den Offizieren ging, sollte der gemeine Soldat nicht noch ermuntert werden, zu viel über sich oder über die Taktik nachzudenken.

»Keine Sorge, Tom. Ich lasse es Euch wissen, sobald ich etwas Neues erfahre. Aber jetzt macht Euch bitte auf den Weg zu Eurem Diener, damit er Eure Uniform sauber macht. Wenn der Colonel Euch so sieht, bin ich wahrscheinlich auch dran.«

Keine fünf Stunden später erinnerte Steel sich an sein Versprechen Williams gegenüber. Aber da war es zu spät, den Fähnrich extra zu benachrichtigen.

Gegen ein Uhr mittags schossen die sieben Batterien der schweren Belagerungsgeschütze, die unmittelbar hinter den

Grenadieren Stellung bezogen hatten, sich allmählich auf die Festungswälle der Sternschanze ein, die sich schützend um die Stadt schloss. Steel konnte aus dem Graben erkennen, was der Zweck dieses Beschusses war: Der Feind hatte Männer losgeschickt, die die Schäden an den Befestigungsmauern ausbessern sollten, doch unter dem einsetzenden Beschuss wurden die Pioniere und Arbeiter wieder zurück in die Zitadelle gedrängt. Auch danach hielt das Sperrfeuer an.

Zehn Minuten später kam ein Bote schwer atmend aus einem der Nebengräben. »Captain Steel, Sir. Colonel Farquharson lässt Euch grüßen, Sir. Ihr sollt Euch bereithalten, gegen den Feind vorzurücken.«

Schon machte der junge Bursche kehrt und eilte zurück. Steel rief Slaughter zu: »Die Männer antreten lassen, Sergeant. Offiziere, auf die Posten. Granaten und Zündschnüre überprüfen. Entzündet die Lunten.«

Der Sergeant gab die entsprechenden Befehl weiter. »Die Musketen überprüfen, Jungs! Auch die Bajonette. Wir greifen an.«

Doch es sollte noch fünf weitere Stunden dauern, bis die Order kam, mit der Kompanie vorzurücken. Es war gegen sechs Uhr abends. Dem Boten folgte ein junger Lieutenant, kaum älter als sechzehn, aus Sir James' Bataillonsstab. Steel wusste, dass der junge Mann ihm nun alles mitteilen würde, was er wissen musste.

Der Lieutenant war so aufgeregt, dass er sich beim Sprechen verhaspelte. »Das Regiment ist Teil der großen Angriffswelle, Sir. Wir sollen um sieben Uhr vorrücken. In einer breiten Marschsäule, Captain. Sechzehn Bataillone. Fünfzehntausend Mann, alles in allem, müsst Ihr wissen.«

Zu diesem Zeitpunkt wusste Steel längst, dass ihr Ziel – die St. Andrew- und St. Magdalen-Abschnitte der Festung – unter dem Dauerbeschuss der großen Belagerungsgeschütze gelitten hatte. Die Grenadiere würden im Schritttempo vorrücken und den Feind in den Breschen der Verteidigungsanlagen angreifen. Diesmal sollte es kein Himmelfahrtskommando sein, zumindest waren sich die Generäle in diesem Punkt einig. Steels Kompanie bildete die Vorhut beim Angriff – ein Frontalangriff auf eine hartnäckig verteidigte Stellung.

Eigentlich sollte es keine zum Tode verdammte Vorhut geben – die *forlorn hope*, wie es im Militärjargon hieß –, aber Steel wusste, dass seine Grenadiere im Grunde genau das waren: Eine zahlenmäßig hoffnungslos unterlegene Stoßtruppe, die geradewegs in den Höllenschlund geschickt wurde. Da war es auch nicht von Bedeutung, dass die Generäle an die Übermacht ihrer Belagerungsgeschütze glaubten. Steel hatte Angriffe dieser Art schon viele Male erlebt.

Mit einem Seufzer zog er den Degen und prüfte die Schärfe der Schneide mit dem Daumen.

Von links wehte Trommelwirbel heran.

Steel schaute zu Hansam. »Wie spät hast du's, Henry?«

Hansam warf einen Blick auf seine geliebte Sprungdeckeluhr. »Dreißig Minuten nach der vollen Stunde, Jack. Es wird Zeit.«

Steel nickte. Also dann. Wieder einmal würden sie das Schicksal herausfordern. Für Königin Anne.

»Los geht's, Jungs. Und denkt dran, schön die Köpfe unten halten, als wolltet ihr durch einen Schneesturm stapfen. Bleibt zusammen, wie ich es euch beigebracht habe. Einige von uns werden fallen, Jungs. Aber die meisten, das verspreche ich euch, kommen durch, und dann zeigen wir den Franzmännern, zu was wir fähig sind. Wir stürmen diese verfluchte Stadt. Treten wir König Ludwig in den Arsch, Männer, und jagen wir seinen Grand Marshal zurück nach Paris!«

Rauer Jubel brandete entlang der Reihen auf. Wieder erklangen die Trommelwirbel, drängender jetzt. Einer der Küchenburschen ging an den Reihen der Männer entlang und schenkte die vorgeschriebene Ration Rum aus, die es vor jedem Angriff gab. Die meisten tranken gierig, und denen, die den Rum ablehnten, wurde die Ration entrissen. Mancher Soldat war heilfroh, wenn er mit leicht benebelten Sinnen in das feindliche Feuer vorrücken durfte. Einer der jüngeren Männer erbrach den Rum und den Rest seiner Frühmahlzeit auf den Boden des Grabens.

Slaughter fluchte. »Was für eine Verschwendung, Mann! Cochrane, du dreckiger kleiner Wicht, du wirst die Sauerei aufwischen, wenn wir zurück sind.«

»Ja, Sergeant. Danke, Sergeant.«

Ein Lachen und Prusten ging durch die Reihen.

»Das reicht jetzt, Jungs! Augen nach vorn! Offizier anwesend.«

Steel nickte den Männern und Slaughter zu. »Fertig, Sergeant?«

»Könnte nicht besser sein, Sir. Hoffe, die Kanonen haben ganze Arbeit geleistet.«

»Die Generäle scheinen dieser Ansicht zu sein. Und wem können wir sonst vertrauen?«

Plötzlich wurde der Erdboden von einer gewaltigen Explosion erschüttert. Sofort duckten die Männer sich, richteten sich dann aber ebenso schnell wieder auf, um sich einen Überblick zu verschaffen. Jenseits der matschigen Ebene, in der äußeren Mauer der ersten Befestigungsanlage, waberte eine Wolke aus Staub und Dreck in den Himmel.

»Verdammt, Sergeant!«, rief einer der jüngeren Kameraden. »Was war das denn?«

»Das, meine Junge, war ein Stollen der Mineure. Einer von unseren Mineuren, zum Glück. Sieh's dir genau an, Hooper. Das sieht man nicht alle Tage. Und merk dir die Stelle gut, denn da müssen wir hin.«

Die Männer reckten die Hälse, um einen Blick über die Brustwehr werfen zu können. Steel kletterte auf die Feuerstufe, denn er rechnete nicht damit, dass die Franzosen unmittelbar nach einer solchen Detonation ihr Artilleriefeuer sprechen ließen. Als Rauch und Staub sich allmählich verflüchtigten, konnte man eine riesige, v-förmige Bresche in der Festungsmauer erahnen. Der Abschnitt war vollkommen zerstört. Flammen schossen in die Höhe. Überall lagen Steinquader, Holz und Schutt, so weit das Auge reichte.

Steel wandte sich Slaughter zu. »Das war's, Sergeant. Die Mineure haben ganze Arbeit geleistet. Teile der Befestigungsanlagen sind unterminiert.« Sein Blick fiel auf seine Männer. »Könnt ihr die Bresche dort sehen, Jungs? Das ist unser Ziel. Kommt, folgt mir, ehe die Franzmänner es sich anders überlegen und wieder klar denken können.«

Steel hörte eine Stimme irgendwo aus den Reihen; er konnte nicht sehen, wer sprach. »Bei Gott, Sergeant! Sieht aus wie das Tor zur Hölle. Verfluchte Scheiße! Da wollen wir doch wohl nicht hin?«

Mit einem Schritt war Steel oben am Graben und kletterte auf die Gabionen der Brustwehr. Sofort folgten ihm die Grenadiere. Überall rechts und links erschienen die rot uniformierten Soldaten an den Gräben.

Slaughter brüllte: »Formieren! Linienformation! Bereithalten! Wartet … wartet, sage ich! Bereithalten, Jungs. Erst auf Kommando.«

Steel schwenkte den Degen hoch über seinem Kopf. »Die Grenadiere werden mit mir vorrücken. Für das Regiment und für Königin Anne! Vorwärts, Männer! Zeigen wir's den Hunden!«

Unter Jubelrufen bahnten sie sich im Eilschritttempo des Angriffs ihren Weg über die schlammige Ebene. Inzwischen konnten sie alle die breite Bresche in der äußeren Verteidigungsmauer sehen. Zwei Wochen lang hatten die Mineure einen Stollen bis unter die Festung gegraben: Männer aus Yorkshire, Nottingham und Cornwall hatten mit bloßen Oberkörpern in einem langen, furchtbar engen Tunnel geschwitzt und den Stollen jeden Tag weiter vorangetrieben, um dann jede Menge Sprengstoff unmittelbar unterhalb von Vaubans Meisterwerk zu positionieren. Das war das Verdienst der tapferen Mineure, und Steel war entschlossen, dafür zu sorgen, dass die Anstrengungen unter Tage nicht umsonst gewesen waren.

Er stapfte weiter durch den Matsch, schaute sich um und sah die vertrauten Kameraden in seiner Nähe: Hansam, Williams, Slaughter und all die anderen. »Folgt mir!«, rief er über die Schulter. »Wir haben es fast geschafft. Es ist nicht mehr weit, Jungs.«

Er hörte, dass Williams in einiger Entfernung irgendetwas rief und sah ihn mit der Degenspitze in Richtung Fort zeigen, aber im Lärm der alliierten Geschütze konnte er die Worte nicht verstehen. Deshalb blickte er in die Richtung, in die Williams' Degen wies, und erkannte, was dem jungen Offizier Sorgen bereitete. Denn dort drüben, unmittelbar am Höllenschlund, strömte eine große Anzahl weiß uniformierter Soldaten aus der Bresche. Und die Männer sahen nicht so aus, als wären sie bereit, sich zu ergeben.

»Allmächtiger!«, entfuhr es Steel. »Wie ist das möglich?«

Er brauchte nicht lange zu überlegen. Die belagerte Garnison unternahm einen Ausfall. Der Albtraum jedes Soldaten, der an einer Belagerung teilnimmt. Erst ließen die Verteidiger die Angreifer in freiem Gelände näher herankommen und zielten in aller Ruhe auf möglichst viele Gegner, ehe sie sich selbstbewusst aufmachten, die Gegenoffensive einzuleiten.

Steel behielt das Eiltempo zunächst bei. Er sah, wie die weiße Flut aus Soldaten bis auf Bataillonsstärke heranwuchs, da immer mehr Gegner durch die Bresche strömten. Das sind Tausende, dachte er, genug, um den Angreifern zahlenmäßig überlegen zu sein.

»Weiter, Jungs! Wir können es mit ihnen aufnehmen. Die plustern sich nur auf. Sie wissen, dass sie verloren sind.«

In Wirklichkeit glaubte er seinen eigenen Worten nicht. Die Briten konnten jetzt nämlich nur darauf hoffen, die Stellung zu halten. Mit etwas Glück blieb die französische Gegenoffensive stecken. Falls nicht, würden die Briten zwar noch mit dem Leben davonkommen, aber sie würden jeden kostbaren Yard wieder einbüßen, den sie im Sturmlauf genommen hatten und für den viele Kameraden gefallen waren. Es war Irrsinn, doch es gab keine Alternative.

Steel wartete den richtigen Augenblick ab. »Halt! Bereit machen!«

Sie hatten immer noch die Möglichkeit, die französische Attacke mit einer scharfen Salve abzufangen. Steel war bewusst, dass die anderen fünf Kompanien des Regiments noch weiterliefen, aber er vertraute darauf, dass die Kameraden ebenfalls stehen bleiben würden, sobald sie sahen, was sich vorn bei der Bresche ereignet hatte. Wenn der Adjutant oder Colonel Farquharson genug Grips hatten, konnten sie die Linienformation der Grenadiere weiter verstärken, um den Franzosen eine blutige Nase zu verpassen, ehe sie Gelegenheit hatten, näher heranzukommen. Bis dahin waren Steels Männer und die Grenadiere der anderen Regimenter auf sich gestellt, ausgerechnet bei der so wichtigen ersten Salve.

Langsam schwand der Abstand zwischen den Linien aus roten und weißen Soldaten.

Als Steel die Entfernung des Gegners auf etwa fünfzig Schritte schätzte, gab er den Befehl zum Stehenbleiben. »Bereit machen. Wir feuern Zug um Zug.« Er machte eine Pause. »Anlegen! Feuer!«

Die erste Salve wurde aus den britischen Reihen abgegeben,

gefolgt von der nächsten und übernächsten entlang der Linienformation. Fast zeitgleich blitzten die Mündungen der französischen Infanterie auf, als der Gegner seine Salve abfeuerte, die verheerender war, dafür jedoch früh abriss. Die Briten indes waren in der Lage, ihren Peloton-Beschuss innerhalb der Reihen aufrechtzuerhalten. Durch die Pulverschwaden hindurch sah Steel, dass die weiß gekleideten Franzosen schwere Verluste hinnehmen mussten, doch aus den Augenwinkeln sah er auch die Lücken in den eigenen Reihen.

Slaughter versuchte, Ordnung in die Reihen zu bringen, schubste oder zog die Männer auf ihre Posten. Derweil zerrten die Trommlerburschen die Toten nach hinten. Die Franzosen brachten ihre zweite Salve zustande, der Beschuss der Grenadiere wogte von Reihe zu Reihe. Doch die Franzosen gaben nicht auf und liefen nicht davon, wie Steel es gehofft hatte. Und als die Pulverwolken sich auflösten, sah er auch, warum die Gegner verharrten: Hinter den zwei Reihen des feindlichen Regiments, in denen bereits große Lücken klafften, war eine weitere Einheit aufgetaucht, um die Kameraden zu unterstützen. Erstaunt verfolgte Steel, wie das vordere Regiment sich aufspaltete und die neue Einheit durchließ, die sofort in Gefechtsposition gehen konnte.

Verflucht, schoss es ihm durch den Kopf, jetzt haben sie uns. Ihm war auf Anhieb klar, dass sie das Feuergefecht nicht mehr gewinnen konnten. Es wurmte ihn, dass die Wende so rasch gekommen war, aber eins hatte er in diesem Krieg gelernt: Er wusste, wenn es Zeit war, den Rückzug anzutreten. Und dieser Zeitpunkt war jetzt gekommen. Es waren einfach zu viele Gegner.

»Sergeant, die Männer sollen sich zurückziehen! Zurück! Zurück zu den Gräben, Jungs!«

Slaughter nahm den Befehl auf und rief: »Ruhig bleiben! Feuert schön weiter. Keiner dreht denen den Rücken zu. Ich erschieße jeden, der sich vor meinen Augen umdreht! Langsam zurückweichen, langsam, Jungs!«

Inzwischen hatten sie die Brustwehr erreicht. Die Franzosen waren aufgerückt und auf einer Distanz von fünfzig Schritt stehen geblieben. Nach und nach liefen sie dann zurück in die Stadt. Alle paar Schritte feuerten sie noch ihre Salven ab, doch der Beschuss war nicht mehr einheitlich und richtete keine großen Verwundungen mehr an. Einer der Grenadiere wurde an der Wange getroffen und wischte sich fluchend das Blut weg.

Kaum waren die letzten Kameraden hinter Steel in den Graben geklettert, registrierte er eine weitaus kräftigere Salve. Von links erschallte der Ruf: »Mann getroffen!«

Steel schaute sich um. Er sah, wie Hansam sich den rechten Arm hielt. Williams keuchte vor Erschöpfung, während Slaughter die Männer durchzählte. Vorsichtig spähte er über die Gabionen und sah, dass die Franzosen allesamt zurück zur Festung eilten. Alle Grenadiere waren wieder in dem Graben. Die Jungs, die unglücklich zuletzt getroffen worden waren, hatte man ebenfalls in den Schutz des Grabens gezerrt.

»Sergeant, wer ist getroffen? Schickt Matt Taylor hin. Vielleicht kann er ihn zusammenflicken.«

Slaughter schüttelte den Kopf. »Fürchte, dass kann er nicht, Sir. Es ist Taylor, Sir. Er ist tot.«

* * *

Die Woche nach dem Sturmangriff verging schleppend. Es muss doch ein Ende dieser zermürbenden Pattsituation geben!, dachte Steel. Der Verlauf des letzten Angriffs hatte ihn verblüfft. Sie hatten es nicht bis zur Bresche geschafft, und die Franzosen hatten sich klug aus der Affäre gezogen. Auch die Zahl der eigenen Opfer hatte ihn mit Schrecken erfüllt. Allein in dem kurzen Gefecht hatte seine Kompanie über zwanzig Tote und Verwundete zu beklagen, darunter auch Matt Taylor. Seinen Tod bedauerten alle in der Kompanie. Der Mann war ungemein beliebt gewesen, nicht nur, weil er sich so gut auf die Wundversorgung verstand, sondern weil er immer gute Laune verbreitet und einen scharfen Verstand besessen hatte.

Insbesondere für Steel war Taylors Tod ein herber Schlag. Taylor hatte zu den Männern der ersten Stunde gehört; seit Beginn des Krieges war er an Steels Seite gewesen. Auf einen wie Taylor würde kein Kompanieführer verzichten wollen. Steel hatte nicht nur einen Mann verloren, er hatte einen Freund und Seelenverwandten verloren.

Da die Stimmung gedrückt war, kam es jetzt vor allem darauf an, die Moral der Truppe zu stärken. Die Männer, die nicht für den Graben eingeteilt waren, nahmen an Cricket-Spielen teil, die Tom Williams organisierte. Auch Steel war in einer Partie dabei. Kein großer sportlicher Erfolg zwar, da der Boden zu weich war und der Ball nicht springen konnte, doch um die Moral der Jungs war es besser bestellt als zuvor, und für die Kameraden erwies es sich als Gewinn, ihren Kompanieführer im Spiel zu sehen. Aber ein Zeitvertreib dieser Art war natürlich nicht immer möglich.

Am sechsten Tag nach dem Angriff saß Steel in einem feuchten Loch im Graben. Es regnete Bindfäden; deshalb hatte er sich in seinen Mantel gehüllt und sich den Hut tief ins Gesicht gezogen. Neben ihm hockte Hansam, ebenfalls eingemummelt. Die Grenadiere lungerten im Graben herum und wussten nichts mit sich anzufangen. Einige schliefen, andere fanden nicht in den Schlaf, obwohl sie körperlich am Ende waren. Einige wenige spielten Karten. Alle waren durchnässt, durchgefroren und schlecht gelaunt. Jeder von ihnen wollte lieber ins Gefecht.

Der Wasserspiegel in diesen Gefilden stieg bei dem Regen weiter an, sodass der Boden in den Gräben in schmutzigen Lachen versank. Die meisten Tunnel und Stollen der Mineure waren eingestürzt; auf beiden feindlichen Seiten war ihre Arbeit nahezu zum Erliegen gekommen. Steel empfand das als Segen. Denn jetzt würden sie nicht ahnungslos in die Luft gesprengt.

Steel hatte eine Weile mit geschlossenen Augen dagesessen, ehe er wieder etwas sagte. »Es wäre nicht schlecht, wenn man uns endlich sagen würde, wann es wieder losgeht. Das Problem ist immer die Ungewissheit, oder nicht, Henry?«

»Ja, dieses ewige Abwarten. Aber zu viel Informationen sind auch schlecht, Jack. Erzählt man den Jungs zu viel, alle Fakten, schon hat man eine Meuterei. Aber du hast recht, es wäre schön, wenn wir wüssten, woran wir sind.«

Für einen Soldaten gab es nichts Schlimmeres als Langeweile, dachte Steel. Sie fraß sich in die Seele der Männer und ernährte sich von all den unbewussten Ängsten, die die Männer umtrieb; Angst vor dem Tod und vor Verstümmelung. Bei einer Belagerung wurden solche Ängste besonders schlimm. Jeder Tag dieselbe Routine. Die Kanonenkugeln flogen aus beiden Richtungen über die Köpfe der Männer hinweg und riefen auch dem letzten Rekruten in Erinnerung, dass die Werkzeuge der Vernichtung stets in der Nähe lauerten. Jeder Tag konnte der letzte sein.

Steel hätte lieber wieder einen Sturmlauf gehabt, anstatt tagaus, tagein herumzusitzen und auf den Tod zu warten. Da er sich ablenken wollte, ging er in Gedanken noch einmal die Mission in Paris durch. Er durchlebte jeden Moment aufs Neue, angefangen bei der Ankunft in der Stadt bis zur Flucht in unrühmlicher Verkleidung. Das Verhör jedoch, das Malbec zusammen mit der Marquise geführt hatte, blendete er weitestgehend aus. Er fragte sich auch, wie es Simpson gehen mochte. Hatte der Spion sich tatsächlich mithilfe des Kaisers eines Mannes wie Gabriel entledigt? Und wo mochte sein Bruder im Augenblick stecken? Hatte jemand Wind davon bekommen, dass Alexander bei Steels Flucht nachgeholfen hatte?

Doch am meisten interessierte ihn natürlich die Frage, ob sein Auftrag sich überhaupt ausgezahlt hatte.

Gerade war er mit dieser Überlegung beschäftigt, als er Schritte hörte, oder besser die schmatzenden Geräusche von Stiefelsohlen im Schlamm.

Steel schaute auf, weil er wissen wollte, wer durch den Graben auf ihn zukam, und gewahrte einen jungen Offizier. Der Mann hatte sich so sehr gegen den Regen geschützt, dass man seine Rangabzeichen und das Emblem der Einheit nicht erkennen konnte, aber dem kecken Auftreten des jungen Mannes entnahm Steel, dass es sich eigentlich nur um einen Boten aus dem Stab des Brigadekommandeurs handeln konnte.

Der junge Offizier blieb bei Steel stehen und vollführte eine elegante Verbeugung. Steel rappelte sich hoch und wandte sich halb ab, um den Regen aus dem Mantel zu schütteln.

»Befehle von General Webb, Sir. Eure Männer sollen sich einem zusammengelegten Bataillon von Grenadieren anschließen, um den General zu begleiten, als Teil einer Eskorte für einen Tross Versorgungswagen.«

Steel kannte Webb. Er war ein vernünftiger Kommandant, der eine Brigade bei Blenheim befehligt hatte, und nun den Befehl über eine Division hatte. Es war eine eigenartige Aufgabe für einen Mann mit seinen Befähigungen.

»Vorräte? Von welcher Stadt? Brüssel?«

»Nein, Sir. Die Straße ist blockiert. Vorratslieferungen aus Ostende, Sir. Ihr sollt mit dem General losmarschieren und dem Konvoi von Ostende Begleitschutz geben. Ihr werdet nicht allein sein. Der General verfügt über vierundzwanzig Bataillone Infanterie und sechsundzwanzig Schwadronen Kavallerie.«

Eine beachtliche Streitmacht, dachte Steel. »Wie steht es um uns? Wie weit sind die Franzosen vorgedrungen?«

»Es heißt, dass der Feind entlang der Schelde eine Linie von Lille bis nach Gent gesichert hat, während wir hier die Stadt belagern, Sir. Und der Feind ist stark. Tatsache ist, dass sie uns den Weg nach Brüssel abgeschnitten haben. Wir halten noch den Hafen und haben Zugang dorthin über die Straße von Menen nach Torhout, aber an manchen Stellen wird die Verteidigung schwierig. Der Feind steht auch vor Ypern und Nieuport. Im Augenblick ist General Erle mit einem Konvoi vom Hafen aus unterwegs zu unserem Lager, mit Munition und anderen Vorräten.«

Steel erbleichte. Henrietta war noch in Brüssel. Er hatte sie persönlich dorthin geschickt, weil er die Stadt für sicher hielt. Und jetzt sah es so aus, als hätte er sie geradewegs in die Arme des Feindes getrieben.

»Wir haben Brüssel verloren?«

»Nein, Sir, nicht verloren. Die Stadt ist abgeschnitten.«

»Ich danke Euch, Cornet. Ihr dürft gehen. Sagt General Webb, dass wir uns für den Abmarsch bereit machen.«

Steel wandte sich von dem jungen Offizier ab, der zurück durch den Graben stapfte. Hansam musterte seinen Kameraden. Er schien Steels Gedanken lesen zu können.

»Mach dir keine Sorgen, Jack. Es geht ihr bestimmt gut. Sie wird noch rechtzeitig die Stadt verlassen haben. Sie hat auch Ostende überlebt. Brüssel dürfte keine große Sache sein.«

»Keine große Sache? Eine französische Armee steht zwischen mir und meiner Frau, und du nennst das keine große Sache? Pass auf, was du sagst, Henry.«

»Tut mir leid, Jack. Das war nicht besonders feinfühlig von mir. Aber es stimmt doch. Außerdem, was willst du machen? Nichts.«

Beide wussten, dass Hansam recht hatte. Sie hatten vom Brigadegeneral den Befehl erhalten, sich für den Abmarsch bereitzuhalten, und daran gab es nichts zu rütteln. Allerdings würden sie nicht direkt bis nach Ostende marschieren. Dieser Name hatte sich in Steels Gedächtnis eingebrannt: Die Stadt war für ihn gleichbedeutend mit Tod und furchtbarem Gemetzel. In einem Verlies dort hatte er mit ansehen müssen, wie ein Freund kaltblütig zu Tode gemartert worden war. Auch Steel hätte beinahe sein Leben verloren. Doch Ostende war auch der Ort, an dem er zum ersten Mal seine geliebte Henrietta wiedergesehen hatte.

Während Steel noch gedankenversunken dastand, machte Slaughter keinen Hehl aus seiner Freude. »Gott sei Dank, sag ich. Endlich kommen wir aus dem verdammten Graben raus. Ich sag's den Männern, Sir. Die werden sich freuen, das weiß ich.«

»Danke, Sergeant. Ich bin auch froh, was das anbelangt.«

Williams lief den Graben entlang. »Sir, habt Ihr gehört? Wir sollen mit General Webb marschieren. Ein ganzes Bataillon Grenadiere aus allen Divisionen. Ich habe den jungen Bellows auf dem Weg hierher getroffen. Er hat mir alles erzählt. Ist das nicht fantastisch?«

»Habt Ihr zufällig daran gedacht, Euren Freund zu fragen, wo genau wir uns der Marschsäule anschließen sollen? Ist mir schlichtweg entgangen.«

Williams sah äußerst zufrieden mit sich aus. »Ja, ich habe daran gedacht, Sir. Wir schließen uns den anderen Einheiten an einem Ort namens Wijnendale an. Der General rechnet wohl nicht mit Gefechten, aber was soll's? Immer noch besser, als hier ausharren zu müssen, meint Ihr nicht auch, Captain?«

»Ja, Tom, da habt Ihr ganz recht.«

* * *

Während die Grenadiere damit beschäftigt waren, ihr Lager am Graben aufzulösen und die schmutzigen und verdreckten Stellungen einer Kompanie aus missmutigen Dragonern überließen, war keinem der Männer bewusst, dass ihr Schicksal einige

Meilen entfernt in einem Zelt auf den Feldern südlich von Brügge bestimmt wurde.

Marschall Vendôme fuhr mit den Fingern über eine Karte der Südlichen Niederlande und verharrte auf einer Wegkreuzung südlich der Stadt.

»General de la Motte, Ihr begebt Euch mit Eurer Division aus zwanzigtausend Mann zu dieser Kreuzung bei Torhout. Wir haben von unseren Aufklärern erfahren, dass die Alliierten einen Treck von Ostende nach Lille schicken werden, um die Belagerungsarmee mit Vorräten zu versorgen. Die Wagenkolonne wird von Einheiten geschützt. Ihr werdet an dieser Stelle auf die Marschsäulen treffen, zwischen Torhout und Wijnendale, und die Fourage für Frankreich sichern.«

Vendôme ließ den Blick in die Runde schweifen. »Die Vorräte dürfen um keinen Preis den Belagerungsring bei Lille erreichen«, schärfte er seinen Stabsoffizieren ein. »Ich rechne nicht damit, dass Ihr auf großen Widerstand stoßen werdet. Unsere Aufklärer melden, dass die Eskorte lediglich aus etwa siebentausend Mann besteht. Die meisten davon sind Briten, so viel steht fest, aber Ihr werdet diesen Truppen in einem Verhältnis von drei zu eins überlegen sein. Marlborough hat zwar weitere Bataillone als Entsatz auf den Weg gebracht, aber soweit ich unterrichtet bin, sind sie noch nicht eingetroffen. Und selbst wenn, so werdet Ihr immer noch im Vorteil sein. Es gibt keine Entschuldigung für ein etwaiges Versagen, de la Motte. Keine Ausflüchte. Ihr erobert diese Fourageeinheit und bringt sie zu mir. Mehr verlange ich nicht von Euch. Ihr habt Ostende verloren. Jetzt könnt Ihr zumindest Lille vor dem Schlimmsten bewahren.«

12.

Generalmajor John Richmond Webb ritt an der Spitze einer kleinen Marschkolonne und dachte über den Auftrag nach, der ihn erwartete. Er wusste nicht, ob sein Einsatz von Erfolg gekrönt sein würde, auch nicht, ob er überhaupt mit dem Leben davonkäme. Was er indes von Marlborough wusste, war, dass sie es mit einem starken Gegner zu tun bekommen würden. Im Augenblick verfügte Webb über eine 6000 Mann starke Infanterieeinheit, doch der Feind schien mehr als doppelt so viele Soldaten mobilisiert zu haben. Und zwar nicht nur Infanterie, sondern gewiss auch Kavallerie und Artillerie.

Webb war als Offizier erfahren genug, um zu wissen, dass er es bei diesem Kräfteverhältnis nicht auf eine offene Feldschlacht ankommen lassen durfte. Da er keine Kavallerieeinheit befehligte, liefen seine Männer im Ernstfall Gefahr, an der offenen Flanke angegriffen und niedergeritten zu werden. Schlimmer wog indes der Mangel an geeigneter Artillerie. Aber er erkannte auch den Grund dafür. Denn seine Einheit sollte beweglich und schnell sein, um den Konvoi zu eskortieren. Außerdem wusste er, dass der Herzog im Augenblick keine Geschütze entbehren konnte, da alle Rohre auf Lille gerichtet waren.

Gewiss brachten die Franzosen ihre Artillerie in Stellung. Und dann wären seine Männer gezwungen, so lange standzuhalten, wie die Franzosen den Beschuss aufrechterhielten. Vielleicht würde es den Franzosen auch langweilig, die Infanteristen wie Kegel umzuwerfen, und sie beschlossen, das Gefecht mit einer Infanterieattacke zu Ende zu bringen. Die Initiative lag allein beim Feind, und wenn jemand meinte, Webbs Optionen seien begrenzt, so war das beschönigend. Fakt war: Er hatte keine Alternative. Andererseits wusste er, dass es für ihn kein Zurück gab. Wenn er bei der Verteidigung der Versorgungskolonne versagte, würde Marlborough die Belagerung aufgeben. Als Soldat war es Webbs Pflicht, die Franzosen fernzuhalten – im schlimmsten Fall unter Einsatz seines Lebens.

Als Mensch schätzte Webb die Mission jedoch ganz anders ein, und während er nun in Richtung Feind ritt, dachte er über die Situation nach.

Für Marlborough hatte er nicht viel übrig. Immerhin war Webbs Cousin, Henry St. John, Mitglied des Unterhauses und als Führer der Tories, politisch gesehen, der direkte Gegenspieler des Herzogs. Ende der 1690er Jahre hatte Webb selbst drei Jahre im Unterhaus gesessen und St. John in vielen wichtigen Punkten unterstützt. Heute bereute er es, in ein Duell verwickelt gewesen zu sein, was ihn seinen Sitz im Parlament gekostet hatte. Fortan diente er in der Armee König Wilhelms.

Wenn er wirklich die Wahrheit bekennen müsste – was hoffentlich nie der Fall sein würde –, fühlte er sich mehr als Jakobit, was kaum jemand vermuten würde. Es ärgerte Webb, auf dem Schlachtfeld Seite an Seite mit den Niederländern kämpfen zu müssen, nicht zuletzt, da die rechtmäßige britische Blutlinie von dem Oranier unterbrochen worden war. Königin Anne war zwar vernünftig – Webb hatte sogar eine Stelle im Haushalt ihres Gemahls innegehabt –, aber sie ließ sich zu stark leiten und stand ganz unter dem Einfluss von Marlboroughs verschlagener Ehefrau Sarah Churchill. Und wenn Anne eines Tages starb, was käme dann? Die Königin war unfruchtbar. Dreizehn Fehlgeburten, wie es hieß, und der arme Herzog von Gloucester war im Alter von elf Jahren verstorben.

Die Königin war inzwischen dreiundvierzig; daher war es unwahrscheinlich, dass sie noch einen Thronfolger zur Welt bringen würde. Webb machte sich Sorgen, dass die Krone jenseits des Kanals wieder den Niederländern zufallen würde, oder schlimmer nach, einem Adelshaus in den deutschen Landen. Im Act of Settlement war die Kurfürstin von Hannover benannt worden, aber so weit durfte es nicht kommen!

Webb wusste, dass andere in England seine Sorgen teilten. Niemand hätte etwas davon, wenn erneut ein blutiger Bürgerkrieg über das Land hereinbrach. Webb war gerade einmal sieben Jahre nach dem Ende der Ära Cromwell zur Welt gekommen. Gleichwohl war ihm klar, dass bei der Thronfolgeregelung etwas geschehen musste. In der Zwischenzeit hatte er es mit anderen, drängenderen Problemen zu tun.

Eigentlich, so dachte Webb, käme es ihm zupass, wenn er von den Franzosen zurückgeschlagen würde und die Belagerung sich als Misserfolg erwies. Doch bevor man irgendetwas unternahm, um den rechtmäßigen Nachfolger in der Stuart-Linie zu protegieren, musste es gelingen, Marlborough in Misskredit zu bringen. Aber eine Niederlage einstecken zu müssen, entsprach nicht Webbs Natur. Offenbar wusste das auch Marlborough. Genau das mochte der Grund dafür sein, warum der listige Herzog ihm dieses schwierige Kommando übertragen hatte. Ahnte Marlborough zudem, welcher politischen Fraktion Webb in London insgeheim zugetan war?

Doch Webb schob all diese widerstreitenden Gefühle beiseite. Er wusste, dass es nur einen Weg gab: Er würde die Politik unberücksichtigt lassen und die verdammten Franzosen besiegen. Das gebot die Pflicht, und eine Niederlage konnte er nicht mit seinem Gewissen vereinbaren. Außerdem, was würden die anderen Generäle sagen, wenn er sich in die Flucht schlagen ließe? Nein, er war ein Mann der Ehre und stand zu seinem Wort.

Webb hatte das Kommando dankbar entgegengenommen und sich darauf eingelassen, dass Marlborough bei der Auswahl der Einheiten ein Wort mitzureden hatte. Der Herzog war sogar so weit gegangen, einen bestimmten Captain für das Kommando des vereinten Grenadierbataillons vorzuschlagen. Zugegeben, inmitten dieser Rumpftruppe kam den Grenadieren eine bedeutende Rolle zu. Der Captain genoss einen guten Ruf – er galt sogar als Held, hatte sich bei Blenheim und Ramillies ausgezeichnet und war offenbar mit Lord Rumneys ältester Tochter vermählt, wenn Webb es richtig behalten hatte. Webb kannte die Familie und konnte sich vorstellen, dass diese Vermählung nicht ohne Herausforderungen auskam.

Aber die Familienangelegenheiten taten nichts zur Sache: Webb hoffte, dass dieser Captain sich als fähig erweisen würde, ein ganzes Bataillon in die bevorstehende Schlacht zu führen.

* * *

Steel hielt sich mit den elf anderen Bataillonskommandeuren in Webbs notdürftigem Feldhauptquartier auf, das sich auf einer Lichtung am Rande der Straße von Roulers und Courtrai befand. Drei Tage lang waren sie von Lille hierher marschiert. Steel erkannte die Straße wieder, denn von hier aus waren sie einst nach Ostende marschiert. Schon der Name fuhr ihm kalt in die Glieder. Jetzt standen sie erneut in einem vom Krieg verwüsteten Landstrich. Die meisten Dörfer lagen verlassen da, oft waren die Bewohner erst vor Kurzem geflohen.

Steel hatte dasselbe Muster schon in anderen Kriegen gesehen: Ständig gelangten Soldaten wieder an die alten Schauplätze. Wie sollte man da noch auseinanderhalten, wer siegte und wer verlor? Das schien alles keinen Sinn zu ergeben. Städte kapitulierten, um später wieder zurückerobert zu werden. Die Einwohner, die überlebt hatten, suchten das Weite. Später würden sie zurückkehren, die blutgetränkten Felder bestellen, die zerstörten Häuser wieder aufbauen und ein neues Leben anfangen ... falls sie so lange lebten.

Der Regen hatte erst am Morgen aufgehört, und die Männer waren froh, dass sie ein wenig Zeit fanden, vor dem Gefecht die Kleidung zu trocknen. Steel schaute sich im Kreise der Offizierskameraden um. Wieder einmal sah er die typische zusammengewürfelte Streitmacht in diesem Krieg der vielen Nationen. Abgesehen von dem eigenen Grenadierbataillon waren Einheiten der Hannoveraner, der Preußen, Niederländer und Dänen anwesend. Des Weiteren – nicht unerheblich für Steel – vier schottische Bataillone.

Er hörte, dass Webb das Wort ergriff.

»Count Ludenburg, ich möchte, dass Ihr mit Euren Preußen hier auf der linken Seite Stellung bezieht, wenn Ihr so freundlich wärt. Die Hannoveraner stehen auf dem rechten Flügel. Die Dänen möchte ich am liebsten hier im Zentrum wissen. Die schottische Brigade positioniere ich auch hier in der Mitte, dicht bei meiner Einheit. Wir werden uns in drei Schlachtreihen aufstellen, jeweils vier Bataillone, denn das ist alles, was wir aufzubieten haben.«

»Stellen wir uns den Tatsachen, Gentlemen«, fuhr Webb fort. »Wie Ihr wisst, habe ich die Kavallerie bereits ausgesandt. Den Berichten zufolge ist der Feind uns zahlenmäßig stark überlegen und verfügt über Artillerie. Was wir brauchen, ist schlichtweg ein Wunder, meine Herren – wir müssen einen Weg finden, dieser Übermacht mit Überraschungsangriffen und Schläue zu begegnen. Ich habe daher unsere Position hier zwischen zwei Wäldern gewählt. Dadurch gelingt es uns zumindest, die Franzosen in eine Art Trichter zu locken, denn die Wälder sind, soweit ich das sehe, unpassierbar. Auch der französische Kommandeur steht mit seinen Männern zwischen zwei Waldgebieten, die keine eintausend Yards auseinanderliegen. Der Comte de la Motte wird versuchen, uns an der Flanke anzugreifen. Und er verfügt, weiß Gott, über genügend Männer für einen solchen Vorstoß.«

Über mehr Männer jedenfalls, als der Herzog in meinem Beisein vermutete, dachte Webb, ehe er fortfuhr: »Aber das wird ihm wohl kaum gelingen, davon bin ich überzeugt. Zu unserer Rechten liegt das Château de Wijnendale. Für die Infanterie ist es unmöglich, in Linienformation zu manövrieren, und die Hecken und Büsche halten die Kavallerie ab. Weiter links von uns wird der Wald undurchdringlich. Ich habe diese Stellung daher mit Bedacht gewählt. Wenn es uns gelingt, auf voller Breite mindestens drei Glieder tief zu stehen, haben wir die maximale Feuerkraft und locken de la Mottes Truppen in den Trichter zwischen den Wäldern. Die Lücke ist schmaler, als ihm lieb sein kann. Ein Tunnel, wie geschaffen für Infanterie-Feuer. Aber womöglich wird das alles nicht ausreichen. Wir brauchen noch eine Möglichkeit, die Wirkung unserer Feuerkraft zu verstärken.«

Einer der preußischen Kommandeure meldete sich zu Wort. »Wir bedienen uns also Eurer Methode des Peloton-Feuers, General? Meine Männer sind recht vertraut mit dieser Vorgehensweise. Ich bin überzeugt davon, dass wir damit erfolgreich sein werden.«

»Ja, Captain Becker. Genau das habe ich vor, und auch ich bin zuversichtlich, dass es wirkungsvoll sein wird. Aber wir benötigen noch zusätzliche Maßnahmen.«

Steel hatte eine Idee. »Sir.«

Webbs Blick wanderte zu ihm. »Wer seid Ihr, Sir? Bitte stellt Euch im Kreise meiner Berater vor.«

»Captain Steel, Sir, aus Farquharsons Regiment of Foot. Ich habe die Ehre, das Kommando über das Grenadierbataillon zu haben.«

Webb musterte Steel lange und eindringlich. »Ah, Ihr seid also der großartige Captain Steel. Nun, ich bewundere Eure Offenheit und Tapferkeit, Sir. Euer Ruhm eilt Euch voraus. Ihr seid Schotte, nicht wahr?«

»Sir.«

»Ein Highlander?«

»Nein, Sir. Mein Elternhaus liegt südwestlich von Edinburgh.«

»Dann seid Ihr kein Covenanter?«

»Sir?«

»Haben sich Eure Leute im letzten Bürgerkrieg gegen König Charles erhoben? Wo lagen die Sympathien Eurer Familie?«

»Meine Familie setzte sich für die Sache des Königs ein, Sir. Das war der Wunsch meines Vaters. Aber dem gegenwärtigen Herrscher sind wir genauso treu ergeben wie dem letzten. Wer auch immer der rechtmäßige Monarch ist, gestützt durch Abstammung und das Parlament.«

Webb lachte. »Ihr seid also nicht nur Soldat, sondern auch Politiker, Captain?«

Steel musste an seinen Bruder denken und daran, dass auch Alexander bei dieser Unterhaltung gelacht hätte. »Nein, Sir. Ich versuche, mich von der Politik fernzuhalten, soweit es mir möglich ist. Ich bin nur Soldat.«

»Ihr wolltet eine Anmerkung zu meinem Schlachtplan machen, Steel?«, nahm Webb den Faden wieder auf.

»Gewiss bin ich ganz Eurer Ansicht, Sir«, antwortete Steel, »was die Undurchdringlichkeit der Wälder anbelangt. Weder Infanterie noch Kavallerie wird sich dort formieren können. Aber während der letzten Stunde habe ich mich ein wenig in einem der Waldgebiete umgesehen, Sir, und festgestellt, dass man sehr wohl durch das Unterholz kommt, natürlich ohne Formation.«

Webb lachte. »Das mag ja sein, Captain, aber was sollte das den Franzosen nützen? Eine nicht formierte Einheit stellt für uns keine Bedrohung dar, und wir können den Wald auch nicht für unseren Angriff nutzen.«

»Ich glaube auch nicht, dass die Franzosen durch den Wald

kommen werden, Sir. Es ging mir vielmehr darum, dass unsere eigenen Leute sich den Vorteil zunutze machen können. Ich bitte Euch, die Hälfte meiner Grenadiere auf dem linken Flügel zu positionieren, verdeckt im Schutz des Waldes, und dahinter eine Einheit Preußen, vielleicht das Regiment des Erbprinzen von Braunschweig. Auf dem rechten Flügel stünden dann der Rest der Grenadiere und noch ein Bataillon, das zu solch einem Manöver fähig wäre.« Er deutete auf einen der niederländischen Kommandeure. »Dürfte ich das Heukelom-Regiment unter Colonel de Villegas vorschlagen? Die ersten Männer wurden vorwiegend aus Zeeland rekrutiert, wenn ich mich recht erinnere. Genau diese Männer würden sich dafür eignen.«

Webb sah durchaus interessiert aus, daher fuhr Steel fort: »Die Wälder sind dicht genug, um die Einheiten ausreichend zu verbergen. Mein Vorschlag wäre, dass die Männer aus beiden Einheiten sich so gut wie möglich im Unterholz verstecken, damit die Franzosen unsere Stärke unterschätzen. Dann führen wir die Schlacht nach Euren Maßgaben, Sir. Unmittelbar nach dem Beschuss der Artillerie wird das Feuergefecht einsetzen, worauf die Franzosen vorrücken werden. Schon bald werden sie mit ihren ungeschützten Flanken auf Höhe unserer Waldabschnitte sein. Das ist der Moment, Sir. Auf ein vereinbartes Zeichen hin richten sich die Preußen und meine Grenadiere auf der linken Seite und die zweite Hälfte der Grenadiere und die Niederländer auf der gegenüberliegenden Seite auf und feuern eine Salve nach der anderen in die Flanken des Feindes. Natürlich warten wir, bis sie nur noch dreißig oder vierzig Yards von unseren Linien entfernt sind. Und dann schnappt die Falle zu.«

Webb trat einen Schritt vom Kartentisch zurück und nickte. Dem Kopfnicken und den leisen Bemerkungen der anderen Offiziere war zu entnehmen, dass Steels Vorschlag auf Zustimmung stieß. Schließlich ergriff der General wieder das Wort:

»Captain Steel, Euer Plan ist bizarr und gewagt und entspricht gewiss nicht den Regeln des Krieges. Aber nach meinem Dafürhalten dürfte dies unsere einzige Hoffnung sein, zumal wir unterlegen sind und kaum über Reiter verfügen. Wenn die Dänen zustimmen, dürft Ihr Euren Plan in die Tat umsetzen.«

Sein Blick schweifte zu Colonel Carlsen, der zustimmend nickte.

»Also dann, meine Herren. Aber vergesst nicht, dass Ihr zwei wertvolle Bataillone in die Waagschale werft, ein Sechstel meiner gesamten Schlagkraft. Sollte etwas Unvorhergesehenes dazwischenkommen, werde ich Euch als Urheber des Vorhabens zur Verantwortung ziehen. Habt Ihr mich verstanden?«

»Voll und ganz, Sir. Und habt Dank.«

* * *

Steel stand mit der Hälfte seines neuen Bataillons am Anfang eines Pfades, der links von den Stellungen durch den Wald verlief. Er hatte einige Offiziere um sich geschart, von denen drei aus anderen Einheiten stammten, aus denen sein zusammengefügtes Bataillon bestand. Nur zwei Männer waren ihm vertraut: Hansam und Tom Williams.

Noch einmal ließ er den Blick über die Einheiten gleiten, die er fortan befehligte. Ganz vorn erkannte er die eigene Kompanie in ihren roten Uniformröcken und hohen Mützen, die sich die Männer beim Abmarsch in Lille wieder aufgesetzt hatten. Dahinter warteten die Dänen, die Preußen und die niederländischen Kontingente. Viele Männer würden nicht verstehen, was er zu seinen eigenen Leuten sagen würde, aber sie hörten vielleicht den Nachdruck aus seinen Worten heraus. Womöglich erahnten sie Steels Absicht, die Stellung um jeden Preis zu halten.

Deshalb begann er laut und vernehmlich: »Wir werden den

linken Flügel unserer Stellung einnehmen. Diesen Boden«, er stampfte mit dem Stiefel auf, »genau hier.« Er hörte, dass ein Raunen durch die Reihen ging, und wusste auch den Grund dafür. »Ich weiß, dass wir normalerweise nicht links von der Linienformation stehen, aber ich garantiere euch, dass wir ehrenhaft kämpfen werden. Und ich habe die Absicht, diese Position zu halten, bis zum letzten Atemzug.«

Nach einer gewichtigen Pause fuhr er fort: »Wir sind hoffnungslos in der Unterzahl, daran gibt es nichts zu beschönigen. Wir haben keine Artillerie und nur wenige Reitereinheiten, hundertfünfzig Säbel insgesamt. Aber wir haben etwas, das die Franzosen nie hatten. Wir haben Kampfgeist. Wir können siegen, Jungs, genau wie wir bei Blenheim und bei Ramillies gesiegt haben und in Oudenaarde. Ein Sieg hier ist von entscheidender Bedeutung, nicht nur für den Konvoi, sondern vor allem für die Belagerung von Lille ... vielleicht für den ganzen Krieg. Wenn die Wagenkolonne erobert wird, müssen wir uns wahrscheinlich von Lille zurückziehen und die Stadt den Franzosen überlassen. Aber dazu lassen wir es nicht kommen, Jungs! Heute werden wir auf eine neue Weise kämpfen. Wir kämpfen aus dem Wald heraus und bis zum Tod. Wichtig ist, dass wir uns nicht zeigen. Aber niemand soll glauben, dies wäre eine unehrenhafte Angelegenheit. Überraschung ist von größter Bedeutung. Wir haben die Aufgabe, den Feind zu überrumpeln.«

»Also ein Hinterhalt, Sir?«, hörte er einen Mann fragen, den er nicht sehen konnte.

»Genau, ein Hinterhalt. Gut erkannt. Wer ist hier ein Landsmann? Ihr da, Macfarlane. Ihr seid doch ein Farmerbursche, nicht wahr? Kommt Ihr nicht aus Peebles?«

»Aye, Sir.«

»Also, dann wisst Ihr ja, was ich meine, wenn ich Euch sage, Furchen zu ziehen. Benutzt Eure Bajonette dafür. Macht eine Art Kuhle, wie es Hasen tun würden. Sie soll nicht zu tief sein, aber ein Mann muss sich darin verstecken können. Das sollte kein Problem für die meisten von euch sein, Männer. Kommt schon, ihr habt doch alle während der letzten Monate abgenommen, also passt ihr in jedes Loch.«

Diejenigen, die jedes Wort verstanden, lachten auf.

»Das sind die neuen Rationen des Herzogs, Sir!«

»Maul halten, Stevens!«, grollte Slaughter.

Steel ignorierte den Kommentar und die nächsten, teilweise zotigen Zwischenrufe. »Ihr wisst, was ihr zu tun habt. Fangt besser jetzt schon an, ehe die Franzmänner heranrücken und uns sehen.«

Die Männer hatten sich kaum in den Waldabschnitten verschanzt, als auch schon die französischen Geschütze mit dumpfem Donner ertönten. Auf Hansams Uhr war es zwei Uhr mittags. Steel versuchte, anhand der Donnerschläge die Anzahl der Kanonen zu bestimmen, hörte aber bei zwanzig auf. Zwanzig Geschütze reichten allemal, wenn die eigene Truppe über keine Artillerie verfügte.

Abermals hämmerten die Geschütze in der Ferne ihre Geschosse in den Himmel, doch die Grenadiere blieben unverletzt, hockten sie doch abseits vom Geschehen im Unterholz.

Steel spähte aus dem Dickicht und sah das Blutbad auf der Ebene zwischen den Waldgebieten.

Slaughter fasste Steels Gedanken in Worte. »Arme Teufel. Der General sollte den Befehl zum Hinlegen geben.«

»Verdammt, wie lange soll das denn noch gehen?«, fluchte Williams.

Niemand antwortete. Er hatte auch mit keiner Antwort gerechnet.

Ein Mann aus London meldete sich zu Wort. »Hatten Glück, dass wir Lille und die Gräben verlassen konnten, wie? Aber das hier ist auch nicht viel besser, Jungs. Guckt euch doch die armen Kerle an.«

Es war einer der Grenadiere, der hinter einem Strauch hockte. Steel schaute in die Richtung, in die der Bursche zeigte, und sah, wie eine ganze Kanonensalve auf die Infanteristen herabhagelte, die in der Mitte Stellung bezogen hatten. Ein Mann wurde schlichtweg in Stücke gerissen, ein anderer erhielt einen Treffer in den Unterleib, sodass die Gedärme hervorquollen. Eine weitere Kugel riss einem Musketier den Kopf ab, danach dem Pferd des befehlshabenden Offiziers die Hinterbeine. Steel schaute weg.

»Es nützt nichts, jetzt zu klagen, wer auch immer das gerade war. Wir müssen unsere Aufgaben erledigen. Wir kommen auch noch an die Reihe.«

Slaughters Antwort kam im Flüsterton. »Du da hinten, du stehst unter Beobachtung. Und jetzt halt's Maul, Black. Sei froh, dass du nicht da draußen in diesem verfluchten Hagel stehen musst und dir die Eier wegschießen lässt. Stattdessen liegst du hier abseits schön in deinem Loch.«

»Stimmt, Chalky«, rief ein anderer dazwischen. »Mach, was Captain Steel sagt. Und stell dir vor, du bist ein Hase.«

»Ich zeig dir gleich, wo der Hase läuft, Wilson! Noch mehr von diesen Bemerkungen, und ich ziehe dir bei lebendigem Leibe die Haut ab.«

Wieder war es Blacks Stimme, die zu hören war. Diesmal schwang jedoch Angst in seinen Worten mit. »Sie kommen, Sergeant. Ich kann sie sehen.«

»Ruhe jetzt!«, zischte Steel. »Ich will von keinem mehr was hören.«

Es war gegen fünf Uhr. Der Abend brach an, und es war offensichtlich, dass die Franzosen, nachdem sie ihren Beschuss für nahezu drei Stunden aufrechterhalten hatten, jetzt darauf brannten, den Schrecken auszunutzen, in den sie die schwer angeschlagenen Alliierten versetzt hatten.

Steel flüsterte Williams zu: »Gebt das an die Männer weiter,

Tom. Kein Laut mehr, bis ich das Kommando gebe. Ich will nichts mehr hören.«

In der anbrechenden Abenddämmerung rückten die Franzosen heran, zuerst die Wallonen, die in ihren hellen Uniformen wie geisterhafte Gestalten wirkten. Die Musketen zeigten voraus, als die Männer auf einen Feind zuhielten, den sie nach dem Beschuss für hoffnungslos demoralisiert hielten. Trommelwirbel schallten herüber, und langsam schoben sich die Linien der Infanterie, hier und da durchsetzt von Fahnenträgern, an den Waldgebieten vorbei. Aber Steel wartete. Er wartete, bis der Feind fünfzig, vierzig und zuletzt nur noch dreißig Yards von den alliierten Linien entfernt war. Bis die vordersten Soldaten längst an ihm vorbeimarschiert waren.

Dann richtete er sich auf und spähte in das Halbdunkel. Endlich gellte sein Befehl entlang der Verstecke. »Jetzt, Jungs! Auf mit euch, Grenadiere! Anlegen! Feuer!«

Wie aus einem Guss feuerten dreihundert Musketen zeitgleich aus beiden Waldrändern in die ungeschützten Flanken der Franzosen.

»Weiter, Männer!«, schrie Steel. »Stopft ihnen das Maul. Nachladen. Anlegen! Feuer!«

Erneut krachten die Musketen. Der dichte weiße Pulverqualm machte die Ebene im abnehmenden Licht des Tages noch unübersichtlicher. Aber die Grenadiere brauchten auch nicht viel zu sehen. Die Entsetzensschreie der Franzosen sprachen für sich.

Im Aufflammen der Gewehrmündungen konnte Steel einen Blick auf den Feind erhaschen. Eine Reihe nach der anderen wälzte sich die Infanterie vorwärts, da von hinten Kavallerie nachdrängte. Der Trichter zwischen den beiden Waldgebieten hatte sich in einen Haufen Toter und Sterbender verwandelt.

Die Franzosen hatten vollkommen die Orientierung verloren, waren sie doch in ein mörderisches Kreuzfeuer geraten, und die Schützen auf beiden Seiten des Waldgürtels blieben unsichtbar. Die Salven wurden wie von Geisterhand aus dem Nichts abgefeuert. Panik brach aus. Steel konnte beobachten, wie Männer sich voller Entsetzen in alle Richtungen drehten und schließlich tödlich getroffen zu Boden sanken. Wie eine ansteckende Krankheit sprang die Furcht dann auf den nächsten Kameraden über, bis bald das ganze Bataillon auf der Flucht war, dann das nächste. Waffen wurden achtlos weggeworfen, Tornister glitten bei der Flucht vor den unerbittlichen Musketenkugeln vom Rücken.

Geräusche von links erregten Steels Aufmerksamkeit in all dem Durcheinander. Noch ehe er etwas sehen konnte, hörte er das charakteristische Klirren von Harnischen, das dem geübten Ohr das Herannahen von Kavallerie ankündigte. Die Reiter kamen im Rücken der Alliierten. Einen furchtbaren Moment lang durchzuckte Steel der Gedanke, es könnte de la Motte gelungen sein, mit der Kavallerie einen weiten Bogen zu schlagen oder gar durch den Wald zu kommen. Doch dann erkannte er die Standarte eines Regiments englischer Reiter und wusste, dass dort nicht der Feind kam. Es war Verstärkung, die Marlborough aus den Reihen der Hauptarmee entsandt hatte.

Der Sieg gehörte den Alliierten. Jubelrufe schallten über die Köpfe der alliierten Infanterie hinweg, und im nächsten Augenblick sausten die Säbel der Engländer immer wieder auf die Männer in den weißen Uniformen nieder. Der französische Rückzug verwandelte sich in eine chaotische Flucht.

An der Spitze der Reiter erspähte Steel die Gestalt Cadogans. Er fragte sich, welchem General Marlborough denn nun den Sieg zuschreiben würde: Seinem Freund William Cadogan oder Webb, der im Verdacht stand, den Jakobiten nahezustehen?

Eins stand für Steel fest. Wieder einmal hatte die Infanterie des Herzogs ihre Schlagkraft unter Beweis gestellt. Sie hatten dem Beschuss der Artillerie standgehalten, und die Preußen und Hannoveraner hatten sich die niederländische und britische Art des Peloton-Feuerns angeeignet, was in erheblichem Maße zum Sieg beigetragen hatte. Aber vor allem die Grenadiere waren am Triumph beteiligt. Es war eine Lektion in der Kunst der Kriegsführung gewesen.

Steel hatte vor allem ein Ziel erreicht, das er sich persönlich gesteckt hatte: Er hatte ein ganzes Bataillon in die Schlacht geführt. Und er hatte es genossen, als wäre er für diese Aufgabe gemacht. Wenn man es genau bedachte, hatte er sogar eine Brigade befehligt, da seinem Plan drei Bataillone angehörten. Zu den Preußen hatte er wie immer Vertrauen, aber er wusste nicht, wie es den Niederländern auf der anderen Seite ergangen war. Hatten sie größere Verluste erlitten?

Er fragte sich, ob er je wieder eine solche Gelegenheit erhalten würde. Wäre es zu verwegen, wenn er sich ausmalte, eines Tages Colonel Steel zu sein? Nach wie vor blieb die Zukunft für ihn im Dunkeln, und der Verlauf der letzten Tage hatte ihn nur noch weiter verwirrt, zumindest, was das eigene Leben betraf. Einerseits verspürte er den Kitzel des Gefechts, und nichts konnte mit dem Hochgefühl wetteifern, das sich bei einer siegreichen Schlacht einstellte. Andererseits hatte er immer noch nichts von Marlborough oder Hawkins gehört, was die Mission in Paris anbelangte.

Doch Steel vermutete, dass er nicht in der Gunst des Oberbefehlshabers gesunken sein konnte, da man ihm das Kommando über das zusammengelegte Grenadierbataillon übertragen hatte.

Er ging durch den Wald und plauderte hier und da mit einem der Männer. Tarling war getroffen worden und hatte einen Finger eingebüßt, allerdings an der linken Hand, die beim Schießen nicht so wichtig war wie die rechte. Tarling würde wieder kämpfen können. Andere hatten Querschläger abbekommen; ein Mann hatte einen Holzsplitter im Bein, da französische Kugeln einen Baum zerfetzt hatten. Doch alles in allem waren seine Männer gut aufgelegt und genossen das Gefühl, noch am Leben zu sein – ein Gefühl, das sich nach jedem Gefecht einstellte.

Kurz darauf stieß er auf Slaughter, der über einem der Toten stand.

»Wie sehen unsere Verluste aus, Sergeant?«

»Nun, Sir, ich schätze, der General wird an die neunhundert Mann verloren haben. Was uns betrifft, so hat unser Bataillon dreißig Mann verloren, verwundet oder vermisst.«

»Und unsere Kompanie?«

»Vier Tote und sechs Verletzte, Sir, von denen einer die Nacht wohl nicht überleben wird.«

»Wer sind die Toten?«

»Connolly, Sir. Dann Patterson und der junge Wilson.«

Rekruten allesamt.

»Ein Jammer, Sergeant.«

»Aye, Sir.«

»Ihr hattet den Jungen gern, oder?«

»Hört sich 'n bisschen übertrieben an, gern haben, Sir. Aber er hatte das Zeug zu einem guten Soldaten, der Bursche. Ein Jammer.«

Weiter hinten gingen die englischen Dragoner immer noch ihrem grässlichen Geschäft nach, und in der Dunkelheit hallten sporadische Musketenschüsse und die Schreie der Verwundeten wider. Zu Steels Rechten spielte eine preußische Kapelle auf: Ein Siegesmarsch erklang. Und in der Mitte des Schlachtfelds standen die Männer eines niederländischen Regiments und sangen einen Psalm.

Steel nahm seinen Hut ab und kratzte sich am Kopf. Mit der flachen Hand wischte er sich das Pulver rund um die Augen fort. »Ich habe es vielleicht schon einmal gesagt, Jacob, und womöglich werdet Ihr's auch noch mal von mir hören, aber es gibt wohl kaum einen seltsameren Ort auf Erden als ein Schlachtfeld.« Die Stimmen der Psalm-Sänger steigerten sich in ein Crescendo, und Steel verzog den Mund und schüttelte den Kopf. »Dieses Gejaule konnte ich noch nie leiden.«

Slaughter spähte in die Dunkelheit. »Denkt Ihr, der Konvoi hatte noch mehr als Pulver an Bord? Ich hab 'nen furchtbaren Durst.«

Steel lachte. »Das geht nicht nur Euch so, Jacob. Aber jetzt wird wohl nichts draus. Ein Marsch von drei Tagen zurück nach Lille. Kommt. Gehen wir zu unseren Männern.«

13.

Als Offizier hatte es immer schon zu Steels Grundsätzen gehört, alle Mühen und Entbehrungen mit seinen Männern zu teilen. Wenn sie als Kompanie einen Sieg feierten, dann gebot es die Pflicht, auch in harten Zeiten zusammenzustehen. Und dieser Tag würde ihnen wieder einmal nichts als Widrigkeiten bescheren. Steel stand neben Slaughter in einem der vorderen Gräben vor den Befestigungsanlagen von Lille. Es war kurz nach Mittag, und der Feind hatte soeben mit seinem morgendlichen Dauerbeschuss aufgehört. Seit Wochen nutzten die Männer die Feuerpause zum Essen, und so starrten Slaughter und Steel trübsinnig auf den Boden eines kleinen Kessels.

Der Sergeant war ungewöhnlich erregt. »Seht Ihr, was ich meine, Sir? Wie soll man von den Jungs erwarten, dass die das da essen? Das frag ich Euch. Wir haben nichts außer ein paar gestampften Rüben und Kohlblätter. Viehfutter ist das, sag ich Euch. Taugt doch nur für Rinder und Schweine.«

Steel beäugte die dünne, unappetitliche Brühe. Dann rührte er mit einer Kelle darin herum, nahm sie heraus und roch an der Suppe. Langsam ließ er die Kelle wieder in den Kessel gleiten. »Ja, Sergeant, ich weiß, was Ihr meint. Ich weiß aber auch, dass der Herzog es nicht gutheißen würde, wenn er sähe, was seine Leute für Küchenabfälle vorgesetzt bekommen, Jacob. Ich kann mir nur vorstellen, dass wir ein Nachschubproblem haben.«

»Aber ich dachte, genau das hätten wir geregelt, Sir. Der Kampf in den Wäldern bei Wijnendale und all das. Die Franzmänner sind gerannt wie die Hasen, nicht wahr? Und die

Wagenkolonne ist bis nach Lille durchgekommen, oder etwa nicht?«

»Sicher, Jacob, und wir haben die Franzosen bis nach Brügge zurückgedrängt. Aber denkt dran, das ist schon über eine Woche her. Und wisst Ihr auch, was in den Fuhrwerken war? Pulver und Kugeln für unsere Geschütze für einen weiteren Monat, aber deswegen war natürlich nicht so viel Platz für andere Vorräte. Ehrlich gesagt, hatte ich damit gerechnet. Der Herzog war immer auf die Versorgung seiner Leute bedacht. Habt Ihr einmal darüber nachgedacht, warum wir alle extra Sold bekommen haben? Mr. Williams machte mich erst letzte Woche darauf aufmerksam. Es ging zu Lasten der Verpflegung. Das ist die Antwort. Die Verpflegungsausgabe hat die Weisung erhalten, den Mangel an Proviant durch zusätzliche Soldzahlungen auszugleichen. Man könnte jetzt sagen, dass das hervorragend vom Herzog war, und das stimmt ja auch. Er ist einer der gerechtesten Männer, die ich kenne. Aber die Lager der Bataillone sind alle ziemlich leer, und das kann eigentlich nur daran liegen, dass es den Franzosen wieder einmal gelungen sein dürfte, unsere Nachschubwege abzuschneiden. Uns bleibt nichts anderes übrig, als unser Schicksal anzunehmen und das Beste draus zu machen.«

»Oh, ich weiß, Sir. Bin ganz Eurer Meinung. Bin auch der Erste, der den Gürtel freiwillig enger schnallt. Und Rum brauch ich auch nicht, um gegen die Franzmänner zu kämpfen. Aber ich spreche nicht nur für mich, Sir. Es geht um die Männer. Ihr wisst so gut wie ich, dass die was im Bauch haben müssen, bevor's in die Schlacht geht.« Er hielt inne. »Und letzte Nacht gab's Gemurre, weil kein Rum da war.«

Steel schaute erschrocken auf. »Kein Rum, sagt Ihr? Das ist natürlich ganz etwas anderes. Eine ernste Sache, Jacob. Jeder Offizier, vom Herzog abwärts, weiß, dass es der Rum ist, der den Jungs den Mumm gibt, aus den Gräben zu stürmen und es mit dem Feind aufzunehmen. Mögen die Männer auch noch so tapfer sein, erst der Rum lässt sie standhalten, ganz gleich, was ich ihnen von Königin und Vaterland erzähle. Gott, Jacob! Kein Rum! Ein paar Tage, dann haben wir eine Meuterei am Hals.«

»Aye, Sir, bin Eurer Meinung. Haben wir alles schon erlebt. Hässliche Sache, das. Man verliert gute Männer. Oh, ich denke, die meisten unserer Jungs sind in Ordnung. Aber für die anderen Bataillone kann ich nicht sprechen, nicht mal für die anderen Kompanien.«

»Überlasst die Sache mir, Sergeant. Ich kümmere mich darum.«

Steel wusste jetzt, was zu tun war. Seit einigen Tagen – genauer gesagt unmittelbar nach der Rückkehr von Wijnendale – hatte er mit dem Gedanken gespielt, Colonel Hawkins im Hauptquartier aufzusuchen und ihn zu fragen, ob es schon Neuigkeiten aus Paris gab. Doch bislang hatte er gezögert, weil er befürchtete, zu forsch gegenüber seinem Vorgesetzten und Mentor aufzutreten. Diese Krise jedoch lieferte ihm nun den Vorwand, den er brauchte. Er würde Hawkins einen Besuch abstatten, sich nach den Rumvorräten erkundigen und nebenbei fragen, was aus dem Schreiben an König Ludwig geworden war.

Seit mehreren Wochen hatte die Verbitterung in Steel zugenommen, in einem Maße, das ihm unbekannt war. Er war unzufrieden, nicht mit seinen Männern oder sich selbst – Unzufriedenheit dieser Art war nichts Neues –, sondern mit den Leuten, die in der Befehlskette über ihm standen. Was er Slaughter zuvor gesagt hatte, stimmte. Seit Langem erachtete er den Herzog als den gerechtesten Mann, den er kannte. Dennoch, obwohl er sofort nach seiner Rückkehr aus der französischen Metropole Bericht erstattet hatte, hatte er weder von Marlborough noch von Hawkins etwas im Hinblick auf den Ausgang der Mission erfahren. Was war aus dem Plan geworden, die Franzosen zur Kapitulation oder zumindest zum Waffenstillstand zu zwingen?

Steel glaubte, ein Recht auf eine Antwort zu haben. Früher hätte er die Sache vielleicht auf sich beruhen lassen, aber seit der Hochzeit mit Henrietta spürte er, dass er sich verändert hatte. Seine Einstellung zum Leben hatte sich geändert. Früher hatte er sich nicht groß um die eigene Zukunft geschert, hatte quasi in den Tag hinein gelebt und die Dinge so akzeptiert, wie sie kamen. Um seine Männer hatte er sich zwar stets gekümmert, aber um sich selbst?

Doch jetzt erschien ihm die Zukunft wichtig. In seinem Kopf schwirrten neue und nie für möglich gehaltene Pläne herum.

Die drängendste Frage war vielleicht, ob er immer Soldat bleiben wollte. Das Leben an Henriettas Seite – auch wenn sie oft lange getrennt waren – hatte ihm gezeigt, dass die Welt um ihn herum auch noch ganz andere Seiten hatte. Neue Möglichkeiten taten sich auf. Aber ehe er sich auf einen Kurs in seinem Leben festlegen wollte, musste er in Erfahrung bringen, welche Wendung dieser Krieg nahm. Außerdem gab es noch viele offene Fragen, die mit der Mission in Paris zu tun hatten. Was war aus Simpson geworden? Welches Schicksal mochte einen Mann wie Major Charpentier ereilt haben? Dann war da noch sein Bruder, von dem seine Vorgesetzten natürlich nichts wissen konnten – es sei denn, Simpson hatte etwas durchblicken lassen.

Steel fragte sich, ob die Franzosen herausgefunden hatten, dass Alexander ihm bei der Flucht geholfen hatte. Insbesondere Malbec. Wenn Alexander tot war, traf Steel die Schuld am Tod des Bruders, und allein dafür würde er Satisfaktion verlangen. Aber da war noch mehr – er brannte geradezu darauf, endlich Gelegenheit zu haben, die alte Rechnung mit Malbec und der Marquise zu begleichen. Eins war Steel klar: Was auch immer seinem Leben mit Henrietta beschieden sein mochte, zuvor würde er nicht eher ruhen, bis der französische Major und die Marquise tot waren.

»O'Brien.«

Steels Diener kam angelaufen, ein junger Ire, der erst seit Kurzem zu Farquharsons Regiment versetzt worden war, da man die alte Einheit wegen zu hoher Verluste und des Todes ihres Colonels aufgelöst hatte. O'Brien schien ein eifriger Junge zu sein. Steel hatte ihn erst nach dem letzten Gefecht eingestellt, da sein alter Bursche verwundet worden war.

»O'Brien, mein Pferd. Ich habe eine Verabredung mit dem Oberbefehlshaber.«

Während Steel den Belagerungsgraben hinter sich ließ und in Richtung der Kommandozelte und Fuhrwerke trabte, ergriffen widerstreitende Gefühle von ihm Besitz. Als er die Böschung des Feldherrenhügels hinaufritt, spürte er, wie sehr es bereits in ihm brodelte. Er hielt sein Pferd an und gönnte sich eine kleine Pause, da er sich seiner Gefühlslage sehr wohl bewusst war. Es hatte keinen Zweck, ein Gespräch mit dem Oberbefehlshaber zu suchen, solange er derart aufgewühlt war. Jetzt war Umsicht gefragt, keine offene Entrüstung. Er musste seine Argumente schlüssig vortragen. Unbotmäßiges Verhalten war nie Steels Art gewesen, und ein unüberlegter Auftritt war seiner Sache wenig zweckdienlich.

Er wendete das Pferd, sodass er von der Anhöhe hinunterblicken konnte. Das Pferd war verlässlich und gesund, konnte indes nicht mit Meg mithalten, seiner kastanienbraunen Stute, die er in Paris verloren hatte. Doch im Augenblick wunderte er sich, wie es überhaupt dazu hatte kommen können, dass er sich an das Vertraute klammerte und die Dinge von vornherein ablehnte, die von der täglichen Routine abwichen. Dabei hasste er im Grunde seines Herzens die immer gleichen Abläufe bei der Schreibarbeit der Kompanie.

Wie war es zu diesem Wandel gekommen? Vermutlich lag es

daran, dass das eigene Leben von einem Moment auf den nächsten ausgelöscht werden konnte. Vertraute Gesichter und einfache Rituale verliehen einem Sicherheit. Denn so lief das große Getriebe der Armee: Man gewöhnte sich an den täglichen Trott, die Routine, damit man immer noch ein Gerüst hatte, an dem man Halt fand, selbst wenn die Welt um einen herum aus den Fugen geriet und die Freunde von Kartätschen zerfetzt wurden.

Als er jetzt auf die Belagerungsgräben blickte, spürte Steel, dass seine Gedanken der Realität entsprachen.

Vom Feldherrenhügel aus hatte man den Eindruck, dass Ameisen ihre Kolonien gegraben hatten und nun ihren täglichen Aufgaben nachgingen. Die Felder – oder was davon übrig war – waren kreuzweise von Gräben und Furchen durchzogen. Steel sah die aufgeworfenen Erdwälle und die parallel dazu verlaufenden Gräben, die sich wie Gürtel um die belagerte Stadt zogen und von der Form her die Ausläufer der Festungsabschnitte abbildeten. Die Gräben waren untereinander mit schmaleren Abschnitten verbunden, um sicherzustellen, dass die Männer nicht ins Kreuzfeuer gerieten, sobald ein Graben vom Feind erobert wurde.

Überall sah Steel die Männer eifrig bei der Arbeit. Soldaten füllten Erde und Steine in neue Gabionen, Offiziere inspizierten Kanonen, Infanteristen unterzogen sich dem täglichen Drill, und inmitten all dieser Bewegung kamen die anderen, namenlosen Menschen aus dem Tross der Armee ihren täglichen Aufgaben nach – Handwerker, Küchengehilfen, Waschfrauen. Steel glaubte, dass man diese fein abgestimmten Abläufe in dieser Form wohl nur in Marlboroughs Armee zu Gesicht bekam. Der Belagerungsring bot einen eindrucksvollen Anblick.

Dies hier war die Summe dessen, was der Herzog erreicht hatte. Hier zeigte sich die Fähigkeit seiner Leute, gemeinsam etwas zu schaffen, schnell und effizient, um sich der Macht und den Streitkräften Frankreichs mit nie dagewesener Professionalität entgegenzustemmen. Auf diese Weise gelang es dem Herzog, eine Schlacht nach der anderen zu gewinnen. Und daher, so hoffte Steel, würde auch Lille früher oder später fallen.

Doch so stolz er auch war, seine augenblickliche Gefühlslage änderte sich dadurch nicht. Denn weiterhin beschäftigte es ihn gedanklich, warum der Oberbefehlshaber sich nicht mehr für die Belange seiner Offiziere und die Versorgung der Truppe zu interessieren schien.

Als er die Zeltreihen im alliierten Hauptquartier erreichte, war das Gefühl, ungerecht behandelt zu werden, stärker denn je.

Langsam näherte Steel sich der breiten, blau-weiß gestreiften Markise, vor der ein Union Jack wehte, die Nationalflagge des Vereinigten Königreichs. Steel hatte das Hauptquartier des Herzogs erreicht. Er stieg ab und band das Pferd am dafür vorgesehenen Geländer an. Zu Fuß schritt er auf den Zelteingang zu. Zwei Wachsoldaten salutierten, versperrten Steel jedoch den Eingang.

»Wer ist der wachhabende Offizier?«, verlangte Steel ungerührt.

Kurz darauf eilte ein Lieutenant aus einem kleinen weißen Zelt, das unmittelbar neben dem Zelt des Oberbefehlshabers aufgeschlagen worden war, und setzte sich schnell noch den Hut richtig auf. Aus dem Innern des großen Zelts schallte Lachen, und Gläser klirrten. Der Lieutenant stellte sich neben einen der Wachsoldaten, die ihre Musketen hatten sinken lassen.

»Was ist hier los, Sergeant Baker?«

»Dieser Offizier hier, Sir. Er wünscht Euch zu sprechen, Sir.«

Der junge Mann straffte die Schultern, sah Steels Rangabzeichen und deutete eine Verbeugung an. »Lieutenant Trevenning,

Sir. Foot Guards Ihrer Majestät. Dürfte ich erfahren, was Euch zu uns führt, Captain …?«

»Steel, Lieutenant. Captain Jack Steel, Farquharsons Regiment. Ich muss den Oberbefehlshaber in einer dringlichen Angelegenheit sprechen.«

Dem Lieutenant schien Steels Name geläufig zu sein, denn er musterte ihn aufmerksam, machte aber keine Anstalten, ihn anzumelden. »Dürfte ich erfahren, in welcher Angelegenheit Ihr den Herzog zu sprechen wünscht, Sir?«

»Nein, das dürft Ihr nicht, Lieutenant. Richtet Seiner Hoheit lediglich aus, dass Captain Jack Steel um ein Gespräch bittet. Sollte Euch das aus irgendwelchen Gründen nicht möglich sein, macht Ihr Euch bitte auf die Suche nach Colonel Hawkins. Überhaupt solltet Ihr meine Anwesenheit dem Colonel melden.«

Der junge Offizier war sichtlich verärgert. Held hin oder her, Steels Auftreten war beinahe unerträglich. Außerdem stand Trevenning als Lieutenant der Guards vom Rang her genauso hoch wie jeder Captain eines Linienregiments. Trevenning erkannte aber auch – nach allem, was er über diesen Captain gehört hatte –, dass es unklug wäre, sich einem Mann wie Steel in einer eher unbedeutenden Sache in den Weg zu stellen. Deshalb lächelte er verbindlich.

»Ich werde mich auf den Weg machen und mich erkundigen, Captain, aber macht Euch keine allzu großen Hoffnungen. Der Oberbefehlshaber ist ein viel beschäftigter Mann und kann sich nicht auf das unangekündigte Auftauchen eines Feldoffiziers einstellen. Wartet bitte hier, Captain Steel. Ich bin gleich zurück.« Er nickte den Wachsoldaten zu, ein Auge auf den Besucher zu haben, und betrat das gestreifte Zelt. Als er Augenblicke später wieder ins Freie trat, blickte er säuerlich drein – und er war nicht allein.

Colonel James Hawkins begrüßte Steel mit einem breiten Lächeln. »Jack, mein Junge. Ich habe oft an Euch gedacht.

Kommt doch herein. Habt Dank, Lieutenant. Das wäre dann alles.«

Sie ließen den jungen, sichtlich verärgerten Offizier stehen und betraten das Zelt. Steel war verdutzt, als er sah, dass sie allein waren.

»Marlborough ist in einer Besprechung mit den Brigadekommandeuren«, erklärte Hawkins. »Sie wollen sich die Frontabschnitte ansehen. Hoheit ist nicht gerade bester Laune. Aber er dürfte bald zurück sein. Auch ein Glas Wein, Jack?«

Steel versteifte sich. »Bitte, ja.«

Der Colonel winkte einem Bediensteten und wandte sich dann wieder Steel zu. »Also, Jack«, sagte er und kam Steel dadurch zuvor. »Ich kann mir vorstellen, dass Ihr Euch des Öfteren gefragt habt ›Warum, zum Teufel, höre ich von denen nichts?‹ Sicher wollt Ihr gerne wissen, ob der fette König Ludwig den Köder geschluckt hat. Und Euch beschäftigt zweifellos die Frage, ob dieser Krieg bald ein Ende haben wird. Ich nehme an, Ihr seid voller Fragen.«

»Nun ja, Sir, ich …«

Hawkins winkte ab. »Natürlich beschäftigen Euch diese Fragen, und das zu Recht, mein Junge. Bei Gott, hätte man mich in einer geheimen Mission hinter die feindlichen Linien beordert und dann nicht über den Ausgang des Vorhabens informiert, ich wäre genauso aufgebracht wie Ihr. Seid Ihr verärgert?« Er reichte Steel einen randvollen Kelch, in dem der rote Wein funkelte, und nahm sich selbst einen Kelch. »Auf Eure Gesundheit, Jack. Ich bin froh, Euch nach der Geschichte mit General Webb heil und gesund wiederzusehen. Ein Triumph, würde ich sagen. Er erwähnte Euren Namen, müsst Ihr wissen. Der Generalmajor. Sprach in höchsten Tönen von Euren Fähigkeiten. So wart Ihr also einen Tag lang Kommandeur eines Bataillons. Und, Jack? Wie fühlte sich das an? Bestimmt gut, nicht wahr?« Der Colonel zwinkerte ihm zu.

Steel wusste nicht, was er sagen sollte. Hawkins hatte es geschafft, ihn vollkommen zu besänftigen. Waren das nur Gedankenspiele gewesen, was die Befähigung zum Kommandeur betraf? Oder steckte mehr hinter der Andeutung, Steel könne eines Tages ein eigenes Bataillon befehligen?

»Aber jetzt zur Sache, Jack. Was möchtet Ihr zuerst wissen?«

Er hatte den Satz kaum zu Ende gesprochen, als Marlborough eintrat, in Begleitung eines Dieners, der Mantel und Hut des Herzogs trug. Marlborough rieb sich die Schläfen, als er an einen großen Tisch trat, auf dem eine Karte der Region lag.

»Hawkins, etwas Wein, wenn ich bitten darf. Mein Kopf pocht, und mein Verstand muss zur Ruhe kommen. Ständig dieses Geplapper von der Belagerung! Unsere Gräben rund um die Stadt sind lang, und viele Abschnitte sind überflutet, das weiß ich doch längst schon alles. Meine Generäle erinnern mich an Zeitpläne. Stell sich das einer vor! Aber ich kenne die Zwänge eines Belagerungskrieges nur zu gut. Nach fünfundzwanzig Tagen müssen die offenen Erdarbeiten abgeschlossen sein. Gräben müssen gezogen sein, Stollen bis zu den Halbmondschanzen der Festung getrieben werden. Noch eine Woche, und die Schanze sollte erobert werden, am besten durch eine Bresche. Erst dann verlässt man die Gräben und stürmt die Befestigungsanlagen. Nach einer weiteren Woche muss die Sache zu Ende gebracht werden. Insgesamt achtundvierzig Tage, Hawkins, denn muss man eine Belagerung geschafft haben, vom ersten Spatenstich bis zur Kapitulation. Und wie viele Tage sind wir jetzt hier? Ihr kennt die Antwort. Zu lange. Zweieinhalb Monate. Drei Wochen über die Zeit. Fünftausend unserer eigenen Leute fielen bei dem Versuch, die verfluchte Festung zu stürmen! Ich sage Euch, Hawkins, ich wäre der glücklichste Mann auf Erden, wenn dies die letzte Belagerung wäre, die ich zu sehen bekomme.«

Er nahm einen Schluck Wein und fuhr fort, wobei er Steels Anwesenheit anscheinend gar nicht bemerkte. »Zumindest wissen die Franzosen, dass wir sie nicht von den Zinnen baumeln lassen, nachdem wir die Stadt erobert haben. So hat man es früher gemacht, aber wir führen einen zivilisierten Krieg, nicht wahr?«

»Falls man einen Krieg überhaupt als zivilisiert bezeichnen kann, Euer Hoheit.«

»Ein Krieg, der geführt wird, um die Zivilisation zu erhalten, ist von Natur aus ein zivilisierter Krieg.«

»Aber ist er auch gerecht?«, gab Hawkins zu bedenken.

»Kann es überhaupt je einen gerechten Krieg geben?« Diese Frage hatte Steel in den Raum geworfen.

»Ah, Captain Steel. Was führt Euch zu uns? Hawkins, habe ich Captain Steel hierher bestellt?«

»Nein, Euer Hoheit. Das war ich. Wir schulden dem Captain noch einen Bericht, Sir, im Hinblick auf die Verhandlungen mit den Franzosen. Schließlich war Steel daran beteiligt, dass es überhaupt zu ersten Kontakten kam.«

Marlboroughs Miene verdüsterte sich, und Steel rechnete schon mit dem Schlimmsten. »Ah, ja. Eine traurige Geschichte, fürchte ich, Steel.«

»Euren Worten entnehme ich, Sir, dass der Brief, den ich überbrachte, nicht von Nutzen war. Der französische König ersucht uns also nicht um Friedensgespräche?«

Marlborough nickte. »Zeigt ihm das Dokument, Hawkins.«

Der Colonel zog einen Brief aus seiner Rocktasche und las laut vor: »›Der König wünscht Frieden … Das Auftauchen der Alliierten, mag es noch so brillant erscheinen, kann diejenigen, die über Erfahrung im Kriegswesen verfügen, nicht davon abhalten …‹ Das schreibt der Herzog von Berwick.«

Marlboroughs Augen funkelten böse. »Berwick, mein eigener Neffe. Der beste General, den sie haben. Verschwendung, sage ich. Und dass er mir einen Brief schreibt! ›Die über Erfahrung im Kriegswesen verfügen!‹ Ich habe mehr Erfahrung in der Kunst der Kriegsführung als dieser aufgeblähte Monarch, bei Gott, mag er auch älter sein als ich.«

Hawkins las weiter: »›… nicht davon abhalten, zu erkennen, dass die Situation der Alliierten in vieler Hinsicht angespannt ist und sich jeden Augenblick gegen Euch wenden könnte, sodass Ihr in eine Notlage geraten könntet, die Eure Armeen vernichten würde, selbst wenn es Euch gelänge, die Zitadelle von Lille einzunehmen. Ihr wärt nicht mehr in der Lage, die Festungen, die Ihr noch entlang der Schelde haltet, mit ausreichend Munition und Vorräten zu versorgen …‹«

»Das kommt einem Affront gleich, Steel! Er wagt es, mich zu belehren, mich zurechtzuweisen? Nun, wenn es das ist, was der König will, dann soll er es bekommen. Niemand soll je behaupten, ich hätte nicht zumindest den Versuch unternommen, Friedensverhandlungen einzuleiten. Von jetzt an wird mein alleiniges Ziel sein, Frankreich unter meinen Stiefeln zu zertreten.«

»Tatsache ist, Steel«, erklärte Hawkins in ruhigerem Ton, »Ludwig mag bereit gewesen sein, den Frieden zu suchen, aber wir wurden in diesem Spiel übertrumpft. Wir sind immer davon ausgegangen, bei dem Sonnenkönig ein offenes Ohr zu finden, doch in Wirklichkeit sind es seine Generäle, die das Sagen haben. In Angelegenheiten des Krieges ist der König nicht mehr als eine Marionette. Er ist zu alt, um zu erkennen, dass unser Brief nur für ihn allein bestimmt war und nicht für die Höflinge, denen er gern Vertrauen schenkt, was er aber besser lassen sollte. Er hat seinen Einfluss auf das Militär verloren, und nun steht alles auf dem Spiel. Wenn die Franzosen jetzt kapitulieren, verliert Frankreich sein hart erworbenes Prestige. Der Ruhm des Sonnenkönigs wäre für immer befleckt. Die Militärführung wird das nicht zulassen, und wie es aussieht, haben sie den König von ihrer

Ansicht überzeugt. Es tut mir wirklich leid. Aber trotzdem war Euer Einsatz nicht umsonst. Dank Euch wissen wir nämlich, wer so viele von unseren Spionen verraten hat.«

»Dieser Gabriel. Habt Ihr seiner habhaft werden können?«

»Er, äh, erlitt einen unvorhergesehenen Unfall. Es heißt, seine Leiche trieb in der Seine.«

Ein Lächeln deutete sich um Steels Mundwinkel an. »Und Simpson?«

»Oh, Captain Simpson geht es gut, doch er weilt nicht mehr in Paris. Wir wissen noch nicht recht, wo wir ihn am besten einsetzen können. Seine Tarnung ist ja aufgeflogen.«

»Und was wurde aus den anderen? Den französischen Spionen? Habt Ihr etwas Neues erfahren?«

»Leider nein. Sie sind scheinbar wie vom Erdboden verschluckt.«

Marlborough nahm einen langen Schluck Wein, und Hawkins fuhr fort. »Da wäre noch etwas, Jack.«

Steel versteifte sich. Was kam jetzt noch? Von Alexander konnten sie eigentlich nichts wissen. Dennoch machte er sich auf das Schlimmste gefasst.

»Es geht um Henrietta, Jack.«

»Sie ist doch nicht tot?«, rief Steel erschrocken.

Hawkins lächelte und legte ihm eine Hand auf die Schulter. »Nein, Jack, sie ist nicht tot. Auch nicht gefangen. Aber sie sitzt fest, in Ostende. Sie kann nicht aus der Stadt. Die Franzosen haben die Felder geflutet, um zu verhindern, dass Vorräte nach draußen gelangen. Zehn Meilen rund um die Stadt stehen unter Wasser, von Brügge bis nach Oudenburg und die Küste hinunter bis Nieuport. Die Stadt ist vollkommen abgeschnitten. Wenn wir Ostende einfach links liegen lassen und nicht einmal den Versuch unternehmen, unsere Position dort zu behaupten, werden die Franzosen die Stadt wieder einnehmen.«

Steel schüttelte den Kopf. »Daran bin ich schuld. Ich habe

Henrietta nach Ostende geschickt, von Brüssel aus. Weil ich sie dort sicherer glaubte.«

Er dachte an seine Frau, eingeschlossen in jener Stadt, in der sie ein Jahr zuvor gefangen gehalten worden war und aus der Steel sie befreit hatte.

Hawkins schwieg und klopfte Steel beruhigend auf die Schulter.

Marlborough hatte derweil die Karte studiert und sagte, ohne mit einem Wort auf Henrietta einzugehen: »Es ist undenkbar, dass wir einen Stützpunkt wie Ostende verlieren. Außerdem brauchen wir Pulver und Kugeln für diese verdammte Belagerung, wenn wir Lille je einnehmen wollen. Auch Salz, für die Vorräte der Männer.«

Obwohl Steel mit den Gedanken bei seiner Frau war, registrierte er, was der Herzog sagte und entsann sich eines anderen Anliegens. »Und wir benötigen Rum, Euer Hoheit. Die Vorräte sind so gut wie aufgebraucht.«

»Es ist kein Rum mehr da? Hawkins, wie kann das sein?«

»Ich fürchte, es ist so, Euer Hoheit. Die Quartiermeister klagen schon. Der Rum ist in Ostende und kann nicht geliefert werden. Wir mussten die Rationen herunterschrauben.«

»Dann nehmt etwas anderes. Brandy zum Beispiel. Irgendetwas. Sollen die Dragoner ausschwärmen und die Schänken und Wirtshäuser der Region durchkämmen. Gebt den Männern Wein, wenn es sein muss. Die Soldaten müssen ihre Rationen bekommen. Nüchtern halten sie es in den Gräben nicht aus. Niemand kann diesen tödlichen Hagel nüchtern aushalten, ohne den Verstand zu verlieren. Ist es nicht so, Steel?«

»Ja, ganz recht, Euer Hoheit.«

Der Zelteingang wurde angehoben, und der Graf von Cadogan trat ein, Marlboroughs rechte Hand und engster Vertrauter. Der Herzog wandte sich ihm zu.

»Wir sprechen gerade darüber, mein lieber Cadogan, wie

wichtig es ist, dass die Männer stets ihre Ration Rum erhalten. Stimmt Ihr da nicht auch zu?«

»Absolut, Sir. Ohne Frage. Deshalb ist es unerlässlich, dass wir die Versorgungslinien von Ostende wiederherstellen.«

Steel beschloss, alles in eine kühne Frage zu legen. Er suchte Marlboroughs Blick. »Sir, dürfte ich um Erlaubnis bitten, mich mit ein paar ausgewählten Männern auf den Weg nach Ostende zu machen, um meine Gemahlin zu retten?«

»Es tut mir leid, Jack«, warf Hawkins ein. »Aber derartige Vorhaben sind nicht durchführbar. Wir brauchen hier jeden Mann.«

Der Herzog ergriff das Wort. »Ich habe die Absicht, Marschall Vendôme in einer offenen Feldschlacht herauszufordern. Erst dann können wir darauf hoffen, die Deiche zu reparieren und die Region trockenzulegen.«

»In der Zwischenzeit«, fügte Hawkins hinzu, »stehen wir vor dem drängenden Problem, unsere Nachschubwege zu sichern. Insbesondere die Lieferung von Rum für die Männer steht auf dem Spiel.«

»Was das angeht, habe ich eine Idee«, sagte Cadogan. »Wir könnten uns eines Systems von Fuhrwerken und Booten bedienen, Euer Hoheit. General Erle steht bei Nieuport am nördlichsten Zipfel der überfluteten Felder. Dort fließt der Kanal in die See. Erle verfügt über Seeleute, um die Boote zu besetzen. Ich selbst habe mich um eine stattliche Anzahl von Fuhrwerken gekümmert, die große Räder haben. Daher können sie langsam über die überfluteten Felder fahren, ohne dass die Ladung allzu nass wird. Wir könnten diese Wagen an den flacheren Stellen benutzen, um Proviant von den Booten umzuladen. Sobald wir trockenen Boden erreichen, nehmen wir herkömmliche Fuhrwerke.«

Der Herzog nickte. »Das scheint mir ein bemerkenswerter Plan zu sein. Was meint Ihr, Hawkins? Wird das gehen?«

»Ich sehe keinen Grund, warum es nicht gehen sollte, Sir. Aber ich möchte hervorheben, General Cadogan, dass die Franzosen Gegenmaßnahmen ergreifen werden, sobald wir mit unserer kleinen Flotte den Warentransport beginnen. Sie werden unseren Konvoi gewiss angreifen.«

Marlborough überlegte. »Ihr habt recht. Wir müssen uns einen Begleitschutz ausdenken. Cadogan?«

Steel sah seine Chance gekommen. »Wenn ich einen Vorschlag unterbreiten dürfte, Sir. Warum nehmen wir nicht einen Teil der Boote, die für den Transport vorgesehen sind, und bemannen sie mit Truppen?«

»Kann man den Männern das zumuten? Ein Kampf auf dem Wasser? Für diese Art der Kriegsführung sind unsere Soldaten nicht ausgebildet. Und wir haben keine Zeit, Colonel Killigrews neue Marineinfanterie aus England zu holen.«

Steel lächelte. »Meine Männer könnten das schaffen, Sir. Da bin ich mir sicher. Wir sollten es versuchen. Unsere Musketen sind kürzer als die der mittleren Kompanien, und wir haben unsere Bomben dabei, die wir nach Bedarf einsetzen können.«

Marlboroughs Zeigefinger wanderte zurück zu der Karte. »Also dann, Captain Steel. Ihr marschiert mit der Armee bis hierher, nach Roulers, und dann bringt Ihr Eure Männer bis nach Dixmude, südlich vom Überschwemmungsgebiet. Cadogan, Ihr habt die Situation im Blick. General Erle soll einige Boote aus seinem Kontingent bereitstellen. Wie viele Männer befehligt Ihr, Steel?«

»Sir James' Grenadierkompanie, Sir. Zurzeit etwa fünfzig Mann.«

»Nein, nein, ich meinte Euer neues Kommando, die zusammengelegten Grenadiereinheiten, die Ihr unter Webb in die Schlacht geführt habt. Ihr werdet dieses Bataillon wieder aufstellen. Was hattet Ihr da alles? Preußen, Dänen, Niederländer? Nehmt diese Männer mit ins Wasser. Sie haben sich tapfer behauptet bei Wijnendale. Zeigt mir, dass Ihr erneut erfolgreich sein könnt, und ich schwöre, dass ich Euch beizeiten Euer eigenes Bataillon überlassen werde. Das wären dann alles Briten, wohlgemerkt. Ich verspreche Euch, Steel, öffnet uns die Zufahrtswege nach Ostende, und Ihr werdet als Major zurückkehren.«

Hawkins bedachte Steel mit einem väterlichen Lächeln, und als er sich vorbeugte, um Steels Glas nachzufüllen, wisperte er: »Und außerdem, Jack, kehrt Ihr obendrein mit Eurer Frau zurück.«

14.

»Boote, Sir? Wir sollen in Booten kämpfen? Auf dem Wasser? Das ist ein Scherz, Sir, oder?« Slaughter schüttelte den Kopf.

Doch Steel blieb beharrlich. »Kein Scherz, Jacob. Ich meine es ernst und bin fest entschlossen. Wir werden alle Seesoldaten sein. Marineinfanteristen.«

Hansam, der mit einem Lächeln zugehört hatte, warf ein: »Ich vermute, dass du mit ›Marineinfanteristen‹ das feine Regiment meinst, das vor vierzig Jahren von Sir William Killigrew ins Leben gerufen wurde, Jack. Ich glaube, es dürften heute sechs Bataillone sein.«

»Genau die meine ich, Henry. Wie du dich sicher erinnern wirst, eroberten sie vor vier Jahren Gibraltar, während wir alle unten in Bayern standen, vor einem Dorf namens Blenheim.«

»Ah, ja, zwei berühmte Siege. Und sie hielten Gibraltar danach gegen die Franzosen. Neun Wochen lang.«

»Nun, so lange werden wir wohl nicht in Beschlag genommen, da bin ich sicher. Wir sollen lediglich einen Konvoi aus Lastkähnen von Ostende bis hierher eskortieren. Wenn die Franzosen uns bemerken, werden sie versuchen, zu uns vorzustoßen. Wie sie das bewerkstelligen wollen, ist noch unklar, da ich mir nicht vorstellen kann, dass sie gleich ihre Marine mobilisieren werden. Dazu bleibt ihnen zu wenig Zeit.«

Williams war ganz aufgeregt. »Das ist doch eine fabelhafte Sache. Ich habe einen Cousin in der Marine. Wenn er das hört!«

Slaughter brummte etwas vor sich hin, doch es schien, als wollte er auch gehört werden. »Natürlich hab ich schon gehört, dass Soldaten wie wir auf Kriegsschiffen dienen. Aber ich bin nicht gemacht für den Dienst auf See, Sir. Und die meisten der Jungs können nicht mal schwimmen. Ich übrigens auch nicht. Wir werden alle ersaufen wie die Ratten, Captain.«

Steel musste lachen. »Ich dachte, die Platzangst macht Euch zu schaffen, Jacob, die engen Räume, nicht das Wasser. Verdammt, Mann, Ihr habt ja mehr Sorgen als unser Herzog. Wir fahren doch gar nicht hinaus auf die offene See. Wir werden immer noch an Land kämpfen.«

»Aber doch in einem Boot, oder nicht? Nein, Sir, kapier ich nicht. Wie soll das gehen?«

»Die Franzosen haben die Schleusen in den Deichen geöffnet und weite Teile des Farmlands in Flandern überflutet. Wie oft muss ich das noch erklären? Wir sind so etwas wie eine Eskorte auf dem Wasser für die Nachschubwege. Wir sind nicht auf einem Schoner oder einer Sloop. Wir fahren in kleinen Booten, Jacob, in Barkassen und Lastkähnen. Für die Beschaffenheit dieser Boote kann ich mich natürlich nicht verbürgen.«

Aber Slaughter redete weiter, mehr zu sich selbst als zu den anderen. »Die tragen gelbe Uniformen, die Seesoldaten, nicht wahr? Ich trau keinem über 'n Weg, der 'ne gelbe Uniform trägt. Rot ist die einzige Farbe für die Uniform eines britischen Soldaten. Aber Gelb? Pfui Deibel.«

»Beruhigt Euch doch, Jacob. Die Seesoldaten sind genauso tapfer wie unsere Einheiten. Ich wünschte sogar manchmal, wir hätten ein paar von den Jungs hier, damit sie an unserer Seite kämpfen. Nicht dieses ganze Mischmasch aus vielen Nationen. Ich sag's Euch, Jacob, von den Seesoldaten könnten sogar wir noch das ein oder andere lernen. Um Soldat auf einem Schiff zu sein, muss man bestimmte Fähigkeiten mitbringen. Wir müssen da sicher noch ein paar Tricks lernen.«

»Das ist das alte Regiment des Herzogs, Sergeant«, erklärte Hansam. »Machen wir sie nicht schlecht. Außerdem gibt es die gelben Uniformen schon längst nicht mehr. Die tragen jetzt Rot, genau wie wir.«

»Wenn man das hier noch Rot nennen darf«, merkte Steel trocken an.

Er schaute hinüber zu den Männern, die außerhalb einer kleineren Ortschaft am Wegesrand lagerten. Er hatte recht. Monatelang waren sie auf dem Feldzug und hatten oft lange nicht die Gelegenheit, neue Uniformröcke zu bekommen, bisweilen Jahre nicht, sodass die einst scharlachroten Uniformen der Infanterie gelitten hatten. Steels Uniformrock war es nicht besser ergangen. Dennoch, er hatte die beruhigende Gewissheit, dass man seine Männer immer noch klar und deutlich als britische Infanteristen erkennen konnte. Sie hatten eine besondere Art, sich zu bewegen, und ein spezielles Verhältnis zu Frauen und Alkohol, wie manche sagen würden. Unter Steels Befehl standen wahre britische Soldaten.

Vor zwei Jahren hätte er sie noch als Schotten bezeichnet, aber seit der Vereinigung der Parlamente und nach den herben Verlusten in Ramillies und Oudenaarde – von den Gefechten zwischendurch ganz zu schweigen – fehlten die meisten schottischen Kameraden in Farquharsons Reihen. Inzwischen war Steels Einheit so etwas wie ein zusammengewürfelter Haufen, eine Mischung aus Schotten und Leuten aus Nordengland, aus Yorkshire, Somerset und Northumberland. Viele waren ehemalige Landarbeiter aus den mittleren Grafschaften und aus Kent, und dann gab es da natürlich hin und wieder Iren.

Slaughter und die anderen Sergeants taten gut daran, für Zucht und Ordnung in den Reihen zu sorgen. Steel fragte sich, wie es mit dem neuen Kommando laufen würde, denn er fand sich erneut an der Spitze aus zusammengelegten Grenadiereinheiten wieder – an der Spitze des Bataillons, das er in Wijnendale befehligt hatte.

An diesem Oktobermorgen war Steel mit seinem Schicksal

zufrieden. Im Geiste hatte er sich bereits einen Plan für die Zukunft zurechtgelegt, auch wenn ihn Sorgen geplagt hatten. Denn er wusste, dass seiner Beförderung nichts mehr im Wege stand, wenn er den bevorstehenden Einsatz erfolgreich zu Ende führte. Der Herzog hatte ihm sein Wort gegeben. Major Steel. Hörte sich gut an. Vielleicht war sogar der Rang des Colonels drin.

Und Henrietta schien es auch nicht schlecht zu gehen. Brüssel stand zwar erneut unter Druck von Marschall Berwick, aber sie war längst in Ostende. Hawkins hatte durch Boten melden lassen, dass sie mit dem Konvoi aufbrechen sollte. Steel würde sie unterwegs treffen. Henrietta war für ihn der größte Anreiz bei diesem Vorhaben. Sobald alles vorüber war und er seine Beförderung in Händen hielt, wären sie fortan zusammen.

* * *

Cadogan hatte General Erle gebeten, die Grenadiere mit einem Dutzend flacher Barkassen und Kanalboote auszustatten, die für Ostende zur Verfügung standen. Es handelte sich um einfache Boote, die nur über ein Segel verfügten und notfalls mit Rudergasten bestückt werden konnten. Man hatte den Konvoi in bemerkenswert kurzer Zeit zusammengestellt.

Was für ein außergewöhnlicher Mann dieser Cadogan doch ist, dachte Steel. Man konnte ihm bisweilen zwar vorwerfen, auf Eigennutz bedacht zu sein, doch er war in der Lage, auf Kommando alles Erdenkliche auf die Beine zu stellen.

Die ursprüngliche Besatzung war ausgezahlt worden und hatte die Boote verlassen. Daraufhin hatten englische und holländische Seeleute die Boote von den Häfen, die noch unter alliierter Kontrolle standen, zum vereinbarten Treffpunkt gebracht und noch während der Fahrt umgebaut, sodass aus Lastkähnen Boote entstanden waren, die Soldaten transportieren konnten.

Die zuvor auf offener See eingesetzten Barkassen glitten nun über die überfluteten Flächen Flanderns bis zu der Ortschaft Gistel.

Dort wartete Steel mit seinem Bataillon, acht Meilen nordwestlich von der Stelle, an der sie den Sieg im Wald errungen hatten. Der größere Teil von Marlboroughs Streitmacht war derweil in Richtung der französischen Armee weitermarschiert. Der Herzog war fest entschlossen, bei nächster Gelegenheit die offene Feldschlacht zu suchen. Bei Torhout hatte Steel sich mit seinen Männern von der großen Marschsäule abgesetzt und war nach Norden marschiert. Da er bei Wijnendale keine Zeit gehabt hatte, die neuen Offiziere kennenzulernen, holte er dies während des Marsches von Lille nach.

Die Grenadiere des Bataillons stammten aus insgesamt sechs verschiedenen Regimentern. Vertraut waren Steel natürlich die Schotten, die Lord Orkneys Regiment angehörten. Fünfzig weitere Mann standen unter dem Befehl eines Captains und eines Lieutenants. Den Captain hatte Steel gleich wiedererkannt. Es war Charles Murray, den Steel aus Kindheitstagen kannte. Obwohl Steel gewusst hatte, dass Murray als Offizier unter Marlborough diente, waren sie sich aus unerfindlichen Gründen bislang nie begegnet.

Doch nun gehörten sie demselben Bataillon an, das trotz der gleichen Dienstgrade unter Steels Befehl stand. Murrays Lieutenant war ein eher unerfahrener Bursche von gerade einmal zwanzig Jahren, der jüngere Sohn aus dem Pfarrhaus aus Perthshire namens Ian Donald. Tom Williams zufolge, der auf dem Marsch nach Norden versucht hatte, sich mit dem jungen Mann anzufreunden, sagte Donald herzlich wenig und blieb gern für sich, obwohl er ansonsten ein netter Kerl zu sein schien. Wann immer sich die Gelegenheit ergab, las Donald in einer abgegriffenen Ausgabe von Thukydides' *Der Peloponnesische Krieg*. Murray indes schwor, sein Lieutenant sei ein wahrer Löwe in der Schlacht, sodass Steel es kaum abwarten konnte, diese Verwandlung mit eigenen Augen zu sehen.

Dann gab es die fremdländischen Kameraden im Bataillon. Als Erste hätte Steel, der Rangfolge zuliebe, gern die Niederländer positioniert. Deren Captain, van Heemskerk, war ein Haudegen mit zotteligem Bart und einer Haut wie Leder. Er mochte gut zehn Jahre älter sein als Steel und wirkte ein wenig verstimmt, dass man ihn bei der Vergabe des Kommandos übergangen hatte. Seine Männer waren allesamt erfahrene Kämpfer, allerdings nicht so alt wie der Captain. Steel beschloss, diese Soldaten im Gefecht an der rechten Seite zu haben. Eine Ehre, die einen Mann wie van Heemskerk vielleicht ein wenig besänftigen würde.

Die Preußen sahen wieder einmal so aus, als wären sie soeben frisch vom Paradeplatz gekommen. Steel stand vor einem kleinen Problem, denn er fragte sich, wie er den eigenartigen Gleichschritt der Preußen bei einem Sturmlauf mit der langsameren Schrittfolge der eigenen Männer in Einklang bringen sollte. Die Preußen wurden von einem schmalen jungen Mann befehligt, der einen gewachsten Schnurrbart trug. Sein Name war Emsdorf, und Steel musste gleich an jenen armen preußischen Offizier denken, mit dem er in Blenheim Seite an Seite gekämpft hatte und der auf dem Schlachtfeld von den Franzosen niedergemacht worden war. Damals hatte Steel gelernt, dass die Preußen offenbar selten an die Option eines Rückzugs dachten.

Die Hannoveraner hielt Steel für nicht so verlässlich. Ein seltsamer Haufen, dachte er. Der Offizier schien so etwas wie ein Lebemann zu sein. Zu guter Letzt hatte Steel es mit den Dänen zu tun, die von einem schlaksigen jungen, strohblonden Mann angeführt wurden. Obwohl man viel Gutes von den dänischen Soldaten gehört hatte, glaubte Steel nicht, dass die Grenadiere aus demselben Holz geschnitzt waren wie beispielsweise die Niederländer unter van Heemskerk.

Das also waren die Soldaten, die Steel fortan als schlagkräftige Truppe führen sollte. Den Männern wurde einiges abverlangt – dass sie sich auf dem Schlachtfeld bewährt hatten, bezweifelte niemand, aber nun sollten sie von Booten aus kämpfen, auf schwankenden Decks in einem überfluteten Landstrich. Andererseits spiegelte Steels Bataillon die Zusammensetzung von Marlboroughs Armee wider. Steel war sich darüber im Klaren, dass es für den Herzog oft schwierig gewesen sein musste, die einzelnen Truppenbewegungen der Gefechte aufeinander abzustimmen. Steel machte sich Mut, indem er sich sagte, er habe es gewiss mit erfahrenen Kämpfern zu tun, mit einer Art Elitetruppe.

»Ob es Euch gefällt oder nicht, Jacob«, sagte er zu Slaughter, »wir müssen aus den Männern eine einzige Kampfeinheit machen, die obendrein noch von Booten aus kämpfen soll. Da wir gerade davon sprechen – ich denke, es ist an der Zeit, dass wir unsere Boote in Augenschein nehmen. Lasst die Männer antreten, Sergeant, und lasst es ordentlich krachen. Ich will nicht, dass uns irgendwelche fremdländischen Jungs den Rang ablaufen.«

»Auch nicht Lord Orkneys Jungs, Sir?«

Die Grenadiere hatten keine Trommlerburschen, dafür aber jede Menge Schwegelpfeifen, und so kam es, dass Steels kleine Streitmacht unter den Klängen des »Lillibulero« über die südliche Straße in die Ortschaft marschierte. Als sie über die kleine Brücke kamen, die den stark angestiegenen Fluss Grootgeleed überspannte, entdeckte Steel eine Mühle auf der gegenüberliegenden Seite. Über die Hauptstraße marschierten sie weiter in Richtung des vereinbarten Treffpunkts mit Erles Seeleuten.

Doch sie hatten kaum den Marktplatz erreicht, als Steel verdutzt stehenblieb. Denn dort, wo er mit einer anderen Straße gerechnet hatte, sah man nichts als Wasser, so weit das Auge reichte.

Slaughter trat neben Steel, und gemeinsam schauten sie auf die Wasserfläche. Vielleicht hatte der Sergeant doch recht gehabt, als er meinte, sie müssten auf See kämpfen. Denn das ganze Land war überflutet. Häuser, Windmühlen und Bäume standen unter Wasser. In unmittelbarer Nähe der Ortschaft konnte man indes noch mit Pferden oder Fuhrwerken vorankommen. Aber je weiter man sich von Giste entfernte, desto tiefer schien das Wasser zu sein, da die Landschaft zur Küste hin abfiel.

»Da habt Ihr Euer Meer, Jacob.«

»Die hätten die Kavallerie schicken sollen, Sir. Vielleicht am besten gleich die Dragoner. Wenn man jetzt ein Pferd hätte, Captain, könnte man die Kirche da hinten erreichen.«

Steel wusste, dass er als Kommandeur eines Bataillons auf dem Rücken eines Pferdes hätte sitzen müssen, doch er hatte sich geweigert, eins mitzunehmen. Für feindliche Scharfschützen gäbe er ein leichtes Ziel ab; außerdem eigneten sich Pferde für den bevorstehenden Einsatz nicht. Seesoldaten hatten mit der Kavallerie nichts zu tun, sagte er sich. Slaughter war allerdings immer noch schlecht gelaunt. Für ihn blieb es unverständlich, warum ein Kommandant irgendeines Regiments zu Fuß marschierte.

»Ja, Jacob, ich weiß, was Ihr jetzt denkt. Aber Reiter hätten uns auch nichts genützt. Wir müssen die ganze Strecke bis zum Konvoi zurücklegen, fast bis nach Ostende. Und das geht eben nur mit Booten. Also hört jetzt mit Eurer miesepeterigen Art auf und macht Euch an die Arbeit. Auf zu den Booten.«

Ein paar hundert Yards entfernt lagen die Boote, vertäut an einem Geländer, das ursprünglich zu einer Schänke gehört hatte. Das Wirtshaus stand unter Wasser, und die Straße, die sich eine kleine Anhöhe hinauf in die Ortschaft schlängelte, war weitestgehend unterspült. Bei den Booten wartete eine Abteilung Seeleute der Royal Navy, außerdem mehrere Offiziere in ihren auffallenden blauen Uniformröcken. Steel trat zu den Männern.

»Gentlemen, ich nehme an, wir sind Eure Passagiere. Captain Jack Steel, von den Grenadieren.«

Einer der Offiziere – gemessen an den Verzierungen an der Uniform gewiss der dienstälteste – kam auf Steel zu.

»Captain Cassels. Freut mich, Euch an Bord nehmen zu dürfen, Captain. Wir haben den Befehl, die Segel zu setzen, sobald wir Euch treffen. Wir haben keine Zeit zu verlieren. Wir müssen den Konvoi vor den Franzosen erreichen.«

»Rechnet Ihr jetzt schon mit Schwierigkeiten, Sir?«

Der Offizier blickte skeptisch drein. »Ja, leider. Wisst Ihr es etwa noch nicht? Die Franzosen sind mit einer Flotte Galeassen von Brest aus aufgebrochen. Die Besatzung besteht aus Freibeutern und hat den Auftrag, den Konvoi zu kapern. Wir müssen uns beeilen, bevor es zu spät ist. Es kann also sein, dass Ihr ins Gefecht müsst, Captain.«

* * *

Die kleine Flotte glitt langsam über das dunkle Wasser. Links und rechts ragten Hausdächer und Kirchturmspitzen aus den Fluten. Einzelne, mit Bäumen bestandene Flächen wirkten wie Inseln im Meer, und auf kleineren Anhöhen stand das Vieh, abgeschnitten von den Gehöften. Steel dachte an die Geschichte von der Sintflut, an die Offenbarung des Johannes oder das Jüngste Gericht. Kadaver trieben im Wasser, zumeist Schafe, Rinder und Schweine, aber hin und wieder glitten auch aufgeblähte Leichen geisterhaft an ihnen vorbei: Männer und Frauen, die nicht rechtzeitig hatten fliehen können, als die Franzosen die Schleusen der Deiche geöffnet hatten.

Zwei von Steels Männern hingen über dem Bootsrand und

übergaben sich. Slaughter war zwar nicht seekrank, aber trotzdem furchtbar blass.

»Hab's Euch ja gesagt, Sir. Bekommt mir nicht, diese Seefahrerei, auch den Jungs nicht.«

»Unsinn. Ihr seid ein bisschen seekrank. Weiß auch nicht, warum. Schaut doch, das Wasser ist so ruhig wie in einem Mühlteich.«

Sie segelten in zwölf Barkassen, die eine Länge von fünfunddreißig Fuß und eine Breite von zehn Fuß hatten. Skûtsjes, wie die Niederländer diese Segelboote bezeichneten. Sie hatten nur ein Segel und mehrere Ruderriemen an beiden Seiten. Zum Glück hatte der Wind aufgefrischt, sodass die Barkassen mit einer Geschwindigkeit von etwa zehn Meilen pro Stunde übers Wasser glitten. Die Skûtsjes waren erstaunlich stabil, auch wenn sie voll beladen waren, und der geringe Tiefgang verhinderte, dass die Boote mit Hindernissen kollidierten, die in den Überschwemmungsgebieten lauerten.

Jede Barkasse konnte eine halbe Kompanie aufnehmen, und Steel befand sich mit den eigenen Männern in einem Boot. Er schaute hinüber zu den anderen Grenadieren und sah, dass manch einer über der Bordwand hing. Die meisten jedoch schienen sich mit dem leichten Schwanken abgefunden zu haben, saßen an Deck und hielten sich an der Bordwand fest.

Der Seeoffizier, mit dem Steel zu Beginn gesprochen hatte, Captain Edmund Cassels, trat zu Steel. »Also, Captain Steel, bald müsste der Konvoi in Sichtweite kommen. Dauert nicht mehr lange. Kommen Eure Männer mit der See zurecht?«

»Nun, wir haben ein paar Opfer zu beklagen«, erwiderte Steel und deutete auf die bleichen Kameraden, denen die Übelkeit ins Gesicht geschrieben stand.

»Eigenartig. Einige Menschen haben so ihre Probleme, sobald sie in Booten sind. Ich selbst hatte damit nie Schwierigkeiten. Das hier ist wie Segeln auf einem Teich. Eigentlich diene ich auf Dreimastern. War froh, diesen Auftrag zu bekommen. Aha, das müssten unsere Leute sein.«

Steel schaute in die Richtung, in die der Captain deutete, und entdeckte am Horizont eine Anzahl Segelboote, die ihnen entgegenkamen. Als er die Augen ein wenig zusammenkniff, konnte er an einigen der Mastspitzen den Union Jack erkennen. Irgendwo dort ist Henrietta, dachte er voller Freude.

Es mochten an die fünfzig Boote sein, zumeist niederländische Barkassen. Als der Konvoi näher herankam, konnte man die Ladung sehen: Kisten über Kisten voller Proviant, eingeschlagen in Hanfstricke. Langsam kamen die beiden kleinen Flotten aufeinander zu, bis Steel die Personen an Deck ausmachen konnte. Kurz darauf erschallte ein Ruf von dem vordersten Boot, worauf Captain Cassels auf das Deck des anderen Seglers sprang und sich mit dem Kommandanten unterhielt. Steel wunderte sich, da die beiden sich auf den ersten Blick ungemein ähnlich sahen, nicht nur der Uniform wegen, sondern auch von der ganzen Körperhaltung. Gemeinsam kehrten sie an Bord von Steels Barkasse zurück, mit einem leichten, unbeschwerten Gang, den Steel nur bewundern konnte und den er in absehbarer Zeit gewiss nicht erlernen würde.

Cassels stellte Steel den anderen Kommandanten vor. »Darf ich Euch Captain Hugh Cassels von der Royal Navy vorstellen. Captain Jack Steel, Kommandant der Eskorte.«

»Ihr seid Brüder?«

»Zwillinge, um genau zu sein. Ungewöhnlich, nicht wahr, dass wir beide in der Navy gelandet sind? Und dann auch noch denselben Rang bekleiden.«

Sein Bruder fuhr fort: »Wir erhielten unser Offizierspatent sogar am gleichen Tag. Obwohl ich immer meine, dass Edmund der bessere Seemann ist.«

»Du übertreibst, Hugh. Ich bin nicht besser als du.«

Hugh Cassels wandte sich Steel zu. »Captain Steel, auf ein

Wort. Ich gedenke, die Führung des Konvois zu übernehmen. Bleibt bitte dicht hinter uns, Captain. Ich glaube, dass wir auf diese Weise am schnellsten vorankommen. Und Zeit ist entscheidend, wie Ihr ja wisst.«

Falten erschienen auf Steels Stirn. »Bitte um Nachsicht, Sir, aber da bin ich anderer Meinung. Wenn wir hinter Euch bleiben, widerspricht das allen Grundsätzen der Schlachtordnung. Wir können die Franzosen viel effektiver abschrecken, wenn wir als Eskorte auf beiden Seiten neben dem Konvoi bleiben. Segeln wir aber hinter Euch, kann der Feind viele Barkassen entern, ehe wir zur Stelle sind.«

»Zugegeben, daran habe ich auch schon gedacht, aber ich wollte das Risiko eingehen, zugunsten der Geschwindigkeit. Oder ist es in Eurem Interesse, dass der Proviant noch länger unterwegs ist?«

Steel verspannte sich. »Nein, das möchte ich auf keinen Fall, Captain. Mir geht es in erster Linie um Eure Sicherheit und die Sicherheit des Konvois. Aber wir beugen uns Euren Wünschen. Ich habe meine Bedenken geäußert. Mehr werde ich dazu nicht sagen.« Er hielt es für besser, es jetzt nicht auf einen Streit ankommen zu lassen, denn er wusste, dass er den Captain noch um einen Gefallen bitten musste. »Dürfte ich Eure Hilfe noch in einer anderen Angelegenheit in Anspruch nehmen, Sir? Auf einem der Konvoischiffe befindet sich eine junge Frau. Sie ist meine Gemahlin, Lady Henrietta Steel. Ich möchte Euch bitten, der Dame mitzuteilen, dass ich da bin und sie in Kürze an Land zu bringen gedenke.«

»Eure Gemahlin, Sir? Um ehrlich zu sein, ich glaube nicht, dass wir überhaupt Zivilisten an Bord genommen haben. Anfangs waren ein paar Damen bei uns, und vermutlich war Eure Frau darunter. Ich meine mich zu erinnern, dass da auch eine Lady war. Aber sie sind alle in Richtung Leffinge gesegelt, unter eigenem Geleitschutz. Ja, wenn ich jetzt darüber nachdenke, bin ich mir ziemlich sicher, dass Eure Frau dabei gewesen sein könnte, Captain.«

Steel schüttelte den Kopf. »Ihr müsst Euch irren. Ein Bote hat meine Frau aufgefordert, mich auf dem Konvoi zu treffen.«

Cassels wurde ein wenig ungehalten. »Sir, ich kann nicht für das Verhalten Eurer Frau bürgen. Aber ich weiß, dass wir im Augenblick keine Frauen an Bord haben. Die sind alle in Richtung Leffinge unterwegs. Der Offizier der Eskorte hielt es für sicherer, zumal der Ort noch unter der Kontrolle der Alliierten steht. Ich schlage daher vor, dass Ihr Euch nach Leffinge begebt, wenn Ihr Eure Frau treffen wollt, denn sie wird bestimmt dort sein. Sie ist in Sicherheit, Captain Steel. Das versicherte mir der Offizier der Eskorte. Keine Franzosen im Umkreis von vielen Meilen. Es war ein Offizier der Foot Guards, Captain. Ein zuverlässiger Mann.«

Steel blieb nichts anderes übrig, als sich in sein Schicksal zu fügen.

Eine Stunde verging, dann noch eine. Der Konvoi hatte Kurs auf Gistel gesetzt und kam gut voran, sehr zum Leidwesen Steels, musste er doch einsehen, dass Cassels Bruder recht behalten hatte. Doch bei Anbruch der Dämmerung breitete sich dünner Nebel aus, sodass man bald kaum noch sehen konnte, was sich vor dem Bug des eigenen Bootes befand. Weder an Steuerbord noch an Backbord waren die Barkassen auszumachen. Die Seeleute hängten Positionslaternen an die Masten, was zur Folge hatte, dass man nur noch Lichtpunkte sah, die in den Nebelbändern auf und ab dümpelten.

»Schmeckt mir nicht, Sir«, meldete sich Slaughter zu Wort. »Überhaupt nicht. Erinnert mich an Irrlichter zu Hause. Diese kleinen Flammen, die dich ins Ungewisse locken. Rastlose Seelen sind das.«

Steel lachte. »Jacob! Wirklich, ich habe Euch noch nie so verunsichert erlebt wie auf dieser Expedition. Das sind doch nur die Positionslampen unserer Boote.«

»Ihr könnt sagen, was Ihr wollt, Sir. Ich sag Euch, das ist nicht gut. Die Lichter kommen und gehen, und ich schwöre, da steckt mehr dahinter, als Ihr meint. Sind bestimmt nicht nur unsere Laternen.«

»Macht Euch nicht lächerlich, Sergeant!«

Steel spähte immer noch in Richtung der Lichter und versuchte sie zu zählen, als Edmund Cassels zu ihm trat. »Netter Anblick, nicht wahr?«

»Sind das wirklich alles unsere Boote?«, fragte Steel skeptisch, da er Sergeant Slaughters Bedenken nicht aus dem Kopf bekam.

Er hatte die Frage kaum gestellt, als an Steuerbord ein orangerotes Licht aufflammte. Erschrocken fuhren beide Männer herum. Als Offiziere auf See und an Land wussten sie beide, was dieses Aufflammen bedeutete. Denn Augenblicke später kündigte ein Zischen in der Luft eine heranfliegende Kanonenkugel an. Zum Glück flog sie über die Barkassen hinweg und schlug im Wasser ein.

Steel reagierte als Erster. »Zu den Waffen! Bereithalten!«

Vor genau dieser Situation hatten sich alle gefürchtet. Also hatte Slaughter doch recht gehabt mit den Lichtern. Wer immer dort geschossen hatte, war im Schutz des Nebels herangekommen und hatte sich offenbar als Barkasse des Konvois getarnt.

Steel sah, wie der Nachthimmel von weiteren Blitzen erleuchtet wurde. Der Feind feuerte seine Bordgeschütze ab. Das Krachen und Splittern von Holz verriet, dass nicht alle Boote von dem Beschuss verschont geblieben waren. Die Angreifer schienen sich ihnen von mehreren Seiten zu nähern.

Steel brüllte den nächsten Befehl für die Grenadiere, die zwei Glieder tief Aufstellung bezogen hatten. »Bajonette aufpflanzen!«

Derweil schickte Cassels seine Männer an die Riemen. »Pullt, Männer, pullt so fest ihr könnt!«

Weiter vorn sah es ganz danach aus, als wären die Boote in arger Bedrängnis. Schreie von den Barkassen des Konvois verrieten, dass einige Boote geentert worden waren. Steel fluchte.

»Pullt, verdammt noch mal!«, trieb Cassels seine Männer an.

Steel eilte zu ihm. »Könnt Ihr das Boot nicht schneller machen? Wir müssen den Konvoi retten, oder das, was davon übrig ist.«

Seine Stimme ging in einem Gewirr aus Schreien und Kanonendonner unter. Im nächsten Augenblick war der Feind herangekommen. Ein dumpfer Aufprall ließ erahnen, dass das feindliche Schiff den Rumpf der Barkasse gerammt hatte. Unmittelbar darauf stürmten Bewaffnete das Deck.

Steel stand hinter seinen Soldaten und gab den Befehl zum Feuern. »Anlegen! Feuer!«

Die Salve riss die ersten Angreifer zu Boden. Tot oder verwundet lagen sie auf den Planken des schmalen Decks. Ein Blick genügte Steel, und er wusste, mit was für Gegnern sie es zu tun hatten: mit Piraten. Zumindest mit Freibeutern in französischem Sold. Mit Männern dieses Schlages hatte er sich schon einmal herumschlagen müssen. Deshalb wusste er, mit welchem Zorn und welcher Brutalität diese Kämpfer sich ins Gefecht stürzten. Sie kannten keine Gnade.

Sie trugen keine einheitliche Uniform, sondern Kleidung jeglicher Couleur und Herkunft. Hier tauchte der Uniformrock eines französischen Dragoners auf, dort der eines niederländischen Offiziers. Einer der Freibeuter, der bereits tot am Boden lag, hatte den roten Uniformrock eines britischen Soldaten erbeutet. Steel blieb keine Zeit für weitere Betrachtungen, da die zweite Angriffswelle über die Bordwand schwappte. Er wusste, dass es nur ein Mittel gegen diese Gegner gab.

»Bajonette! Keine Schonung! Schickt sie zur Hölle!«

Seine Männer stießen einen halben Schritt vor, und der harte Stahl fuhr in das Fleisch, als weitere zehn Piraten ihr Leben ließen. Derweil feuerten die Grenadiere, die am schnellsten nachgeladen hatten, aus kurzer Distanz ihre zweite Salve ab. Steel sah, dass einer der Freibeuter taumelte und sich eine klaffende Wunde am Bauch hielt. Weitere Piraten drängten nach, doch es waren nicht mehr so viele wie zu Beginn.

Steel wollte es nicht darauf ankommen lassen und ging aufs Ganze. »Kommt, Männer! Setzt nach! Zur Hölle mit den Bastarden!«

Mit Kriegsrufen auf den Lippen stürzten die Grenadiere sich auf das Enterkommando, gefolgt von den Seeleuten, die längst nicht mehr an den Riemen saßen. Steel war mit gezogenem Degen an der Spitze seiner Männer. Seine schwere Klinge sauste auf den Kopf eines untersetzten, sonnengebräunten Kerls nieder und spaltete den Schädel in zwei Hälften. Rasch zog er die Klinge zurück, stieg über den Toten, wehrte ein Entermesser ab und erwiderte den Angriff mit einem gezielten Schlag. Er traf den Gegner in der Brust und wirbelte dann herum, da er einen Angreifer hinter sich gespürt hatte. Der Bursche hielt eine Hippe in der Hand, doch ehe er Schaden damit anrichten konnte, hatte einer der Grenadiere ihn mit dem Bajonett aufgespießt.

Plötzlich war der Spuk vorbei. Die Freibeuter verschwanden so schnell, wie sie aufgetaucht waren. Ihr Schiff, eine lange, tief im Wasser liegende Kriegsgaleere alten Typs, glitt an der Barkasse vorbei.

Da sie immer noch von Nebelschwaden und Dunkelheit umgeben waren, vermochte Steel nicht einzuschätzen, wie es den anderen Barkassen ergangen war. Er schaute sich nach Cassels um. »Könnt Ihr uns näher an den Konvoi heranbringen?«

Der Captain trieb seine Crew wieder an die Riemen, und kurz darauf steuerte die Barkasse mitten in den kleinen Flottenverband. Weiter voraus hörte Steel nach wie vor Kanonendonner. Der Angriff war also längst noch nicht vorüber. Doch als sie näher herankamen, zeigte sich, dass der Beschuss nachließ. Zur gleichen Zeit endete die Nebelbank. Der Mond schien auf das Wasser und beleuchtete das Ausmaß der Zerstörung.

Zunächst war es schwer, sich in dem Durcheinander einen Überblick zu verschaffen, aber bald war klar, dass es der Eskorte gelungen war, die Angreifer abzuwehren – mit relativ geringen Verlusten in den eigenen Reihen. Den größten Schaden hatten die Boote des Konvois davongetragen; ein halbes Dutzend Lastkähne war hoffnungslos beschädigt. Weitere sechs angeschlagene Boote konnte man noch ins Schlepptau nehmen. In dem Gefecht hatten sie insgesamt zwanzig Grenadiere verloren, Dänen zumeist. Weitere zwanzig Opfer hatte Cassels' Besatzung zu beklagen.

Während Steels Männer halfen, die Leichen über Bord zu werfen und die Waren von den sinkenden Booten zu retten, trat Steel zu Cassels, dessen Blick auf einem toten Besatzungsmitglied haftete. »Wir sollten einen Ankerplatz für die Nacht suchen, Sir.«

»Undenkbar. Wir müssen weiter. Zeit ist kostbar und ...«

Steel unterbrach ihn. »Habt Ihr nicht gesehen, was hier geschehen ist? Wir haben Männer und Ausrüstung verloren. Die Freibeuter haben ihr Spiel mit uns getrieben. Wenn wir weitersegeln, werden sie wieder über uns herfallen. Ich befehlige hier die Eskorte, Captain, und jetzt übernehme ich das Kommando. Es gibt nur einen Weg: Wir bleiben hier, bilden einen Verteidigungsgürtel und warten, bis der Tag anbricht. Nur so haben wir eine Chance.«

Und was mich betrifft, dachte er, so habe ich Zeit, darüber nachzudenken, warum Henrietta sich auf den Weg nach Leffinge gemacht hat.

* * *

Unterdessen lag Henrietta Vaughan auf einem Diwan im besten Zimmer, das Leffinges einzige Schänke zu bieten hatte, und schaute dem Mann in die Augen, den sie liebte. Sie stieß einen leisen Seufzer aus. Wie eigenartig, dachte sie, dass ich hier unmittelbar an der Front in Gefahr schwebe und trotzdem so glücklich bin.

Gewiss würde es einen Skandal geben. Aber sobald die bösen Zungen verstummten und die Scheidung eingereicht war, würde ihr Vater der neuen Verbindung zustimmen. Ja, sie würde Lachlan heiraten, und dann würde ihr Vater ihr endlich den Anteil seines Reichtums angedeihen lassen, der ihr zustand. Mit einem Captain Steel war er schließlich nie als Schwiegersohn zufrieden gewesen. Das sollte sich jetzt alles ändern.

Armer Jack, dachte sie. Aber sie hatte immer geahnt, dass ihre Ehe nicht halten würde. Jack entsprach einfach nicht ihrem Stand. Natürlich war er ein charmanter, tapferer und liebenswerter Mann, aber eben nicht ganz der Richtige.

Lachlan Maclean sank ein Stückchen tiefer in den Zuber mit heißem Wasser, das die Wirtin ihm nach gutem Zureden und der entsprechenden Bezahlung gebracht hatte. »Ich denke, ich werde mein Offizierspatent verkaufen«, sagte er. »Ich habe in London zu tun. Geldangelegenheiten. Das wird meine ganze Zeit in Anspruch nehmen. Aber für dich, mein Liebling, habe ich natürlich immer Zeit.«

Henrietta lächelte. »Wie clever von dir, mich hierherzubringen.«

»Du gibst also zu, dass ich recht hatte? Es ist doch wirklich viel vernünftiger, hier bei mir zu bleiben, anstatt nach Lille zu reisen.« Er hielt inne und dachte nach. »Und dein Entschluss steht also fest, was deinen Mann betrifft? Du hast keine Zweifel?«

»Keine. Wieso auch? Es war genau richtig, dass du nach Brüssel gekommen bist, um mir zu helfen.«

»Das hätte doch jeder Mann getan für das hübscheste Mädchen auf Erden, das sich verlaufen zu haben schien.«

»Ja. Ich war vom Weg abgekommen, nicht wahr? Und zwar schon länger, als du dir vorstellen kannst. Und du warst so gut zu mir ... und so großzügig.«

Sie streckte den rechten Arm aus und bewunderte die beiden Ketten, an denen Saphire und Brillanten funkelten.

»Wie gesagt, hätte nicht jeder Mann so gehandelt?«

»Aber du bist eben nicht irgendein Mann.«

»Das sagst du mir immer wieder, meine Liebe. Ich weiß auch nicht, wie du darauf kommst.«

»Dann komm doch zu mir, und ich zeig dir warum.«

Lachlan ließ sich nicht zweimal bitten, und als Henrietta seinen Körper auf ihrem spürte und sein heißer Atem ihre Lippen umfing, machte sie sich bewusst, dass es sehr durchtrieben von ihr war, Jack mit einem seiner Kameraden zu betrügen. Ein ungeahntes Prickeln lief durch ihren Körper, denn sie liebte es, verbotene Dinge zu tun.

Doch dann donnerten die Geschütze.

15.

Der Konvoi erreichte Gistel erst am folgenden Morgen. Wie Steel es befohlen hatte, hatten sie noch in der Nacht einen notdürftigen Ankerplatz gefunden: Sie hatten die Boote an Bäumen vertäut, die an einer Stelle aus dem Wasser ragten. Die Frachtboote hatten sie dicht zusammengebracht und dann einen Gürtel aus Barkassen gebildet. Die Grenadiere hatten abwechselnd Zug für Zug Wache gehalten. Die Freibeuter waren nicht zurückgekehrt, wie Steel es vorausgesehen hatte, und als sie im Morgengrauen in südlicher Richtung gesegelt waren, hatten sie einen günstigen Wind im Rücken.

Nach wie vor stand das Wasser in den nördlichen Bereichen von Giste, schwappte an die Häuser, hatte den Dorfplatz jedoch noch nicht erreicht. Doch im Ort herrschte Aufregung. Als Steel das Rathaus betrat, das der befehlshabende Offizier der Region zum Hauptquartier ernannt hatte, brauchte er nicht lange, um den Grund für die Aufregung zu entdecken.

»Was, Leffinge wird belagert? Das kann doch nicht sein. Der Ort liegt nur zehn Meilen von hier entfernt. Das müsste man hier doch mitgekriegt haben. Vielleicht wurde der Ort von genau den Freibeutern geplündert, die gestern Nacht unseren Konvoi angegriffen haben. Ich kann mir nicht vorstellen, Major, dass die Franzosen hier in der Gegend genügend Männer haben. Geschweige denn Boote, um Soldaten nach Leffinge zu transportieren.«

Steel stand in einem großen Raum im ersten Stock des Rathauses mit dem Rücken vor einem Kamin und blickte den Kommandanten an, einen jovialen Major der Buffs mit Namen Meddowes.

»Ich fürchte, Ihr irrt Euch, Captain Steel. Wir sehen keinen

Grund, an den Berichten zu zweifeln. Die Nachricht erreichte mich aus absolut verlässlicher Quelle. Der Offizier kam heute Morgen hier an, direkt aus Leffinge. Der Feind hat eine Geschützbatterie auf einem Hügel in Stellung gebracht. Leffinge steht unter Dauerbeschuss. Ein Teil der Stadt brennt, wie ich hörte, und Gott allein weiß, wie es um die armen Bewohner bestellt ist. Aber die Stadt hält aus. Ich habe den Herzog um Entsatz ersucht.« Er machte eine Pause. »Oh, das hätte ich fast vergessen. Als ich dem Offizier, der mir die Nachricht überbrachte, erzählt habe, dass Ihr die Eskorte des Konvois befehligt, nahm er mich in den Arm. Ein höchst eigenartiges Benehmen. Mir scheint, der Mann kennt Euch. Er sagte mehrmals, er freue sich sehr, Euch gleich bei Eurer Ankunft zu sehen.«

So kam es, dass Steel eine Stunde später in einer geräumigen Taverne der Stadt saß und sich eine Flasche Rotwein mit Captain James Simpson teilte.

Simpson lächelte. »Und wie Ihr seht, mein lieber Junge, hier bin ich wieder. Gesund und munter und bereit zu neuen Schandtaten.«

»Gott sei Dank konntet Ihr entkommen. Ich dachte schon, die hätten Euch geschnappt.«

»Ich habe Euch schon einmal gesagt, mein Freund, dass der gute James Simpson sich nicht so leicht von diesen französischen Kröten in die Falle locken lässt. Und von jetzt an bin ich der Jäger.«

»Wie meint Ihr das?«

»Damit meine ich, dass ich Blut sehen will, Steel. Ich habe Blut geleckt, und jetzt habe ich Appetit bekommen. Ich habe vor, die Sache zu Ende zu bringen.«

»Die Sache?«

»Ich werde Malbec beseitigen. Das Schicksal seiner Hure ist bereits besiegelt. Oh, ich vergaß, Euch davon zu erzählen.«

Er griff in seine Westentasche und holte etwas hervor, das er in seiner Hand verbarg. Schließlich öffnete er die Hand ganz langsam. Steels Blick fiel auf ein Schmuckstück, eine goldene Kette, an der ein einzelner, funkelnder Edelstein hing.

Er sog die Luft ein. »Großer Gott! Ihr habt sie getötet.«

»Gut erkannt, mein Junge. Sehr zu meiner Zufriedenheit, und ein passendes Ende für eine solche Frau. Ich sagte ja, mein Guter, es ist eine Angelegenheit der Ehre. Es ging um einen teuren Freund und dergleichen. Sie musste büßen für ihre Taten, und das hat sie dann auch getan, zu meiner vollsten Zufriedenheit.«

»Wie ist Euch das gelungen?«

»Ohne große Mühe, eigentlich. Es gab viel weniger Probleme, als ich befürchtete. Nach Eurer Flucht herrschte große Aufregung. Malbec und die Marquise machten sich gegenseitig Vorwürfe. Auch Charpentier wurde verhört, doch er konnte fliehen. Allerdings nur, weil sich der König zugunsten des Majors einmischte. Malbec leitete die Suchaktion nach Euch. Ganz Paris wurde durchkämmt. Und in der Zwischenzeit saß die Marquise in ihrer Suite im Palace Royale und wartete auf Neuigkeiten. Und genau dort fand ich sie.«

Steel spürte, dass ihm ein Schauer über den Rücken lief. »Was habt Ihr mit ihr gemacht?«

»Oh, ich ließ Gnade walten. Zumindest nach ihren Standards. Trotzdem trieb ich ihr ein wenig den Schweiß auf die Stirn. Ihr wisst doch, wie das ist: Die Vorfreude auf ein Ereignis macht das Ereignis viel amüsanter.«

»Ja, ich kann mir vorstellen, was Ihr meint.«

»Ich wartete, bis alle im Haus zu Bett gegangen waren, und verschaffte mir Zugang durch eins der oberen Fenster. Wisst Ihr, Steel, wenn ich nicht Soldat geworden wäre, hätte ich sicher einen guten Einbrecher abgegeben. Und da war ich also und blickte auf die Marquise, die in ihrem Bett lag ... ein schöner

Anblick, ihre Brüste unter der Spitze. Ein herrliches Geschöpf. Ein Jammer, dass sie so verdorben war.«

Steel nickte mit zusammengepressten Lippen.

»Ich legte ihr eine Hand auf den Mund und weckte sie. Stellt Euch vor, wie entsetzt sie mich anstarrte mit ihren grünen, weit aufgerissenen Augen. Natürlich versuchte die Hure, mich zu beißen, aber das gewöhnte ich ihr rasch ab. Schließlich knebelte ich sie mit einem ihrer Seidenstrümpfe und band ihr die Hände auf dem Rücken zusammen. Mein Gott, wie sie sich zur Wehr setzte! Aber nach einigen gezielten Stichen mit meinem Messer hörte sie auch damit auf. Und dann, müsst Ihr wissen, verwandelte sich ihr Augenausdruck: Ihr Zorn wich purem Entsetzen. Sie hatte Angst, Steel. Und das, ich gebe es ungern zu, machte mich zum glücklichsten Mann auf Erden, zumindest für den Augenblick.«

Er verstummte kurz, fuhr dann mit einem Glimmen in den Augen fort: »Ich wollte, dass sie weiß, was Furcht bedeutet. Deshalb ließ ich sie ein paar Stunden lang so sitzen. Natürlich redete ich die ganze Zeit auf sie ein. Ich erzählte ihr, was ich alles mit ihr anstellen würde, wie ich sie umbringen würde. Bis ins kleinste Detail. Ab und zu versetzte ich ihr einen kleinen Schnitt mit dem Messer. Nur ganz klein. An irgendeiner Stelle, die mir gerade so in den Sinn kam. Am Arm oder am Oberschenkel. Kleine, dünne Schnitte. Aber ich glaube, es waren meine Worte, die sie am meisten mitgenommen haben, nicht so sehr die Schnittwunden und all das Blut. Interessant, findet Ihr nicht, dass kleine Wunden dann doch so stark bluten? Einmal dachte ich, sie würde in Ohnmacht fallen. Das ließ ich natürlich nicht zu. Es geht doch nichts über einen Krug mit kaltem Wasser, um ein Mädchen aufzuwecken, nicht wahr? Also fuhr ich fort mit meinen Beschreibungen, und ihre Augen wurden immer größer und größer.«

Er lachte leise bei diesen Erinnerungen. »Schließlich zitterte sie am ganzen Leib vor Entsetzen. Inzwischen brach der Morgen an, daher nahm ich ihren zweiten Seidenstrumpf und wickelte ihn ihr um den schönen Hals. Und dann zog ich fest und lange, und … dann war sie fort. Ausgelöscht. Um ganz sicherzugehen, schnitt ich ihr die Kehle durch, von einem Ohr zum anderen. Da hatte ich das hier schon an mich genommen.«

Erneut hielt er die Kette mit dem Anhänger hoch, ehe er den Schmuck in seiner Westentasche verschwinden ließ. Steel musste erst einmal durchatmen nach diesem Bericht. Rasch nahm er einen Schluck Wein. »Gut gemacht, Simpson. Aber sagt, warum seid Ihr jetzt hier? Hat der Herzog keine Verwendung mehr für seine Spione?«

»Leider kennt man mein Gesicht in gewissen Kreisen. Meine Tarnung ist aufgeflogen, mein Lieber. Gabriel ist übrigens im Fluss gelandet. Das war die Handschrift des Kaisers. Aber es gibt noch andere in Paris, die mich kennen. Deshalb bin ich nach Leffinge gekommen. Ich musste Frankreich auf einem Boot verlassen. Das war der einzige Weg, mein guter Junge. Überall Soldaten. Also landete ich letzten Endes an der Küste in Ostende. Glaubt mir, ich stank drei Tage lange nach Fisch.« Er roch an seinem Mantel. »Ist es immer noch so schlimm?«

Steel lachte und schüttelte den Kopf. »Nein, Simpson, Ihr stinkt gewiss nicht mehr. Zumindest nicht nach Fisch.«

Der Spion lächelte und fuhr fort: »Als ich erfuhr, dass der Konvoi auf dem Weg nach Lille war, sorgte ich dafür, dass ich mit an Bord konnte. Und als eine Reisegruppe sich nach Leffinge absetzte, fuhr ich mit. Wie mir das gelang, wollt Ihr wissen? Nun, ich hatte einen der Matrosen ins Herz geschlossen. Zufällig gehörte er zu der Mannschaft, die nach Leffinge segelte.« Er zog die Stirn in Falten. »Ihr seht also, dass ich an die Front zurückkehrte. Nun bin ich wieder Soldat, mein Guter. Ich marschiere zum Lärm der Geschütze. Der Lillibulero ist wieder meine Hymne, und Mars ist mein Schutzpatron. Es fiel mir schwer, mich in Leffinge als Kämpfer zurückzuhalten.«

»Stimmt es denn, dass der Ort belagert wird? Seid Ihr sicher?«

»So sicher wie ich weiß, dass der König von Frankreich ein Esel ist. Daran gibt es nichts zu rütteln. Wie sollte man einen Mann sonst nennen, der das Friedensangebot des Herzogs, das Ihr nach Paris gebracht habt, auf Anraten seiner Generäle ausschlug? Das war ein schwerer Fehler. Den Tag wird er noch bereuen. Er ist alt geworden, Steel. Den Thron verdient er längst nicht mehr.«

Steel war mit seinen Gedanken immer noch in Leffinge. »Die Angreifer, die Ihr dort gesehen habt, waren also keine Freibeuter? Seid Ihr sicher, dass es Infanterie war? Sie trugen weiße Uniformröcke?«

»Reguläre Truppen, mein Bester, Nichtsnutze von Franzmännern allenthalben.«

»Und sie kamen nicht etwa in Galeeren, die von Freibeutern navigiert wurden?«

»Barkassen und Galeassen. In einigen waren Geschütze. Aber die verstehen ihr Handwerk. Die Kanonen positionierten sie auf einer Anhöhe. Ein Hügel, um genau zu sein, bis die Flut kam. Aber immer noch fester Untergrund. Gut für Geschütze. Bestens ausgewählt. Sie hatten auch Gabionen und hoben Gräben auf der Insel aus, als ich sie zuletzt sah. Wisst Ihr, Leffinge liegt ziemlich hoch. Daher blieb es bislang von dem Wasser verschont.«

»Ich weiß, dass dem Ort jetzt eine Schlüsselposition zukommt.«

»Ihr meint die Frage der Nachschubwege? Ja, da habt Ihr wohl recht. Es liegt exakt im Zentrum der Überschwemmung. Wer Leffinge hält, hat die Kontrolle über alle Boote, die zwischen Ostende und Lille pendeln. Das werden auch die Franzmänner erkannt haben.«

»Wie viele Männer haben sie in etwa?«

»Oh, dreitausend, vielleicht sogar fünftausend. Mindestens zwei Brigaden.«

»Und die Garnison von Leffinge?«

»Vielleicht nicht einmal tausend Mann. Gemischte Truppen. Meist Niederländer, dann ein unterbesetztes Bataillon englische Infanterie und einige Dragoner.«

Steel nagte am Winkel der Unterlippe und dachte angestrengt nach. »Ihr wisst vielleicht, dass meine Frau in Leffinge ist.«

Simpson rang sich ein Lächeln ab, doch es schwand auffällig schnell. Dann starrte er auf den Tisch und mied Steels Blick. »Ja. Das wusste ich. Was wisst Ihr über ihre Situation?«

»Wie meint Ihr das? Ist sie verletzt?«

»Nein, mein Guter. Es ist nur so, dass ...«

»Was? Sagt es mir, Mann!«

»Es gibt Gerüchte ...«

»Gerüchte?«

»Über sie.«

»Ist sie zur Zielscheibe von Klatsch und Tratsch geworden?«

»Ich fürchte, ja. Aber ich bin sicher, dass es wirklich nur Gerüchte sind. Ihr wisst ja, wie die Frauen sind, wenn sie im Tross der Feldzüge mitreisen. Ich kannte da mal die Frau eines Majors in Tanger, die schwor, dass ihre Schwester ...«

»Ach, haltet den Mund, Simpson. Lenkt nicht ab. Was für Gerüchte kursieren da?«

»Es heißt, sie habe sich mit einem anderen Mann getroffen.«

Steel schaute stumm zur Seite. Das war unmöglich. So etwas würde Henrietta niemals tun. Sie liebte doch nur ihn. Davon war er felsenfest überzeugt, denn er konnte es in ihren Augen lesen. Er suchte Simpsons Blick und stand auf. »Ihr lügt.«

Simpson schüttelte den Kopf, blieb aber sitzen. »Nein, zur Abwechslung lüge ich einmal nicht. Aber es sind bloß Gerüchte,

Steel, dass sie eine Affäre mit einem anderen Mann haben soll, nichts weiter. Mit einem britischen Offizier.«

»Und wer soll das sein? Wer ist der Mann?«

»Ich bin nicht befugt, Euch das zu sagen. Es wäre bestimmt nicht in Eurem Sinn, wenn Ihr das wüsstet.«

»Nennt mir seinen Namen!«

»Nein, ich fürchte, das werde ich nicht tun, mein Junge.«

Steel sank wieder auf seinen Platz und brachte nur ein Kopfschütteln zustande. »Lasst nur, ich werde ihn zur Rede stellen, sobald wir die Stadt befreit haben.«

»Ihr wollt Leffinge befreien? Wisst Ihr denn nicht, dass Meddowes aus der Hauptarmee des Herzogs Entsatz angefordert hat?«

»Dann werden die Truppen nicht abgeneigt sein, wenn sich ihnen noch ein weiteres Bataillon anschließt, nicht wahr? Zumal es sich um ein Bataillon von Veteranen handelt, um Grenadiere, die ihre eigenen Boote gleich mitbringen.«

»Darf ich Euch daran erinnern, dass Ihr vermutlich Euren Befehlen zuwiderhandelt? Denn ich schätze, dass Ihr lediglich die Order hattet, den Konvoi zu schützen. Ihr könntet vors Kriegsgericht kommen.«

»Mag sein. Und wenn schon?«

Simpson lachte auf und erhob sein Glas für einen Trinkspruch. »Jack Steel, Ihr seid wahrlich ein Freigeist. Ich erhebe mein Glas und trinke auf Eure Ambitionen.« Er nahm einen Schluck. »Aber gebt acht, mein Lieber. Mag sein, dass Ihr herausfindet, wer dieser Mann ist, aber tut dann nichts Unbedachtes. Wenn etwas an den Gerüchten dran ist und es ist wirklich der Mann, dessen Name kursiert, dann handelt nicht überhastet und unüberlegt. Er ist ein einflussreicher Bursche, Steel. Kriegsgericht hin oder her. Er könnte Euch vernichten.«

»Darauf lasse ich es ankommen, Simpson. So schnell gebe ich nicht auf.«

»Gut, aber ich habe Euch gewarnt. Mir fällt gerade auf, dass Ihr jetzt vielleicht jemanden braucht, der in Leffinge ein Auge auf Euch hat. Ihr braucht jemanden, der sich dort auskennt. Ich melde mich freiwillig.«

»Ich fühle mich geschmeichelt, Simpson, aber Ihr gehört wahrlich nicht an die Front. Ihr habt seit Jahren nicht mehr als Soldat gekämpft.«

»Ihr beleidigt mich, Steel. Es mag sein, dass ich bei der Marquise zur Methode des Erdrosselns griff, aber das heißt nicht, dass ich nicht mehr mit der Klinge umgehen kann. Es gibt da aber noch einen triftigen Grund, warum ich Euch begleiten möchte.«

»Der junge Matrose?«

»Unsinn! Für wen haltet Ihr mich? Nein, nein, es geht nicht um den Matrosen. Aber niedlich war er schon. Nein, es geht um Malbec. Ich habe Grund zu der Annahme, dass er unter den Belagerern ist. Zumindest weiß ich, dass sein Regiment dort steht. Die Grenadiers Rouges.«

»Und wie wollt Ihr ihn töten?«

»Ich habe noch keinen genauen Plan. Aber er muss sterben. Er war der andere Mörder, der meinen Freund abgeschlachtet hat. Erst stirbt die Hündin, dann der Rüde. Aber ich denke, dass ich ihn im Kampf töten werde. Dürfte ein wenig bewegungsintensiver sein als bei seiner Hure. Und mir scheint, dass nur einer diesen Malbec anlocken kann. Einer, der stets mitten im Getümmel zu finden ist: Der tapfere Captain Steel.«

Steel lachte. »Euer Degen wird rostig sein, Simpson. Ich sorge dafür, dass einer meiner Jungs nach Euch schaut. Nur für den Fall.«

Er wandte sich an Williams, der mit Hansam und einigen der Offiziere des Grenadierbataillons an einem Nachbartisch saß. »Tom, hört mal! Passt morgen im Kampf auf Captain Simpson hier auf, verstanden? Diese Art Gefecht ist er nämlich nicht gewöhnt. Ich nehme an, er weiß mit der Klinge umzugehen, aber nur im Kampf Mann gegen Mann. Gebt ihm Rückendeckung, wenn es möglich ist.«

»Wird mir ein Vergnügen sein, Sir. Obwohl ich noch nicht wusste, dass es zu einem Gefecht kommt. Greifen wir morgen an?«

»Ja, wir greifen an, Tom. Wir nehmen unseren Feind aufs Korn, so viel steht fest. Die Frage ist jetzt nur, wie wir auf den Feind stoßen werden.«

16.

Die Boote kamen im Schutz der Dunkelheit, die Segel waren eingeholt, die Riemen mit Lappen umwickelt. Das war der beste Weg. Steel hatte bislang nur einmal bei einem Angriff zu Wasser teilgenommen, vor drei Jahren in Spanien, aber das war ein Fiasko gewesen. Die Verteidiger hatten sie zu früh entdeckt und alle Läufe auf sie gerichtet, die sie aufzubringen vermochten. Die kleinen Boote waren in einem Strudel aus Gischt, Blut und umherfliegenden Trümmern gekentert. Ein Drittel der Angriffsformation hatte es nicht zurück zur Küste geschafft. Diesmal war Steel fest entschlossen, es besser zu machen. Die Dunkelheit erwies sich zumindest als Vorteil, und jetzt brauchten sie den Überraschungseffekt, wenn sie in die Stadt gelangen wollten.

Sie näherten sich von Südost. Simpsons Bericht zufolge lag Leffinge an einer Hauptstraße, die in nordsüdlicher Richtung verlief. Die britischen und alliierten Soldaten, die die Stadt verteidigten, hatten Barrikaden an den äußeren Straßen errichtet, während die Franzosen keine Zeit vergeudet hatten, einen Brückenkopf unweit des Ufers zu sichern.

Flandern war für sein flaches Land bekannt, aber Leffinge war auf einem der wenigen Hügel der Region erbaut worden und wirkte daher jetzt wie eine Insel im Meer.

Weiter südlich, linker Hand von Steels Booten, diente den Franzosen eine zweite Erhebung, die ebenfalls wie eine Insel aussah, als Stützpunkt für die Geschützbatterie. Von dort aus hatte der Feind seit drei Tagen die Stadt unter Beschuss genommen. Während Steels Kommando näher kam, eröffneten die Kanonen wieder das Feuer und schickten weitere Kugeln der Verwüstung in die Häuser. Steel sah den Feuerschein der brennenden Gebäude am Nachthimmel und dachte unweigerlich an Henrietta.

Seit der Unterhaltung mit Simpson am Vorabend beherrschte Henrietta seine Gedanken. Er fragte sich, ob an den Gerüchten überhaupt etwas Wahres sein konnte. Seine erste Reaktion war gewesen, das Gerede als eifersüchtiges Geplapper abzutun. Doch allmählich hatte sich Argwohn in seine Gefühle geschlichen, und so sehr er es auch versuchte, er konnte sich dieser Gedanken nicht erwehren. Es mochte daran liegen, dass Louisa, das hübsche bayerische Mädchen, das er nach der Schlacht von Blenheim mit nach England gebracht hatte, ebenfalls mit einem Offizier durchgebrannt war.

Immerzu hatte Steel sich eingeredet, dass einem Mann so etwas nicht zweimal passierte. Ja, er war überzeugt, dass es nur Klatsch und Tratsch war. Dennoch wusste er, dass er als Erstes nach Henrietta Ausschau halten würde, sobald sie in die Stadt gelangten. Nur um sicherzustellen, dass es ihr gut ging. Malbec wollte er zunächst einem Mann wie Simpson überlassen.

Das kleine Boot, in dem seine halbe Kompanie Platz fand, durchschnitt das Wasser, und die Männer der Royal Navy legten sich tüchtig in die Riemen. Sie hielten geradewegs auf die östliche Seite der Stadt zu, flankiert von elf weiteren Barkassen, die das gesamte Bataillon beförderten ... ohne die Verluste, die sie in Gistel erlitten hatten.

Slaughter war, wie nicht anders zu erwarten, genauso unzufrieden wie bei der ersten Expedition. »Diese Kähne sind doch gar nicht für so einen Einsatz gemacht, Sir. Die haben sonst Getreide geladen, aber doch nicht Soldaten für den Angriff. Die Franzmänner entdecken uns jeden Moment, und dann bricht hier die Hölle los, Captain.«

»Bislang haben sie uns jedenfalls nicht gesehen, Sergeant,

und wir haben nur noch etwa hundert Yards vor uns. Die Männer sollen sich bereithalten.«

Steel hatte vor, auf der rechten Flanke der Angreifer an Land zu gehen. Auf diese Weise würden sie im schlimmsten Fall nur von wenigen Franzosen gesehen, und wenn der Feind Alarm schlug, bliebe den Grenadieren noch genug Zeit, sich am Ufergürtel zu formieren und die feindlichen Linien anzugreifen. Doch sein Ziel war nicht, sich auf ein langes Feuergefecht einzulassen. Das käme Selbstmord gleich, zumal die Grenadiere hoffnungslos in der Unterzahl waren. Daher war es wichtiger, möglichst viele Grenadiere in die Stadt zu schicken. Inzwischen hatte Marlborough gewiss die Verstärkung entsendet, aber Steel war auch klar, dass der Entsatz mindestens einen Tag unterwegs sein würde. Die Verteidiger brauchten jetzt mehr Musketen innerhalb der Mauern und Barrikaden, bis die Verstärkung nahte.

»Die Männer sind bereit, Sir«, erstattete Slaughter Bericht. »Aber ich hab da so meine Zweifel.«

»Was die Marineinfanteristen schaffen, das schaffen wir auch, Jacob. Ihr habt doch nichts dagegen, wenn Eure Stiefel ein bisschen nass werden?«

Am Himmel stand kein Mond, aber als die Barkassen sich dem Uferverlauf näherten, warfen die Blitze der Belagerungsgeschütze und die brennenden Häuser einen unwillkommenen Lichtschein in Richtung der Boote. Sie waren noch etwa fünfzig Schritte entfernt, als Steel den Warnruf hörte, mit dem er gerechnet hatte: *»Aux armes! A droit!«*

Er wusste, dass dies der entscheidende Moment war. Der zeitliche Ablauf war ausschlaggebend. Die erste Barkasse lief mit einem Knirschen auf den Ufergürtel, dicht gefolgt von der zweiten. Steel spürte das Ufer unter dem Kiel des eigenen Bootes und hielt sich an der Bordwand fest. Im nächsten Augenblick sprang er in das seichte Wasser, sank bis zu den Knöcheln in den weichen, grasüberzogenen Boden und hielt den Degen bereit. Seine Männer folgten ihm. Er hörte Slaughters Fluchen, als sie die Uferböschung hinaufstapften. Inzwischen hatten auch die anderen Barkassen angelegt, und die Grenadiere strömten an Land.

»Formieren!«, rief Steel. »Zu mir! Alle mir nach!«

Im selben Moment krachten die feindlichen Musketen, doch sie waren zu weit entfernt und richteten keinen Schaden an. Dennoch war Steel bewusst, dass sie es mit den Schützen würden aufnehmen müssen, wenn sie es bis zu den Barrikaden schaffen wollten.

»Sergeant, die Männer formieren. Gefechtslinie.«

Sekunden später standen die Grenadiere in Angriffsformation. Die Kameraden aus den anderen Booten hatten zu Steels halber Kompanie aufgeschlossen. Die Preußen stellten sich in der Reihe hinter ihnen auf, dahinter die Niederländer. Einen Augenblick lang genoss Steel das Gefühl, ein ganzes Bataillon zu befehligen. Schließlich hob er den Degen und gab den Befehl: »Vorrücken!«

Steel hatte sich den Degen flach auf die Schulter gelegt und blieb an der linken Flanke seiner Kompanie, als das Bataillon sich entlang des Uferverlaufs in Richtung der Franzosen in Bewegung setzte. Auf eine Distanz von dreißig Schritten feuerte der Feind seine zweite Salve ab. Steel hielt den Atem an und sah, wie zwei seiner Männer zu Boden gingen, doch schon war die zweite Reihe über die beiden hinweggestiegen.

»Weiter! Tempo halten! Sergeant Slaughter, bei zwanzig Schritten halten. Peloton-Feuer, Zug um Zug!«

Die Grenadiere machten bei der vorgeschriebenen Marke Halt.

Abermals stoben Flammen aus den Mündungen der französischen Gewehre. Vier Mann in Steels Nähe wurden getroffen. Es war ein Wagnis, aber wenn sie es schafften, gehörte ihnen der

Ufergürtel. Und dann hätten sie genug Zeit, in die Stadt zu gelangen.

Wie vereinbart, lösten sich die Preußen rasch aus der zweiten Reihe und fächerten sich beiderseits von Steels Kompanie auf. Jetzt standen zwei Kompanien drei Glieder tief. Er hoffte, dass die Feuerkraft ausreichte.

»Die ersten Züge, bereitmachen. Anlegen! Feuer!«

Ein Drittel der Musketen krachten und feuerten ihre Bleikugeln auf die Franzosen; sechs davon trafen.

Hansam übernahm den Befehl. »Zweite Züge, anlegen! Feuer!«

Weitere dreißig Gewehre spien Flammen, und sieben Franzosen gingen während des Nachladens zu Boden. Der Widerhall war noch nicht verklungen, als bereits der dritte Zug feuerte und weitere weiß uniformierte Infanteristen tötete. Schon feuerten wieder die ersten Züge. Und so ging es weiter. Die Franzosen gaben gemeinsam ihre Salve ab, doch inzwischen waren ihre Reihen arg gelichtet. Etwa dreißig Gegner lagen tot oder verwundet im nassen Gras, darunter auch Sergeants und Offiziere. Diejenigen, die noch in den drei Gliedern ausgeharrt hatten, wurden unsicher.

Erneut wogte das Peloton-Feuer entlang der britischen und preußischen Reihen, und die Gegenwehr der Franzosen wurde schwächer. Steel sah, dass mindestens zwei Gegner das Weite suchten. Das war die Wende. Zwei Mann genügten. Binnen kurzer Zeit folgten andere nach, und bald strömte das Bataillon über den Ufergürtel, um sich in Sicherheit zu bringen. Einige Offiziere versuchten noch, Ordnung in die Reihen zu bringen, um eine Gegenoffensive einzuleiten, doch dafür war es zu spät. Die meisten Offiziere hatten längst selbst die Flucht ergriffen.

Steel wandte sich den Grenadieren zu. »Feuer einstellen! Stehen bleiben.« Die meisten dieser Jungs waren erpicht darauf, dem Feind mit dem Bajonett nachzusetzen. Es war die Aussicht auf Ruhm, die die Männer beflügelte, aber Steel musste dieses Verlangen unterbinden. Deshalb rief er: »Nein, diesmal nicht, Jungs! Bald habt ihr Zeit, euren Sieg abzurunden. Folgt mir nach! In die Stadt!«

Die Grenadiere machten kehrt und stapften in die Richtung, in der die Boote lagen. Steel eilte gerade an die Spitze seiner Kompanie, als er einen harten Schlag gegen den linken Arm erhielt, wie von einem Hammer. Er wusste sofort, was passiert war, drehte sich halb und hielt sich die Schulter. Er spürte das Blut und fluchte. Die Wunde mochte zwei Zoll über der alten Verletzung sein, die er in Oudenaarde davongetragen hatte, und war offensichtlich nicht so schlimm. Durch den Pulverdampf hindurch erahnte er die Gestalt eines französischen Offiziers, der die noch qualmende Muskete in der Hand hielt. Doch der Mann rannte fort, ehe Steel Zeit fand, Vergeltung zu üben.

Slaughter eilte zu ihm. »Seid Ihr getroffen, Sir?«

»Ja. Der verdammte Feigling hat mich von hinten angeschossen. Rannte fort, verflucht.«

»Haben eben keine Manieren, diese Franzmänner, so ist's doch, was, Sir? Aber lasst mich mal sehen.« Vorsichtig nahm sich Slaughter der verletzten Schulter an und entfernte den Uniformstoff, der blutgetränkt war. »Hattet Glück, Sir. Ein glatter Durchschuss, knapp unterm Knochen. Hässliches Loch allerdings. Die Ränder sehen nicht gut aus.«

Steel biss die Zähne zusammen. »Ist nah an der Verletzung von Oudenaarde, Sergeant.«

Slaughter zerriss das Hemd eines gefallenen Kameraden und legte einen notdürftigen Verband an, ehe Steel sich an die Spitze der Kompanie schleppte, die sich für den Abmarsch formiert hatte. Jetzt wandte er sich den Männern voll zu, schob den Degen in die Scheide und schwenkte seinen Hut über seinem Kopf. »Mir nach, Männer. In die Stadt!«

Im Eiltempo nahmen sie die Anhöhe in Richtung der Straße,

die Steel bei der Landung entdeckt hatte. Aus Leibeskräften schrie er: »Heda, ihr da oben! In der Stadt. Feuer einstellen! Wir sind Briten! Nicht schießen!«

Er hörte Jubelrufe hinter den Straßensperren und entdecke kurz darauf einige der Verteidiger, graue und rote Uniformen zumeist. Offensichtlich hatten sie das Gefecht weiter unten am Ufer verfolgt, und als die Grenadiere die behelfsmäßigen Barrikaden aus Möbelstücken, Fässern und Treibgut erreichten, räumten einige Männer ein paar Gegenstände zur Seite, sodass Steels Leute durch einen Spalt im Bollwerk in die Stadt klettern konnten.

Man empfing die Grenadiere mit lautem Jubel und vielen Schulterklopfern. Kurz darauf stand Steel vor einem Sergeant der englischen Infanterie, dessen Gesicht deutliche Spuren vom Schießpulver aufwies.

»Bei Gott, Sir. Das tut gut, Euch zu sehen. Wo sind die anderen?«

»Ich fürchte, Ihr müsst fürs Erste mit uns vorliebnehmen, Sergeant. Aber besser als nichts, oder? Weitere Truppen sind auf dem Weg hierher. Wo ist Euer Offizier?«

Der Sergeant deutete nach rechts. »Major Kidd steht zwei Straßen weiter, Sir. Und der befehlshabende Offizier ist auf dem Marktplatz, Captain.«

Steel beschloss, sich auf den Weg zum Kommandanten in Leffinge zu machen, und folgte mit seiner halben Kompanie dem Verlauf der Straße. Überall waren die Schäden der Belagerung zu sehen. Die Straße war übersät von Schutt: Backsteine, Dachschindeln, Holzbalken und Habseligkeiten aus den Häusern. Tote Soldaten oder Zivilisten lagen halb unter den Trümmern begraben. Steel wähnte sich wieder in Ostende, aber er hoffte, dass Henrietta nicht allzu entsetzt war und nicht zu sehr unter den Erinnerungen an den Kampf um Ostende litt.

Sie erreichten den Rathausplatz und blickten auf ein höllisches Szenario: Auf der einen Seite des Platzes hatte man die Leichen nebeneinandergelegt, Männer, Frauen und Kinder. Gegenüber, auf der anderen Seite, lagen die Verwundeten. Einige der Frauen gaben sich Mühe, die Verletzten zu versorgen, aber Steel sah gleich, dass sie unter den gegebenen Umständen nur wenig ausrichten konnten. Weiter links standen einige Offiziere in grauen und roten Uniformröcken zusammen und berieten sich. Steel eilte über den Platz und stellte sich bei den Männern vor.

»Captain Steel. Wem von Euch darf ich Bericht erstatten, Gentlemen?«

Einer der Rotröcke schaute auf. Er war ein gut aussehender junger Mann ungefähr in Steels Alter, mit ansprechenden Gesichtszügen und rabenschwarzem Haar, das er – wie Steel – am Hinterkopf zusammengebunden hatte. Doch bei diesem Offizier war die Art der Haartracht keine Angewohnheit, sondern entsprach den Gepflogenheiten der Dragoner.

»Ich habe hier das Kommando. Ich bin Major Maclean aus Hays Dragonern. Ihr seid sehr willkommen, Captain Steel. Ihr seid die Vorhut?«

»Sozusagen, Sir. Ich befehlige ein unabhängiges, zusammengelegtes Bataillon von Grenadieren. Wir waren in Gistel, als wir erfuhren, in welcher Bedrängnis Ihr Euch befindet, Major. Daher gehören wir streng genommen nicht zu dem Entsatz, aber ich bin sicher, dass die Verstärkung bald hier eintreffen wird.«

Der Major zog die Stirn in Falten. »Ja, besser ein paar Mann Verstärkung als überhaupt keine. Wie viele Soldaten bringt Ihr mit?«

»Insgesamt dreihundert Musketen, Sir, Verluste mit eingerechnet. Alles Grenadiere.«

Noch während sie sprachen, flog eine Kanonenkugel kreischend über die Köpfe der Offiziere hinweg und grub sich mit entsetzlichem Krachen in ein Fachwerkgebäude unmittelbar am Rathausplatz. Ein Großteil des ersten Stockwerks stürzte ein, Außenmauern und Fenster barsten. Instinktiv duckten die Offiziere sich, doch Steel und Maclean führten ihr Gespräch trotzdem weiter.

»Ich möchte Euch bitten, Eure Truppe aufzuteilen, Captain. Mit der Hälfte Eurer Männer begebt Ihr Euch auf die linke Flanke, zu dem Abschnitt, von dem Ihr kommt. Die übrigen Grenadiere beziehen im Süden Aufstellung. Denn dort planen die Franzosen offensichtlich ihren Hauptvorstoß.« Erst jetzt gewahrte er Steels Verletzung. »Ihr wurdet getroffen. Ist es schlimm?«

»Nein, Sir. Ich lebe noch.«

»Also gut. Teilt Eure Truppe nach Belieben ein, Captain. Und viel Erfolg.« Damit wandte er sich wieder dem niederländischen Offizier zu, mit dem er sich zuvor unterhalten hatte.

Einerseits war Steel beeindruckt von der Gelassenheit des Majors, andererseits verwirrte ihn das offensichtliche Desinteresse des Mannes. Er sprach den preußischen Captain an, der neben ihm stand. »Captain Emsdorf, Ihr geht mit Eurer Kompanie und den Dänen und Niederländern an den östlichen Stadtrand, genau zu der Stelle, an der unser Uferabschnitt liegt. Ich werde mit dem Rest des Bataillons an der südlichen Seite der Stadt kämpfen. Viel Erfolg.«

Der Preuße nickte und eilte davon. Steel war im Begriff, die drei anderen Kompanien zusammenzustellen, als sich über das dumpfe Donnern der Geschütze weitere Schüsse legten, die durch die Nacht peitschten.

»Was war das, zum Teufel?«

Die Offiziere starrten in die Richtung, aus der das Krachen ertönt war – aus Nordwest –, und während sie lauschten, wiederholte sich der Lärm. Alle wussten, was dies bedeutete.

»Musketen«, sagte Steel. »Großer Gott, sie sind um die Stadt herumgekommen.«

Maclean brüllte einen Befehl und deutete in die Richtung des Musketenfeuers. »Sergeant Davidson, bringt Eure Männer dorthin. Beeilt Euch. Steel, Ihr geht am besten mit.«

Eine halbe Truppe Dragoner eilte über den Platz und verschwand durch eine Seitengasse in Richtung Feind. Steels erster Gedanke galt Henrietta. Maclean, der davon ausging, dass ein Befehl immer ausgeführt wurde, kümmerte sich nicht weiter darum, ob Steel den Befehl nun befolgte oder nicht. Und diesen Augenblick nutzte Steel. Rasch blickte er sich auf dem Platz um und sah Simpson und Williams. Sofort eilte er zu ihnen.

»Simpson, Ihr müsst mir sagen, wo meine Frau ist. Ich bitte Euch. Jetzt, Mann. Sie braucht sicher meine Hilfe.«

»Einverstanden, aber wo, denkt Ihr, könnte ich Malbec finden?«

»Ich schätze, er ist entweder unten im Süden bei dem Hauptteil des Angriffs, oder es ist er, der dort im Nordwesten diesen Lärm veranstaltet. Wahrscheinlich Letzteres.« Er zeigte in die Richtung, aus der die Musketensalven herüberschallten. »Ihr könnt ja beides probieren. Er wird bei seinem Regiment sein. Ihr erkennt die Männer an ihren Pelzkappen. Nehmt Williams und die halbe Kompanie meiner Männer. Also, wo hält Henrietta sich auf?«

»Sie wohnt in einer Taverne im Norden der Stadt. Im Schwan. Denkt daran, Jack, was ich Euch gesagt habe. Seid vorsichtig. Zumal Ihr angeschossen seid, wie ich sehe.«

»Macht Euch keine Sorgen. Sucht Malbec. Ich komme dazu, sobald ich kann. Lasst mir etwas von ihm übrig, falls es Euch gelingt.« Zu Hansam gewandt, sagte er: »Henry, du hast die Kompanie. Ich nehme Sergeant Slaughter und den ersten Zug mit, weil ich Gewissheit in einem Punkt brauche. Wir sind bald wieder da. Und Henry, sorg dafür, dass Williams bei Captain Simpson ist. Versuchen wir, dass er am Leben bleibt.«

Maclean hatte immer noch nicht bemerkt, dass Steel den

Befehl nicht ausgeführt hatte, aber um sicherzugehen, dass er nicht gestört würde, machte Steel sich zunächst mit dem Zug auf den Weg in Richtung der Musketen. Doch dann eilte er durch Seitengassen in nördlicher Richtung weiter. In einer der hinteren Gassen fand er die Taverne, die fast unmittelbar am Wasser lag. Von weiter links drang vereinzeltes Musketenfeuer herüber, und die Schüsse kamen näher. Der Schwan gehörte gewiss nicht zur besten Gegend der Stadt und entsprach nicht Henriettas hohen Anforderungen.

Als Steel die Tür aufstieß und in den verräucherten Schankraum spähte, war er verblüfft, dass dort Bewohner Leffinges saßen und Bier tranken, obwohl draußen der Kampf um die Stadt in vollem Gange war. Vielleicht betrinken sie sich ja auch, um das Elend zu vergessen, überlegte er. In einer Ecke entdeckte er eine Treppe und wandte sich gleich an Slaughter.

»Jacob, Ihr bleibt mit den Männern hier. Zögert nicht, von den Musketen Gebrauch zu machen, falls es Schwierigkeiten gibt. Ich bin gleich wieder da.«

Mit dem gesunden Arm bahnte Steel sich seinen Weg durch die angetrunkene Schar der Gäste und nahm schnell die Stufen zum oberen Stockwerk. Meistens lagen die besten Räumlichkeiten in diesen Schänken am Ende des Korridors, so hatte es ihn jedenfalls die Erfahrung gelehrt. Als er die letzte Tür des Gangs aufmachte, fiel sein Blick in einen schlichten Raum, in dem ein Tisch mit zwei Stühlen stand. Die Reste der Frühmahlzeit waren noch nicht abgeräumt worden. In der Ecke beim Fenster stand Henriettas Dienerin und durchwühlte eine Reisetasche. Erschrocken fuhr sie herum, als sie Geräusche bei der Tür hörte. Steel durchmaß den Raum unbeirrt und öffnete die Tür, die zum Schlafgemach führte.

»Wartet einen Augenblick!«, rief die Dienerin. »Da könnt Ihr nicht einfach so rein. Das ist Lady Henriettas Schlafzimmer. Und sie ist allein.«

»Umso besser. Maria, erkennst du mich nicht mehr? Ich bin's, Mädchen, Captain Steel. Ich bin ihr Mann.«

Das Mädchen nickte und blickte ihn weiterhin erschrocken an. »Aber, Sir, Ihr seid nicht der Mann ... ihr Mann. Ich ...«

Steel sank das Herz. Das dumme Ding hatte genau das ausgesprochen, was Simpson nicht übers Herz gebracht hatte. Also stimmte es. Es war kein leeres Geschwätz.

Energisch stieß Steel die Tür zum Schlafzimmer auf. Henrietta saß mit dem Rücken zur Tür an einer kleinen Ankleidekommode und kämmte sich das Haar vor dem Spiegel. Sie war vollkommen nackt. Als er eintrat, kreischte sie, wirbelte herum und griff nach dem Gewand, das auf dem Bett lag, um sich zu bedecken.

»Oh, Jack, mein Gott! Hast du mich erschreckt.«

»Du hast also nicht mit mir gerechnet?«

»Nein, wie auch?«

»Du dachtest vielleicht, ich wäre jemand anders?«

Sie sah den Argwohn in seinem Blick. »Du weißt es also? Oh, Jack, es tut mir unendlich leid. Ich wollte nicht, dass es so endet.«

»Du dachtest, du könntest zurück nach England fliehen und mir dann eine Nachricht schicken?«

»Ja. Nein. Ich meine, ich hatte nicht damit gerechnet, dass du mich hier aufsuchst.«

»Wieso, Henrietta? Warum tust du das? Was ist mit deinem Ehegelübde? Bedeutet dir das alles nichts? Du hast mir Liebe geschworen. Hast mir gesagt, wie sehr du mich liebst. Was ist damit, Henrietta? Ist das alles nichts mehr wert? Wie konnte es dazu kommen?«

Sie schaute zu Boden und schwieg. Schließlich sagte sie: »Ich weiß es auch nicht, Jack. Es hat sich einfach so ergeben. Er besuchte mich in Brüssel. Ich war so einsam und allein. Du warst nicht da und ich ...«

»Und da bist du einfach zu ihm ins Bett gestiegen? War es so? Aus purer Langeweile?«

»Nein, das war es nicht.«

»Dann streite es ab. Streite ab, dass du mit ihm das Bett geteilt hast, wenn ich den Beweis allzu deutlich vor Augen habe.«

Er sah das zerwühlte Laken und die verstreut am Boden liegenden Kleidungsstücke: Das Hemd eines Offiziers, ein Unterrock, seidene Strümpfe und Strumpfhalter ... alles schien in Eile abgelegt worden zu sein.

»Jack, zieh keine voreiligen Schlüsse. Du bist verwundet. Lass mich dir helfen.«

Er trat einen halben Schritt zurück, als sie die Hand nach ihm ausstreckte. »Nicht der Rede wert. Voreilige Schlüsse, sagst du?« Er bückte sich, hob das Hemd auf und warf es aufs Bett. »Ich habe genug gesehen, Henrietta. Erspare mir die Details.«

Sie sah, wie tief es ihn verletzte, und wusste, dass es keinen Zweck hatte, weiter abzulenken. Daher beschloss sie, in die Offensive zu gehen. »Was sollte ich denn sonst tun? Er war so gut zu mir, und du warst schon eine halbe Ewigkeit fort. Außerdem hatte ich Angst.«

»Und Angst bringt Verrat hervor, wie wir alle wissen. Wer ist der Mann? Ich will seinen Namen wissen!«

»Er ist Major, wenn du es genau wissen willst. Du hättest es ohnehin früh genug erfahren. Ich werde mich scheiden lassen, Jack. Ich habe vor, ihn zu heiraten.«

Steel schwieg und wurde nachdenklich. »Steht dein Entschluss wirklich fest? Ich meine, vielleicht ...«

»Nein. Du und ich, wir wissen beide, dass es keinen Zweck hat. Es ist aus.«

Steel wandte sich von ihr ab, trat ans Fenster und blickte hinaus in die Nacht. In seinem Kopf wirbelten unerfüllte Träume durcheinander. Einen Moment lang hielt er die Situation für unwirklich, dann wandte er sich wieder Henrietta zu. »Also gut, wenn es tatsächlich dein Wunsch ist.«

Sie konnte ihm nicht in die Augen sehen und hielt den Blick immer noch gesenkt. Nach einer Pause sagte sie: »Er heißt Maclean. Lachlan Maclean.«

Steel nickte. »Ich habe ihn kennengelernt. Er hat das Kommando der Verteidigung. Scheint mir ein tüchtiger Soldat zu sein. Gewiss ein tapferer Mann. Liebst du ihn?«

»Ja, zumindest glaube ich es.«

Steel lachte tonlos. »Wie du einst geglaubt hast, mich zu lieben?«

Sie wich seinem Blick aus. »Jack, hör auf, so zu reden. Was soll ich dir darauf antworten? Ich weiß, dass es hart für dich ist.«

Steel ging nicht darauf ein. Stattdessen hielt er auf die Tür zu und drehte sich noch einmal um. »Ich sollte lieber gehen, ehe ich etwas Törichtes sage oder tue. Aber ich möchte trotzdem noch einmal mit dir reden. Bleib hier, und wenn du etwas hörst, das dir Angst macht, dann versteckst du dich. Ich schicke dir jemanden, der dich beschützt, so schnell ich kann.«

Steel verließ das Schlafzimmer und drückte die Tür ins Schloss. Maria sah ihm erschrocken nach, als er durch die zweite Tür den Korridor betrat. Unten im Schankraum hatte sich nichts verändert; Slaughter und die Männer warteten nach wie vor an der Tür. Steel jedoch spürte, dass eine Wandlung in ihm vorgegangen war, und wunderte sich einen Moment lang, warum die unmittelbare Umgebung davon unbeeinträchtigt geblieben war. Ein ungewöhnlich taubes Gefühl hatte sich seiner bemächtigt, als wäre seine Umgebung im Fluss der Zeit eingefroren. Gleichzeitig glaubte er, dass seine Welt in abertausend Splitter geborsten sei, als habe ihm eine ungeheure Druckwelle das Herz aus dem Leib gerissen und in alle Winde verstreut.

Plötzlich begann seine Schulter zu pochen. Er hoffte, dass die

Wunde nicht von den Fasern des Stoffs verunreinigt war, wie es so oft vorkam, und sich entzündete. Aber darüber konnte er sich später immer noch Gedanken machen. Er musste sich anderer Dinge annehmen. Instinktiv wusste er, was er zu tun hatte. Als er Slaughter an der Tür erreicht hatte, nickte er einem der Männer zu.

»Ihr, Macdonald. Oben im letzten Zimmer ist meine Frau. Sorgt dafür, dass ihr nichts geschieht. Ich bin bald zurück. Kommt, Jacob. Wir müssen eine Schlacht gewinnen.«

* * *

Tom Williams fühlte sich nicht wohl in seiner Rolle als Aufpasser für Simpson. Der Mann mochte zwar, wie Steel gesagt hatte, wenig Übung mit dem Degen gehabt haben, aber dafür kam er Williams wie ein Draufgänger vor. Es war beinahe so, als suchte Simpson den Tod, und bislang hatte Williams ihm dreimal das Leben gerettet. Simpson kämpfte immer dort, wo es am gefährlichsten war, und wurde von den Franzosen heftig bedrängt.

Mit Hansams halber Kompanie und den Männern aus Orkneys Regiment, die mit ihnen an Land gegangen waren, verteidigten sie die Barrikaden an der am weitesten südlich gelegenen Straße der Stadt. Es war offenkundig, dass Major Maclean recht gehabt hatte. Der Mond lugte inzwischen durch die Wolkenbänder und warf sein fahles Licht auf ungefähr zweitausend französische Infanteristen, die unaufhaltsam die Anhöhe vom Ufer hinaufkamen. Williams vergegenwärtigte sich die Übermacht des Feindes an diesem Abschnitt und fragte sich, wo Steel blieb. Bestimmt hätte er gewusst, was jetzt zu tun war. Nicht, dass Hansam kein guter Offizier gewesen wäre. Williams hatte großen Respekt vor dem Lieutenant. Es hatte sich nur immer wieder bestätigt, dass Steel diese gewisse Ahnung besaß, wie er seine Männer am sichersten aus den größten Schwierigkeiten herausholen konnte. Allerdings konnte man das, was sie im Augenblick durchlebten, nicht mehr als »Schwierigkeiten«, bezeichnen.

Die Stimme eines Offiziers riss Williams aus seinen Gedanken.

»Sie kommen wieder heran, Männer. Offiziere auf ihre Posten. Augen nach vorn.«

Major Maclean war zu ihnen gestoßen, mit vier seiner Dragoner. Williams glaubte, etwas von Steels eiserner Entschlossenheit in diesem Mann wiederzuerkennen – eine Kaltblütigkeit in der Schlacht, von der Williams nur träumen konnte.

Während sie zusahen, wie die Franzosen heranrückten, gab Hansam den Befehl: »Bereithalten! Anlegen!«

Die Musketen krachten, und zufällig schnappte Williams dann ein paar Brocken auf, als er sah, wie der Major mit dessen Sergeant sprach. »Die Lady ... Gefahr ... in der Schänke.« Verdutzt beobachtete Williams, wie der Major seinen Männern einen Befehl gab, sich dann abwandte und durch eine der Seitengassen verschwand. Williams schaute ihm wie gebannt nach. War dieser Mann ein Feigling? Unmöglich, das konnte nicht sein. Der Fähnrich konnte nur Mutmaßungen über das Verhalten des Majors anstellen.

Er richtete sein Augenmerk wieder auf Simpson, der auf die Franzosen wartete. Rasch war er bei ihm und erzählte ihm, was er soeben gehört hatte, glaubte er doch, der Captain könne Licht in die Angelegenheit bringen.

* * *

Simpson hatte gewusst, dass Steel recht haben würde. Er hätte bestimmt nicht den besten Spion abgegeben – auch Steels höfisches Benehmen ließ hier und da zu wünschen übrig –, aber auf dem Schlachtfeld konnte man sich voll und ganz auf ihn verlassen. Hier war er zu Hause. Simpson hatte Steels Ratschlag beherzigt und war immer in Richtung der Geschütze marschiert.

Und plötzlich sah er Malbec. Ihm war, als legte der Mann es darauf an, entdeckt zu werden.

* * *

Und Simpson hatte recht. Tatsächlich war es aber so, dass Malbec Simpson zuerst erspäht hatte. Zuerst traute der Major seinen Augen nicht. Seit Wochen hatten seine Männer und er den Spion gesucht und nirgends entdeckt. Sie hatten in den finstersten Gassen von Paris nach ihm Ausschau gehalten, hatten sogar den Cour des Miracles durchkämmt und waren gerade noch mit dem Leben davongekommen. Doch dann hatte Malbec neue Befehle erhalten und war zu seinem Regiment zurückgekehrt. Aber er hatte stets geahnt, dass Simpson irgendwo da draußen sein würde.

Auch der andere britische Spion musste dort zu finden sein, der irische Offizier. Der Major hatte sich geschworen, den Mann eines Tages zu stellen. Und hier eröffnete sich ihm eine Möglichkeit, die er nutzen musste. Es war zu gut, um wahr zu sein. Die Frage war nur, wie er mit dem Spion in den Wirren des Gefechts abrechnen sollte. Doch die Antwort darauf war ein uralter Trick. Malbec beschloss, selbst als Köder zu fungieren, um den Spion anzulocken. Bei diesem Vorhaben war lediglich Wagemut gefragt.

Linker Hand von den Angreifern brannten zwei Häuser und warfen ein unheimliches, flackerndes Licht auf die Szenerie. Malbec stieß mit seinen Männern weiter vor, erklomm eine der hastig aufgeschichteten Barrikaden am westlichen Eingang zur Stadt und schwenkte seinen Degen hoch über dem Kopf. Der Schein der Flammen betonte die hohe Gestalt des Majors.

»Weiter, Kinder Frankreichs!«, rief er seinen Männern zu. »Weiter, im Namen eures Königs, im Namen der Ehre!«

Eine Musketenkugel sirrte an Malbecs rechtem Ohr vorbei, eine zweite durchschlug seinen Hut und hinterließ ein hübsches Brandloch. Doch der Major blieb unverletzt, sprang von der Barrikade auf das Straßenpflaster und sah sich einem niederländischen Infanteristen gegenüber, der ihn mit dem Bajonett aufspießen wollte. Aber Malbec war zu schnell für den Niederländer, wehrte den Stoß ab und trieb dem Gegner die Degenklinge ins Herz.

Als er aufschaute, sah er zu seiner Freude, dass Simpson nach wie vor keine zwanzig Yards entfernt kämpfte und sich gegen drei von Malbecs Leuten zur Wehr setzte. Der Spion kämpfte in einer Gruppe britischer Grenadiere. Während Malbec zuschaute, bemerkte er, dass einer der Grenadiere – ein junger Fähnrich – dem Spion etwas zuflüsterte.

Sofort kehrte der Spion dem Kampfgeschehen den Rücken und eilte eine Straße hinauf in die Stadt. Malbec blieb keine Zeit, dieses Verhalten zu hinterfragen. Er übergab einem seiner Lieutenants das Kommando über die Grenadiers Rouges und bahnte sich seinen Weg durch das Getümmel bei den Barrikaden. Seine Degenklinge war blutrot, als er in einer Seitengasse abtauchte und dem Spion nacheilte.

* * *

Steel und Slaughter hatten keine vierhundert Yards zurückgelegt, als sie sahen, dass Major Maclean und dessen Männer ihnen entgegenkamen.

Steel rief über den Kampflärm hinweg: »Sir, wie ist die Lage? Sind die Franzosen schon hinter uns?«

Maclean erkannte Steel und blieb verdutzt stehen. »Nein, Captain. Ich meine, ja, doch. Zumindest sagte man mir, der

Feind sei womöglich von Norden in die Stadt eingedrungen. Deshalb wollte ich mit meinen Männern dorthin.«

Steel lächelte. »Ich komme gerade von dort, Sir, und ich kann Euch versichern, dass da kein Franzose ist. Die nördlichen Barrikaden halten.«

»Wie Ihr meint. Aber vielleicht ist es besser, wenn ich mich selbst davon überzeuge.«

Maclean wollte seinen Weg fortsetzen. Steel schwieg und blickte ihn unverwandt an. Dann legte er die Hand auf den Knauf seines Degens. In diesem Moment ahnte Maclean, was in Steels Kopf vor sich ging.

Steel ergriff wieder das Wort und sprach eindringlicher als zuvor. »Ich wiederhole, Sir, im Norden sind keine Franzosen in der Stadt. Und Ihr habt nichts zu befürchten ... Als ich Lady Henrietta verließ, ging es ihr gut. Sollten wir jetzt nicht zurück zum Gefecht an den südlichen Barrikaden?«

Maclean sah Steel wortlos an und wusste, dass er nachgeben musste. Natürlich hatte Steel recht. Es war ihre verdammte Pflicht, die Franzosen zu bekämpfen, ganz gleich, was die Herzensangelegenheiten forderten. Einen Moment lang verspürte er Bewunderung für den Mann seiner Geliebten, und dann, fast gleichzeitig, fühlte er sich herabgesetzt. Er wusste, dass es stimmte, was man sich über diesen Captain Jack Steel erzählte: Er war der Inbegriff des ehrenhaften Soldaten, der die Pflicht den Männern gegenüber über alle eigenen Wünsche stellte. Für Maclean gab es nur einen Weg, den Weg der Ehre.

Er nickte Steel zu. »Ja, wir sollten zurück, Captain Steel. Natürlich. Kommt. Folgt uns, wir verpassen den Franzosen eine blutige Nase. Bei Gott, sie sollen das Gefecht an den Barrikaden nicht vergessen. Beten wir, dass Marlborough rechtzeitig kommt, um uns zu retten.« Er schwieg einen Augenblick lang. »Aber sollten wir nicht wenigstens einen Mann entsenden, um uns zu vergewissern, Captain? Was meint Ihr? Es wäre ratsam.«

»Gewiss, Sir«, antwortete Steel. »Sergeant!«, rief er Slaughter zu. »Seht mit zwei Mann im Norden der Stadt nach, was der Feind macht. Dann erstattet Ihr Bericht, so schnell es geht!«

Slaughter salutierte und lief mit den Kameraden die Straße hinauf. Steel wandte sich Maclean zu. »Und jetzt, Major, sollten wir gehen. Es wäre nicht gut, dem Herzog den ganzen Ruhm zu überlassen, oder?«

* * *

Simpson rannte so schnell, als wäre der Leibhaftige hinter seiner Seele her. Im Augenblick beschäftigte ihn nur ein Gedanke: Er musste um jeden Preis verhindern, dass Steel auf Major Maclean traf. Tom Williams' Worte hatten ein ganzes Räderwerk in Simpsons Kopf in Gang gesetzt. Wie es schien, hatte der Major sich vom Kampfgeschehen abgewandt, weil er angeblich eine wichtige Angelegenheit zu regeln hatte ... es ging um die Sicherheit einer Dame.

Simpson hatte keine Zweifel, in welche Richtung der Major unterwegs war. Was wäre, wenn Steel noch bei seiner Frau war und Maclean hereinplatzte? Simpson konnte nicht zulassen, dass Steel von Maclean getötet wurde, und wenn der Zweikampf anders ausging, würde Steel sich vor einem Kriegsgericht verantworten müssen. Das Schicksal ist grausam, dachte Simpson, aber die Sache mit Malbec würde warten müssen.

Er eilte um eine Häuserecke und stand endlich vor der Schänke. In der Straße war niemand. Simpson öffnete die Tür und trat ein. Die Zecher waren inzwischen leiser geworden, die Schankstube war leerer als noch vor Stunden. Simpson ging zur Treppe und stieg hinauf ins obere Stockwerk, erfüllt von einer bösen Vorahnung. Doch die Tür am Ende des Korridors war zu. Simpson lauschte. Als er die Stimme einer Frau hörte, drückte er die Tür auf.

Sein Blick fiel auf Henrietta Steel, die mit ihrer Dienerin sprach. Abseits stand ein rot uniformierter Grenadier.

Erleichtert atmete Simpson auf. »Oh, Gott sei Dank.«

»Captain Simpson?«, rief Henrietta erstaunt. »Was für eine Überraschung. Seid auch Ihr für meine Sicherheit verantwortlich? Wie ritterlich von Euch.«

Simpson schüttelte den Kopf. »Nein, Mylady, ich bin gekommen, um Euch zu warnen. Euer Mann und Major Maclean sind auf dem Weg hierher. Die beiden dürfen sich nicht begegnen.«

Henrietta beteuerte ihre Unschuld, doch Simpson unterbrach sie und hielt eine Hand hoch. »Ich bitte Euch, meine Dame. Ich weiß alles. Bis vor Kurzem war es mein Beruf, alles in Erfahrung zu bringen, was um mich herum vorgeht. Dürfte ich Euch vorschlagen, dass Ihr mit mir kommt, um jegliche Konfrontation zu vermeiden?«

»Ich fürchte, Ihr seid zu spät gekommen, Captain. Mein Mann, Captain Steel, hat mir bereits einen Besuch abgestattet. Er weiß um meine ... neue Situation. Major Maclean weiß es noch nicht, aber er wird ja gleich erfahren, dass mein Mann hier war. Ihr seht also, dass Eure Befürchtungen unbegründet sind. Ich bin in Sicherheit.«

Im selben Moment erbebten die Wände der Unterkunft, als ein Schuss aus unmittelbarer Nähe abgefeuert wurde. Der Grenadier, der während des Gesprächs seinen Blick nicht von Henriettas Dienerin hatte wenden können, sackte tödlich getroffen zu Boden. Blut sickerte aus einem Loch in seiner Schläfe und färbte die Dielen rot. Die Dienerin starrte in stummem Entsetzen auf den Toten, ehe sie ohnmächtig zusammenbrach. Simpson und Henrietta blickten erschrocken zur Tür und sahen durch den wabernden Pulverdampf das Gesicht von Claude Malbec. Ein Lächeln umspielte die Mundwinkel des Majors.

»Captain Simpson«, sprach er schließlich. »Endlich begegnen wir uns. Es ist mir eine Ehre, Eure Bekanntschaft zu machen, obwohl ich vermute, dass es nur bei einer flüchtigen Bekanntschaft bleiben wird.«

Simpson erwiderte das Lächeln und sah, dass Malbec eine zweite Pistole in der linken Hand hielt. Damit zielte er direkt auf Simpsons Kopf.

»Major Malbec. Und ich dachte schon, ich hätte Euch verloren. Ihr könnt gar nicht ermessen, wie sehr ich bemüht war, Euch zu finden. Ihr tut mir einen Gefallen, Sir. Ich stehe in Eurer Schuld.«

Malbec schüttelte den Kopf. »Wie sehr ich Euren englischen Wagemut bewundere. Es tut nichts zur Sache, wie lange ich die Engländer schon kenne, ich werde sie wohl nie ganz verstehen. Doch im Grunde ihres Herzens bleiben sie eine Nation gottloser Hurensöhne.«

»Kommt, kommt, Major. Ihr lasst Euch von Euren Gefühlen übermannen, Sir. Solltet Ihr nicht auf Eure Wortwahl achten? Immerhin befindet sich noch eine Lady im Raum.«

»Ihr scheint zu vergessen, Captain Simpson, dass ich die einzige Pistole hier im Zimmer habe, und sie ist auf Euren Kopf gerichtet.«

Erst jetzt ergriff Henrietta das Wort. »Und Ihr scheint zu vergessen, Sir, dass Ihr nur eine Kugel habt, wir aber zu zweit sind.«

Malbec lachte schallend. »Wie mutig gesprochen! Verzeiht, wenn ich Euch verspotte, Mylady, aber in Euch sehe ich wahrlich keine Gefahr. Sobald ich den Captain hier ins Jenseits befördert habe, schlitze ich Euch die Kehle mit meinem Degen auf.«

»Ah, was für eine Ironie des Schicksals!«, sagte Simpson mit einem Lächeln. »Dass die Dame dasselbe Schicksal ereilen soll, das Eurer Dame widerfahren ist.«

»Was?«, stieß Malbec hervor. »Was redet Ihr da?«

Simpson griff in seine Tasche, doch Malbec spannte den Hahn der Pistole.

»Keine Sorge, Major. Ich habe keine Schusswaffe bei mir. Nur dies hier.« Langsam holte er die Kette mit dem Anhänger hervor und wartete Malbecs Reaktion ab.

Der Major schnappte nach Luft. Beinahe hätte er vor Schreck die Pistole fallen lassen. Seine Hand zitterte, als er den Edelstein an der Kette sah.

Henrietta glaubte, die Gelegenheit nutzen zu können. Rasch griff sie nach der offenen Puderdose auf der Kommode und warf sie dem Major ins Gesicht. Der Franzose schrie auf, fasste sich mit der freien Hand ins Gesicht, drückte aber im selben Moment ab.

Der Schuss traf Henrietta in der Brust und durchschlug das Herz. Sie war auf der Stelle tot. Leblos sank sie zu Boden. Malbec ließ die Pistole fallen und rieb sich immer noch das Puder aus den Augen. Simpson hatte derweil seinen Degen gezogen und traf den Major am Unterarm. Blut lief aus einer langen Risswunde. Malbec stöhnte vor Schmerz auf, konnte endlich wieder sehen und zog blitzschnell den Degen, um Simpsons nächsten Vorstoß abzuwehren. Zu überhastet hatte Simpson auf die Körpermitte seines Gegners gezielt und dadurch einen Augenblick lang die eigene Deckung vernachlässigt. Malbec traf ihn am Oberschenkel.

Der Engländer wich mit einem Schmerzensschrei zurück und sah, dass ihm das Blut über die Breeches lief. Als er Malbecs Blick suchte, sah er den abgrundtiefen Hass in den Augen des Franzosen lodern und ahnte, dass Steel recht gehabt hatte: Er, Simpson, hatte während der letzten Jahre die Kunst des Fechtens vernachlässigt. Ihm blieb nur eine Chance: Er musste alles auf eine Karte setzen und der Überlegenheit des Gegners mit brutaler Härte begegnen.

Er nahm die *en-garde*-Position ein, und die beiden Männer umkreisten einander lauernd in dem kleinen Raum.

Simpson ergriff die Initiative. »Kommt schon, Major. Sollen wir die Sache nicht wie Gentlemen zu Ende bringen? Gönnen wir uns doch ein wenig frische Luft.«

Malbec zuckte die Schultern. »Warum nicht? Mir ist es gleich, wo Ihr Euer Leben aushaucht. Solange ich Euch einen qualvollen Tod bereiten kann.«

Simpson fröstelte bei diesen Worten seines Gegners.

Beide Männer verließen das Zimmer und behielten einander wachsam im Auge, während sie dem Korridor bis zum Treppenabsatz folgten. Der Schankraum unten war inzwischen verwaist. Der zweite Schuss hatte auch den letzten Zecher verjagt.

»Gefällt es Euch hier besser, Captain? Wäre dies für Euch der geeignete Ort zum Sterben?«

Simpson ging darauf nicht ein. Stattdessen machte einen Satz nach vorn. Kein schlechter Angriff für einen Mann, der ziemlich aus der Übung war, aber der französische Offizier parierte die Klinge mühelos, ehe er nach einem Ausfallschritt den Gegenangriff einleitete. Simpson trat zwar noch einen halben Schritt zurück und riss seinen Degen hoch, weil er glaubte, den nächsten Treffer landen zu können, aber Malbec hatte ihn durchschaut und stieß auf Hüfthöhe zu. Tief bohrte sich die Klinge in Simpsons ungedeckte Flanke. Er keuchte und starrte Malbec mit weit aufgerissenen Augen an, als der Franzose die Klinge zurückzog.

»Keine Sorge, Captain. Das war noch kein tödlicher Stich. Dieser auch nicht!«

Bevor Simpson überhaupt eine Chance hatte, sich zu erholen, setzte Malbec nach und zielte diesmal auf den Kopf. Er traf Simpson am linken Auge. Simpson schrie auf, presste die linke Hand gegen das blutende Auge und schlug blindlings nach seinem Peiniger. Doch Malbec tänzelte einen Schritt zurück und hatte alle Zeit der Welt, um zu entscheiden, an welcher Stelle er seinen Gegner nun treffen wollte.

Er spielt bloß mit mir, dachte Simpson voller Schrecken, als der Schmerz mit aller Macht über ihn herfiel. Er tötet mich Zoll um Zoll …

Noch einmal nahm er alle Kraft zusammen und warf sich nach vorn, musste jedoch mit ansehen, mit welcher Leichtigkeit und Eleganz der Franzose auch diese Attacke parierte. Ehe Simpson reagieren konnte, trat Malbec ihm hart zwischen die Beine. Der Spion verlor das Gleichgewicht und stürzte mit einem Schrei die Treppe nach unten. Malbec blieb einen Moment oben stehen und blickte auf sein Opfer.

Simpson konnte seine Beine nicht mehr bewegen. Er wusste sofort, dass etwas Schlimmes passiert sein musste. Beim Sturz hatte er sich etwas gebrochen, und der Schmerz in seinem Rücken übertraf noch das Pochen in seinem linken Auge und die Wunde an der Seite.

Langsam kam Malbec die Stufen herunter, lächelte und ließ die Degenklinge mehrmals durch die Luft sausen. »Ihr jämmerlicher kleiner Mann. Hattet Ihr wirklich geglaubt, Ihr könntet es mit mir aufnehmen? Dachtet Ihr, mir wäre das Herz gebrochen der Marquise wegen? Nein, mein Freund, Ihr solltet vielleicht wissen, dass in meinem Herzen kein Platz mehr ist für die Liebe zu einer Frau. Ihr Briten habt vor Jahren die Liebe in mir getötet. Zugegeben, es tut mir leid, was ihr widerfahren ist. Sie war eine gute Frau. Aber nicht für mich. Und wofür das alles? Nur weil wir Euren kleinen Liebling getötet haben? War das der Grund? Rache? Ich weiß alles über die Rache, Captain. Lasst mich Euch zeigen, auf welch erbauliche Weise man sie erlangen kann.«

Simpson ruderte mit den Armen, aber sosehr er sich auch mühte, er konnte die Beine nicht mehr bewegen. Schließlich riss er ein letztes Mal seinen Degen hoch und zielte auf Malbec. Der

Franzose quittierte diesen Versuch mit einem höhnischen Lachen und ging langsam weiter, bis er unmittelbar über Simpson stand. Dann drückte er dem Spion die Spitze des Degens in die Mulde unterhalb des Kehlkopfs und bohrte schweigend seinen Blick in Simpsons Augen.

Der Captain hatte das Gefühl, bereits eine halbe Ewigkeit in diese böse glimmenden Augen geschaut zu haben – und genau das schien Malbecs Absicht gewesen zu sein, obwohl er die Qualen für den Spion gern noch in die Länge gezogen hätte.

Plötzlich erregten Schüsse von der Straße Malbecs Aufmerksamkeit. Sie waren lauter als zuvor und schienen näher an der Schänke abgefeuert worden zu sein. Er ahnte, dass der Kampf um Leffinge seinen Höhepunkt erreicht hatte, und starrte Simpson erneut in die Augen.

»Unsere gemeinsame Zeit ist vorüber, Captain. Es sei denn, Ihr habt noch vor, um Gnade zu winseln.«

Simpson schüttelte den Kopf und unternahm einen weiteren, erbärmlichen Versuch, den Major mit der Klinge zu treffen. Der Franzose trat Simpson den Degen aus der Hand, hielt dann jedoch inne, als Schüsse in unmittelbarer Nähe der Schänke krachten. Kopfschüttelnd und mit einem Lächeln auf den Lippen, beugte er sich vor und legte sein Gewicht in den Degen, der nach wie vor Simpsons Kehle ritzte. Er spürte, wie die Klinge sich durch den Hals bis in die Dielen bohrte. Genauso langsam zog er die Klinge wieder heraus, wischte sie an den Breeches des Toten ab, steckte den Degen wieder in die Scheide und schritt zur Tür.

* * *

Die südlichen Barrikaden in Leffinge glichen einem Schlachthaus. Leichen französischer, britischer, dänischer und preußischer Soldaten hingen über dem aufgeschichteten Bollwerk, doch der Kampf wütete weiter. Der Lärm war ohrenbetäubend, aber inzwischen kam den Soldaten, die seit drei Stunden die Stellung zu halten versuchten, das Getöse aus Schüssen, Schreien und klirrenden Klingen wie ein grausamer Hintergrundchor vor.

Steel stand auf einem zerbrochenen, umgedrehten Lehnstuhl, stützte sich mit der linken Hand ab und stieß erneut mit dem Degen nach einem französischen Grenadier, dessen Bajonett vorgeschnellt war. Steels Klinge fand ihr Ziel und schickte den Franzosen, der sich verzweifelt den Bauch hielt, zurück in das Gewühl seiner nachdrängenden Kameraden. Ein weiterer Grenadier sackte unter Hansams Hieb in sich zusammen.

Der Lieutenant zog seinen Degen zurück und rief über die Schulter, wobei er bereits den nächsten Angreifer abwehrte: »Hartes Stück Arbeit, was, Jack? Wo, zum Teufel, bleibt der Herzog? Wenn das so weitergeht, sind wir bald alle erledigt!«

»Er wird kommen, Henry, glaub mir. Hab Geduld. Töte die Mistkerle einfach!«

Der Ansturm der weiß uniformierten Gegner schien nicht abzureißen. Hatten die Grenadiere einen Franzosen von den Barrikaden zurückgeworfen, drängten bereits zwei andere nach und schlossen die Lücke in den eigenen Reihen. Es war abzusehen, dass die Franzosen siegen würden, allein schon aufgrund ihrer Überzahl. Wenn die Verstärkung ausblieb, würde Leffinge fallen. Steel schlug erneut zu und versetzte dem nächsten Franzosen einen tödlichen Hieb am Kopf.

Slaughter zwängte sich neben Steel. Da Steel im Augenblick keinen direkten Gegner mehr hatte, wandte er sich kurz seinem Sergeant zu. »Jacob? Alles in Ordnung?«

Slaughter stieß einen Franzosen zurück und suchte dann zögerlich Steels Blick. Steel kannte seinen Sergeant seit Jahren, daher konnte er diesen Blick deuten: Eine Mischung aus Furcht und Trauer.

»Es tut mir leid, Sir, unendlich leid«, sagte Slaughter.

»Ist was mit meiner Frau?«, rief Steel.

»Sie ist tot, Sir, und Simpson auch. Es tut mir leid.«

Steel taumelte rückwärts von den Barrikaden und brauchte einen Augenblick, um sich zurechtzufinden. »Wie ist das passiert?«

»Sie wurde erschossen, Sir, Macdonald gleich mit. Sie muss sofort tot gewesen sein. Wird's nicht mal gespürt haben. Mr. Simpson wurde übel zugerichtet. Kaltblütig erledigt, nach meinem Dafürhalten. Ein qualvolles Ende, fürchte ich.«

Steel wusste sofort, wer dahintersteckte. Malbec war hier in Leffinge.

Instinktiv wandte er sich wieder den herandrängenden Franzosen zu. Der Feind überwand die Barrikaden, und die arg dezimierten Reihen aus rot, grau und blau uniformierten Grenadieren wichen zurück in Richtung Stadt. Es war nicht zu übersehen: Die Alliierten würden unterliegen. Aber die Furcht, die Steel verspürte, wich einem anderen Gefühl. Rote Schlieren trübten seine Sicht, als Hass in ihm hochkochte. Trauer und Mitleid verblassten vor dem alles verzehrenden Hass.

Mit grimmiger Miene sagte er zu Slaughter: »Zehn Guineen für den, der mich zu dem französischen Major führt.«

»Sir?«

»Malbec. Er befehligt die Grenadiers Rouges. Zeigt mir, wo seine Männer kämpfen, und wir finden ihn. Zehn Guineen.«

Besorgnis schlich sich in Slaughters Blick. Nie hatte er Steel so aufgebracht gesehen, so überwältigt von Zorn. Die Unvernunft raubte ihm das klare Denken. Dies war nicht mehr der umsichtige Offizier, den Slaughter seit nunmehr sechs Jahren kannte.

»Ich sag's den Jungs, Sir. Aber müssten wir uns nicht um die Franzmänner hier kümmern? Sind 'ne Menge von da. Mehr als nur ein Major.«

»Was hat es Euch zu interessieren, wen ich zu töten gedenke,

Mann?«, fuhr Steel ihn an. »Ich knöpfe mir vor, wen ich will. Malbec, seine Hure, ihren verdammten König und all seine Generäle, und wenn es sein muss auch den Thronprätendenten. Es ist doch ohnehin alles Irrsinn, Jacob. Der Krieg, die Liebe, die Treue. Übrig bleibt nur der Tod. Es gibt keine Tugend mehr. Keine Gerechtigkeit. Nur noch den Tod und Blut.«

Steel wirkte beinahe abwesend, als er sich hinter seine Männer begab und sich offenbar nicht entscheiden konnte, wo er sich einreihen sollte. Slaughter starrte ihn an. Der Sergeant fragte sich einen Moment lang, ob sein Captain überhaupt in der Lage war, das Kommando zu führen. Er war im Begriff, sich an Hansam zu wenden.

Aber da hatte der Lieutenant bereits erkannt, wie es um seinen Freund stand. Vorsichtig legte er ihm eine Hand auf die Schulter. »Jack, hör zu. Du hast das Kommando. Wir müssen uns in die Stadt zurückziehen, zum zweiten Verteidigungsring. Maclean ist getroffen, Major Kidd ist tot. Wir brauchen jetzt deine Hilfe, Jack. Die Jungs brauchen dich. Dein Bataillon braucht dich. Um Himmels willen, hörst du mir überhaupt zu, Jack? Dein Bataillon!«

Steel wirbelte auf dem Absatz herum. Als Hansam den Hass in den Augen seines Freundes sah, zog er schnell die Hand zurück und ging auf Abstand.

Einen Augenblick lang fragten sich Hansam und Slaughter, wie es weitergehen mochte, doch plötzlich änderte sich Steels Stimmung – der Hass fiel fast so schnell wieder von ihm ab, wie er über ihn gekommen war. Er schien sich zumindest wieder im Griff zu haben, als er seinen Freund und den Sergeant abwechselnd anschaute.

»Worauf warten wir noch? Schickt die Männer zurück zur zweiten Linie. Wo ist Maclean?«

»In einem der Häuser. Zweite Straße rechts. Ihn hat's schwer erwischt, Jack. Wird es wohl kaum schaffen.«

Steel nickte nüchtern. »Jacob, ich möchte einen geordneten Rückzug, in zwei Reihen, mit aufgepflanzten Bajonetten. Zug um Zug sollen die Männer sich zurückziehen. Ein Zug gibt dem anderen Feuerschutz. Verstanden?«

Der Sergeant nickte. »Vollkommen, Sir.«

Als Slaughter sich zum Gehen wandte, fügte Steel noch hinzu: »Und denkt an die zehn Guineen, Jacob. Ich meine es ernst. Henry, wir führen jeder eine Kompanie. Die Kompanien sollen unabhängig voneinander entscheiden. Ich will die Preußen und die Dänen auf dieser Seite, im Süden. Sorg dafür, dass du die besten Jungs auftreiben kannst. Alle zu mir. Die Übrigen bilden einen dritten Gürtel weiter im Norden. Sie sollen die Verwundeten dorthin mitnehmen. Und dann beten wir, dass Marlboroughs Verstärkung kommt.«

* * *

Noch ganz trunken vor Freude über den Tod von Simpson, hatte Malbec den Norden der Stadt am Ufergürtel umrundet und näherte sich den südlichen Barrikaden. Er hatte sich fest vorgenommen, diesen perfekten Tag abzurunden, indem er seine Männer über den Verteidigungswall führte. Ja, er würde die Engländer erledigen und die Stadt für einen dankbaren König einnehmen. Schon sah er sein Regiment vorn im Getümmel; seine Grenadiere bedrängten die Barrikade, die aus Möbeln, Karren und Fässern aufgetürmt war. Malbec rannte die letzten Yards, zog seinen Degen und reihte sich auf der linken Flanke ein.

Genau in diesem Augenblick sah Steel ihn.

Für einen kurzen Moment trafen sich ihre Blicke, und das genügte. Steel entriss dem Kameraden zu seiner Rechten die Muskete. Binnen Sekunden drückte er trotz der schmerzhaften Wunde den Kolben gegen die Schulter, hielt den Lauf mit der linken Hand ruhig, spannte den Hahn und war bereit zum Feuern. Sein rechter Zeigefinger strich über den Abzugsbügel.

Doch der Rauch einer neuen Salve vernebelte sein Ziel, sodass er den Major in den weißen Schwaden aus den Augen verlor. Mit einem Fluch gab er die Muskete dem Grenadier zurück und zog seinen Degen. Der Nebel der frühen Morgenstunden hatte sich inzwischen mit dem Pulverdampf vermischt, sodass es in dem Getümmel immer schwieriger wurde, Freund von Feind zu unterscheiden.

Doch Steel stürzte sich in das Gedränge und versuchte, zu der Stelle vorzudringen, wo er Malbec zuletzt erspäht hatte. Eine weitere Salve zerriss die Luft, als der zweite Zug versuchte, sich vom nachdrängenden Feind zu lösen. Steel hörte, wie Slaughter den Männern mit heiserer Stimme den Befehl zum Nachladen erteilte.

In diesem Moment gewahrte er die flüchtigen Umrisse einer Gestalt ganz in seiner Nähe. Es kam ihm so vor, als wäre ihm ein Gespenst über den Weg gelaufen, aber er war sicher, dass er sich nicht getäuscht hatte. Mit lauter Stimme rief er über das Schreien und Rufen hinweg: »Malbec!«

Die Gestalt hielt inne und drehte sich um. Wieder trafen sich ihre Blicke.

Steel hatte die *en-garde*-Position eingenommen, während der Franzose ihm mit erhobenem Degen aus dem Nebel entgegeneilte. Die Klingen trafen so hart aufeinander, dass Steel ein Zucken im Arm spürte. Mit einer Drehung des Handgelenks wehrte er Malbecs Degen ab, ging zum Gegenangriff über und traf den Gegner am Schienbein. Malbec wich rechtzeitig zurück, befreite seine Klinge und setzte zu einem weiteren Schlag an. Steel gelang es erneut, den Stoß abzuwehren, aber er wurde langsamer; sein Vorstoß in Richtung von Malbecs Arm war zu kurz. Den Bruchteil einer Sekunde schien die Klinge in der Luft zu hängen. Malbec reagierte blitzschnell, machte einen tollkühnen Satz nach vorn und traf Steel an der linken Flanke. Der Uniformrock erhielt einen großen Riss.

Wieder krachte eine Salve in der Morgenluft, doch diesmal klangen die Geräusche anders. Aus der Ferne wehten Pfeifentöne herüber, untermalt von einem stetigen Trommelrhythmus. Beiden Männern war sofort klar, was dort geschah. Doch sie umkreisten einander in geduckter Haltung. Keiner von beiden wagte einen neuen Angriff.

Steel beobachtete Malbec noch einen Moment länger, ehe er über den Lärm hinweg rief: »Ihr seid erledigt, Malbec! Hört Ihr das nicht? Die Trommeln? Sie spielen den Trauermarsch für Eure Beerdigung. Das sind Marlboroughs Männer, die gekommen sind, um die Stadt für sich zu beanspruchen. Der Konvoi ist sicher, Malbec. Lilles letztes Stündlein hat geschlagen, die Stadt ist verloren. Und Ihr seid ein toter Mann.«

Jubelrufe aus rauen Kehlen drangen durch den Nebel und bekräftigten Steels Worte. Es war zu viel: Voller Hass schlug Malbec nach Steels Brust, aber Steel parierte die Klinge, die ins Leere stieß. Malbec zögerte einen Moment zu lange und konnte nicht mehr verhindern, dass Steel im Gegenzug auf die Brust des Franzosen zielte. Die italienische Klinge aus gehärtetem Stahl durchdrang das Brustbein des Majors, der Steel entgeistert anstarrte. Er wollte ein Wort mit den Lippen formen, doch seinem Mund entwich nur ein Stöhnen. Ein Rinnsal Blut lief ihm aus dem Mundwinkel.

Steel zog den Degen zurück, worauf der Franzose reglos dastand; sein Degen zeigte zum Boden und hing schlaff in seiner Hand. Langsam schwankte er vor und zurück. Dabei begann sein Kopf zu wippen, sodass er wie eine groteske Marionette aussah. Und dann warf er Steel ein Lächeln zu, das Steel nie vergessen würde. Denn in Malbecs Augen lag nicht mehr der Ausdruck bitteren Hasses, sondern so etwas wie Erleichterung und Dank. Dann sank der Major zu Boden, und sein Blick erlosch.

Steel stand über Malbecs Leiche.

Er bückte sich, nahm dem Major die Krawatte ab und säuberte damit die Klinge seines Degens, ehe er die Waffe zurück in die Scheide schob.

Dann warf er den blutigen Fetzen Stoff zu Boden, wandte sich von dem Toten ab und schritt langsam durch die kleine flämische Stadt, um den Leichnam seiner Frau nach Hause zu bringen.

Zum historischen Hintergrund

Die Schlacht von Oudenaarde bezeichnete einen Wendepunkt im Spanischen Erbfolgekrieg. Sie hatte spürbare Auswirkungen auf beide Armeen. Die Franzosen wurden nach Frankreich zurückgedrängt und erholten sich nie mehr von der Niederlage. Oudenaarde steht gleichsam für das Ende der imperialistischen Träume Ludwigs XIV.

Für den Herzog von Marlborough ergab sich mit dem Sieg von Oudenaarde die nie dagewesene Möglichkeit, in Frankreich einzumarschieren. Wie in diesem Roman beschrieben, stieß er auf Ablehnung vonseiten der Niederländer und – ungewöhnlich – auch vonseiten Eugen von Savoyens. Damit war die Gelegenheit verspielt, den Krieg frühzeitig zu beenden. Wäre Marlboroughs Plan aufgegangen, hätte dies zweifellos Einfluss auf die Friedensverhandlungen gehabt, und die europäische Geschichte wäre sicherlich anders verlaufen. Stattdessen verwüsteten die Alliierten den Norden Frankreichs, sehr zu Ludwigs Verdruss, und lösten Panik in Paris aus.

Die Belagerung von Lille hatte Marlborough sich als Auftakt für das Eindringen in Frankreich vorgestellt. Wenn es ihm gelungen wäre, die Stadt rasch zu erobern, hätten sich die Niederländer vermutlich nicht mehr gegen einen Einmarsch in Frankreich aussprechen können.

Doch der Kampf um Lille wuchs sich zu einem Strudel des Todes aus, der wie keine andere Schlacht der Neuzeit den furchtbaren Schützengrabenkrieg des Ersten Weltkriegs vorwegnahm. In diesem Zusammenhang sei angemerkt, dass in der Schlacht um Frankreichs zweitgrößte Stadt an einem einzigen

Tag so viele Alliierte ums Leben kamen wie insgesamt in der Schlacht von Oudenaarde. Dennoch wurde der Belagerung von Lille ungerechterweise wenig Aufmerksamkeit zuteil.

Die Schlacht von Wijnendale ist ebenfalls eines der faszinierendsten kleineren Gefechte des Krieges, und General Webb gehört zweifelsohne zu den unbekannteren Helden Großbritanniens.

Zusammengelegte Grenadierbataillone – wie das von Steel befehligte – waren keine Seltenheit und boten einen großen Verband von erfahrenen Kämpfern. Ein solches Bataillon ist für Wijnendale verbürgt und hat womöglich großen Anteil an Webbs Sieg gehabt, der so bedeutsam für den weiteren Verlauf der Belagerung war.

Der Graf von Cadogan scheint die Lorbeeren für diesen Triumph geerntet zu haben. Marlboroughs Gegner in England warfen dem Herzog daher vor, seinen Freund in diesem Punkt bevorzugt zu haben. Doch später wurde Webb die ihm zustehende Anerkennung zuteil; das Parlament dankte ihm ausdrücklich für den Sieg, und im folgenden Jahr wurde er zum Lieutenant-General befördert. Dennoch, von diesem Moment an wurde Webb zur treibenden Kraft innerhalb der Tory-Bewegung gegen Marlborough.

Das Friedensangebot an Ludwig entspricht der Wahrheit. Marlborough und Cadogan hatten in ganz Europa ein ausgeklügeltes Spionagenetzwerk etabliert, das sie im Hinblick auf französische Truppenbewegungen und Pläne mit Informationen versorgte. Unabhängig davon wissen wir jedoch, dass sich im Mai 1708 ein Niederländer, Herman van Petkum, in Paris aufhielt, um Friedensverhandlungen zu führen, aber seine Forderungen wurden als zu überzogen erachtet. Der Herzog von Marlborough hatte seinem Neffen, dem Herzog von Berwick, ein Friedensangebot unterbreitet. Berwick zählte zu Ludwigs Generälen. Aber Ludwig zog es vor, allein mit den Niederländern zu verhandeln. Letzten Endes brachten es weder der König noch seine Generäle übers Herz, sich vor Marlborough zu erniedrigen.

Die Episode mit der Blockade und der Überflutung des nördlichen Flanderns beruht auf Tatsachen, ebenso der Einsatz von Barkassen auf beiden Seiten in einer zu Wasser geführten Schlacht. Die Schlacht von Leffinge ist wieder einmal ein Beispiel für eine militärische Auseinandersetzung, die in den Geschichtsbüchern zu kurz kommt. Dabei war diese Schlacht von entscheidender Bedeutung für die Sicherung der Nachschubwege der Alliierten. Leffinge lag, wie Churchill es ausdrückte, »in einem Archipel aus Dörfern und umspülten Hügeln« und hatte eine Schlüsselposition.

Nachdem Marlboroughs Verstärkung am 24. Oktober die Garnison befreit hatte, feierten die Truppen so ausgelassen, dass sie ziemlich angetrunken von einem nächtlichen Angriff der Franzosen überrascht wurden. Die Stadt wurde zurückerobert, aber zu diesem Zeitpunkt war der wertvolle Konvoi längst an seinem Bestimmungsort eingetroffen.

Steel hatte der Stadt natürlich auch längst den Rücken gekehrt und war unterwegs nach Lille.

Erschüttert vom Tod seiner Frau und seines Freundes, steht ihm nun Marlboroughs größter und blutigster Feldzug unmittelbar bevor. Man stellt ihm das Kommando über ein ganzes Bataillon in Aussicht, sodass er wieder einmal freie Hand hat und umso entschlossener ist, seine Karriere weiter voranzutreiben.

Denn eins hatte er verinnerlicht: Zwar hielt das Leben als Spion ganz eigene Gefahren und Belohnungen bereit, aber ein Mann wie Steel ist besser geeignet für das Soldatentum. Und so führt er seine Männer wie immer geradewegs in das Herz der Schlacht.

Danksagungen

Wie stets habe ich, falls möglich, zeitgenössische Berichte zurate gezogen, diesmal vor allem die Memoiren des Louis de Rouvroy, Duc de Saint-Simon (1675–1755). Bei meiner zweiten grundlegenden Quelle handelte es sich abermals um G. M. Trevelyans Geschichte von England unter der Regierung von Queen Anne und um Sir Winston Churchills historische Darstellung seines Vorfahren, des Herzogs von Marlborough. Von den jüngeren Arbeiten waren, abgesehen von dem allgegenwärtigen David Chandler, James Faulkners Buch über Marlboroughs Belagerungen sehr nützlich, des Weiteren Andrew Trouts hervorragende Arbeit »City on the Seine« sowie Andrew Husseys Geschichte von Paris. Charles S. Grants zweibändige Ausgabe über Uniformen des Spanischen Erbfolgekrieges war, wie immer, von unschätzbarem Wert.

Die Stadt Lille hat sich, wie weite Teile Flanderns, sehr verändert, obwohl man auch heute noch historisch bedeutsame Bereiche der Befestigungsanlagen im Stadtbild erkennen kann. Vaubans erstaunliche Modelle seiner Festungsbauten sind in Lille und in Paris im Musée de l'Armée zu sehen. Das Paris zur Zeit Steels ist weitestgehend verschwunden; große Teile der Stadt fielen den architektonischen Umstrukturierungen Haussmanns im 19. Jahrhundert zum Opfer. Dennoch, die Place Royale – heute die Place des Vosges – existiert noch heute; darüber hinaus kann man das historische Gebäude aufsuchen, in dem Steel mit Simpson an der Soiree teilnimmt.

Dieses Buch entstand in einer für mich sehr schweren Phase, und zahllose Menschen waren außerordentlich hilfsbereit und so freundlich, ihre Zeit in meine Arbeit zu investieren. Ich möchte mich in diesem Zusammenhang besonders bei Caroline Barty für ihre großzügige Gastfreundschaft in Nerac bedanken (Puy Fort Eguille). Mein Dank nach Frankreich gebührt zudem David und Kate November und Carly-Ann Montariol. Großen Dank schulde ich den Leuten in Edinburgh, die sich für mich engagiert haben, als es hart auf hart kam, insbesondere Susie Usher, Kate und David Oram, Polly Lambert, Catriona und Henry MacDermot, Tom und Kitty Bruce-Gardyne, Robin Gaze, Liza Stewart, Richard und Florence Ingleby und Patrick Barty. Nicht zuletzt möchte ich mich aufrichtig bei meiner unermüdlichen Lektorin Susan Watt von Harper Collins bedanken, die nur zu gut weiß, wie schwer solche Zeiten sein können.